河远近
水深浅

周文 著

江西人民出版社
Jiangxi People's Publishing House
全国百佳出版社

图书在版编目（CIP）数据

河远近　水深浅 / 周文著 . —南昌：江西人民出版社，2021.3（2022.12 重印）

ISBN 978-7-210-12971-4

Ⅰ.①河… Ⅱ.①周… Ⅲ.①散文集－中国－当代 Ⅳ.① I267

中国版本图书馆 CIP 数据核字（2021）第 031738 号

河远近 水深浅　　　　　　　　　　　　　　　　　周文 著
HE YUANJIN　SHUI SHENQIAN

责 任 编 辑：吴艺文
书 籍 设 计：章 雷

 江西人民出版社 出版发行
全国百佳出版社

地　　　址：江西省南昌市三经路 47 号附 1 号（330006）
网　　　址：www.jxpph.com
电 子 信 箱：jxpph@tom.com
编辑部电话：0791-86898470
发行部电话：0791-86898893
承　印　厂：江西千叶彩印有限公司
经　　　销：各地新华书店

开　　　本：787 毫米 ×1092 毫米　1/16
印　　　张：26.5
字　　　数：336 千字
版　　　次：2021 年 3 月第 1 版
印　　　次：2022 年 12 月第 3 次印刷
书　　　号：ISBN 978-7-210-12971-4
定　　　价：42.00 元
赣版权登字 -01-2021-6

为文为人两从容

——《河远近　水深浅》序

我很喜欢随笔集《河远近　水深浅》书名中那种独特的人生况味与沧桑感，这个书名本是作者周文先生一篇近6万字长篇随笔的题目，那篇随笔讲述的正是一个家族的命运、一个时代的历史。

坦率地说，此前读周文先生的文字并不多。近年来陆续读到他的随笔，其文字从容而有着动人的个性，特别是近期在微信群里广为传播的多篇记人随笔，都是情感聚焦之作，绝非应景文章。这一次，承周文先生信任，将刚刚编就的文集发给我，使我得以较为全面地拜读和了解作者近年的作品。文集收录随笔55篇、近30万字，内容包括当下生活的感悟、过往岁月的追记、外出游历的见闻与思考、对名家耆宿的记述与缅怀、饱含着浓郁亲情的家庭纪事以及富于传奇色彩的家族历史，等等，大都是近两三年的作品，题材广泛、文笔畅达、通脱。其中约1/3的篇幅是作者长途考察所见所闻、所思所想的记录，是以舟车和双脚丈量赣鄱大地写下的文字，其精神令我感佩。

人们说，随笔是最贴近写作者本真的文体。这种真实性正体现为作者关切当下、体察现实、直面生存，并能在文本中敞开心扉捧出灵魂。

　　周文先生丰富的工作、生活经历，使他的文字具有许多年轻作家所不具有的优势。其笔下流淌的是生活的大河，裹挟而下的水量和气势是自然天成的，浩荡而下，奔涌不息。避免了当下许多作者因经历、背景大致相似而产生的同质化倾向，更与那些纠结于"杯水风波"的写作有着质的区别。而且，其文字中始终蕴含着饱满的热情，既真挚坦率，又灵动从容，有时代气息。

　　曾以"桥之悔"为题节选发表在《光明日报》上的随笔《桥》，记录了作者从政生涯中的一件往事。尽管已经时过境迁十数年，人们的认识总有难以逾越的时代局限，即使是有远见的决策者也无法超越自己的时代，但作者对于当年作出拆掉一座古桥的决定仍毫不避讳地表达了内心的遗憾；而文中对自己面对群体事件时内心状态的坦率描写，更是极其真实。体现出作者无所讳饰的豁朗与坦诚，具有令人震撼的真实的力量。

　　通脱与灵动构成了周文随笔的另一鲜明特色。即便是一些篇幅和主题宏大的文本，如《河远近　水深浅》这样的长篇随笔，在其凝重、舒缓的记述之中，也不乏灵动、诙谐的段落，表现出作者生动、睿智的文风。

　　"感动支撑着我的行与吟。"作者总是写自己感动最深的人和事，这些曾深深地打动了作者的文字，也深深感动着读者。比较起来，我对文集第一辑的赣江调研考察系列随笔、第三辑中的怀人记人散文，还有收录第四辑中的《河远近　水深浅》等长文尤其喜爱。

　　沿着赣江进行的生态考察，被作者称为沿赣江的"绿色行走"。这次总行程超过10000公里的壮游，以石城为第一站，走过了赣江流域的赣州、吉安、新余、萍乡、宜春、南昌、九江七个市的近40个县（市、区），前后"行走"时间长达四个月，最后一站是吴城。"做一回背包客，独自行走千里赣江"，豪情满怀的生态文化考察，产生了一批有着强烈的生态意识和人文情怀的高质量的随笔。

"绿色行走"自然离不开看山看水，但绝不是游山玩水。作者将徐霞客式的文人情怀与关注当下生态状况的求实调研精神紧密结合。"仰首向山，俯身向水，穿过历史的风烟，回望文化之巅"，一路考察所过之地的人文历史、当代发展，特别重点了解生态保护状况；并不辞劳苦，攀险峰、涉激流，亲身溯源——"水到底清不清、有没有浊流、如何长流长清，山到底绿不绿、有无荒秃、如何常青常绿，赣文化深厚在哪里闪光在何处、发展中要关注些什么问题？"作者通过身体力行获得第一手情况，产生独立的思考与判断。与此同时，作者一路踏寻欧阳修、苏东坡、黄庭坚、杨万里、文天祥、解缙、王阳明等留下的足迹，曾经"五进湴塘，三谒杨公"，"抚摸杨氏祖祠黑乎乎（《诚斋集》）的家刻版"，吟咏先贤的诗文，正如作者所悟：坐在窗前捧读是一种认识，置身山水间玩味、吟诵，则别具况味。

亲身调研得来的思考逐渐清晰，形成了一系列富于质感的文章，这组随笔发表时间相当密集，足见作者之勤奋。

文集中收录的记人散文，以关于陈文华、刘世南两位先生的文字为代表。这些记人散文，饱含情感，诚恳、真挚，重在解读先生们的精神，书写先生们的风骨。

我特别赞同《枫叶红来菊花儿黄》文中的一段文字："陈文华身上，有陶渊明、贾思勰的印迹，有梁漱溟、晏阳初、费孝通的影子，有斐斯泰洛齐的行状，更有焦裕禄、杨善洲的品质。然而，陈文华只是'这一个'陈文华。他是搞农业考古的，始终与乡村相守望，把自己归于沃土，有根、有魂、有骨节、有张力。金种子撒到土地上才能生根发芽拔节开花结果，'精英'到实际中、群众中才能光闪闪亮晶晶有价值。"这段文字不仅写出了陈文华先生的独特成就和文化高度，而且凸显出先生致力于新农村建设、践行社会改造理想的示范价值。读这段文字，可知作者真是陈文华先生的知音！

作者擅用灵动之笔，把一般人眼中高深的学问家、学者，写得可亲而有趣，揭示了先生们人间烟火的一面，正是这一面，反衬出先生们的特立独行和大家风范。

如记刘世南先生，既写他的渊博学识、高洁操守和过人才情，也写先生的读书、思考、说话、写作、待人接物、生活习惯等，从这些看似琐屑的细节中，得见先生的高才大德："刘世南先生的精神世界是由爱国、民主、科学、法治、正义、气节、忠直、诚信、仁爱、务实、敬业、奉献、悲悯、责任、担当等内核构成的，各有所本，真实鲜活。这些思想品质，紧密联系、有机统一，闪现在他的言行中，洋溢在他的著作和诗文里，叠印在他的风骨上。它们属于真善美，属于人文情怀，与社会主义核心价值要求相契合。因此，他的读书和学术活动才有魅力和张力。"这段文字将这位一生治学却绝非迂阔的知识分子关注社会民生的入世情怀的精神气质写得十分透辟。

文集第四辑收录的是关于作者家庭成员和家族历史的文章，灌注其中的是对亲人、故土的浓郁情愫，对时代风云与家族命运的深刻体悟，而且有着超越一般家族故事的更深的探寻、更高的视角、更开阔的视野，真可谓"笔饱墨酣"（刘世南先生点评语）。

长篇随笔《河远近　水深浅》是这一组文章中篇幅最大、时空纵深最广、涉及人物最多、故事最为复杂的，读来令人难以释卷、感怀至深。作者从家族叙事入手掀开历史帷幕的一角，将一个家族的命运盛衰放在宏阔的时代风云中加以展现，文字凝重、从容，讲述鲜活、灵动。刘世南先生曾指出其中"有时鲁智深，有时吴用"的"灵活"，我的理解，正是点出了作者笔墨的多变、亦庄亦谐。虽然这只是一篇"非虚构"文本，但我觉得完全是一部长篇小说的格局，有家国情怀、有时代风云、有奇人异事、有众生命运，时间跨度大、人物众多且许多人物个性鲜明，几个主要人物的人生传奇堪称精彩。而那种不以人们意志为转移的历史大潮，正是通过这些具体人物的命运得到富于质感的折射。

总之，拜读周文先生的文集，时时被作者的文字所感动，随文思而起伏，被带入、被吸引。不知不觉，数十万字的文集断断续续地读完了。感觉是走近了作者，走进了一个熟悉而又陌生的世界。

"为文为人两从容"是周文先生一篇文章中的句子。正如作者所说："人的前半生写正文，后半生做注释，回首过往岁月，品咂个中滋味，我也乐在其中。"我想，这段文字真切地道出了作者写作时的心境，而这也是我读这部文集时最深刻的印象。

文集编定，周文先生命我作序。我只能将自己阅读文集的一些体会、感动和收获记录下来，整理成上面的文字，不知是否可用。

必须说明的是，这篇"读后感"本应在一个月前完成。但临时插进来的一个任务使我只能向周文先生提出暂缓交卷。这显然打乱了周文先生原定的文集出版计划，但他了解原因后，立即以其一贯的宽厚与信任，给我以充分的谅解。特别说明这个小插曲，想表达的是，文如其人，人如其文，从容、豁达而真诚正是周文先生为人、为文风格的底色，而这种风范，恰是我们这个时代十分需要的。

叶 青

2021 年元月

目　录

001 第一辑

河远近　水深浅

第一辑

美要发现和体悟，也要推介和分享。我有话想说，不吐不快。搁下矜持，不揣浅陋，抓起生涩的笔，学着写点东西。不图别的，只想传递几朵带露的花，捧出几掬清甜的水。

按下忐忑，我将稚拙的文字一篇又一篇、一遍又一遍地投向《井冈山》。我知道，她是"文化之山、思想之山、精神之山"。脚力不济，唯有咬牙坚持。不缺的是年岁和蛮劲，缺的是功底和才情。

俯身向水，仰首向山

60来岁得个"井冈山文学奖"，我依然开心，喜出望外。

文学的种子一直深埋在我的心田里，由于土地贫瘠，久久未能萌发。

我知道，写作既诱人又磨人。好比唱歌，听人咿咿呀呀唱，颇不以为然，自己捉了麦克风唱，多半吓死牛。又好比写大字，冷不丁瞧人划拉，以为有何难哉，自己划拉了往墙上一挂，多半是鸡脚叉！

与《井冈山》结缘，是机缘巧合。

"打造美丽中国'江西样板'"，我和许多人一样，受到极大的鼓舞和鞭策。在约莫一年的时间里，我独自沿千里赣江做生态文化考察。一路感动和陶醉，山青风含笑，水绿作歌吟，暖意在心底流淌，火花在胸腔跳荡。

美要发现和体悟，也要推介和分享。我有话想说，不吐不快。搁下矜持，不揣浅陋，抓起生涩的笔，学着写点东西。不敢有奢望，只想传递几朵带露的花，捧出几掬清甜的水。

按下志忑，我将稚拙的文字一篇又一篇、一遍又一遍地投向《井冈山》。我知道，她是"文化之山、思想之山、精神之山"。脚力不济，

听涛

唯有咬牙坚持。不缺的是年岁和蛮劲，缺的是功底和才情。

　　我得到善待。感受了高拔，也感受了宽阔；感受了深厚，也感受了平和；感受了坚守，也感受了亲切。一年之中，《井冈山》刊用了我10篇抒写生态与文化的文字，给予我惊喜和欢快。我心里明白：叩开"山"门的，不是文采，是"绿色的召唤"。

　　《井冈山》美丽而温婉的编辑们让我喜爱和由衷敬佩。她们体察入微、循循善诱，悉心呵护着我写和投的热情与勇气，又润物无声地给我点醒：要有感而发，不能无病呻吟；要量力而行，不能好高骛远；要用心取舍，不能眉毛胡子一把抓……她们用了我的一些稿子，也委婉地将另一些挡在"山"外。时过境迁，翻出旧作细看，不免羞臊！"为文为人两从容"实在不容易，《井冈山》教给我许多道理。

《枫叶红来菊花儿黄》是我"绿色行走"收束阶段的习作。所叙写的"傻教授"陈文华，称得上当今"国士"。他正是一位学养极深、境界极高、酷爱青山绿水，又能身体力行的"绿色人士"。写这篇东西，我经历了前所未有的感动，也倾注了前所未有的真挚情感。文章在《井冈山》上刊出后，善诗的朋友小王配了查阜西的古琴曲《忆故人》，发在网络上，我自己听着看着，竟也一次次潸然泪下。其时我便想：并非无人读文章，只缘文章无血肉！这篇东西能够"入围"并获奖，让我进一步见识了"井冈山文学奖"的追求，也感受了组织者与评委们的胸襟。

的确，写作和歌舞、书画一样，也是潜能开发的过程，需要鼓励。发表是鼓励，评奖也是鼓励。我由衷感谢评委，由衷感谢《井冈山》！我还以为：最好的感谢不是喋喋不休地说感谢，而是踏踏实实接着写，用心去写、用生命去写，让有所创新、有所提高的文字做出表达。

为波澜壮阔、绚丽多姿的时代放歌，我乐在其中；为清凌凌的水、蓝格莹莹的天放歌，我乐在其中；为身边的好人好事放歌，我乐在其中。人的前半生写正文，后半生做注释，回首过往岁月，品咂个中滋味，我也乐在其中。

行走的脚步尚未停歇，我还要俯身向水、仰首向山。

"《井冈山》上既有高树与琼花，更有野草和爬地植物，这是吸引众多崇爱者的主要原因。"仰望这"山"，纵然无力攀高，能做她脚下一株伏地而生的草，也是满足和快意的！

（原载2018年6月22日《江西日报》第六届"井冈山文学奖"特刊）

源头的守望

激励我毅然作"绿色行走"的,是《以绿色发展打造美丽中国"江西样板"》这篇文章。

行走石城,我领略了别样的风景。

深秋时节,艰辛一整天,我们终于走到了人称"千里赣江第一滴水流出的地方"——石城赣源岽。

山路陡峭,崎岖湿滑,我们五条汉子三台摩托,历经颠簸,终于在下午 3 点到达山腰的竹木深处。其山博大,其地开阔。瑞金市 2008 年元月立的"江西赣江源"大碑赫然在目。有水从山的深处流淌出来,水体壮大,水口豁亮,轰然作响。

这不是我的目的地。

稍事休息之后,竹杖芒鞋,披草开路,险要处手脚并用,我们沿着水的来路奋力向上攀登。苔厚石滑坡陡,一步一艰辛。耗费了一个多小时,终于抵达一个"目标":刻有"赣江源"大字的地方。字是程宗锦所题,2002 年镌刻在石壁上的。碑刻梯形排列,上窄下宽,填了新漆,通红耀眼。到得此间,石隙中水出一线,细如童尿,悄然无声。茂林修竹,浓荫覆盖,虫鸣,蛇行,繁花乱草识不得,枯木朽株遍地横。小小的石窝中,沉淀了薄薄的泥,积了清浅的水,伏着与泥水浑然一色的蝌蚪。野猪不见踪影，却处处有它们的印迹。在它们拱出的小小土坑里，我们发现了秋天的冬笋，而且是一鞭两笋——牛角笋。

这儿还不是山顶，只感觉迫近山顶。无限风光在峰顶，我满腔兴奋，还要往上攀登。向导却坚决地说不行：上下至少还要两小时，摸黑下山非常危险，就是爬上去了，这个季节也看不到水。无奈，只能怏怏下山。约莫5点，返回存放摩托车的"江西赣江源"碑前。凉风拂面，斜阳映山，青翠尽染明黄，缤纷五彩。驶经长汀，天已擦黑，华灯齐上；回归石城，夜已深沉，人仰车息。

在我比较枯涩的人生记载中，这算是丰润的一笔。

登崒途中，几番险些滑倒。尴尬中却生出浪漫与豪情，在心里吟诵："宁化、清流、归化，路隘林深苔滑。今日向何方，直指武夷山下。山下山下，风展红旗如画。"

赣源崒又叫石寮崒，为武夷山的一部分，它的高处，正可俯瞰"武夷山下"。这座山峰海拔1151.8米，处在石城、瑞金和福建长汀的结合部，源出之水，直落西流，在瑞金进绵江，于会昌汇湘江，逶迤而去。山脊的那边，骑龙分水，流向福建、广东，经汀江入韩江，滋润闽粤大地。被很多人认作"赣江源"的鸡公崒，则是另一座石城名山，也是赣江重要的水源地之一，与石寮崒相距不远。鸡公崒的水不进瑞金绵江，而是全部注入石城之地，成就了丰沛的秋溪河，在秋口并入琴江。琴江贯通石城，在宁都境内入梅江。梅水欢歌长流，与绵江、湘江之水相汇于于都，那是贡江。

身在石寮崒，凝视那一线清亮的源头之水，人虽疲惫，心却活泛。彼时彼刻，我有一个疑问：赣江源赣江源，究竟哪儿是赣江源？这同一座峰，同一面坡，同一注水，石城有"赣江源"，瑞金有"江西赣江源"。宁都人说宁都是"赣江源头"。南面的崇义更不必说，章江之水出自他们的地界，自然也是"赣江源"。同行的友人一语

石寮峎探源

道破：“各有各的道理，不必争论。”说得好，不必争论！若是科考，"赣江源"哪儿最正宗，自有专业部门和专家学者去认定。从社会学和生态管理的角度来看，各地如此重视“源头”，必是一件好事。好在哪儿呢？好在生态意识的觉醒与强化，好在对青山绿水的敬畏，好在对绿色发展的认同。“不积跬步，无以至千里；不积小流，无以成江海。”百川归海，江汉朝宗，正是自然的法则。中华大地，江山万里，哪一座山不映衬着祖国的美？哪一汪水不要汇入黄河或长江，奔向渤海、黄海、南海或东海？赣江源也好，长江源也罢，都不是用来往脸上贴金的，担了"源头"的名分，便领了守护的责任——沉甸甸的责任！

我欣然地看到石城人的实诚，他们是自觉的、有境界有担当的。对于千里赣江的源头，他们较早行动，采取了一系列过硬的措施和办法，制度化、规范化地管控和守护。他们和宁都、瑞金、崇义、大余以及福建长汀等地的人一道，心心相印，守望相助，呵护一河清水。守是坚守，坚守让源头活水长流长清的责任。望是渴望，渴望给水到之处的生灵带来洁净与健康的同时，自己的生产和生活能够与时俱进，芝麻开花节节高。

石城是个有情有风景的地方。本土文人深情款款地歌吟："千山叠翠，万峰竞黛;沃野平畴，泽川相缠;水溅流云，虹霓横江。""虽僻静乡邑，乃毓秀钟灵。"

坐着简陋的筏子，我漂过长长的琴江，看远近起伏的山，江中清亮的水，高天洁白的流云，水中飘忽的倒影，群鸟在天与水之间自由翻飞，欢快鸣叫。在高田镇上柏村的永宁廊桥上，我读出了悠长的古韵。在耕读处"开卷自然有益，力田可以无饥"的朴拙联语中，我触摸了岁月的沧桑。在屏山赖氏宗祠，浓稠的客家文化让我开了眼界。在通天寨大地之母袒露的神圣之处，我对自然有了新的敬畏。"闽粤通衢"的模糊牌匾，让我遥想过往的"渐入佳境"。人们的奕奕神采，让我相信"一往无前"的希冀……石城不算大，也不算富，然而，洋溢在石城人脸上的从容、淡定和幸福、喜悦，浓浓的、淳淳的，令人感动。石城也不穷，近些年，依托山水生态资源优势，运用国家优惠政策，大力实施旅游富县强县战略，收到了显著的成效。

我登上了屏山镇的鸿石寨。那是一座秀逸的红石山峰，攀到峰尖处，开阔的东河坝子尽收眼底。迷人的景致让人过目难忘：琴江、秋溪河在平坝中游走，婀娜多姿，波光闪闪。沿河的水田里稻子金黄，田边镶着青青的薏仁，堤内树丛丛、堤外柳依依。近山的旱地里有即将成熟的大豆，青中透黄，有大片的红薯和玉米，薯叶深绿，棒子粗黄。田田相接的荷，叶片虽已残，生机宛然在，待到来年夏日，又是姹紫嫣红的莲海。村落星罗棋布，树茂密，屋崭新，袅袅炊烟隐然升起，鸡啼狗吠清晰可闻。"雨侵坏甃新苔绿，秋入横林数叶红"，足可入画；"暖暖远人村，依依墟里烟""狗吠深巷中，鸡鸣桑树颠"，是诗的诠释。

江洋生气，源自清流，无边胜景无穷碧，仰仗的无非是好山好水。山水相依，琴瑟和鸣。没有山之精，便没有水之灵；没有水之髓，便没有山之躯。山凝重、水轻盈，山坚韧、水脆嫩，山深挚、水灵性，山超拔、水活泛。青山和绿水都需要我们的精心呵护。

君住江之头，清山秀水潋潋流波，享不尽自然美景。我住江之尾，与滕王阁终日相对，咀嚼"落霞与孤鹜齐飞，秋水共长天一色""阁中帝子今何在？槛外长江空自流"，玩味"智水仁山日日当前呈道体，礼门义路人人于此见天心"。大河上下，处处都有"文化"。这全是母亲河的精髓！"日月两轮天地眼，诗书万卷圣贤心。"假如山穷水浊、云尽水枯，风雅的章句有什么意义？倘若没有约束，石城哥们扔进琴江的塑料袋，会出没于八境台下，石城女子涮进琴江的污水，会臭到八一桥头。"绿色"诚可贵，"守望"实难为。

驻足石城的几日，我寄身城北，琴江东岸，思源桥头。清早，我在琴江两侧行走，打量晨光中的熙熙美景和乐悠悠的人，听鸟儿唱，闻桂花香。入夜，我绕宝福寺塔转圈圈，塔上的轮廓灯光、塔前的路灯光和倒映在江水中的星光、月光交相辉映，明亮、柔和，十分悦目；塔檐下叮当作响的风铃和广场上悠扬的乐曲儿相互交织，格外清脆、宛转，很是赏心。

（原载2016年10月27日《江西日报》）

踏浪梅江歌宁都

"有一个地方，她很清秀，如少女般柔美和纯洁。你观其容貌，会心醉，会畅怀，会想紧紧地拥抱她——她的山与水，以及湖塘与湖塘里盛开的荷莲，没有污染，也永远不会被污染，因为她自古以来就懂得避免污染。她早晨吮吸的是露水，晚上有萤火虫作梳妆的灯，四季吹荡的风里从不会夹着药水味，空气里有的只是清新的氧分和滋肺的湿润。"著名作家何建明第一次到宁都，便写了这样的文字。

唯美的词句和蕴含其中的情愫，给人诱惑，让人感动。但是，描述的真实性，我却有所怀疑。

苏东坡以"山为翠浪涌，水作玉虹流"歌吟赣南，当然包括宁都，但那是很早很早的事。"邑之胜景，数不胜数"，承载的是宁都人的怀想。给我很深印象的却是：20世纪80年代，报纸上有文章疾呼"兴国要亡国、宁都要迁都"，说的恰恰是这一带以发展经济、造福一方为由，疏于管控，过度开垦、野蛮采挖造成严重的水土流失，出现了荒漠化趋势。那是有识之士的忠告，也是地方百姓的焦虑。曾几何时，言犹在耳！

我要在宁都作一次坚实行走。

4053平方公里的宁都，像一张舒展的阔叶。层峦叠嶂的山，是其深绿的叶面。纵横交错的河，是叶上清晰的经络。纵贯全境的梅江，是生死攸关的脉。

团结水库在宁都东北部，接近"叶"的顶端，其地山势高拔，水网密布。我从这里切入。

从1989年印制的《宁都团结水库志》获知，这是赣南五座大型水库之一，建成于1979年冬，集水面积412平方公里，主坝以上河道长41.7公里。我作了约一小时的"艇游"，没有发现养鱼的网箱，只看到跳跃的大鱼小鱼；没有捡到漂荡的塑料袋、矿泉水瓶，只看到驭风飞翔的水鸟；没有看见哪怕一座小小的"瘌痢头"山，只看到环库皆密的树林，掩不住的勃勃生机。水是清亮的，静时似翡翠，动时泼珠玉。主坝一侧立着大大的标语牌，醒目地书写着："守

护宁都人民的生命库"。我心里想：岂止宁都！

一泓清水，聚少成多，自有源头。源头在哪里？王陂嶂和大龙山。台风"海马"顺访赣南的前夕，我去探查了这两个点。

王陂嶂是宁都的北极，高 1266.8 米，是宁都与宜黄交界处的一座山峰。我们经山脚的朗际村，攀爬到山腰的瀑布处。有人认为，王陂嶂瀑布就是梅江的一个源头。仔细看去，所谓瀑布，是沟中的一股跌水。沟壑深邃，乱石嶙峋，水流潺潺，路险林深。虽时值深秋，仍绿意撩人。掬一把水洗脸，神清气爽；深吸一口气，爽到心底。树丛中有各种各样既好看又好吃的野果子，有不少窜来跑去的小动物。朗际是古村，乾隆题写的贞节牌坊还完好地保存在那里，新修的"赣江源"牌楼在村口矗立。绿树村边合，水自村中流。

大龙山的位置要偏西一些，高 1326 米，是"一脚踏三县"的地方。巅峰之上，极目而望，南面是宁都，东北是宜黄，西北是乐安。"点对点"到各个县城，近者五六十公里，远者上百公里。天公不作美，风大、雨急，伞撑不住，帽子戴不稳，人也得互相搀扶着才能站定。群峰耸峙，连绵深远，苍山如海，忽隐忽现，云雾缭绕，瞬息万变。没能欣赏到"青鸟与蓝天对话，云霞与翠林辉映"的景致，倒也领略了一番狂野的滋味。

大龙山涌出的水，有一支汇到团结水库。依据"河源唯远"的原则，宁都人认为"贡远而章近"，贡江是赣江的第一支流。王陂嶂和大龙山的水流到于都的"龙舌咀"，全长 240 多公里，比绵江出石城、过瑞金、经会昌到"龙舌咀"更长一些，而且流域面积更广，径流量更大。这两座山是梅江的源，也是贡江和赣江的源。

我没有资格参与"赣江正源"的考证，但对宁都人这些年所做的积极工作，对他们的执着，对他们给予这片"生命之源"的珍爱与维护，是充满敬意的。

团结水库的出水，经洛口河进梅江；梅江收纳两岸数百条小河、小溪、小沟渠，穿越县城，在南端的黄石镇流向瑞金和于都。

友人陪我看了梅江三个重要的河段。一个在东山坝镇的大布村，洛口河与黄陂河在这里交汇，始称梅江。河面宽展，水清如镜，芦梢扬花，树阴照影，鸟儿掠飞，鱼翔浅底，稻浪翻滚，果蔬飘香。另一个是黄石镇的江口村，源自石城的琴江在这里注入梅江，再进到瑞金、于都。我们坐着竹排在江上行走，小小竹排江中游，巍巍群山两岸走，白鹭浪头飞，白云空中笑。还有一个就是县城，察看的是"三江口"，会同江水自东而来，在东河桥前流进梅江，清清浊浊多少年。

一路行走，我被宁都的灵山秀水和深厚的文化征服，敬领了他们打出的客家祖地、苏区摇篮、文乡诗国、赣南粮仓、赣江源头五张闪亮的名片。

山为体魄，水为灵魂，我特别为宁都秀美洁净的山水而欣慰，信了"这是一方得天独厚的神奇土地，这是一幅钟灵毓秀的山水长卷"。毫无疑问，是科学发展、绿色发展还原了宁都的天生丽质。

住地离梅江不远，早早晚晚，我会走到水边，于闹中取静，默默感知，生出些遐想。我想，这河从前不是这样子，水应该更深些更清些，两岸的色泽应该更丰富更鲜亮些。河岸有石砌的码头，河上有古朴的石桥或木桥，往来渡人的有尖头或方头的木船。晨光微曦时，有健硕或窈窕的妇女在调笑、捣衣、涤菜，有扁舟在近岸游弋，渔人在撒网放鹰；晚霞收尽时，有点点渔火升起，嘹亮渔歌响起。

在飘荡的小船里，在水清沙白的河滩上，在宁河桥头，在翠微峰顶，我向同行的宁都朋友请教，也与他们讨论关于生态和文化的问题。我们说到水有荣枯，在不断变化；城有兴衰，也在不断变化。水能兴城，也能毁城；水能兴人，也能废人；水可活人，亦可亡人。古代的水患，主要是水量难以控制才会出现；今天的水患，主要是因为水质破坏而造成。水质改变了，对人与自然的影响，比水量的失控更大、更深、更远。作物淹死了，撒些种子下去可以再生长；建筑冲毁了，拉来石料木料可以再修造；水要是毒化了，四处横流，渗入地下，将如之何？我们也说到生态和文化是相互交融、相映生辉的。宁都这地方是水之源，也是文之源，能够出郑獬、董越、魏禧这样的文化名人，能够三次耸起"文化高峰"，是要有源头活水的，要不怎么说"三江水合状元回"？

生态建设是一场硬仗，也是生死博弈。现实是矛盾的：一方面是热切渴望，忧心如焚。谁都想置身于蓝天白云之下、繁花碧水之中，谁都为每况愈下的环境糟心。人之为人，如果连一口清新的空气都呼吸不上，连一口放心的水都没得喝，有何幸福可言？另一方面，多少人在不加节制地挥霍、无所顾忌地享受，在以邻为壑、损人利己，在欺上瞒下、我行我素，在无休无止地自作孽！

踏浪梅江，我一次次想起王陂嶂下朗际古村那幢老屋，想起老屋门楣上那四个浑厚庄重的大字：知其所止。是啊，"知其所止，止于至善"。行于所当行，止于不可不止。《止学》亦有言："欲无止也，其心堪制。惑无尽也，其行乃解。"应当是说："欲望是没有止境的，思想可以制伏它。疑惑是没有尽头的，践行就能克服它。"我们在现实生活中的那些奢靡浮躁，那些只要今天不要明天的"欲"与"惑"，要靠"创新、协调、绿色、开放、共享"来制伏，要靠知行合一、立说立行来解决。文明社会，清朗世界，青山绿水，蓝天白云，要我们来共同珍惜、维护和创造。要"从我做起，从现在做起"。

"歌吹竹西留不住，满江秋月一帆归"，"花飞千涧满，日落万山深"。一路走来，我对宁都的不少疑惑渐渐消解。"哥哥江中撑竹排，妹妹洗衣下河来。人影掉在大江里，一朵鲜花水底开。"我和宁都人一样，痴迷于这种憧憬！

（原载2016年11月4日《江西日报》）

回望药门岭

　　一处地方，让神仙迷恋。它"壁立万仞冲九霄，雾锁云遮尺难描"，汉钟离见了，无心征战，悟道成仙；韩湘子见了，心醉神怡，遗落飘带，化为湘江，环绕山间。这便是汉仙岩。它那"绝壁半空滋绿藓，幽崖一线落青天"的美景，"一泓碧水绕山转，白云绿树江中浮"的奇观，吸引了无数雅士与俗人。

　　一片林子，在过江坪、湘水边。两百多亩的河滩上，生长着难以计数的古树，松樟耸立，翠竹参天，浓荫全覆盖，幽草涧边生。这片林子存在了500多年，谁也别想毁坏！村民向我展示了珍藏的先祖遗训："大坝林木，防风固沙，藏风聚气……特立字示训为诫：凡坝中之木，只种不砍，纵有枯枝落叶，逢年正月，闻鸣锣开坝，清检封禁。凡偷盗林木者，轻则厅堂点灯奉油一年，重则宰猪一头，族中聚餐。凡外侵者，牵牲重罚，擒其坐牛栏，以儆效尤。"瞅着这张黄表纸，听村民讲陈年旧事，我顿然有悟：绿色是自然的象征、生命的依托、生存的条件。保护和延续绿色，得一代一代坚守，一曝十寒是断断不行的。

　　一个崖嘴，在盘古山，东濒湘水，下临绝壁。这儿一览众山小，极目远天舒，凡晴朗明亮的日子，可以饱览苍山如海、初阳如血的

万丈礤探源

绝佳景致。最应关注和铭记的是：1934年4月，为了保卫中央苏区，红军22师64团2营6连100多人，与数倍于我的国民党军在这座山上激战。任务完成了，32名重伤员却寡不敌众、无路可退，掩埋好战友的尸体，砸烂手中的枪支，毅然从如削的悬崖上跳下，全部壮烈牺牲。义薄云天的壮举，千年银杏树可以作证！山色青葱，血色殷红。在这样的地方，岂能没有"碧血丹心照千古，英雄浩气贯长虹"的感动？这便是红军跳崖处。

一个祠堂，在倒水湾。门前竖着高高的石桅斗，昭示着这地方曾经出过取得功名的学子、卓有名望的绅士，而"闹红军"那会儿，

28 岁的邓小平曾经一连三天在这里召开会（昌）寻（乌）安（远）三县党的分子活动大会，组建了中心县委。这里的山水与田园，熟悉他意气风发的身影。这便是朱氏祠堂。

……

这些引人入胜之处，全在一个地方——会昌筠门岭，古称军门岭。

江山如此多娇，风景这边独好。筠门岭，只是会昌的一个缩影。

会昌的好风景实在是太多了。我到过洞头，雪莲山下，峡谷溪涧、葱郁积翠、曲径通幽之处，那片蔚为壮观的红豆杉，无论数量、高大和古老程度还是保护的现状，都彰显着优势。我到过中村，"幽谷多俊秀，草木尽峥嵘"的沟壑之中，上下连通的矮碟子和万丈碟瀑布，眼下还养在深山人未识。我怀着景仰的心看赖公庙，氤氲馨香之中，品读"翠竹临江净红尘，赖公德馨佑湘人"的楹联，充分体味到客家人坚守的那一份虔敬。丰富绚丽的文化元素，在这块土地上得到生动展现，水乳交融。

红，是会昌的底色。这里是中央苏区的南大门，革命先驱赤土留迹，红色精神薪火相传；随便一栋老屋，都可能辨出毛泽东、邓小平的脚印；随便一座古桥，都可能有朱德、周恩来的身影；随便一口老井，都滋养过红军官兵；随便找个当地老人，都能为你讲一串传神的红军故事。

好山好水好风景。唯有珍爱风景的人，才能留住风景的美，创造更新更美的风景。

会昌人特别懂得这些道理。他们不忘先贤遗愿，更加牢记"要像保护眼睛一样保护生态环境，像对待生命一样对待生态环境"。

不仅如此，会昌对生态、文化与发展的关系也有独到的认识和把握。通过读书会、民俗文化旅游节等活动，打造文化新地标，寄意深远。会昌天生丽质，人见人爱。

长征前夕，一代伟人毛泽东在会昌住了近四个月。挺立岚山巅顶，俯瞰脚下的湘江、绵江和水西坝子，他联想到了岳麓山下那条大湘江，也联想到了橘子洲头。连绵起伏的群山一定给了他愉悦的感受。伟人心潮逐浪，写下千古绝唱《清平乐·会昌》："东方欲晓，莫道君行早。踏遍青山人未老，风景这边独好。会昌城外高峰，颠连直接东溟。战士指看南粤，更加郁郁葱葱。"回望历史，那时红军正遭遇着空前的困厄，毛泽东本人也身处逆境，可从这意味隽永、意境宏阔的旷世之作中，你怎么也读不出一丁点儿郁闷和沮丧。行走会昌，纵情山水，耳濡目染，我品出了一些特别的况味。我品出了"问苍茫大地，谁主沉浮""风景这边独好""粪土当年万户侯"一以贯之的英雄情结和领袖风范；品出了杰出政治家、思想家、革命家、军事家的理论自信、路线自信、策略自信和能力自信；品出了毛泽东在会昌亲自参与创造的、闪现着光明预示着希望预伏了生机的革命好形势——"风景这边独好"的深层意义。

第一辑

019

　　岚山巍峨著雄文，湘水绵绵扬诗情，一曲会昌清平乐，千古绝唱九州春。掩卷犹思，我还品出：君子坦荡荡，小人长戚戚。不谋全局者不足以谋一域，不谋长远者不足以谋一时。一切从实际出发，一切从人民福祉出发，一切从永续发展出发，才是成功的要义。

　　高山仰止，景行行止。会昌城很别致：山在水怀抱，水随山流转。水的优美曲线，弯出了大大的"S"，弯出了太极图、乾坤圈，也弯出了意味深长、难以拉直的"？"。回望筠门岭，枝枝叶叶、点点滴滴，我流连忘返。

　　"一年好景君须记，最是橙黄橘绿时。"这时节，会昌的脐橙熟透了，尽显橙黄，累累挂满枝头。我默默祝祷：风景独好，会昌，会昌！

（原载2016年11月25日《江西日报》）

崇山的呼唤

崇义是我心仪已久的地方。

《山海经》记载："赣水出南海聂都东山，东北注江，入彭泽西。"沙溪河被公认为章江之上第一水，聂都被称为章江源头第一乡。

阳光明媚的日子里，我行走到了聂都。很是欣慰，流向大余的白溪、沙溪，果然是晶莹莹、甜津津的。这些水，也许有来自湖南的，也许有来自广东的，但不管什么来路，点点滴滴都是大山的奉献。驰上聂都坳，俯瞰聂都墟，冬日暖阳下，阡陌纵横，村落间杂，物丰人闲，很有几分陶渊明笔下桃花源的况味。

古传聂都十六景，如今不一定都能找到遗迹，但其禀赋和状态的确是让人称羡的。这里的省级风景名胜区和章江源自然保护区，实施着严格的生态管理；这里峰峦绵亘，溶洞成群，胜迹毗连；这里孕育了壮美的红色文化、精粹的客家文化、灵异的娘娘文化。

上堡，因《舌尖上的中国》一片成名。在石旗子、山沟子、大排子、木梓排，我看到了与"水满田畴，串串银链坡上挂""佳禾吐翠，层层绿浪云中泻"和"满目金黄，稻浪滚滚接天涯"不一样的风景。我看到了肥黑的泥土、新筑的田坝、正在播撒的希望、即将展现的芳华。不光梯田，上堡众多的好风景让人目不暇接。华仙峰高耸入云，奇峰叠起，泉甘溪曲，藤古树珍。赤水仙满沟怪石奇穴，是大自然造就的冰川遗迹，瑰丽神奇。大峡谷水流湍急，乱石嶙峋，映带左右，气象万千。上堡文化独具一格，山歌唱出美妙声韵，春牛舞动别样风姿，九层皮叠进浓浓的祝福，黄元米果捶入坚韧和强劲。被称为烈酒的上堡米酒，酿出的是喜悦，挥洒的是豪情……上堡在修路，来年秋天，迎送八方宾客的应是宽展的新大道；上堡街正改建，不用太久，红军演兵的柳树坝，将会呈现红色、绿色和古色的精魂。

雾霭浓重的日子，我走进齐云山。那是赣南第一高峰。沿大江、过埠江、思顺河、桶江溯流而上，到下十八垒、上十八垒，即是齐云山根。古驿道在脚下，顺着它可以越过山顶，去往湖南。500年前，王阳明仗剑囊书，架栈梯壑，带领骁勇兵丁在这里跋涉和征讨；80年前，彭德怀统领红军，横刀立马，在这里浴血奋战。齐云山巅三峰并立，直指苍穹，面向它我肃穆仰望，一个时辰，又一个时辰……天阴多云雾，难睹齐云高峰的真容，只能寄想象于云端。欣喜的是，在变幻无尽的光影里，巨树长竹、碧水深潭、急流飞瀑、险峰峭崖，无不染上浓墨淡彩，深深浅浅，移步换景。伫立桶江驿道王阳明留有真迹的平茶寮碑前，环视那卓然兀立的孤石，默念"兴师正为民病甚，陟险宁辞鸟道斜"，咀嚼"穷巢容有遭驱胁，尚恐兵锋或滥加"，能不心事浩茫、百感交集？

崇义多山，崇义崇山。崇义山好水尤清。

驾小竹排横渡麟潭江、过埠江，乘大木船巡看水口"七星望月"，我对伟岸、深邃、清新、静美、亮丽等词语有了新的理解。层层叠叠的森林，是大山温厚馨香的怀抱；星星点点的花朵和清凌凌的涧水，是大山的笑靥和媚眼；此起彼伏的虫鸣与鸟语，是大山不息的歌吟。

写这些文字时，我寄身于高高的阳岭。山之深处，朝雾暮云，

攀山

月白风清。竹喧友人来，鸟鸣山更幽，明月松间照，清泉石上流。我与山同起居，共呼吸。

山里是寂静的，山外是热烈的。省城刚刚开过继往开来、谋宏篇布大局的誓师会；县城正开着面向全国、提升森林质量的群英会。

大山使人沉静又使人豪迈，使人理性又使人敏感。我听到了声声呼唤——

山说：我曾经满是创伤，请别再给我伤害！伤害了山，终会伤害人。靠山吃山、靠水吃水没有错，要看怎么"吃"。取之有度，护之得法，才会有真正的金山银山。

山说：这丰富生动的世界，是我和水支撑、装点、润泽的，我们也有性灵，也要人来陪伴、欣赏和打扮。阳明先生有言："青山随地佳，岂必故园好？但得此身闲，尘寰亦蓬岛。"熙熙攘攘的人啊，不是有时间、有车、有闲钱吗？犹豫什么，到我们这儿来，寻美找乐子，何必舍近求远？就这儿，这上堡胜地，来一次新的体验。就这儿，这聂都白溪，土黄色的客家小院，停下你的脚步，在门外小沟里掬清水洗把脸，坐在竹凳上、小桌边，喝一壶浓酽的苦茶，吃几片地道的酸枣糕，就着暖暖的阳光、碎碎的风，敞开衣领灌两碗米酒，吃些绝无污染的鸡鸭和蔬菜，让蓝天白云笑眯眯地看着，让机警的鸡和懒散的狗羡慕着，达五分醉意，于客舍饱睡一通，一定能收获满满的好心情，维持一个月、一年！

山说：我这儿满是宝藏，得有识货的人来点石成金、化水为银，财源滚滚无尽期。别总记挂着地底下那点东西。可曾知道君子谷、庄席福？可曾听说那个百草丰茂、众鸟翔集、物种丰富、繁花似锦的地方？那里创建了既开发资源、富裕百姓、壮大企业，又保护和优化生态环境的模式，"将伊甸园复制到人间"。衣绣莫夜行，富贵须还乡，崇义的成功人士要回来创业，为故园的富裕美丽幸福做贡献！虽非崇义人，也该瞩目这个地方，绿色发展，处处可呈精彩。别总想着一日暴富、一年暴富，且按下浮躁的心，析出一点资财，融入不泯的乡愁，带到山里来，稳稳地投下去，投向那溶洞、那梯田、那茶园、那客栈、那河滩、那草甸。让雄心变成坚硬的种子，与这里的苍松翠竹一起发芽、扎根，长成参天之树！

身在阳岭，不忘阳明。"知行合一"，自是经典；"破山中贼易，破心中贼难"，非常哲学；"无善无恶心之体，有善有恶意之动，知善知恶是良知，为善去恶是格物"，耐人寻味。

圣贤且清苦的王阳明，也曾教人忙里偷闲、轻松愉悦。他也说过："借山亭子近如何，乘兴时从梦里过。尚想清池环醉影，犹疑花径驻鸣珂。疏帘细雨灯前局，碧树凉风月下歌。传语诸公合频赏，休令岁月亦蹉跎。"

（原载2016年12月23日《江西日报》）

悲泣与歌吟

丙申猴年的"小雪"前后，我往信丰走了一趟。因为"中国脐橙数赣南，赣南脐橙数信丰"，因为"一片片金果挂山梁，一阵阵笑声在回荡"。

到达县城的那日，正下雨。入住的桃江酒店内宾客如云，络绎不绝，我猜想都是买卖脐橙的。有大胡子、大肚子的外国人和专家模样的中国人，我猜想都是研究脐橙的。借问信丰人，都笑着回答："要问脐橙事，请找袁守根。"

袁守根，一位退休老人，曾任信丰县人大常委会副主任，据说是赣南脐橙的"开山"人物之一。次日，"小雪"前一天，大雨。袁守根打着伞来到酒店，为我讲了5个小时的脐橙故事。他说到45年前步行60里去安西扎营勘测；说到三批"母亲树"；说到三次大会战、百里脐橙带；说到假植、定植、浇施、补施、虫口；说到胥尔、章文才；说到朋娜、纽荷尔、纳维林娜；说到《江西日报》头版头条《信丰脐橙全国评比第一》、央视关于脐橙的最新报道；说到三年前赣南果农给温家宝的信和总理的回复；说到黄龙病……讲述的人年逾古稀，往事历历都是那么清楚，娓娓道来还是那么传神；听讲的人已届花甲，被深深感动，有强烈共鸣，时而怅然、时而肃然。

细雨纷飞的午间，我随袁守根参观了几个模范果园。我看到了绿绿的树、累累的果，看到了枝叶上的"粘板"、树间的诱虫灯，看到了难得一见的高音喇叭、"万众一心打一场歼灭黄龙病的人民战争"的大标语，也看到了一座座赤土朝天的山。袁守根长我10多岁，他表情丰富、情随景迁，一会儿笑声朗朗，一会儿眉头紧蹙，一会儿津津乐道，一会儿默默无言。

"小雪"之日无雪，雨也不算大。袁守根带我去安西——"信丰脐橙数安西"，那是赣南脐橙的发祥地。让我怎么也想不到的是，这个时节，这个号称拥有4.5万亩橙园、年产橙5.5万吨、蝉联过"赣南脐橙王"的大镇，"橙"的气息竟是如此之淡薄。镇子上没有一家经营脐橙的店，街道上没有一个专卖脐橙的摊。水果铺上抢眼的是苹果、香蕉、梨子和南丰蜜橘，难觅脐橙。路上人来车往，与脐橙无干。在果茶站技术人员的陪同下，我们察看了两个地方：一个是"定植"第一批"母亲树"的县脐橙场，一个是香山万亩脐橙精品示范园。前者在镇子的北面，虽有树有果，却没了"母亲树"，只有写着"赣南脐橙母亲树"的水泥碑和残破的铁丝网在朔风乱草中出没。曾经蜚声遐迩、引无数人物竞折腰的橙园，已经盘给个人经营，2000亩橙树所剩不到1/5，今年的产量只有10来万斤。后者在镇子南面，漫山皆橙，张姓老板经营着1300余亩脐橙树，以往好年景一年可收上等脐橙500万斤，一般年景也有300多万斤，去年只收了100万斤，今年到不了30万斤！而且，挂在树上的不少是"红鼻子果"、青果，许多树叶泛白、转黄。少东家小张一脸稚气，豪迈地提篮子摘果子给我们尝。从那橙子里，我依然品出了"果大色艳、甜酸适度、脆嫩爽口、香气浓郁"，依然笃信这是"华夏第一橙"。然而，天低寒流急，雨疏北风狂，面对瑟瑟的果园和单薄的小张，我的心阵阵抽紧，唇齿间沁出苦涩。

安西人坚忍不拔，正奋力开创绿色发展新局面。但毋庸讳言，

"赣南脐橙之父"袁守根

这个地方还在经受橙的困扰和煎熬。赣南很大，信丰不小，我把安西当个例，想象它不是"典型"和"缩影"。我也弄明白了，桃江酒店里川流不息的男女，那些"老外"和专家模样的人，与脐橙根本没有关系。橙分大小年，今年是小年。让安西、信丰脐橙如此不堪的不只是这个，主要是黄龙病，是那杀橙不现形的"革兰氏阴性细菌"和为虎作伥的虫媒——柑橘木虱。

三年多了，赣南一直在打防控黄龙病的攻坚战，十分艰难。老区人民为此经历了痛苦，付出了血泪，作出了奉献。信丰人是不遗余力的，他们埋头苦干，一心要让脐橙产业"凤凰涅槃"。无须讳言的是：危险尚未阻断！

现实无情。那成片成片砍翻的树、躺在泥土里的铁色树兜和枝杈，恰似伸向苍天的手。安西河和桃江中泛红的水，有被毁果园的血。橙子上的雨珠，是果农的泪。树在战栗呻吟，人在掩面悲泣。绿色、黄色，致富、致贫，脱贫、返贫，搅得人心烦意乱。

脐橙树的生长环境、免疫能力，决定其生死。这与人的行为或有密切关系。橙乡人在拷问：产业发展是否合乎自然逻辑、各项管理是否科学到位？我也天真地想：假如不是这样漫山遍野种脐橙，假如不是动辄万亩、百里，而是计划着、穿插着种些别的，可恶的黄龙病是否会来得如此凶猛？假如不施那么多肥，不打那么多药，是否木虱的天敌会多一些？曾在网络上读到一条关于脐橙的信息："没甜蜜素的您说酸，没催熟的您说不艳，没保鲜剂的您说腐，没清洗打蜡的您说难看……您渴望健康，却喜欢包装和变质的世界。"联系实际，我暗自惭愧！

不是橙乡人，不知橙乡难！我理解他们的困惑和纠结，钦佩他们的勇气和担当。是啊，事物的发生和发展总是有原因的，生物的多样性是动物和植物在自然界生存的基础和条件。尊重自然、顺应自然、保护自然，是最不可轻视的规律。

绿不单是风景，更是生命。创造和扩展绿，不光需要梦想与激情，更需要理性与坚韧。绿失色了，树会受折磨、遭蹂躏，这是给人的警醒。树有灾殃，"万物灵长"的人更要挺立。救了树，方能救绿、救生态。人从中得到的不仅仅是甜美，更多的是生机与活力。这正是"人橙合一"！

袁守根，那个被称为"守住脐橙之根"的人，他的乐观、睿智与坚毅感染了我。我信他的话：脐橙是赣南农村的"当家树""致富树""摇钱树"，一定不会说倒就倒。黄龙病不是"死穴"，只要工作得法，可防可控可解。科学种养，提高品质，搞活流通，赣南脐橙业大有可为。这老人反复说："赣南每年繁育500万株以上健康的脐橙苗子，栽下去，不出三年，就是十万亩新果园！"

建设中国南方绿色大屏障，少不得赣南脐橙这道亮丽的风景线。要把目光和爱心多多投向安西、信丰和赣南，多多投向那块红土地，各尽所能，施以援手，帮助它劫波渡尽，常绿常青常盈盈！

"山有几道弯，水有几道弯，弯呀弯呀，总有脐橙香。""小雪"之后一日，雨停天开，我告别信丰返回省城。伴着列车行进中的轧轧声响，我用手机听张也唱《橙乡吉祥》。那甜美的音色和倾情的歌词，撩得人思绪万千。我不由得跟着哼："人信物丰，人人向往。吉祥的鸟儿报喜讯，吉祥的橙乡奔小康。"

（原载2017年1月10日《光华时报》）

三江水合望清流

　　据五岭要冲、扼闽粤咽喉，统驭南赣、雄镇三江的赣州，洋溢着灵气、秀气、大气和霸气。欲得这座城市的神韵，须备三分浪漫，下七分功夫，踏实行走，悉心体悟。

　　岸上固然要走透。不能漏了南市街、灶儿巷、六合铺、客家大院，要看慈云塔、标准钟、状元桥、阳明院。生态公园面积大，人工湖水好花草多、柳丝儿撩人，可以逛逛。狮子塘、荷包塘、清水塘古拙深沉，要转转。八里城墙得从头到尾走一遍，郁孤台、八境台要爬到顶。纸上得来终觉浅，还得下水！"涛头寂寞打城还，章贡台前暮霭寒""长垣连草树，远水照楼台"之类的千古绝唱，不委身于水，借力于舟，很难心领神会。再考究一点，就得弄条稳便的船，在月朗星疏、清风微拂的夜晚，到北门外的水面上转它几个时辰，仰首望星空，抬眼看华灯，低头观光影，击节诵诗篇。浪打船舷风吹面，月照江水水浸月，或有妙不可言的体会。屏气凝神之际，说不定能够感受：郁孤阁中，宫灯高悬，人影幢幢，逸兴遄飞；八境台上，衣袂飘展，弦歌入耳，酒香扑鼻……

　　嘻，这样子"玩"不起！不过，怀揣关切与好奇，循着雅人的路数，那城墙我走穿了。蒙蒙星月夜，也傻傻地蹓到南河、东河浮桥看水

大江之上

看灯。最为有趣的是，真找了条船，游弋苍茫"三江口"，坐观"赣江第一城"。

那日上午，非晴非雨，凉而不寒。小艇一艘，友人二三，龟角尾下水，大榕树相送。船入贡江，溯流而上，至建春门返。顺流而下，掠过高台，跃入赣江，直冲前行，到得宏阔水面，见两岸各一塔，形如门柱，卓然巍然，"玉虹""和谐"是也。回舟缓缓进章江，行不远，遇坝，调头收船……说起来简单，却费了好几个时辰，行的水路也有20多里。天在高处、山在远处，人在船里、船在江里，其身起伏、其情荡漾。

曾经从锦绣文章中读到："行舟自庐陵始……历尽艰险，至一山势平阔之水口，豁然有两江迎来，一清一浊。浊者汹涌澎湃，清者柔顺大度，似两巨龙飞舞交媾。两龙相交，育一城，此虔城是也；城首高阔，飘逸挺秀，犹如龙舟之首，雄雄然顺势而下，此八境台也。"这是前人描述从庐陵（吉安）乘船到虔城（赣州）所见情景，如今看去，也大体相宜。三水绕三山、三龙会三潭、章贡合一体，赣州得天独厚、五色斑斓。

这日子，八一桥下的赣江当是沙肥水瘦，八境台前的"三江"却丰盈壮阔。十八滩下有大坝，欲在赣州看水清沙白、鸥鹭翔集的景致，那要等到泄洪保安全的汛期。

水流光溢彩，亦藏污纳垢。稍不留神，章、贡会变味，赣、鄱会受牵连。天有晴阴、月有圆缺，山有高低、土有厚薄，河有宽窄、水有清浊。山活不活看鸟，水活不活看鱼。章、贡处处有渔歌，却也少了点曾经的花哨与嘹亮。

公开资料表明，赣南森林覆盖率 76.2%，饮用水源地水质达标率 100%，空气质量在国家二级标准之上。赣州城生态环境位居全国前 20 强，是国家首批创建生态文明典范城市。这难能可贵！公开的断面监测结果也显示，章、贡水系主要河流的五类水还有 0.8%。水乃生命之源，须臾不可或臭或缺！

古人不见今时月，今月曾经照古人。我特别敬仰苏轼和辛弃疾，前者的"山为翠浪涌，水作玉虹流"，后者的"郁孤台下清江水，中间多少行人泪"，把赣州山水的妙处写绝了。要紧之处无非两个字：翠、清！

《爱莲说》是在赣州写成的？确凿与否且不论，可以肯定的是，濂溪先生在虔地吟风弄月，研习与传授"天人合一"那会儿，赣州城肯定没有现在这般热闹繁盛，但一定比今日清爽洁净。街巷屋宇之间，有无数水塘，种满了莲荷。时令一到，莲叶田田，荷花盛开，鱼戏莲叶东，鱼戏莲叶西。千年福寿沟是地下建筑经典，引世人折服，是赣州的城市文化名片——这东西千好万好，最好之处莫过于"实在"，没有弄虚作假，不作秀，是真正的生态环保、良性循环，立足当前、着眼久远。刘彝及其同僚也许笃信风水，但那时未必流行生态、绿色这样的概念，他们不惜工本，排除万难，做这种苦在自身、乐在百姓，功在当代、利在千秋的事情，凭的是什么？是良心和德行！

"江河门前过，饮水另求源"的地方还是有的。赣州人左右逢源，如今喝的也是章江之水。可有百姓对所饮之水并不放心？可有人主张直接从上犹江或陡水湖引水入城饮用？倘若有而且多，那真是中、下游的不幸！诚然，水有自净能力，石城或崇义哥们扔进琴江章水的塑料袋，也许不会在滕王阁出没。但自净是有限度、有条件的，若没有拒绝悬浮物、氨氮等的底线和手段，若没有足够多的水、沙和草，鱼如之何？人如之何？

回首在赣江上游的行走，回眸亲近过的大水口、小水口、东山坝、龙舌咀，忆及赣源崠、王陂嶂、添锦潭、铁扇关，遥望五岭、五夷、罗霄和雩山，心有千千结，思绪作浪翻。章水与上犹江在蓉江新区相拥而成章江，绵江与湘江在会昌城头交颈而成贡江，章、贡二江在八境台下合为赣江。"三江口"是天地的杰作，也是观照天地与人的镜鉴。

章、贡二江每年注入赣江的水以四五百亿立方米计。若非赣南的坚守，哪来如此浩浩清流？经济是生态的基础，生态是经济的保障；百姓爱养心养眼的绿色，也要过殷实富裕的日子。井冈儿女意气风发，打造美丽中国"江西样板"；赣南人民斗志昂扬，争做生态文明建设的排头兵。"样板""排头兵"，何其难哉！众目睽睽，压力山大，任重道远！

我心慰然："赣州的青山绿水是大自然的馈赠，是全市人民赖以生存的家园。我们决不能牺牲环境来换取经济的发展。"这是生态立市、绿色崛起的铿锵誓言。是境界、胸怀、担当、奉献！值得喝彩、点赞！

江水有声会评说，高阁无言日夜看。

细流汇江河，百川归大海。章、贡水合，三江竞秀。八境台前的层层清波，不仅泽被赣鄱，也能映照中华、光耀世界！

春暖南风面

因为"绿"的心结、"会当凌绝顶"的想望和"千年鸟道"的诱惑，初春时节，我跑去罗霄山，攀那南风面，进那营盘圩。

南风面是罗霄山脉的主峰，海拔 2120.4 米，在赣湘边界，遂川县境内。它既高且野，没有缆车索道，没有盘山路，没有像样的游步道，得一脚一脚往上蹬，一步一步往下溜。天照应，人帮忙，如愿以偿。南坡上，北坡下，25 公里山道，用了 8 小时，我拄断两截木棍，磨破一双手套。

我爱山，这一次却意不在登山。我是想，上到南风面，或许可以望见齐云山、八面山，一定能看清神农峰、鹭峰仙，而闻名遐迩的"千年鸟道"，当展露无遗、尽收眼底。我极想居高临下，体验一回"荡胸生层云，决眦入归鸟"……不过，现实很骨感，当我们佝偻着腰站到南风面的最高点笠麻顶时，风如奔马，寒竹狂舞，浓雾不肯消退，天地一片混沌。

南风面给人绿的抚慰，北坡的风景尤其让我喜出望外。山脊如削，竹林密不透风，穿林打叶，沿"兽道"下行，一路惊险和欢欣。山腰的南方铁杉，以数千亩计，苍苍老树，笔直遒劲，树叶与腐殖土堆积盈尺，冠如盖，苔似被。遂川人总以有"基因宝库""物种银行"而自豪，多半是因为南风面这片原始林子。没撞上走兽飞禽，但随地可见灰的黑的大的小的各种粪便，还有被野猪、野鹿、大灵猫、果子狸"耕"过的土地，分明告诉你这就是它们的乐园。林隐山溪水潺潺，带路者言之凿凿："有娃娃鱼！"落叶树的枝头尚无新叶，但嵌上了新芽。怒放的花儿还不多，但杜鹃、玉兰、山桃已缀满骨朵，随时会"花动一山春色"。看似枯败的草，已在根上着绿，即将青翠焕发，摇曳生姿。"千红万紫安排着，只待春雷第一声"。

天造地设，高耸入云的南风面，与齐云山、八面山三峰环峙，围出了一个长约46公里、宽约30公里的不规则凹形谷道。特殊的山形地貌，为迁徙鸟类提供了方向识别标志，而每年春、秋季分别形成的"东南—西北""西北—东南"气流，又为候鸟的北归和南飞送风助力。于是，有了"遂川千年鸟道"，这也是中国著名的"中部鸟道"——全球八大"鸟道"之一。赣江一级支流遂川河在此发源，其地温热湿润，林木丰茂，草盛花繁，鱼虫良多，正是万千候鸟中途休憩与食物补充的绝佳场所，也是它们的生命通道。这里，隐藏着鸟类王国的诸多密码。

"千年鸟道"包括了遂川全境，集中在县域西部的山隘谷地，又与湖南桂东、炎陵的一些地方紧紧相连，融为一体。其核心在营盘圩、戴家埔、高坪、汤湖一带，以营盘圩为最。

我先到营盘圩，再登南风面。下了南风面，又进营盘圩。人在营盘圩，北望南风面，那山，既是"千年鸟道"的构成要件，也是最切近的屏障。

营盘圩平均海拔1000多米，鸟道凌驾在600米~1200米的山地之上。高达1269米的牛头坳，正是一个咽喉要冲。攀上这坳，站在国立15号界碑边上瞭望，一侧是江西，一侧是湖南。脚下蜿蜒着如肠的路，空中飘过似烟的云。山有无数重，路有无数弯，山外还有山，天外还是天。

牛头坳周边布满了高高低低的山包，当地老表说，凡是树木低矮稀疏、地势平坦的，过去都是"鸟场"。山包上，不难看到朽烂的长短竹竿，那是曾经用来支大网小网捕鸟的；不难发现焦黑的土石，那是捕鸟人采光诱鸟或埋锅造饭留下的印痕。有不少用坚石垒就或从崖壁凿出的石窝，各数米见方，是"鸟人"们藏身过夜的地方，冷硬苍黑，不知经历了多少风霜雨雪。眼前的牛头坳，树绿草飞扬，莺啼声播远，安宁静谧，呈现着让人心醉的祥和与美丽。曾几何时，这里却是鸟们恐怖的坟场——候鸟迁飞季，月黑云低夜，灯光四射，迷音激响，天网密布，飞鸟遭殃。

季节还未到，鸟儿较稀少。要不了多久，北国的坚冰融化了，灰雁、黑雁、白鹭、苍鹭、池鹭、夜鹭，斑鸫、白眉鸫、仙八色鸫、小蝗莺、褐柳莺、红嘴相思鸟、叉尾太阳鸟等等，会成群结队，不舍昼夜地飞过来、飞过去，成就一番新的壮观景象。

人在变，山在变，林在变，鸟道也在变。

行走营盘圩，我结识了两条好汉。

廖许清，遂川县林业局野保站站长，温厚朴实有学问的人。他陪我参观全国鸟类环志研究中心营盘圩环志站，给我灌输关于鸟和鸟道的知识。于是我知道：遂川是野生鸟资源特别丰富的地方，境内分布的鸟类有 17 目 52 科 247 种，其中冬候鸟 39 种、夏候鸟 51 种。环志站建于 2002 年，共环志各类鸟 13 目 47 科 200 种 3 万余只，是我国鸟类迁徙保护与研究的重要基地。环志就是用国际通用的金属环套在候鸟脚上，将它们放飞，通过野外观察、再捕获、咽拭、肛拭、血样提取、病毒检测、分子生物学分析等获得鸟类生存和生态学信息，为深入研究提供科学依据。"每年我们都要在山上值守几个月。""这个站是'野生动物保护科普教育基地'，要把它建成全国一流。"这人平静的话语、淡定的表情和厚厚的眼镜片泛出的光亮，让我读出专业人士的学养和责任、使命。

曾昭明，营盘圩桐古村民，过去的"鸟人"（打鸟强人）、今天的"鸟叔"（护鸟英雄），浑身"鸟故事"，通体"鸟味道"。听人讲，倒回去 20 年，他是方圆几十里无人不知的"捕鸟王子"，可以躺在自家的竹床上唤鸟抓鸟，会装索子缚鸟、用铳打鸟、张网捕鸟、下药迷鸟。营盘圩天高皇帝远，捉鸟、吃鸟的习俗百年千年，善捕鸟者是能人，可以养家糊口甚至发财致富，连鸟都捉不到的人让人瞧不起，讨不上老婆养不起娃。他就是让人尊敬和羡慕的能人。当然，这都是老皇历，如今的曾昭明，早已成了赫赫有名的鸟卫士、鸟天使。人们

同上南风面

唤他"曾队长"，是因为他2008年便在村里带头组建了义务护鸟队，义无反顾地拆鸟场、毁鸟具、赶"鸟人"、办鸟案。爱鸟护鸟这条路，老曾和他那些志同道合的伙伴，已经走过了十五六年，不离不弃不动摇。我跟着他翻山越岭，看"鸟场"、访"鸟友"、忆"鸟殇"、叙"鸟事"。问他："不打鸟，日子怎么过？"他便带我看药材种植基地、高山蔬菜基地、黄桃园、布朗李园、有机茶场，看他养在山崖上、屋檐下的土蜂，告诉我："只要人不懒，山里好活人。"原墩里老屋，是他曾经躺着抓鸟的地方，如今人去室空，残垣断壁；移民新村的曾家新屋，两层小楼，宽敞明亮，房后松竹翠，房前清水流。我又问："别人抓鸟你抓人，乡里乡亲的，不怕得罪？"答："好人谁还伤鸟？违法乱纪的，得罪也就得罪了！"踏遍青山人不老，情系飞鸟春长在。老曾大我俩月，却体壮气粗，身手敏捷，完全不像年逾花甲的人。在那窄而陡的路上，他疾步行走，不加梳理的头发一耸一耸，黑色的外衣鼓胀开来，让我联想到豹子、苍鹰，山神、鸟精。这样的人，"千年鸟道"上也许有几十，也许有几百，会越来越多。

在野生鸟类保护方面，遂川醒得早，起得早，走得也快。"珍爱候鸟，保护生态""同在蓝天下，人鸟共家园""鸟道是我家，爱鸟靠大家"的观念已深入人心，护卫"千年鸟道"的体制机制已经形成，捕鸟、吃鸟、以鸟谋财的陋习业已革除，转变生产生活方式，山民们过上了更加舒心和富足的日子。把鸟儿曾经的畏途、地狱变成自由飞越的坦途和永远的天堂，他们矢志不渝。

当少数城里人吆五喝六，大啖天鹅、大雁、穿山甲和狸猫，堂而皇之、得意忘形的时候，营盘圩的村民也曾在自家门前捉几只鸟来吃。但是，现在不行、将来不行，明火执仗、大网大杀不行，偷偷摸摸、小捕小烹也不行。"天蓝地绿水清"，不能少了飞鸟！

专家揭示：捕杀候鸟危害极大，最重要的是会损害生物的多样性、破坏本已十分脆弱的生态环境，造成生态失衡。"离开生物多样性，人也不能生存！"鸟类是生物多样性的最佳指标物，候鸟是生物多样性的美丽使者。

森林可以没有人，人不能没有森林。鸟也许离不开人，人又如何离得开鸟？人是敏捷而强大的万物灵长。在与人的博弈中，花鸟虫鱼猛兽都是失败者，选择的只能是隐忍、退让、逃避，甚至消亡。人却在进取、进取、进取，万物皆为我用。然而，在人的进取与成功、鸟兽的退让和消亡过程中，多少危险的东西已然出现，步步紧逼。或许，人的骄纵，人的所谓成功和欢愉，要以失败和自戕买单。

人有人语，鸟有鸟语，各成体系，或可相通。人有人道，鸟有鸟道，各具路线，难免相交。人有人殇，鸟有鸟殇，人而无道，鸟殇终变人殇。

当不少城市灰雾迷蒙的时候，山野碧空如洗，日新月异。南风面不响亮，却高高地矗立在那里，千年万年；营盘圩不摩登，却在涌动着盈盈绿色和汩汩暖流。在营盘圩，我依稀看到了这样的画面：清明前后，无数候鸟飞临空谷，欢快地向北、向北，山头满是花，山坡满是树，山涧满是水。秋分时节，它们又结伴南翔，或扶摇直上，引颈而歌，或盘旋低飞，驻足暂留，岭上满是果，溪中满是鱼，农人在田地劳作收获，满是慈爱，鸟儿的羽毛可以轻拂他们的脸庞。

前些天微信朋友圈的一段视频深深吸引了我——高天与大地之间，雁阵飞过。蓝天之下，云团如圣诞老人；雁队络绎不绝，雁鸣声声，声声悦耳；地面上停着银白的飞机、灰黑的汽车，人那个多啊……配的解说词是："广州飞机停飞，为回归大雁让路。壮观的生命景象，让人感动得流泪。"

忆及《鸿雁》，好想放声歌唱。

我和"鸟叔"有个约定：待到秋深时，再访营盘圩。

（原载2017年4月21日《江西日报》）

井冈山前鸟道宽

遂川营盘圩的名气越来越响亮。因为鸟。

候鸟择天择地择时而飞。前年初春我去营盘圩，没有看到呼啦啦的鸟。今年初冬又去，也没有看到呼啦啦的鸟。不当其时，难见其盛。但两进营盘圩，和"鸟人"们越来越熟，得知的"鸟事"也越来越多，欣欣然也！

不久前那个明净的日子，我和曾昭明、曾昭富兄弟相伴相扶携，攀上了营盘圩的第一高峰湖洋顶。二曾是著名的"鸟叔"——从前的打鸟能手，如今的护鸟英雄。他俩是同族兄弟，各有传奇，在报纸、电视、网络上日见其红。我们仨都是老汉，序齿以论，大曾比我大俩月，小曾比我小两岁。

资料记载，湖洋顶的海拔是 2003 米，攀上去这山望着那山高，用手机逐个山包测量，最高处竟有 2015 米。山的迎风面石多土薄草矮树稀，背风面林木茂盛层次分明，由低到高生长着油茶、毛竹、厚朴、红枫、香樟、杉、松等，郁郁葱葱。山顶长满寒竹，也有结实的鸡翅木、马尾松。草窠或树丛间不时蹿出惊乍的野鸡，空中盘旋着孤傲的老鹰。村民们放养的黄牛在山腰漫不经心地吃草，身上洒满冬日暖阳，金灿灿、油光光。海拔逾 1900 米的山窝里有一口水塘，是年大旱，平原上的河流干枯了，这塘里还有一汪清水，塘边还是绿草茵茵。无尘无风，听得到牛嚼草的声音，也听得到云滑过天空的声音。小曾腼腆，总是笑，不时从布袋里掏出东西来分吃，一会儿蒸红薯，一会儿黄桃干，一会儿蜜梨，全是他亲手所种与加工，生态有机无公害。大曾豪迈，言语间多幽默，说山上的牛是"天牛"、山顶的松是"迎客松"、水塘是"洗药湖"——炎帝洗百草为药的地方。我问"鸟呢？"小曾说"现在没有，有也飞不到这么高。"我指着老鹰和野鸡问："那不是鸟？"大曾说："是留鸟，不是候鸟。"我们相视而笑。

湖洋顶上举目四望：正北隔一道峡谷就是南风面，披着铁色，巍峨壮观，让人想到"山入高秋老更苍"；西南面隔山而望的是鹫峰仙，孤峰锥立，直指苍穹，让人想到"刺破青天锷未残"。大曾左手指向正南，说"那边是齐云山"，右手指向偏西南，说"那边是八面山"。山外之山天外天，眼力不济看不见，但我知道齐云山是赣南的最高峰，八面山是湖南桂东的最高峰，都在 2000 米之上。这些高峰便是罗霄山脉最突出的隆起，是江西与湖南的界山，也是赣江与湘江、鄱阳湖与洞庭湖的分水岭。这一区域在 500 里井冈范围内，也叫"南井冈"，是当年红军闹革命的重点地区。"千年鸟道"正是由南风面、湖洋顶、齐云山、八面山等高峰围出来的，是一个总占地以百平方公里计算的不规则山谷凹槽，涉及江西、湖南两省三县多个乡镇。它是一个天然隘口，也是候鸟的高山隧道，海拔 1269 米的牛头坳和海拔 1255 米的南风坳，恰好在江西营盘圩和湖南炎陵下村、桂东沤江的界点上，营盘圩是这条鸟道的核心区。牛头坳和南风坳是坎，是关，是风口，是数以百千万计南北迁飞候鸟的命门。鸟有鸟命，年年要飞。高山飞不过，就从低山夺路而出；体力不支，就借助风力；黑暗可怖，就冲向光明。再苦再难再艰险，它们也要飞飞飞。

与"鸟叔"在湖洋顶

借了湖洋顶的高拔和晴日的空阔，先前有些迷蒙的鸟道在我眼前清晰起来。哪是顶，哪是坳，哪是沟壑，哪是溪流，哪是雷公岩，哪是五叠泉，哪是茶场，哪是桃园，哪是学校，哪是电站，哪是百鸟岗，哪是环志点，一目了然。山的底色是绿，山间的村落、房舍、场院、田地色泽斑斓，大珠小珠落玉盘。山路蜿蜒，金丝银线，把山与山连在一起，把山与水连在一起，把营盘圩与戴家埔、高坪、汤湖、黄洞、桥头、下村连在一起，把遂川与炎陵、桂东连在一起，把江西和湖南连在一起……山道上驰过卡车、农用车、摩托车、轿车。闭目凝思，可以看到 90 年前，这里的路狭窄而陡峭，走过队队红军，旌旗猎猎，刀光闪闪。

坐在湖洋顶的乱石上，二曾为我讲鸟：鸟在人先，这条鸟道肯定不止千年。鸟跟河走，有水有草有虫子有鱼才有鸟。鸟道上的人从来不好吃懒做，家门口飞来飞去的活物，总以为是老天爷相送的。打鸟吃鸟也有规矩，也讲鸟德，"好汉不打回头鸟（春天飞过的候鸟）""孤燕一时，孤雁一世"，长情的鸟夫妻被人捉住一只，另一只会在天上转来转去，像人一样哭叫个不停。他们说：2002 年开过那个"鸟会"（中日鸟类环志研讨会），建了那个"鸟站"（鸟类环志站），搞清了鸟跟人的亲密关系后，伤害鸟的人就少了。最近这六七年，乡里、县里、市里、省里抓得紧，老百姓都懂"既要金山银山，更要绿水青山"，都知道打鸟吃鸟犯法，要罚款、坐牢，还会被人耻笑，没几个敢再做这种造孽的事了！我听得频频点头，因为印证了两进营盘圩的所见所闻所感："同在蓝天下，人鸟共家园"，"千年鸟道"上，爱鸟、护鸟由强制到自觉，由个别到普遍，由不敢打、不能打到不想打，实现了良性循环。维护"鸟道蓝"、弘扬"鸟文化"、发展"鸟经济"、开辟"鸟前途"，达成了共识，积累了经验。鸟维系着人的情感，激发着人的希望和雄心。好得很！

最关紧要的是，鸟道上的人认准了一个理：鸟要保护好，人的日子更要过得好。不摆脱贫困，保护这保护那全是纸上谈兵、隔靴搔痒。所以，在用系列举措擦亮"千年鸟道"金字招牌的同时，他们努力做实脱贫攻坚、发展经济、改善民生的每一项具体工作，矢志不渝地走生态优势转化为经济优势的康庄大道。他们的业绩呈现在欢欢飞过的鸟群上，也呈现在黄花菜、中药材、优质茶油、生态茶叶、黄桃、蜜梨等生产基地上，呈现在宽阔畅通的道路上，呈现在宽敞洁净的房舍上，呈现在百姓如花的笑脸上。前往营盘圩游憩的外地人日渐增多，吸引他们的不单是鸟，还有动人的红军故事、迷人的客家风情，还有夏日的天然空调、深冬的梦幻雪景，还有无边的氧吧、漫山的竹海。

湖洋顶下就是江西通往湖南的公路，路边上就是鸟类环志站。在站房改扩建的工地上，我又见到了前年结识的朋友，遂川县野保站长小廖，那个温厚朴实有学问的人。廖站长认为：营盘圩"千年鸟道"是江西绿色发展海洋中的一片深蓝，是全省保护生物多样性的一个标志性节点。这里不光保护候鸟，也保护留鸟。不光保护鸟，也保护各种野生动物。不光保护蓝天，也保护山林和河流。落脚点就是打造美丽中国的"江西样板"。戴家埔、高坪、汤湖和营盘圩一样，炎陵、桂东和遂川一样，湖南和江西一样，"同谱人鸟和谐曲，同唱地球欢乐歌"。小廖的话让我心头一热：是啊，山是中国的山，江是中国的江，建设和谐美丽幸福家园是新时代中国人的共同使命，老区人闹革命甘洒热血、搞建设奋勇当先，井冈山前鸟道宽！

一回生二回熟，大曾昭明算老朋友了，邀我到他家吃过一个晚饭，也请上了廖站长和几个乡干部。热腾腾摆上桌的全是土菜，还有封缸多年的自酿老酒，如过年一样丰盛。大家边吃边喝边说笑。乡里的人问："曾叔，桌上没有猪，怎么也不见鸟啊？"大曾答："猪吃不起，吃土鸡、土鸭子呗。鸟骨头吃不得，会卡喉咙管！"我提及最近报纸上表扬他和曾昭富的文章，说："你俩名满天下了！"

大曾羞涩："做得不好写得好。你不也写过文章表扬我？"大曾的儿子也是一条壮汉，忙前忙后招呼客人，廖站长说："曾叔，你在乡里当护鸟队长、帮我们搞环志十八九年了，让你崽接班吧！"儿子不吭声，老子眯眯笑。大曾有女儿在深圳做事，新买了小轿车，发视频给家人分享。我趁机问："深圳是好地方啊，老哥嫂不打算去享享福？"大曾答："欠的鸟债太多了，还没还清。山里人听到鸟叫才快活，我哪里也不去，就跟鸟做伴。"

乡党委书记小周很精干。交谈中他反复讲：人越穷越打鸟，越打鸟越穷。守护"千年鸟道"是光荣的使命，必须坚持绿色发展、挖断穷根。工作有难度并不可怕，只要不忘初心、牢记使命、踏石留印、抓铁有痕，没有迈不过的坎、翻不过的山。

时令已然入冬，春风依旧扑面。山坡的草、田间的苗有点泛黄，我却看得见奔涌的绿浪；空中没有结队而飞的鸟，我却听得到悦耳的欢叫。这古老的鸟道啊，见证着时代、社会的历史性进步，何其遽也？岂不善哉！

大曾没有讲错，前年出营盘圩，我写过《春暖南风面》，发了些感慨，如说"森林可以没有人，人不能没有森林。鸟也许离不开人，人又如何离得开鸟？""人有人殇，鸟有鸟殇，人而无道，鸟殇终变人殇。"回过头来看，情感是真挚的，表述不免浮泛。这也非怪：生活永远鲜活丰满，文字永远苍白干涩；说三道四容易，真抓实干很难。

我的家在省城，曾昭明、曾昭富的家在湖洋顶下，相距超过400公里。风景独好，远一点儿有什么关系？人好事好，多跑几回有什么关系？我惦记着那山那人那鸟，还会去那营盘圩！

玉润蜀口洲

蜀口洲在泰和马市，是蜀江与赣江交合处的一个岛。蜀江出井冈，过遂川，经万安，在马市镇地界流进赣江。两水缠绵处，天生蜀口洲。有人说："不到蜀口，莫谈赣江！"

栗花白石榴红的日子里，我去了这地方。

乍一看，蜀口洲貌不惊人。它就是一个泥沙淤积的洲岛，没有千姿百态的山石，没有藤古树珍的森林，没有飞瀑流泉，没有奇花异兽。也不大，约12平方公里，只有一个行政村，不足4000人。还比较闭塞，四面全是水，进出一座桥。洲上的大江自然村虽称古村，开基也不过900来年，祠堂不够大，老屋不算多，古井深巷、亭台楼阁、水榭花厅也不成气候，和周庄、乌镇、流坑、钓源都不能比。老樟树、老柏树比较多，散落各处，但与赣江对面那翁郁一片、绵延数里的金滩古树林不可同日而语。洲上的路四通八达，却错综复杂，一不小心会绕进去。户庭无杂尘，作物多蓬勃，繁花乱人眼，蜂蝶舞蹁跹，但难寻绝妙之景，不如香格里拉、西双版纳、江湾或瑶里。

在临江的古村客栈，我宿了两晚，感觉倒也不错。树如海花似浪，风作歌水含笑，人重情室飘香。我不贪睡，东方未晓，翻身起床，独自凭栏，看天远大、星稀落、月分明，听水声细、蛙声噪、草虫鸣。四处溜达，无论早晚，伸头探脑，问长问短。

　　这地方还真不简单！洲上少稻田，种不了嘉禾酿不出美酒，但盛产贵为贡品的"形如银钩、条索紧细、汤色明亮、入口醇厚，香味隽永、回甘绵长"的蜀口茶；盛产糖分高、甜味正的蜀口蔗；也盛产品质上乘、风味独特的蜀口花生和芝麻。尽管没有绝景，可放眼看去，村舍错落，茶园深翠，果木蔽天，鸡犬宁静，无处不有诗意，无处不可入画。尤为奇特的是，小洲傍大洲、大岛套小岛，别具风致。面积逾千亩的中洲岛，因为一条内河与母岛隔开，多树木、少人家，有飞来蹿去的野鸡、松鼠和长蛇。

鸬鹚闲似我

　　欧阳通是村中长者，一位见多识广的老先生。他给我讲，在蜀口洲肇基的是他们的"发祖公"欧阳德祖。德祖公原本住在万安常溪（今百加栋背），宋南渡建炎年间游猎至此，相中了这片风光秀丽、土地肥美的绿洲。于是系船上岸，拓地建房，披荆斩棘，垦荒种地，结网捕鱼，生儿育女，将数以万计的后裔撒播各地。"泰和欧阳人物，尽在蜀江一族。"蜀口洲上人，近半欧阳氏。这里的人耕读传家，崇礼尚文，以德为本，历史上文风鼎盛，人才辈出。尤其明清两朝，仅进士就出过22人，其中欧阳氏21人。崇德堂、复亨堂、保合堂，都是五六百年前传下来的老祠堂，保存完好，悬挂其中的"五经科第""朝天八龙"等匾额，没有一块是随随便便的，对应着的全是响当当的人物和光辉灿烂的故事。村里的几任干部异口同声地告诉我：这里最繁盛的时候是明朝，那时走水路，江上船来船往，洲上店铺林立，白天人山人海，晚上灯火通明，人送雅号"小南京"。

听说王阳明、解缙与蜀口洲都有非同一般的关系，我心存疑虑。问蜀口人，得到的回答是确切的，解释也是令人信服的。王阳明青睐蜀口，主要是因为这里出了个欧阳德。欧阳德（1496—1554），字崇一，号南野，蜀江欧阳氏第15世孙，进士，累官至礼部尚书兼翰林院学士，卒后赠太子少保、谥文庄。他是王阳明的得意门生，与邑中牛人邹守益、聂豹、罗洪先齐名，为"江右王门"四大弟子之一。身居高位又不失学者风范，知庐陵县或巡守南赣而近在咫尺的王阳明得空自然会来洲上走动，喝过酒，作过诗，讲过学，也为兼作书院的复亨堂题写了堂名。解缙本是庐陵人，来得更多，住得时间也更长。他的好朋友、同科举人欧阳永坚便是蜀口洲人。解缙老家在吉水鉴湖，骑马坐船到蜀口，用不了多长时间。他主编《永乐大典》，用的"台柱子"相当一部分是庐陵学者，如蜀口洲的翰林欧阳俊、欧阳贤等等。解缙格外喜爱这地方，发过"日望赣江千帆过，夜观蜀口万灯明"的感慨。

江是洲之母，水为岛之根。我不怕麻烦，找了条老旧的渡船，绕岛一周看稀奇。

蜀江和赣江将蜀口洲全包围，前者在西北，后者在东南。蜀江也叫五斗江、梅乌江，在距离洲岛三四百米远的地方二水中分。一水往西南，行不远，入赣江，那里是洲头。一水朝东北，大弯大绕，迤逦十几里入赣江，那里是洲尾。分流之处，水呈三角形，江心有小岛，幽草覆盖，丰腴多汁。有文章这样写："蜀江张开双臂，搂抱蜀口洲。"我在船上左看右看，却有不同的理解：这不是"双臂"，是"双腿"，是玉洁冰清的蜀江诞下了宁馨的蜀口洲！蜀江之水蓝得像海，软得像绸，嫩滑得像婴儿的肌肤。这不奇怪，它的源头处山深林密，岩险洞幽，沿河森林成带，物种丰富，又受到人们的百般爱怜和悉心呵护，从古到今。许多人称赞它是"江西最美的河流"。"最"或不"最"且不论，可以肯定地说：它是状态稳定的"清流"，是万物眷恋的好地方，否则中华秋沙鸭那样的鸟不会年年光顾。蜀江两岸多树，摇曳生姿，多草滩，滩上大牛吃草，小牛吃奶，白鹭来凑趣，悠然在牛背。

赣江宽阔壮丽，水面无狰狞，江底有乾坤。船傍洲岛徐行，最为惹眼的是一个接一个的沙滩。滩有宽窄，各具韵致。宽滩长满草，盛开花，有成群的牛、嬉戏的狗、啄食的鸡，全都快活。窄滩紧靠土岸和树丛，石码头一头连村庄、一头在江里，村姑们在码头上浣衣洗菜，调笑打趣。水浅处停泊着首尾相连的竹排和小船，排上站满了鸬鹚，船里忙碌着渔夫，江水轻轻拍打，水花纷纷飞溅，鸟和人无不泰然。这场景让我怦然心动，想喝点小酒，摇头晃脑吟哦"轻舟过去真堪画，惊起鸬鹚一阵斜"（陆龟蒙），"鸬鹚闲似我，日暮立清滩"（陆游）。

蜀江娟秀，赣江雄强；蜀江婉约，赣江豪放；蜀江清纯，赣江狂浪。洲民说，赣江涨水时会倒流进蜀江，颜色不同，清浊分明。我则注意到，蜀口洲开阔处是洲头，那儿有壮丽的金沙滩，沙是"金"的，水、草和树全是绿的，金碧盈蜀口，大美不胜收；蜀口洲神奇处是洲尾，那儿洲尖细，水墨绿，潭深沉，藏着无数故事。船过蜀口洲，再往前十几里就是泰和城。船起伏，浪高低，午后斜阳，波光云影，那城似乎巍峨，又飘飘荡荡，疑为海市蜃楼。身临其境，人亦朦胧，恍惚间能看见千帆上下，载米载茶载木竹、载民载兵载学子，舱中端坐着昂首捻须的李白、苏轼、黄庭坚、杨万里，还有紧蹙眉头的胡铨、辛弃疾、文天祥。江风徐徐，送来隐约的市声、书声，飘过若有若无的茶香、糖香、酒香、花香、脂粉香。

天赐蜀口洲，果然完整而饱满，清丽而圆润，行之赏心悦目，品之余味无穷。难怪说"前世风流"！难怪敢竖"千里赣江第一岛"的碑！

今日的蜀口洲仍不失"风流"。她是全国文明村、省级历史文化名村、国家3A级旅游风景区。"风流"就是美啊！美是要珍爱、守护的，是要倡扬、分享的，更是要创造、出新的。蜀口洲是独立的洲岛，更是开放的水域、广阔的天地。把熠熠生辉的历史复兴为壮美的现实，把山水和人文的优势转化为经济社会发展的崭新成果，把珠圆玉润的洲岛建设成为令人向往、交口称赞、呼朋引类、蜂拥而至的"最美"地方，应该成为蜀口洲人共同的梦想。

洲头上，蜀江边，经历了风霜雨雪，看惯了秋月春风的那棵千年古樟，曾经有过老枯的迹象，如今却青苍依旧，亭亭如盖，枝叶扶疏，生机盎然。这树通灵，能看见能听见，会思想会言语。

蜀口洲像什么？有人说像黄金叶，闪闪发光；有人说像满载的竹排，沉甸甸；有人说像竖琴，日夜弹拨出悦耳的旋律；有人说像耳朵，能谛听天籁之音。我更倾向于把它比作一块玉。蜀口洲是玉，环绕她的水是玉，而水底下也确实有玉——温润明亮、玲珑剔透的泰和黄金玉。赶上了好时光，它会不断生成和奉献新的光泽。

（原载2017年6月23日《江西日报》）

涩塘的怀想

吉水县城"西北五十里有朝元岭，岭之下为南溪"。南溪北侧一村庄，二三百栋新旧不一的房屋，那是古村涩塘，"诚斋故宅"之所在，杨万里生于斯、长于斯、终老于斯的地方。

凡名垂青史、光耀星河的文豪，多是读万卷书、行万里路、交八方友、四海为家的人。杨万里有点另类，他27岁考取功名，29岁出道做官，65岁乞祠还乡，80岁仙逝。其间候职场、丁父忧、丁继母忧、养病，笼统算下来，在村里的时间要比在"外头"长许多。涩塘之于诚斋，意义非同一般，是真正的"公之名岂待族谱而后传？而族谱得公则为光荣也"。

杨万里以"正心诚意"为信条，诗文秀于当代，英名传颂千古。论及他和他的故乡，任何装腔作势、巧言令色，都是亵渎和轻狂。

我没有糊涂到那步田地。我只想讲讲"五进涩塘，三谒杨公"的故事。那是一段经历，也是一缕温情。

2004年，我供职于吉安。清秋时节到吉水，听人说黄桥杨家有完整的杨万里诗文木刻版，是《诚斋集》很重要的一种版本，学界称为"家刻版"，于是去了涩塘。先到村西两里处的墓地，怀着虔敬的心，向"宋杨公万里之墓"鞠了三个躬。再到村里看刻版，坐了一小会儿。印象中，诚斋先生的墓一如他本人素朴，在低矮的山坡上，坐北朝南，呈"斗椅"形状。孤坟，没有苍松翠柏，没有浓荫覆盖，没有如林碑刻，没有雕花亭台，就一个大土堆，两块并不古旧的碑（正墓碑的北面有"宋理学杨文节公神道碑"），再就是祭台两侧稀稀拉拉若干个有头或无头的石人、石兽。墓前山脚的土路窄窄的，草叶飘零。家刻版藏在村中礼堂的阁楼上，那也是村部的办公场所，薄薄的楼板，窄窄的楼梯，人踩上去吱嘎作响，晃个不停。东西都码在狭小的房间里，黑乎乎，干矽矽，一望便知有年头。随手翻捡，能抚摸出历史印迹。看着这些木刻版，蒙眬当中，生活在800多年前的杨万里，仿佛飘然而至，与我对视对语。县、镇、村的人相随左右，热情恭敬，要求"指示"。能有什么"指示"？无非说些"加以重视，好好保护，加强研究，开发利用"之类的套话。心底里却萌生了念头：这些物件很稀罕，得为它们做点什么。可主意未定，一纸调令，上别处忙别的去了。

星移斗转，寒来暑往，一晃10年有余。2014年深冬，和同事一道到吉水。这时，我已离开了服务8年的企业，却还在做着出版文化方面的琐事。因为没能忘记那些乌漆抹黑的板子，于是又去湴塘。循前例，先到莲花形山岭，谒杨公墓。山没有变，树没有变，墓已略做整修。进村看雕版，已然"恭移"到主祭杨邦乂和杨万里的杨氏忠节总祠了。雕版安放在门内右侧的廊房里，廊房有二三十平方米，四周摆了些玻璃箱，箱里箱外，陈列着古旧的杨氏族谱和历年所出关于杨万里的书刊，正中间安放的便是那些宝贝，用十来个木笼子盛着，黢黑依旧，多了些"水色"。这房间，有点杨万里纪念馆的意思。管事的人热情如故，不厌其烦，恳切地邀请客人吃饭。饭是不便吃的，但吃了芋头——村人在礼堂的泥地上烧起柴菀子火为我们御寒，从家里取来毛芋头，丢火里煨熟了给大家吃。那火真暖和，芋头真香，剥着吃着，人人成了"黑手"和"乌嘴"。其时，

杨万里诗文
集家刻版

我又有了一个冲动：豁出老脸去，弄笔钱，把这些板子更好地保存起来，不让它们受潮发霉遭虫咬。得重新清点整理，损坏了的修复，缺少了的补齐，依照古法印制出一批来。既然是"家刻版"，不管咋的，相较那些经过严格筛选和审查的"官刻版"，总会多些有意思的东西。照片拍了，资料理了，报告打了，北京跑了，种种原因，没有结果。

　　再后就是今年这趟了。4月4日是清明节，之前的3月27日到31日，我背着双肩包，独自去吉水，晴里雨里，转悠了五天。"少年辛苦真食蓼，老境安闲如啖蔗"，没人催逼，无须牵肠挂肚，我随心所欲，信步田园。极想看的还是那些板子，也想"面朝山野，春暖花开"，自自在在地体验诗和远方。大体过程是：27日，晴，春风骀荡，午后到吉水，直奔杨公墓，深深鞠躬，驻足凝视，绕墓悉听。桃花春水哗哗流过南溪，莲形山上一派新绿，乌泥塘的稻田水漫如镜，"割麦栽禾"鸟叫声声。村里的"家刻版"原封未动，"忠节总祠"新添了内容。天色向晚，不及细看，依依不舍地去县城投宿。28日，大雨滂沱，又去渼塘。上午在朝元岭下瞻仰杨邦乂衣冠冢，察看"二杨"（杨邦乂、杞杞）念过书的云际寺，村前远眺雨雾迷蒙的笔架山，南溪风雨桥上听御书楼的传说。于黄桥镇匆匆用过午餐，杀回马枪五进渼塘，细细地看父子侯第、牌坊、老屋，模仿学生娃子，用小本子记祠堂里镌刻的杨氏先贤事迹、杨万里诗词和故事。

杨巴金就是在渼塘认识的。大前年那次，他在环保局当副手，县领导派来为我讲解。今年，他在县史志档案局"掌门"，被我倚老卖老硬"拽"了出来——尽管他四十有六，诸事缠身，春节前夕又喜添千金。行走庐陵、吉水、黄桥、渼塘，濯目南溪，仰望星空，我实在喜爱和不舍这位豪华版的导游、导师。

杨巴金者，嫡系渼塘子弟，庐陵杨氏第38世孙也。本着挚爱和虔敬，公务之余，他潜心于庐陵文化特别是庐陵杨氏文化研究凡20余年，独辟蹊径，登堂入室，发微探幽，大有所成。2014年出版了45万字的《庐陵史事考述》，新作《杨万里家族纪略》又在出版社的编校之中。这人不高大，凝聚的全是精神；满脑袋直立着花白头发，根根都是智慧。他妙语连珠，向我灌输了不少有趣的东西。所有关于渼塘、杨万里、庐陵杨氏、庐陵历史文化的问题，在他那里都能得到不假思索和清晰坚定、深入浅出的回答。杨万里的诗文，他信手拈来，脱口而出，并能用现代的语言复述和还原往古情境，活灵活现，不由你不信，不由你不敬。"杨万里这个人诗写得好，当官却不在行。太直了，一根筋。"杨巴金劈头第一句话，就把我"摄"住了。过后才明白，他是欲扬先抑，欲擒故纵，是要把杨万里和渼塘牢牢地"锲"进我的心里。

于是我明白：渼塘村的始祖是唐吉州刺史杨辂，开枝散叶，瓜瓞绵绵，迄今已繁衍40余代，村史逾1100余年。杨万里是杨辂的第11世孙。杨万里那个时候，渼塘就是渼塘，就有近300人口；

南溪就是南溪，款款西来，飘飘东去，25里出柘口入赣江。老年杨万里时常在南溪畔观景、钓鱼、饮酒、作诗，连绵的山岭、挺拔的松樟、首尾相接的荷塘，依依的杨柳、明黄的菜花、嗡嘤飞舞的蜂蝶，独行的老者、欢快的孩童、往来的路人，田地里的老牛、村巷中的闲狗、树丛下的鸡雏，无不吸引着他的目光，激发着他的诗兴。"家刻版"《诚斋集》，又名《杨文节公诗文集》，是清乾隆五十八年（1793）族人出资合力请人开始镌刻的，第二年文集完工，第三年诗集完工。所刊印的古籍线装本存世极少，省图书馆收藏的版本共30册，计1832页。涹塘现存的雕版，计1491块，族人视若至珍，奉若神明。

杨万里一生作文无数，篇篇是佳构；赋诗无数，大都是精品。我最喜欢的，还是"小荷才露尖尖角，早有蜻蜓立上头""接天莲叶无穷碧，映日荷花别样红""儿童急走追黄蝶，飞入菜花无处寻""日长睡起无情思，闲看儿童捉柳花"和"怪生无雨都张伞，不是遮头是使风""老夫渴急月更急，酒落杯中月先入"那样的句子。以我当下的心境，咂摸这些诗句，立时就有坐摇篮、甜甜入梦的感觉。为官为人为诗文，杨万里都是千秋万代的楷模，最要紧处，还是那个"诚"字。江西文化的巅峰高耸在宋、明两代，杨万里无疑是那一时代挺立峰尖的人，涹塘有骄傲与自豪的理由。

"吉为大邦，文风盛于江右。"在吉水的日子里，我也走了另外一些地方，领略了"人文渊薮之地，文章节义之邦"的昔日辉煌，也感受了政通人和、日新月异的现实成就。我注意到，在经历连续多年举全县之力移民搬迁、抓住机遇大幅度提升城乡建设水平的浩大历史工程之后，吉水人已经将注意力和精力进一步投向光大文化、科学发展、绿色崛起上。他们在不遗余力地实施"文化＋生态""文化＋旅游""文化＋经济"……涹塘村人也是摩拳擦掌、跃跃欲试。

求教于吉水的先生们，得了不少启示：文化不能失忆，不能只停留在人们的口口相传之中，应有必要的物化、固化，"家刻版"

是一个标志，应该倍加珍惜。文化要积累、传承，更要创造和运用。文化需要经济的滋养，但不是物质的装点和附丽，不需要怜悯，其本身有动能，运用得法，可以助推经济甚至支撑经济，尤其是作用于生产生活方式的转变，作用于绿色发展。文化也是生态，比之于青山绿水，文化生态更加需要呵护。开发文化资源要创新引领，立足现实，精准定位，突破重点，循序渐进，持续发力，注重实效。"做文化"不可浅尝辄止、朝三暮四、一哄而起，不可急于求成、食古不化、画地为牢。

　　涩塘村东头，有白泥矿，正在开采，能兴乡富民。涩塘村西头，高卧着杨万里，闲看烟云。文化也有矿，相比金矿银矿古墓葬，它更丰饶神奇，不会风化，不会枯竭，只会越积累越丰厚，越开掘越美妙，越淘澄越晶亮，越熔铸越辉煌。杨万里无疑是文化富矿，蕴藏着诸多稀有元素，可以合成高品位的精神结晶，呈现于物，作用于人。

　　"家刻版"《诚斋集》那批雕版，我已不再担心，一定会得到更加妥帖的安顿和更好的利用。

　　涩塘那地方我还要去。带上美美的心绪和鼓鼓的钱包。我有如此愿景：南溪水清澈无比，砥柱桥添了古意，"诚斋故宅"不再虚幻，"御书楼"有了模样，"三三径"名副其实，"万花川谷"香气袭人……在村里住上一晚或几晚，割肉炒菜沽冬酒，唤些上了年纪互不嫌忌的人吱吱地喝几盅，畅畅地谈几通。夜里不睡太沉，听风声雨声竹声树声虫声、狗叫鸡叫蛤蟆叫鹧鸪叫，天蒙蒙亮就起床，到村头巷尾田间溪畔和古树下，看柳枝飘摇菜花飞黄，看鱼戏莲叶蝶舞荷花，看倒背双手弯腰行走的老人和奔跑嬉闹的孩童。

（原载2017年5月12日《井冈山报》）

塔 与 坝

赣江"十八滩",最险莫过惶恐滩,"十船过此九船翻"。这是"随风飘远的故事"。万安水利枢纽以无量之躯,横压在惶恐滩上,一坝锁江,万象更新。坝之上,高峡平湖,碧波万顷,鸢飞鱼跃,山苍林秀;坝之下,水天浩茫,风平浪静,"五云呈祥,万民以安"。

石华山雄踞在大坝一侧,山顶上矗立着"文明"古塔,200来年了,披朝雾,送晚霞,看惯了"断壑阴崖百丈牵",听惯了"滩声嘈杂怒轰雷",全神贯注地俯瞰这江、这坝、这城、这乡、这多彩人生。

塔与坝,一纤巧一雄浑,一沉郁一喧腾,一古朴一摩登。

这是千里赣江意味深长的风景。一如莱茵河、塞纳河、泰晤士河,气势如虹的现代建筑和古意悠悠的教堂、城堡,相依相伴,让人寂然凝虑,悄然动容,思接千载,视通万里。

赣江主河道,凡是筑有拦河大坝的地方,多半有古塔。章、贡水系,县县有坝有塔,坝多塔多。坝不在乎名,要的是效用:蓄水、发电、防洪、抗旱、造景。塔有讲究,各具来历:"章源"大余,矗立江边的嘉祐寺塔是北宋遗物,完好如初,贵为"国保";南康城"章江绕出其西"的文峰塔建于宋,毁于清,重修于新世纪,巍峨壮观;上犹铁扇关高坝赫然,遥对着"兴文风,障水口"的文兴塔(黑塔),是明代古迹。贡江源流出石城,"塔影江心"的宝福院,有宋徽宗时建的宝福寺塔，也是"国保"；宁都梅江之滨，有福荫万民的永宁塔，是明万历年的遗物；瑞金红且古，绵江长又长，万众景仰的"状元笔"龙珠塔，也是明万历年的遗物。贡江之称始于会昌，县境内 46.3 公里河段，依次有老虎头、营脑岗、禾坑口、白鹅数座大坝，始建于明天启年的龙光宝塔辉耀有加；于都跃洲与峡山大坝夹城而建，守望它们的是重光宝塔，始建于宋，重修于今。古城赣州，郁孤台下，橡皮坝漫过清江水，水西洲挺立玉虹塔，"双流砥柱"写春秋，这塔也建于明万历年。赣江中游，万安电厂下行80 公里，泰和石虎塘航电枢纽满负荷运营，坝之西南城之东北的龙头山上，有明万历三十九年建造的狗子脑塔，原装，是"西昌八景"之一；又下 94 公里，哨兵般守护峡江大坝的，是"至此且住，前路无歧"的住歧塔（南华塔），建于宋，修于清，古风依然……塔是古之遗存，坝是今之壮举，天作之美，珠联璧合。

中国的塔，为释家、道家、儒家，王者、庶人所共同景仰，种类繁多，博大精深。它们镌刻着时代记忆，注入了信仰，寄托了梦想，附着了灵异。一座古塔便是一部厚重的历史，一串精彩的故事，一组神秘的符号。临江而建、与坝为邻的这些塔，多半是"水口塔"，又称"风水塔"。吉水杨万里爱塔、善诗，其经典之作，因塔而激发诗兴，因诗而诠释塔韵的不在少数。"高塔无尖低塔尖，一披锦衲一银衫"，塔是美妙的风景；"不遣船迷路，俱从塔问津"，塔是引路的航标；"最感横山山上塔，迎人东去送人西"，塔承载了无尽情思。"天王盖地虎，宝塔镇河妖"，"水口塔"最基本的功用还是祛水患、济苍生、兴文脉、引瑞气、惩恶扬善。所谓"昌文运而出人才，镇水口以保平安"。遗憾的是，塔建得再多，现实却无从改变。自由放任的江河，呈献了流光溢彩、千娇百媚的曼妙风景，也时常兴妖作怪、祸国殃民。

塔的未竟之愿是坝实现的。赣江通南北，大坝跨东西，高峡出平湖，天堑变通途。有了万安坝，惶恐滩成了祥和川；有了峡江坝，"苦巷"成了"甜巷"；有了众多的水轮机组，普通的水顷刻间化为奇妙的电，把清洁能源输送到四面八方；有了赣江主河道的若干枢纽，千万百姓告别水旱之灾，省城南昌的防洪标准提高到200年一遇。十年前的秋冬之季，绕吉安白鹭洲而过的有时不是江而是"圳"，风月楼前不是浩茫之水，而是漫漫河沙。如今，大江起雄坝，赣水复苍茫，"无心寻古迹，有意浴中流"……若把千里赣江比作强健的游龙，一道道大坝就像一根根闪亮的金腰带，装点了龙体，造福着黎民。

也有另外的一面。坝多了，流缓了，COD、氨氮、磷等等就可能富积了。浩瀚的万安湖荡平了江中险阻，也冲淡了十八滩文化。峡江枢纽这般壮美，多少人因此提前迈进小康，可鲥鱼何处寻？"吹火筒"何处寻？千年古码头何处寻？赣江梯级开发方兴未艾，茅店还要筑坝，窑头还要筑坝，龙头山还要筑坝。尾闾枢纽工程呼之欲出，主支或有坝，中支或有坝，南支或有坝，北支或有坝。凿穿大庾岭，开通赣粤大运河，千吨船舶出湖口、过南昌，溯赣江、进珠江、达广州……多么诱人的壮举啊！或许，无须太久，千里赣江会成为一串"湖"，鄱阳湖号称"库"。水柔顺了，那么甜丝丝的味道呢？船走得平稳了，那么鱼呢、树呢、鸟呢？今日美滋滋了，那么明天、后天呢？是的，人们从来没有忽略过开发与保护的关系，有所警觉，有所预见，有所安排。安排归安排，效果当如何？"鱼道"卧在那里，鱼儿果能畅通无阻？"樟树王"的迁移创造了世界纪录，水淹区的古树名木都有这般运气？坝高水满，一定会杨柳依依、香风熏人、画舫载酒、弦歌悦耳？江河如龙，箍得过紧了，乖则乖矣，还能活灵活现吗？

坝是不能不筑的。人人都说天堂美，大步流星奔小康，不从天赐之物中求取更多吃的、穿的、用的，那哪儿行！一谈绿色发展、生态保护，就狂发思古之幽情，难以自拔地怀恋那古渡扁舟、孤帆远影、江枫渔火、长河落日，就礼赞斜阳老树昏鸦、青藤木屋豆架、马头墙下青砖黛瓦、古井深巷酸枇杷，或咒天骂地，指东斥西，世人皆醉我独醒，世人皆浊我独清，未必高洁和公正。

问题不在要不要开发、要不要改造、要不要索取，而是如何开发、怎样改造、索取到什么程度。无论赣江、珠江、黄河、长江，无论冠以何种鲜亮的名义，其开发都不宜过度，都不能以牺牲人与万物赖以生存的环境为代价，而要顺应自然、合理有度，"知其所止、止于至善"。

"忽登最高塔，眼界穷大千。"塔是空灵的诗画，坝是豪迈的宣言。塔有塔的精神，坝有坝的品格。"塔的精神"是人山和谐、人水和谐、人神和谐。"坝的品格"是不安现状、不懈追求、人定胜天。过于浪漫，尽是"塔"而没有"坝"不行。过于现实，尽是"坝"而没有"塔"也不行。

我的老家在赣江一级支流袁河的尾端，距新干和樟树都很近。儿时，让我迷迷蒙蒙又常作奇思妙想的，是"大河"（赣江）上的两座塔：一塔高而白，塔顶上长着树；一塔细而黑，塔顶上有个尖。老人们讲，塔下都镇着妖怪，塔倒了，妖怪会跑出来，河堤也会倒，人要"上楼"。老人们又讲，白塔上长的是胡椒树，上得那塔，摘得那胡椒，吃下去，人会变得聪明和富贵。几回回梦中，我登那塔，摘那胡椒，终是一场空。多少年过去了，终于弄明白，上面长着树的是新干文昌塔，建于明万历年间；黑而有尖的是樟树永泰塔，建于明成化年间。文昌塔尚在，树不见了，颜色也非同往昔；永泰塔没了，"妖怪"也跑不出来，因为有锁江的大坝。现如今，这"两塔"之间机声隆隆尘土飞扬，不舍昼夜赶建着新的伟大工程，一座崭新的大坝又将横空出世。

我期待这坝，怀念那塔！

内良那碉堡

内良有碉堡。我是偶然听说的。

去年冬天，我到崇义县的聂都探访章江之源。那儿不错，二十四坳、鲤鱼山、大理石溶洞、章源古桥、娘娘庙、祝圣寺、聂都墟、洗心潭、白沙溪、黄泥小院等，都给了我新鲜美好的印象。

白溪村的书记老黎是个能人，引导我看这看那，不厌其烦地讲客家人故事、王阳明故事、红军故事、解放军故事。他还说，聂都那一带有"土匪文化"，值得开发。大土匪周文山的逸事被他讲得活灵活现。他还告诉我内良有碉堡。

离开聂都，我查过资料。老黎没有瞎说，解放前那一带的确匪患严重，最大的土匪就是周文山。至于碉堡，没有看到详细记载。

时隔不久，我到大余，去了内良。

果然有碉堡！是两座，一大一小，在同一个村。

大碉堡在黄溪。黄溪有百十来户，原来是个行政村，现在合并到尧扶，是一个自然村。村子紧贴黄溪坳山岭，有新修的水泥路顺山脚沿山脊通到崇义聂都的白溪，相距也就几华里；黄溪河宽约三丈，由西而东从村子北侧流过，注入内良河，弯弯绕绕几十里，到添锦潭水库尾部的大水口，和源于聂都鲤鱼山的河洞水汇合，成为章江，径自长流，一往无前。黄溪那地界宽阔平坦，目之所及，有良田千亩，是一个物产丰饶、位置险要、古来官匪必争的地方。

大碉堡四方端正，兀然独立，占地约半个教室大。打远处看，它高过10米，黄泥墙，飘檐盖瓦大屋顶，檐下四角都挂着奇形怪状的"飘窗"，非常显眼。四面墙箍得铁紧，只有临水朝村的一面开了道门。走近了细看，墙有尺余厚，用的是"金包银"技术，中间夯土和鹅卵石、砌砖，外面糊黄泥，火烧

内良的碉堡

不着、刀砍不进、镢挖不动、子弹打不穿。进门看，没有柱子，粗大的桁和厚实的楼板将空间隔成三层，有窄而陡的楼梯可逐级而上。底层只有门，无孔无窗。二层东墙是楼梯，另三面各有一窗两孔，窗有镜框大，孔像梳妆盒，喇叭口，里大外小。第三层最复杂，屋顶用横七竖八的木料支撑，全是榫卯结构，如伞骨；四个角上并不是"飘窗"，而是突出墙体的完整空间，像"挂"上去的岗亭，菱形，可容两人辗转；侧墙上都设了十字形的孔，由内往外看，视野开阔，一目了然……最没有军事常识的人也明白，这是堡垒、炮楼、哨卡。那些门、窗、孔，都是战位，可坚守，可瞭望，可呐喊，可射击，可休息。

碉堡与村子相距不过百米，中间隔着黄溪河，村子在水南，碉堡在水北，有桥连通。

我走过桥去向村民打听碉堡的事。问来问去，约略明白了几点：第一，这碉堡是解放前修的。第二，这碉堡主要是周文山修的，当地老百姓被逼迫出了钱出了力。第三，早些年碉堡做过教室，村委会在里面办过公。

小碉堡在廖洞，也是尧扶的一个自然村。由黄溪村顺水往上走几华里，左拐进另一条沟谷，村子就在那里。它是黄溪碉堡的缩小版，区别仅在于体积小了一半、"吊窗"只有两个、外墙是灰的。

往返黄溪与廖洞的路上，有古驿道，不止一条。有明清年代的石拱桥，不止一座。

人在内良，我心生好奇：这两个碉堡果真都是周文山修的？大土匪为什么修这碉堡，是用来对付老百姓、对付别的土匪，还是对付解放军的？周文山本人进过、用过这碉堡吗？解放军在这里打过仗吗？这样的碉堡，内良别的村、大余别的乡、周边别的县从前也有吗？尧扶的碉堡，怎么能够如此完好地保存下来，还能继续保存下去吗？土匪面目可憎，死有余辜，内良的碉堡却勾出我的无限兴味。屈指算来，70余年，这两座碉堡肯定藏着不少故事！碉堡尚在，若得有心人，把故事理出来、讲清楚，一定会引人入胜。倘若不以为然，任雨打风吹，某一天碉堡轰然倒塌，夷为平地，或盖上钢筋水泥的新房子，故事就不好讲了，可能会留下遗憾。故事反观历史、褒贬善恶，不正是有滋有味的文化吗？

我很羡慕内良人，那么偏僻的地方，竟然还有碉堡，还有古驿道、古桥，好讲生动的故事。我羡慕黄溪水如此清亮，水里有或滚圆或方正的石头，有小鱼儿、小虾儿游来游去。我羡慕田坝里的青豆、红薯、白萝卜和自由自在的鸡狗。我羡慕廖洞后山密密匝匝的毛竹林和暖洋洋的阳光、甜丝丝的空气。

不是时兴全域旅游吗？旅游不就是找好看的地方看，找好吃的东西吃，找好玩的项目玩，找有趣的故事听，潇洒一把，舒坦一回吗？全域旅游不就是"全域共建、全员参与、全民共享"吗？江西大美，好看好吃好玩好听的地方随处皆有，不能总是"墙里开花墙外香"，不必总是舍近求远。去年在聂都，我发过一通感慨：土黄色的客家小院，坐竹凳上喝一壶浓酽的苦茶，吃几片地道的酸枣糕，就着暖暖的阳光、碎碎的风，灌两碗米酒，吃些绝无污染的土菜，让蓝天白云笑眯眯地看着，让懒洋洋的鸡们狗们羡慕着，达五分醉意，于客舍饱睡一通，定会有满满的好心情，维持一个月、一年。这在内良也能办到啊！何况内良还有碉堡，碉堡还有故事。

我也十分羡慕大余人。大余这地方，有梅关古道，有嘉祐寺塔，有南安九城，有牡丹亭，有道源书院、碧莲书院，有梅鋗、庾胜、陈霸先、六祖慧能、张九龄、张九成、朱熹、解缙、王阳明、汤显祖、戴衢亨、陈毅、项英等留下的无数精彩，所谓"出口皆名流，抬脚踩古迹"，文化自是无比深厚。无怪乎，内良那碉堡不太引人注意。

文化如酒，是要用时间来酿制和检验的。文化似玉，是要有沉积催化润泽过程的。文化不虚，不能停留在纸上、嘴上、网上，而要有依附、有寄托、有呈现。设想一下：爱丁堡无堡，会有那么多的人蜂拥而去？世无长城，怎么谈"长城文化"？没有郁孤台、八境台，如何品味"青山遮不住，毕竟东流去""山为翠浪涌，水作玉虹流"……内良有碉堡，到这儿来听听解放军剿匪的故事、红军的故事、王阳明的故事，甚至更多更久远的故事，难道不会别有一番滋味在心头？

绿水青山文化山，金山银山钻石山。我为内良庆幸。

（原载2017年8月29日《光华时报》）

洪城问水

洪城南昌有"赣鄱明珠""中国水都"之称。今年春夏之交，青云谱异常热闹。花博园横空出世，一炮而红。那些日子，那个地方，花团锦簇，人山人海，欢歌笑语，美不胜收。这个项目突出了花园南昌，也展示了秀美江西。呈现了似锦繁花，也彰显了绿水青山。诠释了对"生态立省、生态立市"的理解，也呈递了绿色崛起的答卷。重点做的是水文章，"以水为魂、以绿为韵"。

的确，水是最不能轻慢的。决心打造"富裕美丽幸福江西'南昌样板'"的古洪城、今南昌，水究竟如何？

洪都古民谣："七门九州十八坡，三湖九津通赣鄱。"《滕王阁序》云："襟三江而带五湖，控蛮荆而引瓯越。"常言道："赣江穿城而过，城外青山积翠，城中湖泊点缀。"说的都是南昌水、水南昌。按照现在的行政区划，南昌市总面积7402.37平方公里，其中水域面积2204.37平方公里，水域空间率为29.78%，位居全国省会城市第一。人们常用"一江三河串十湖"概括当今南昌城的水格局。"一江"即赣江，年径流量（年过水）677亿立方米，平均流量2150立方米每秒。"三河"即抚河故道、玉带河、乌沙河。"十湖"是瑶湖、艾溪湖、青山湖、象湖、梅湖、前湖、黄家湖、礼步湖、孔目湖和东南西北湖（旧称"内四湖"）。说南昌是"中国南方典型的丰水城市"，应该是没有争议的。撑"水都"的旗帜，南昌是有底气的。

水多，干净吗？那得问权威。

环保部门说：国控、省控的赣江流域 5 个断面（生米、大港、滁槎、周坊、昌邑）、抚河流域 2 个断面（塔城、新联）、修河流域 1 个断面（潦河河口）均达到考核要求，水质在Ⅲ类以上，总体良好而且稳定。乌沙河、玉带河和城区湖泊，多Ⅳ类水，有Ⅴ类水，总体向好。水务部门说：主城区 7 个自来水厂，日供水能力 160 万立方米，平均日供水约 101 万立方米，2016 年供水总量 3.72 亿立方米。水质检测依托的是三级管控体系，依法、从严、定时、在线、全项目。城区饮用水取自赣江，水质 100% 达标。自来水出厂水合格率 100%。全市的污水处理率 93.5%，污水处理厂的出水水质达一级 A 或 B 标准。

水多、水净，水美吗？

我在念小学时读到过作文选里一篇题为《八一桥的灯光》的文章，这样写："天上有星光，桥上有灯光，星光和灯光倒映在镜子一样的江水里，分不清哪是星光哪是灯光。" 50 多年过去了，这篇文字还时常让我心动。如今，我卜居在秋水广场附近的赣江之滨，高楼入云，最享受的是趴在楼顶的女儿墙上，日看赣江千船过，夜观两岸万灯明。云淡风轻雾薄的星月之夜，河阔水波平，江清月近人，歌乐悠扬，喷泉摇曳，灯光、月光、星光和水光交相辉映。世界好精彩，人生真美妙！

从我居住的地方顺赣江往南走七八里，是渔舟湾湿地公园：一段种着各形各色的月季，一段长着爬满木架的紫藤，一段引江水而成湖塘。湖塘那儿有岛、桥、亭、栈道，有细瘦的青竹、长长的芦苇，有菱角、睡莲、荷叶荷花，有蜻蜓、蝴蝶、奋飞的鸟、泼剌剌的鱼……多少年、多少趟，或步行或驾车，或独自或举家，或迎朝阳或向晚霞，我们去那儿玩耍。爷爷、奶奶在悠悠然和眯眯笑中渐入老境，大孙子、小孙子在酣睡、欢闹和蹦跳中茁壮成长。隔江对望的是赣东大堤，新修了风光带，最喜欢那里的青草地、水平台和休闲沙滩及水上花园。天凉好个秋，想趁双休日，和全家人去那儿消磨一整天，儿女们想吃烧烤吃烧烤，爱喝咖啡喝咖啡，孙子们在草坪上撒开脚丫子跑，老人打打瞌睡。

南昌市楼宇林立，广场、花园却不够多，幸有这一城清水半城树，涵养着不竭的灵秀。"碧波相连、活水绕城"，"春光烂漫、夏荫浓浓、秋色绚丽、冬景苍翠"，"长河落日、碧空无垠、璀璨流金、桨声灯影"——这些流光溢彩的词句，是前些年市民用来赞美改造后的玉带河的，移到当下，或许更加贴切。

古有豫章十景，如南浦飞云、滕阁秋风、章江晓渡、龙沙夕照、徐亭烟柳、东湖夜月者，无不得之于水。今天的南昌依然好玩，依然有不逊于人的风景，这些风景也多半因水而成。是否有人想到以新洲观灯、秋水飞歌、梅湖走笔、渔舟钓月、艾溪煮酒、瑶湖闻钟之类的说辞来描摹今日南昌胜景呢？

君住江之头，我住江之尾，南昌"水通、水丰、水清、水美"来之不易，点点滴滴饱含着上游人的情谊。

这座城市的管理者、建设者、守护者们，为"还百姓一城清水"，费了无数心血，付出了艰辛的努力。2013年，南昌市被列为全国首批45个水生态文明城市建设试点之一，继而借新时代新思维新举措的东风，以大思路、大手笔、大力度推进水生态和"鄱湖明珠·中国水都"建设。三年多来，实施象湖（抚河）清淤截污、乌沙河综合整治、赣东大堤8千米风光带、赣江市民公园（三期）等14项重点工程，投资逾百亿元；铁心硬手取缔乌沙河、瑶湖和幸福水库周边等地的畜禽养殖点，清除污染源；开高湖闸、引四干渠活水，为瑶湖"换水"6轮。

喝着放心水、畅游水美景、谈论水文化时，我的眼前总会闪现一些人的身影。他们是忠于职守、一丝不苟、殚精竭虑生产自来水的人。他们是毒辣日头下挥汗如雨疏通污水管道，夜以继日抢筑截污箱涵的人。他们是污水处理厂、污泥处理中心揽下脏臭，输出清洁的人。他们是担着沉重责任，顶着巨大压力，"5＋2、白＋黑"，任劳任怨默默奉献的水务人、环保人、城建人……我们应心存感激，向他们敬礼！

许真君是江西人的福主菩萨，仗剑降龙，治水救民。传说中的孽龙兴风作浪，裂岸决堤，淹田毁地，残害生灵。现在也有阴毒的"孽龙"，那是肆虐于地面和水中的各种污染，也不能排除那些制造污染的人。打造美丽中国"江西样板"，呼唤许真君再现。今天的许真君，是言而有信、担当实干、致力于生态建设的人；今天的三尺剑，是环境综合治理的法律法规；今天的八角镇妖井，是广大人民群众不断增强的生态文明意识和共同维护良好生态的自觉性、积极性与坚定性。

王勃写《滕王阁序》，笔墨意蕴随水流转。毛泽东主席作《七律·洪都》，借水言志挥洒豪情。若无好水，这座城市一定会黯然失色，滋养不了生机活力，酿造不了文化，成就不了经典，也没有资格称洪城、说水都。

南昌的路会越来越宽阔通畅，南昌的水会越来越丰饶清亮。"闲云潭影日悠悠，物换星移几度秋"；"年年后浪推前浪，江草江花处处鲜"！

（原载2017年9月21日《江西日报》）

从石城到吴城

去年，我在琴江之滨且行且张望的时候，桂花开得正稠，浓香溢满石城。今年，船进老河口，我于晨曦中回首相看，赣江与修河二水合流，望湖亭兀立洲头，风过有香。桂子不负人，岁岁喜相逢！

搭上一条大船，我从丰城顺流而下。船去镇江，客到吴城。水流缓缓、船行款款，日过南昌市、夜宿七里岗，船不离水、人不离船。龙头山、厚田、龙王庙、富山桥，七里岗、昌邑、铁河口，导航仪上依次显出的是或熟悉或陌生的地名；国体中心、湿地公园、摩天轮、秋水广场、滕王阁、南昌舰、扬子洲、樵舍、吴城，两岸迎送的是既稔熟又新异的风景。

船行的好处便是从容。汲河水煮饭，烧开了泡茶，泊定江心啃鸡爪喝四特酒，微醺中听水手说段子唱情歌，困倦了扯长脚睡觉。天上一弯月，身下半江水，两岸夜朦胧，隐约闻犬吠。天蒙蒙亮，隆隆的机器声和哐啷的锚链声会将人唤醒。才三个钟点的醘睡，我竟做了一串好梦。

因为"绿的呼唤"，老夫聊发少年狂，千里赣江万里行。从石城到吴城，我完成了一次值得记忆的穿越。和衣而卧，闭目遐思，有呼呼作响的江风和嘎嘎的水鸟叫声从船的窗户流进来，成为我在脑子里"过电影"的伴音。

船往下走，思绪上行。筑卫城、青铜王国、住歧塔，移民村、大榕树、古樟林、白鹭洲头风月楼、蜀口滩上闲鸬鹚、十八滩大坝、永和街老窑、南风面飞鸟、齐云山古道，汉仙岩前羊角堡、麟潭江上悠悠桥、聂都坳溶洞幽深、赣源崇涓涓细流……逐一在脑际闪回。灿然其间的，还有欧阳修、苏东坡、黄庭坚、杨万里、文天祥、解缙、王阳明等人或飘逸或挺拔的身影，也有友人们鲜活的面容。

行走赣江，览胜江西。清新耳目，愉悦身心。

莫以赣江远，江山多胜游。她是飘飘荡荡、流光溢彩的玉带，她是婀娜多姿、星光灿烂的长廊。"山为翠浪涌，水作玉虹流"（苏东坡），"林木蔽亏烟断续，江流曲折雨横斜"（文天祥），咏的是上游的瑰丽秀逸；"赣石三百里，沿洄千嶂间"（孟浩然），"路从青壁绝，船到半江寒"（杨万里），叹的是中游的雄奇惊险；"落霞与孤鹜齐飞，秋水共长天一色"，"阁中帝子今何在？槛外长江空自流"（王勃），写的是下游的浩渺壮阔。珍珠玉贝一水串，她壮丽、鲜活、生动、隽永。神奇赣鄱，美丽"样板"，千里赣江，堪称典范。"江西之美，美在绚丽多姿的山水生态"，诚可信哉！

江西"在中华文化的极盛时期取得了最高成就，一批文化巨人叱咤风云，为华夏文明的进程做出了无与伦比的巨大贡献"。尤其"从宋至明，江西文学如日中天，进入光辉灿烂的鼎盛时期，六百年内，处于全国领先地位，英才荟萃，名家辈出，如群星璀璨，光耀中华，其壮观景象，至今仍令人们景仰不已"（《文化江西的巅峰》）。这些精妙的论断，坐在窗前捧读是一种认识，置身山水间玩味是一种享受和迷醉。"涛头寂寞打城还，章贡台前暮霭寒"，站在八境台前龟角尾吟诵，别具况味。"落木千山天远大，澄江一道月分明"，令我感动到心颤时，不是在书斋，不是在快阁，而是在蜀口客栈那个月朗星稀、蛙噪虫鸣的夜晚。杨万里，我所喜爱的诗人，肃立涩塘村

赣江之晨

芳草萋萋的墓前，抚摸杨氏祖祠黑乎乎的家刻版，敬仰会平添几分。三上翠微峰，能稍稍懂一点"易堂九子"。置身泷江湾，听"隔河两宰相，五里三状元"的故事，无限滋味上心头……江西文化名流巨擘的优秀成果不仅是中国古代文化的重要组成部分，更是江西现代文化的丰富资源，也是江西经济社会发展的优越条件。"江西之美，美在深邃厚重的人文底蕴"，诚可信哉！

　　船过英雄桥，船老大悄声告诉我，他在水上讨生活十几年，到过长江、淮河、湘江、浦江，看来看去，还是赣江的水最干净；夜行过芜湖、安庆、南京、汉口、上海，还是南昌"一江两岸"的灯光最好看。毋庸置疑，今天的江西，山更青了，水更清了，天更蓝了，地更新了，发展加速了，质量提升了，当美丽中国的"样板"是有底气和实力的。这不单是上天的恩赐，更是坚持"创新引领、绿色崛起、担当实干、兴赣富民"的结果，是"厚植生态优势、发展生态产业、深化生态改革、弘扬生态文化"的回报。红土地上，"绿色交响"昂扬激越。从南昌到吴城，大江的北岸，建设中的赣江新区日新月异，绿色经济、智慧经济、分享经济将在这个平台上迅速发育壮大，新旧动能将在这里成功转换，不远的将来，这片土地上或将崛起座座新城，催生一个又一个全新的产业，为全省发展装上新的引擎，插上强劲的翅膀。赣鄱儿女多奇志，当在新的时代书写新的诗篇，创造新的范例。"江西之美，美在创新发展的蓬勃态势"，诚可信哉！

欲望与好奇，是使世界在人的面前变得五彩缤纷的一双神奇眼睛；单纯与率真，是使人在世界面前变得纯净多情的一对孪生兄弟。仰首向山，俯身向水，穿过历史的风烟，回望文化之巅，我一路陶醉和感动。行走让我失去的是灰暗、浮躁、冷漠、懈怠、空虚，收获的是明亮、沉静、热情、勤勉和充实。暖意在心底涌流，火花在脑海跳荡。山青风含笑，水绿作歌吟，我总想化为一根松针，在美妙的涛声中欢快起舞；变成一尾小鱼，在清清江水中游来游去。那石那土那洞那树那花，那泉那湾那漩那洲那滩，是吟不尽的诗、赏不完的画、唱不绝的歌、饮不完的酒。入得境界，欲罢不能。

时不在暮春，我却确乎有"浴乎沂，风乎舞雩，咏而归"的感觉。

从石城到吴城，绿是这么近，天是那么远。

山连着水，水润着山。山因水而活，水得山而媚。从根本、长远和战略上看，绿水青山就是金山银山，保护环境就是保护生产力，改善环境就是发展生产力。生态文明建设功在当代，利在千秋。建设富裕美丽幸福江西，也要有现实的、硬邦邦的经济实力来支撑，要有人民群众的"获得感、幸福感、安全感"来保证。面对绿水青山，我们也面对一个重大而持久的课题：找准生态优势转化为经济优势的最佳实现形式，建立起经营绿水青山的赢利模式。

水带财，财要聚。旅游业是将人文和生态优势转化为经济优势的有效路径。一路行走我一路想：若能进一步珍视赣江资源，用心开发沿江旅游精品线路，将水上与岸上、自然与人文、现代与古代、机船与帆船结合起来，是否能别开生面？是否会创造效益？是否可给全域旅游以新的促进和支撑？

风光在险峰，高处不胜寒。打造美丽中国"江西样板"，能够享受喜悦和自豪，也要做出牺牲和贡献。绿水青山美不胜收，养眼养心，也有娇柔脆弱的一面，稍不留神，美丽会老化、退化、丑化。生态成果人所共享，生态保护人人有责。在因美丽而惊喜、自豪，为美丽而放歌的时候，须时刻保持清醒坚定，义无反顾地珍惜、维护美丽，不遗余力地创新、升华美丽。"经济发展和生态文明相辅相成、相得益彰的路子"，要走得坚定不移。

走遍南北西东，也到过许多名城，静静地想一想，我还是最爱我的江西。这里，有让你我眼睛为之闪亮、心儿为之温软的山水，有值得你我放缓脚步、放下身段，去慢慢地走、细细地玩，理直气壮地赞美的景物和风情。好花开在门口，岂能熟视无睹？江西之美，江西人应当先体验、先认同、先激赏、先消费，也应当积极地向人推介，与人分享。

江上满是船，都在缓缓地开，水波不兴，难分高下。偶有快轮疾驶而过，掀起波涛，激荡江面，诸船摇荡，引人注目。慢条斯理可能意味着落后，纵横驰骋或许成就大业。与广阔天地相比，人是微渺的；与绿水青山相比，辞章是苍白的。人生得失似烟云，不废江河万古流。

赣江虽美，只是一条河。在江西这片丰饶的大地上，还有抚河、信江、饶河、修河……它们各具风姿，全都汇聚鄱阳湖，奔向浩瀚的大海。

船过吴城口，就是鄱阳湖了。驶过老爷庙、蛤蟆石、石钟山，就"通江达海"了。

一首歌唱得好："万顷碧波天际荡漾，浩渺烟水吞吐长江，高山是你的源泉，大海是你的向往。你用澎湃的涛声汇成千古奇观，你用多姿的浪花绘制壮丽风光。啊，鄱阳湖，你奔腾着生命的力量。啊，鄱阳湖，你涌动着绿色的希望……"（《鄱阳湖之歌》）

（原载2017年11月3日《江西日报》）

"禾"歌

千古庐陵，江南望郡，吉安异彩纷呈。一个"禾"字，能牵扯出万般有滋有味的去处和说不完道不尽的故事。

禾山，永新西北境与莲花、安福接壤处的群山。禾山71峰，主峰秋山，海拔1391米。永新人说："峰峰有宝，一峰无宝，有黄连甘草。"这"宝"指鬼斧神工的山石、郁郁葱葱的林木、飞珠溅玉的瀑布、深难测底的碧潭、莽莽苍苍的草甸、名贵地道的药材，也包括了丰富绚烂、引以为傲的人文。山脚下的甘露寺，昔时了得。石壁上的"龙溪"二字，是颜真卿的手迹。形胜之处多美文，传说是梅尧臣、黄庭坚、徐霞客等人所作。刘沆（995—1060），北宋宰相，永新埠前人，官大诗好，有《重游禾山》，写得深情款款："嘉木云深处，曾游记昔年。钟鱼虽似旧，林麓已非前。雁塔惭题字，龙门喜酌泉。登临浑未足，重约访山巅。"杨万里有诗赞永新："义山禾水在处在，明月清风无地无。"今日禾山，风光依旧。

禾山之水入禾河。禾河的起始点在县境中心澧田镇的双江口。源自莲花高天岩的沐江水和源自黄洋界的汗江水在这里交汇，是为禾河。河水澄澈，香樟列岸，丘冈耸翠，桑田成片，人欢鸟乐，鸡啼狗吠。

禾水似乐章，起伏跳荡，由澧田下行三十里到禾川。禾川便是永新县城。从前绕城而行的水，如今穿城而过，一河两岸，气度非凡。唐宋的舟楫、红军的战旗，许和子的歌声、贺子珍的枪声，在禾河的滩头与浪尖、禾川的城垛与街巷中若隐若现。

禾水奔流，汩汩滔滔，青山夹岸，绿意绵绵。过埠前、石桥、高桥楼，进入吉安县。经天河、敖城、指阳，到达风姿绰约的永阳。永阳即草市，曾是禾河水路的大码头，也是赣湘旱路的重要孔道。这里有长长的老街、通河的窄巷和入水的石阶，有香烟袅袅的蒋山寺、古朴肃穆的胡忠简公祠、庄严端正的肖文昌公祠，沿街多老旧店铺，浓艳与沧桑一并镌刻在石与木上。

欢腾的禾河在永阳接纳了牛吼江，生成偌大的中洲岛。牛吼江源自罗霄峡峪，纳永新六七河水，流经井冈山茨坪、厦坪、拿山和泰和碧溪、桥头、禾市、螺溪，处处有胜境，在在是风情。禾市尤其值得玩味。

经由吉安、泰和上井冈山或西去湖南的人，会对一处地方过目难忘。这地方在地势平缓的永阳、螺溪和沟深林茂的桥头、碧溪之间，山道弯弯，九曲十转。路的西侧是陡峭的石崖，东侧是高坎，坎下是狭而弯、清而响亮的河，河那边巨树成林，树那边青砖黛瓦、屋宇连片，是笼罩着谜团的村庄。这路古为驿道、今为国道、已通高速，这河是牛吼江，这村庄便是禾市。禾市又名早禾市，泰和西北部的重镇。凡在禾市歇过脚打过尖的人，不会忘了那白亮喧腾稻香扑鼻的大米饭，不会忘了那浓鲜透骨的"沙鳖子"，不会忘了嫩滑爽口的肉末豆腐虾米羹。成就美食者，美之山水也。禾市更有一宝：槎滩陂，是隐在牛吼江上伟大的水利工程，人称"江南都江堰"。倡修槎滩陂的是周矩（896—976），古代一介离任官员，振臂而呼，不遗余力，倾其家财，成此义举。

永阳、禾市，是禾河流域的腹地、吉泰盆地的中心。如周矩那样醉心于山水，倾情于百姓的先贤，代不乏人。曾安止（1048—1098），泰和人，北宋熙宁九年（1076）进士，任过彭泽县令。他步陶渊明的后尘，早早地辞官还乡，干了一件不被当时士大夫看好的事情——研究农业科技。他认定："农者，政之所先也"，耗尽心血，写成《禾谱》五卷。时光流逝，世事难全，《禾谱》的原作已然散失，但它的科学原理和闪光精神尚在。曾安止的泣血文字已难读到，苏东坡续写的《秧马歌》却深深镌刻在石头上，长留在人间。

吉为大郡，源远流长。禾河出永阳，过石山、横江、敦厚，畅流到吉州。吉州有镇名曲濑，禾水和出自安福的泸水相会于这里的卢家洲头。曲濑边上是禾埠，禾河打此过，河上有老桥，名唤禾埠桥。今日禾埠，已属吉安闹市，高楼林立、车水马龙，透过符号鲜明的老地名和尚可寻迹的古桥、古祠、古宅、古巷、古街市、古码头，能隐约见到昔日的千顷良田、五里长街、万般生机。

从源头算来，禾河逾 500 里，在吉安县永和镇小湖村华丽收尾。

西来的禾水涌入南来的赣江，形成巨大夹角，冲积出百亩沙洲。洲上有意杨林，有草滩、水汊、古渡口、荒废的码头和凉亭。登上长满青苔的亭顶，脚下禾河水深流急，北岸傲然挺立着神冈山，山那边是喧闹的吉安城。东去数百米，是宽阔的赣江，江那边是青原山，是富滩、值夏和富田。

神冈山本名翠峰，载沉载浮，俨然是一座绿色堡垒。多少年来，山上浓荫覆盖，清风碧影，人语喧哗，香雾弥漫；山前川流不息，舟船往还，桨声欸乃，帆影幢幢。这山这水，记载着一段情深意长的往事：南朝陈祯明年间（587—589），彭泽人刘竺任庐陵太守，在位三年，督农桑，敦教化，克己奉公，勤政爱民，兴利除弊，恪尽职守。他殁于任上，老百姓感念其德，捐资修惠佑庙于山巅，翠峰也因此更名为神冈山。为官一任，造福一方，百姓铭记在心，有口皆传。风雨无情，斯庙难寻；人心如秤，了了分明。

"谈庐陵之盛，萃于永和。"(《明·东昌志》)永和是千古名镇，历史悠久，人文荟萃。禾河滋润，赣水激荡，红绿古深度交融。千年窑火，薪传不息，万缕情愫，似水长流。

"山势西来断，江流北去平。万家深树里，闻是吉州城。"李东阳一曲《吉安》，堪称千古绝唱。驻足神冈山前，伫立小湖洲头，凝视江河水，遥望罗霄山，敞怀迎东风，侧耳聆天籁，最能体会这诗的韵味和意境。

禾山、禾河、禾川、禾市、禾埠、《禾谱》……行之品之思之，击节有叹，感慨万端。

"禾"者，水稻之幼苗，谷物之统称也。它应时而生，应季而熟。它凝聚了劳动者的汗水和智慧，也养育了无数生灵。人们孜孜而求的是"嘉禾"。"嘉禾"者，美禾、壮禾、多实之禾、祥瑞之禾也。"甘露降，风雨时，嘉禾兴"(《汉书·公孙弘传》)也。

"和"是"禾"与"口"的组合。"禾"养天下"口"，民以食为天，"仓廪实而知礼节，衣食足而知荣辱"(《管子·牧民》)，五谷丰登，天下安宁。"乐和则谐，政和则平"(《国语·周语》)；"政通人和，百

泰和槎滩陂

废俱兴"(《岳阳楼记》)。

禾河全流域近 9000 平方公里，是古庐陵、今吉安的核心区域。永新永新，日永月新；吉安吉安，吉祥安康；泰和泰和，"地产嘉禾，和气所生"；安福安福，赣中福地。"漕台岁贡百万斛，调之吉者十常六七"，这是《禾谱》中的记述，说的是过去的奉献。今天，这一带依然密布着国家商品粮、商品猪、商品牛、"双低油菜"、无公害蔬菜等重要基地，依然有三湾绿色大米、永新酱姜酱萝卜、禾市精米、泰和乌鸡、横江葡萄、井冈蜜柚、安福火腿等享誉四方的名品。庐陵原本就是美丽、富庶、多情的土地，江河中曾经流过米面油茶、欢歌笑语、飞扬的诗和炫目的画。"洪流千古英雄恨，兰作行舟柳作樊"（文天祥《和中斋韵·过吉作》），"命令昨颁，十万工农下吉安"（毛泽东《减字木兰花·广昌路上》）……阡陌间招展猎猎旌旗，庐陵人捧出财富和生命，河水中流淌的是壮士血和英雄泪。今天的井冈儿女意气风发斗志昂扬，脱贫攻坚，绿色发展，在史诗般的时代抒写新的史诗。不负绿水青山，方得金山银山。清清禾河水，滚滚赣江浪，会唱出富裕美丽幸福的新歌。

"鸣鹤在阴，其子和之；我有好爵，吾与尔靡之。"（《易·中孚》）鹤鸟在浓荫覆盖的地方歌唱，它的伙伴们随声应和；我有甘甜的美酒，愿与你共同享用……这是多么美好的场景和意境。

站在小湖村头的防洪大堤上，我看到江宏阔，水荡漾，洲鲜艳。黄牛在青草地上撒欢，村舍明媚，古樟矗立。举目东南望，相去二三里，两桥如虹。一座是京九铁路大桥，一座是永和公路"连心桥"。时有和谐号列车往来飞驰，搅动清风，激活绿水……这是多么动人的节律。

"禾"养万民，"和"安天下。庐陵福地，吉泰平安啊！

为美丽而行吟

都说政协好，感受各不同。我对政协心存感激。最想说道和与人分享的是：她为我圆了一个梦——寻美、学习、锻炼、调整、转变的"绿色行走"之梦。

2016年6月，我年过60岁，专任省政协常委。如同奔跑的车、轰轰作响的机器，减了速，静了音，有点不适应。我明白：当转身时要转身。

2016年8月18日，《人民日报》头版刊发《江西：当美丽中国的领跑者》；2016年9月16日，《求是》杂志发表《以绿色发展打造美丽中国"江西样板"》。细读这两篇文章，重温习近平总书记的相关指示和重要论述，联系到省政协对生态文明建设的持续关注、民主协商和个人的阅历与思考，我多有感触：一方面，备受鼓舞，认定这是顺应新时代要求，承载了全省人民殷切期望的大好事，也蕴含着巨大的发展机遇；另一方面，略有忧虑，因为"样板"就是范例、榜样、标兵，也是完美、卓越、无可挑剔，风光在险峰，高处不胜寒。

于是，我萌生了一个念头，也是一个梦想：做一回背包客，独自行走千里赣江，进行为期一年的生态文化考察。投身自然，看看水到底清不清、有没有浊流、如何长流长清，山到底绿不绿、有无荒秃、如何常青常绿，赣文化深厚在哪里、闪光在何处、发展中要关注些什么问题？相机尽点力，顺势转个身。

身单力薄，心中忐忑。汇报个人的设想并提出请求之后，得到领导们的肯定和鼓励、关怀与教诲。省政协黄主席更是高度重视，关爱有加，无微不至。他做出明确指示：这是一项很有意义的活动，省政协给予大力支持；要紧紧围绕全省发展大局和省委、省政府工作方针，关注的面尽可能大一些，了解情况尽可能深入一些，多收集社情民意，多与地方沟通交流；要依托所到之地的政协组织开展工作；保重身体，劳逸结合。

手持省政协的"路条"，心记领导的嘱咐，怀揣绿色的梦想，我开始了"美丽行走"。

"探寻历史、发现风景，是很多人心中的梦想。实现梦想，需要睿智，需要慧眼，更需要靠自己的双脚一步一步坚实行走。"石城朋友的这番话给了我启示。

我的行走正是从赣州石城起步的。2016年10月13日至19日，在那儿考察贡江之源，乘摩托，挂竹杖，手脚并用，攀上了位于赣闽交界，号称流出"赣江第一滴水"的地方——赣源崠。2017年9月下旬，"走"入赣江下游，搭乘"兴盛1688"混装货轮，随四位船工和6000吨黄沙，自丰城顺流而下，到吴城、湖口，水流缓缓、船行款款，日过南昌市、夜宿七里岗，船不离水、人不离船。在一篇小文章中，我写道："去年这日子，我在琴江之滨且行且张望，桂花开得稠，浓香满石城；今年这时节，船入老河口，我于晨曦中回首相看，赣江和修河二水合流，望湖亭兀立洲头，风过含香。桂子不负人，岁岁喜相逢。"

这期间，我还分别到了赣州、吉安、新余、萍乡、宜春、南昌、九江诸市的近40个县（市、区），"行走"达四个月，总行程超过

河远近　水深浅

10000 公里。从石城到吴城，是一次饶有趣味和意义的"穿越"。

动身之初，我为自己约法五章：言行规范，不乱走瞎说、走板变调；求真务实，不摆花架子、蜻蜓点水；谦逊学习，不倚老卖老、指手画脚；遵纪守规，不贪图安逸、随心所欲；适可而止，不贪多求全、累己及人。

这样的"考察"显然是比较另类的，但进行得相当顺利。我得到了广泛理解和有力支持，浸润了政协一家亲的浓浓情谊。黄泳川、刘敏、谭小兵、曹树强、徐影、肖乐平、王彬权、郭小平、郭金峰、张黎明、肖凤升、刘峰霖、龙春辉、欧阳和德、蔡鸣、周剑凤、凌家乐、黄必贤、谢帆云、吴光周、罗时波、涂力、尹金荣、朱文涛、聂朋、张早来、杨巴金、吴民、郭岩、邓思喜、李宗汉、蔡晓鸿……我忘不了这些人的姓名和他们鲜活的面容、矫健的身影。是政协用坚韧而温馨的纽带将我们联系在一起，是这帮朋友给了我引导和支撑。回顾所走过的每一程每一地，所接触到的每一事每一人，如坐春风，留在心中的尽是美好记忆，也一定会历久弥新。

"考察"须看山看水，但不是游山玩水。我努力用如下方式做"表达"：每到一地，积极宣传"生态立省、绿色发展"，并根据自己的理解与判断，就所见所闻所思与当地人坦诚交换意见，好处说好，不好处说不好，实事求是不掩饰；与专家合作，完成考察报告《赣江梯级开发要进一步加强生态保护》，呈请领导审阅参考；用散文的形式，赞颂美丽江西，倡导生态文明，弘扬赣鄱文化，共创作散文 18 篇，直接抒写生态文化主题，已经在《江西日报》《光华时报》《百花洲》等报刊发表 15 篇。

纸上（网上）得来终觉浅，绝知此事要躬行。行走赣江，览胜赣鄱，悉心体味，心花怒放。我对江西的美丽有了新的认识，并且不揣浅陋，在一路所写的报告与散文中做了表达。

政协委员参政议政，我不是为行走而行走。我将细加梳理，提出一些个人建议。我特别期待：江西不但"风景独好"，而且"风景都好"。

绿水青山文化山，金山银山钻石山。打造美丽中国"江西样板"，将使江西华丽转身。山水要"转身"，经济要"转身"，人也要"转身"。

政协是政协委员的工作平台和温馨港湾，她助我圆了一个好梦。政协是政协委员崭新的课堂，她为我补了有趣的功课。政协是政协委员的加油站，她为我的晚年注入了新的能量。

行走让我经受了洗礼。我向着恬淡、平和、自然、朴实、纯净"转身"。我感恩于领导，感恩于友人，感恩于绿水青山，感恩于政协这个温暖的集体！

生命有限度，本真不能变。人生有起落，责任不可忘。政协有任期，情感不消退。我为自己鼓劲：关心生态，永远在路上；不忘初心，始终为人民。

（原载2017年10月27日《光华时报》）

第二辑

历史呈现的不仅仅是有源之水造福于人的美好现实，更是"众手修得幸福渠"的宝贵精神。只要齐心协力，今天一定可以创造比昨天更加壮丽的事业。前人栽树后人乘凉，前人修渠后人解渴。前人是前人的后人，后人是后人的前人。今天的人若不能浇灌好前人栽下的树、维护好前人修下的渠，若不能栽些新的树、修些新的渠，将如何面对前人和后人？

渠弯弯哟水长长

都江堰很古老，红旗渠很险要，南水北调工程很浩大，而我最熟悉和亲近的水利工程，是家乡新余的袁惠渠。

袁惠渠兴建于 20 世纪 50 年代末，是一座以灌溉为主，兼具防洪、排涝、发电等综合功能的大型水利工程。它的灌区横跨袁河中下游南北两岸的新余、樟树、新干上千个自然村，覆盖赣西南近 500 平方公里土地，灌溉面积达 37 万亩，渠系工程配套建筑 1255 余座。

为了修筑这条水渠，我的父老乡亲们不知磨穿了多少草鞋，挖断了多少镢头，挑烂了多少土箕。穿过历史的烟云，眼前尽是旌旗招展、人山人海的画面，尽是号子连声、你追我赶，渠水奔流、稻浪翻滚的场景。

袁惠渠总干渠的"喇叭口"开在仙女湖坝下约 300 米的地方，位于河道的南侧，闸门洞开可过 50 个流量。半个多世纪以来，雄坝俯瞰大渠，碧水映照蓝天，众鸟翔集苍山，飞鱼跃动浪尖。仙女湖的水有多清，袁惠渠的水就有多清；仙女湖的景有多美，袁惠渠的景就有多美；仙女湖的情有多深，袁惠渠的情就有多深。

到过非洲、中东和华夏西部的人，才会真正明白水是多么珍贵。经受过食不果腹的煎熬或读懂了饥馑历史的人，才能洞察旱涝保收的意义。60 年啊，袁惠渠功德无量！在广大的袁灌区，"三天不雨地开裂，一场大雨水毁田"已是十分遥远的记忆，"望天丘"全都成了"吨粮田"。时至今日，袁灌区每年直接创造的经济效益仍在数亿元以上。它是货真价实的丰收渠、幸福渠，也是货真价实的惠民渠、德政渠。

我的老家在新余渝水、宜春樟树、吉安新干交合的那个"点"上，南靠袁惠渠（南干渠），北傍袁水河，河的北面还是袁惠渠（北干渠）。三水润玉，二龙戏珠，得天独厚。

我舅公家在南干渠堤脚下，我舅舅家在三支渠边上，我姨娘家在北干渠一侧，我家门前橙树和柳树旁，汩汩流过的就是一条袁惠渠的小农渠。

喂养我长大的白米和青菜，是袁惠渠里的水浇灌出来的，我做"奶伢子"时的屎片、尿片，是在袁惠渠的水中清洗的。夏日黄昏，我与狗仔、柏云等小伙伴在渠里嬉戏，相约从村头的麻石桥往上跑半里地，在老乌桕树那儿下水，"翻白子"往下游，谁先游回石桥谁本领大。那水一清见底，我们把玻璃珠、铁环、瓶子或硬币扔下去，眼看着它们晃晃悠悠沉入水底，然后扑通扑通跳下去捞，谁捞到归谁。狗仔调皮，把瓶盖子里白色的垫圈抠出来丢进水里，说"五分钱！"引得大家在河里一通乱摸。

渠依山而筑，山到哪里，渠到哪里。因为有水，山总是那样青翠和丰实；因为有山，水总是那样轻盈和流丽。太阳出来了，渠闪烁金光；月亮出来了，渠跃动银光。清风惊起白鹭，展翅飞向天，敛翼钻入水，叼出大鱼小鱼，鸟、鱼和水无不光闪闪亮晶晶。水盈水亏，流急流缓，色深色浅，声巨声细，袁惠渠万千变化，如画、如歌，无不动人。

弯弯的渠道似琴弦，我也喜欢把她想象成竹笛。笛声悠扬，清亮似水，我爱那撩人心魄的音色。

大渠靠山的一面有大树、柴篷、茂密的草和深深的土洞，水里

河远近　水深浅

有长长的丝草，如仙女飘飞的长发。冬日水浅，我们去那土洞里掏鲇鱼，去那水洼子的丝草里捉沙狗子、螃蟹、刺鳅和细如麦粒的虾子。虾晒干了炒辣椒最下饭，螃蟹炸燥了连壳吃最下酒。金滩渡槽很险要，是我小时候砍柴的必经之路，或晴或雨，风强风弱，我挑着沉重的柴担从那不足两尺宽的槽帮上走过一趟又一趟，一面是深深的涧，一面是湍急的水，步步惊心。生产队开夜班打稻子，湿透衣裤的是汗水，粘满身体的是谷芒，跳到渠里洗一通，又是清清爽爽。

在荒山上念中学，书读不到多少，活不能少干。夜来无事，同学们沿支渠农渠走八九里甚至十几里，去乡场或村庄找露天电影看。不仅为了《南征北战》《奇袭白虎团》《闪闪的红星》那惊心动魄，也为了朦胧的水色、一路的蛙鸣。返回时经过山窝里的老坟场，碰上"鬼火"，无师自通地拉开裤子撒尿，扯起嗓子唱歌。

袁惠渠和袁河夹峙的那块三角地，是我生活过20多年的地方，留下了我丰富的记忆。铜坑岭枕着渠水的那个山尖，是我们村的祖坟，长眠着我的先人。是袁惠渠酿造了哺育我的乳汁，赋予我基因和血型。她洗去我的汗水，收纳我的眼泪，记录我的欢愉，见证我的艰辛，给我磨砺与教诲。我深爱袁惠渠的姿色，也熟悉她的欢声笑语或呻吟。

渠，给水以铺陈、挥洒和倾情奉献的机会，那是一个从容而美丽、沉静而崇高的过程。渠道弯弯仪态万方，渠水长长深情款款。我家门前农渠里的水是要回到袁河的，是要流向赣江、鄱阳湖的，是会进长江、东海的。这水，让人清醒而坚定，凝视故土，心向远方。

在离开乡野，汇入城市的繁华与喧闹时，我们可得记住：维系城里人生命的东西，都是乡土里生长出来的，都是水浇灌出来的。谁能料定，尘埃扬起又落下之后，委身于都市的人不会热望、神往和渴求那水那土和那山那树？

（原载2018年8月31日《江西日报》）

众手修得幸福渠

一

芳菲四月天，烟雨满洪城。云开雨歇的日子，在市内各处走走，也是挺好的。

梅湖频眨媚眼，花博园万紫千红，八大山人故居的古樟尽披新绿。象湖柳堤长风，万寿塔倒映春水，鱼儿在塔尖滑过。百花洲"苏圃春晓"，有人在湖里荡起双桨，小船儿推开波浪。"瑶湖闻钟"，清波惹眼，性急的人想踏沙冲浪，找寻马尔代夫的感觉。青山湖绿树环绕，最宜听百鸟啼啭，看玩艇人矫健豪迈。候鸟从艾溪湖上空嘎嘎飞过，向日葵、薰衣草和水底的莲荷滋滋生长，男女老少在美术馆、图书馆惬意地坐着、站着或靠着，看画看书，看窗外的花、天上的云、水面的波纹……

置身"八湖两河"的怀抱，明媚的感觉如碧绿的新叶和绽开的花朵一样鲜亮，如春江之水那般充盈，闪耀在脸上，荡漾在心头。这便是幸福。因此，才会生出如此念头："美景就在眼前，何必奔走远方。"才会有如此心绪："既然选择了一座城市而居，就想每时每刻见证它的成长，陪伴它一天又一天，看着它变得更美更好。"

这都离不开好水！人与花、鸟、虫、鱼、草、树一样，敏感于水的每一分每一毫变化。

我们居住的这座城市是"鄱湖明珠、中国水都"，这里的市民为"湖在城中、城在湖中"而庆幸和自豪。可是，浩浩赣江之外，另有一支水悄悄地、日夜不息地流淌进来，你可知道？

通过西总干渠和三干渠、四干渠、五干渠、六干渠，通过玉带河西支、东支、南支、北支和总渠，经过梧岗闸、将军渡闸、五联闸、肖坊闸、联通闸，赣抚大渠将水源源不断地注入梅湖、象湖、青山湖、艾溪湖、东西南北湖和瑶湖，注入抚河故道，每年以数亿立方米计。如果没有这些水，"洪城"会是什么样子？

二

赣江和抚河下游的三角地带平畴百里，覆盖进贤、丰城、南昌三县（市）和南昌主城区的大部分地方，总面积 2100 多平方公里。这就是赣抚平原。它南高北低，襟江带湖，水系杂乱，历史上十年九灾。大水之年，堤决田淹，一片汪洋，民不聊生。大旱之年，赤地百里，颗粒无收，生灵涂炭。多少世代多少年，这里演绎着黑色的轮回。这片土地上诞生的许真君治孽龙的神话传说，寄托着人们的无奈与祈盼。

善治政者先治水，新中国成立后，中共江西省委、省政府坚持"治水兴赣"。1958 年，赣抚平原综合开发水利工程列入国家"二五"计划重点项目，1958 年 5 月 1 日破土动工，1960 年 4 月 29 日基本建成。主体工程有焦石拦河闸坝、王家洲节制闸、箭江分洪闸、岗前渡槽等 15 座大型建筑物和 3600 余座中小型建筑物。开挖各级渠道 543 条，总长 1690 公里，其中东、西总干渠 100.2 公里。至 1988 年，累计投资 2.545 亿元——当时，这是个天文数字。

赣抚平原工程集灌溉、防洪、排涝、航运、发电、工业和生活

赣抚平原灌区雄姿

生态供水于一体，受益农田 120 万亩，受益人口数百万。密如蛛网的渠系，成了灌区的"生命线"；昔日地贫人困的伤心地，成了"赣鄱粮仓"、鱼米之乡。灌区的全部农田由一季变双季，低产变高产，旱涝保收，产粮占江西粮食总产的 5% 以上。

历史不会淹没，天地之眼雪亮。

那是革命理想高于天、百姓利益大于天的年代。分管全省农业的刘俊秀，是从枪林弹雨中走出来的老革命，也是赣抚工程重要的决策者和推动者。他曾 28 次下工地。他引用过这样的民谣："赣抚平原大变样，抚河也把路来让。渠道纵横密如网，河水哗哗灌田庄。早晚两季保丰收，幸福生活有保障。"他写过这样的诗句："赣抚平原望无边，以往灾害数千年。受尽压迫和剥削，民不聊生苦难言。如今有了共产党，群众治水赛神仙。灌溉良田上百万，子孙幸

福万万年。"

那是物质匮乏，但精神富有、激情可以燃烧的年代。春风杨柳万千条，六亿神州尽舜尧；天连五岭银锄落，地动三河铁臂摇。多少建设者怀抱"让高山低头、河水让路"的雄心壮志，以血肉之躯化钢筋铁骨，顶烈日，战严寒，胼手胝足，不畏万难，修成了一条条渠道，垒就了一道道堤坝。施工高潮时，14.3万人齐聚工地。非受益区的10县2万多民工自带工具、被褥和粮食赶来支援，数以千计的机关干部、城镇工人、居民、学生、军人参加义务劳动。敲锣打鼓，红旗招展，你追我赶，热火朝天。

这是镌刻着时代烙印的典范之作，彰显的是宗旨、使命、责任、民心、德政，在共和国壮丽史册上留下的是火红的页面。

三

有一篇文章这样描绘：登高俯瞰赣抚平原，气象万千。焦石大坝横锁抚河，在坝的左右和下游，渠道纵横交织，如铺展在原野上的条条玉带；大大小小、形态各异的水利建筑物，如缀结在玉带上的颗颗明珠。西侧赣江，似一条宽阔、飘展的绸锦，浓浓一带水色，为平原镶一道湛蓝的花边；东侧抚河，从平原边缘穿过，似天公用如椽巨笔，为山川平添华彩。

任何经典的工程都不是一蹴而就、一劳永逸的。赣抚平原灌区建成之后，持续进行续建配套、除险加固、提档升级，不断强化管理。六十年的建设，六十年的艰辛，六十年的坚守，六十年的奉献。一代又一代的"赣抚人"像渠水一样宁静，又像渠水一样深沉，像渠水一样柔顺，又像渠水一样坚韧。他们献了青春献终生，为灌区的长足发展和永续利用打下了坚实的基础，也积淀了厚重的文化。

有机会深入灌区走走看看的人，会发现风景比文字描摹的更美，站院、闸房、渠道比想象的更宽敞明亮洁净，人的精神状态蓬勃振奋。进入新世纪、新时代，灌区策应全国全省发展战略，积极对接打造美丽中国"江西样板"，着力建设"民生灌区""节水灌区""生态灌区"和"智慧灌区"，大力推进水利工程标准化管理，争做"全省第一、全国一流"，勇当"灌区领跑者"，努力实现从传统水利向现代水利的转变。

随着经济与社会的发展，工程的功能发生了巨大的变化。赣抚平原灌区水系承担了为省城提供水资源保障的重大使命，供水的质在不断提高、量在逐年增加。这一渠清水，活化着省城的河湖，改善着省城的生态环境，促进省城的人水和谐，也提升省城的品位。

四

我有一个愿景：不久的将来，能够出现一条"赣抚平原水生态文化游"精品线路，众人向往。

每游需两日。

第一日早早由南昌市区登车，驰往温家圳，探千年古镇，看米粮码头。顺东总干渠来水方向，沿渠道大坝上行至文港，看光照临川之笔，念光照临川之人。又上行至李渡，品美食，喝美酒，参观酒作坊，体验酒文化。日头偏西，继续东南行，以蒙眬之眼看"一渠通南北，两岸稻花香"，在如梦如幻中抵达柴埠口，那是东总干渠的取水点，有壮观的大闸，有公园般优美的站院，有善讲故事的守闸和看渠人。一路的见闻，满满的愉悦。这正是当地政府决意打造的"水生态文化观光带"。

离开柴埠口，顺抚河东大堤西北行五公里，由李渡大桥过河到焦石。不光吃饭，还得住一晚。赣抚灌区建设国家水利风景区，那儿必定是大大的亮点。夕阳余晖中，焦石独好看。水从大坝上汹涌滚过，从大闸中澎湃而出，白浪滔天，轰然作响，鹭鸟翔集，渔舟出没。举目南望，水迢山远，让人冥想山外之山、河上之河、人上之人。夜里枕石而眠，于涛声中沉沉而睡，也许能够做一个邂逅才子佳人的好梦。次日不能贪睡，要和鸟儿一道早醒早起，于迷蒙的薄雾、激响的水声和啾啾鸟鸣中漫步，有花香扑鼻，有鸡鸣狗吠，尽可饱览抚河晨景。

告别焦石，顺风顺水，一路北行。走一段抚西大堤，左边是宽阔的西总干渠，右边是水清沙白的大抚河，牛在河滩上悠然吃草，狗在山坡上撒腿欢闹，田地里生机盎然，村舍中炊烟缭绕。过丰城袁渡，买几包冻米糖。上箭江口大堤，进分洪闸，试想波涛汹涌、惊心动魄的场景。三江口要长时间逗留，走走五里长街，吃点荸荠，带些豇豆腌菜，最紧要的是不急不躁地看抚支故道，二十里水路，十里荷花，莲动鱼跃，清气袭人。岗前渡槽要慢慢地走一遭，那底下是著名的清丰溪。越过天王渡，到得向塘镇，那里是赣抚管理局的老大院、灌溉试验中心——那是规模宏大、技术高端的水利科研机构，有深藏地下的大型试验测坑，有院士工作站、博士后创新基地，重大课题研究硕果累累……如果安排得紧凑，下午还可以到武阳镇茬港古街，回望昔日"水陆交会之所"的辉煌，看看千米长堤。就是那儿，60年前15000余人奋战经年，数千人在泥水里泡了三天三夜，逼抚河改道，确保灌区工程提前投入使用。暮色四合，车和人回到梅湖、象湖或青山湖，还得顺水走，瞅一瞅、闻一闻。

这一趟下来，人人会发现赣抚平原竟是如此丰饶美丽，也会发现赣抚工程来之不易；会发现大渠的水是如此丰沛清澈，也会发现这水很是柔弱、易被玷污；会发现感恩自然、珍惜资源、保护生态是优秀的品质，也会发现维护好一渠清水是每个人都要肩负的艰难而神圣的责任。

百年千年之后，人们也许会像颂扬都江堰一样颂扬赣抚平原灌区工程。我们感激修下它的人，更要像保护自己的眼睛一样保护这一渠清水——爱它就是爱自己。

从地图上看，赣抚平原就是赣鄱大地的心脏，它的律动具有指标性意义。又像一只硕大的耳朵，谛听着土地和人的脉息。也像母腹中的胎儿，孕育着新的生命。

历史呈现的不仅仅是有源之水造福于人的美好现实，更是"众手修得幸福渠"的宝贵精神。只要齐心协力，今天一定可以创造比昨天更加壮丽的事业。前人栽树后人乘凉，前人修渠后人解渴。前人是前人的后人，后人是后人的前人。今天的人若不能浇灌好前人栽下的树、维护好前人修下的渠，若不能栽些新的树、修些新的渠，将如何面对前人和后人？

（原载2019年5月24日《江西日报》）

山那边的河

一

梅岭西山是一座山，也是豫章盆地上的一道坝。它的东面是赣江、抚河，西面是潦河。如果没有这山，赣抚平原和潦河谷地连成一片，会是另外一番光景。自然自有自然的奥秘。

时移世易，山已不是障碍，路已不是麻烦。要看花花草草，千顷万亩，金黄碧绿，山这边的人不必舍近求远，开个车蹽到山那边去就能心满意足。想吃放心米、放心油、放心茶叶、放心土扎粉，山这边的人无须发愁，尽管去山那边找"牌子"货："绿能""碧云""九岭银毫""宗山垅"等等，原产、地道、纯粹，多得很。想逃离"火炉"凉快凉快，山这边的人不用迟疑，拎个包一径儿往山那边跑，去百丈、澡溪，去中源、三爪仑，去三坪、九仙。

山那边地大物博，丰富多彩。那片4000余平方公里的大地叫潦河流域。那条长达300余里丰腴多汁的河流叫潦河，也称上缭水、奉新江、海昏江。那个声名远播的水利工程叫潦河灌区。

莽莽九岭成就了根须发达的潦河水系。它的下游统称潦河。它的中游有南潦河、北潦河，北潦河又分为南支与北支。它的上游是许多形态各异的溪流，无不源自山之深处，背倚高峰，赫赫有名，如董西岭、犁头尖、白沙坪、白云山。潦河所过之处，连缀起一串串意味深长的名字，如长坪、金洞、甘坊、会埠、干洲、赤岸，潦河收纳的细流多达数百条，千奇百怪，如柳溪水、石溪水、蓝田水、澡下水、金港水……全都有故事，让人浮想联翩。

潦河灌区在潦河流域的中心地带，东西长 60 公里，南北宽 40 公里。有 7 座引水闸坝、7 条主干渠、213 条支渠、456 条斗农毛渠，是江西最典型的多坝自流引水灌区。这个灌区覆盖着奉新、靖安和安义三县的 27 个乡、镇、场，直接受益人口数十万，风景独好，令人陶醉。

二

感悟潦河和潦河灌区，不能不去这样一些地方。

得去靖安仁首。那儿的大林洲和象湖张家，分别在北潦河北支上建有闸坝、引出大渠。水来自大雾塘、三爪仑、宝峰，穿过罗湾水库，玻璃一样明亮、绸缎一样柔顺、宝石一样湛蓝。皆因那里有"绿色宝库"，大树郁葱葱，翠竹满山坳，风格外清凉，石头格外坚硬，笋子格外脆嫩，鸟鸣格外动听。这水流向靖安各地，靖安人引以为豪："青山绿水白云，小桥流水人家，有一种生活叫靖安，能把日子过成诗！"这水流向安义，"凌代表"义无反顾地让"绿能"在鼎湖安营扎寨，放手流转土地，大搞现代农业，每年用堆成小山似的钞票给农户发红包。

得去靖安香田。那儿有个白鹭村，紧靠北潦河南支。横亘在河上的是北潦闸坝，沿河畅流的是北潦干渠。史料记载：古代这里就有坝有渠，叫蒲陂，初建于唐大和年间（827—835），其后屡修屡毁、屡毁屡修，直到1951年千人大会战，才建成现在的模样。因为有蒲陂，潦河灌区被人称作"千年灌区"。站在河、渠间，遥望雷公尖，你

北潦河

会油然生出对古人智慧与艰辛的敬仰、对今人壮志伟业的惊叹。你还会联想到享有"江南都江堰"美誉的泰和槎滩陂，那是五代十国后周显德年间（954—960）才修起来的水利工程，比蒲陂晚了百余年。由于有槎滩陂那样的工程作保障，吉泰盆地成为江南的重要粮仓，"漕台岁贡百万斛，调之吉者十常六七"（曾安止《禾谱·序》）；由于有"千年灌区"的保障，潦河两岸五谷丰登，六业兴旺，风姿绰约，气象万千。

得去宋埠。那是奉新北乡，被李约瑟博士称作"中国狄德罗"的宋应星，正是"依水而居，食水之德"的雅溪宋氏后裔。他的故居就在牌坊古村，那里有好些个大牌楼，有完整的明清古宅，有老而蓬勃的香樟树，还有广袤的农田和暗香浮动的荷塘。宋先生安卧在祖茔戴家园。一片开阔的茅草地，几座不起眼的坟，左近川流不息的是南潦河和南潦干渠，右前莺飞草长的是胭脂水港。初夏时节，"蛇泡子"红艳艳、酸甜甜，蒲公英花絮飞向老远老远。水汽氤氲，河风扑面，闭一下眼，你能穿越到数百年前：筒车、牛车、人力水车，在"滨河"、在"湖池"、在"小浍"，吱吱地响、悠悠地转……宋应星48岁赴分宜县任教谕，几经辗转，57岁赋闲还乡，80岁终老故里。他写出《天工开物》等传世之作，增进责任和激发灵感的，少不得潦河的水、宋埠的风、奉新的乡土深情。

得去义兴口。那也是一个"三江口"，南潦河和北潦河从西南、西北两个方向包抄过来，在那儿汇合而成大"潦河"。往上游看，两河环绕的冲积洲，正是安义古县的龙兴之地，有黄洲、鼎湖、龙津等大镇。往下游看，河水滔滔而去，过万埠、青湖、马口，在涂埠入修河、于吴城进鄱湖。义兴口南岸的小村庄叫石窝雷家，北岸的小村庄叫东阳雷家。站在石窝雷家的岩尖上向西北望去，安义城池清晰可见；站在东阳雷家的潦河大堤上隔河仰观，梅岭就在眼前。

九岭最高处近1800米，义兴口海拔刚过100米。按照南、北潦河的走势，势必直冲赣江。但是，西山让它掉头向北。

义兴口的"三江口"水天空阔，鹭鸟腾飞。堤外古树林立，粉墙黛瓦的农舍、宽展碧绿的菜畦、规矩的牛和散漫的狗张扬着无限生机，堤内河道中欢腾的水和浅滩上闪亮的沙砾、青青的芦草无不养心养眼。但洲地上的漫漫黄沙、水中和堤前的断树残墩无时无刻不在给人提醒：这里并非总是宁静与美丽。

"大雨出蛟，山水暴溢"，坝垮闸溃，这里会"河水猛涨，堤决人亡"，田园瞬间成泽国。天公任性，久旱不雨，这里会河成圳、渠见底，"民掘白土，剥树皮食之"——历史上不缺少这样的记载。政府英明，人民伟大，潦河灌区、赣抚平原灌区、袁惠渠灌区，无数越来越宏伟、越来越坚固、越来越完美的工程，给水以导引、束缚、调剂和抚慰，使水更遂人愿，更具灵性。然而，无论什么时候，水也不会失去她的天性，包括野性。

人是万物灵长，水是生命之源。水给人以生命的欢愉，也给人以考验和磨难。水是慷慨的也是吝啬的，是温顺的也是乖张的，是宽厚的也是暴戾的，是平和的也是狰狞的，是慈祥的也是冷酷的。水能满足人的需要，但满足不了人的贪婪。人与水相亲，取其利，避其害，叫水利；水与人相残，叫水害，水害有时也是人害。人懂水、爱水，水就是人的朋友和依靠；人玷污水、糟践水，水就可能变成人的仇敌或灾难。因势利导是可以的，横加阻遏是要当心的；取之有度是可以的，肆意挥霍是会遭报应的。

"把饭碗牢牢端在手上"，过"富裕美丽幸福现代化"的日子，只能让湖里、河里、渠里的水合于自然，趋于和谐，长流长清。这很难，但别无选择。

有资深的水利人借"江西的水"短歌长吟，情意切切："我汇五夷罗霄之清流滚滚，我纳赣抚信饶修之小溪潺潺。我造就鄱阳湖之浩瀚，接地连天；我扬起长江之巨澜，月月年年！我无形无色无味，我有情有义有胆。""我养育了你，我滋润了你，我宽容了你，我理解了你……我爱你，你爱我吗？""爱我吧，敬畏我吧，爱我就是爱你自己！"

西山飞来终不老，顶天立地长逍遥。它长舒笑颜，接纳水上吹来的每一缕风。它微眯智眼，凝视平原与河谷发生的每一毫变化。它支棱着耳朵，倾听天地间的每一种声息。它为赣鄱儿女频频送出福音。

（原载2019年第3期《江西水文化》）

三江黄马，十里荷花

南昌人喜欢黄马，因为那里有白虎岭、凤凰沟，山明水秀，花繁果硕，茶香鱼肥，好看好玩又好吃。也喜欢三江，因为那里历史悠久气度非凡，粮食和蔬菜瓜果品种全质量优，萝卜腌菜更是闻名遐迩。三江与黄马中间有条抚支故道，故道上有片"十里荷花"，熟悉并喜爱的人却不多。

万花之中，荷花最寻常也最美丽。

美丽诱人。去年暮春，因关注洪城七渠两河八湖的水，我造访过赣抚平原灌区，途经抚支故道，行色匆匆，未及细看。今年盛夏，邀友人直奔三江黄马，只想饱览"接天莲叶无穷碧，映日荷花别样红"的胜景。

大抚河发源于广昌血木岭，淌过抚州城便到了下游，波澜壮阔气势如虹，历史上却因尾闾水系紊乱，常露狰狞面目，灾害频仍。20世纪50年代末，江西大力"治水兴赣"，调集十数万民工鏖战两载，兴修赣抚平原水利工程，使得抚河干流改由青岚湖进入鄱阳湖，西向的支流则在箭江口筑坝截水，河道变成了渠道。抚支故道由此得名，成为赣抚灌区西总干渠的一段，上起箭江口，下至岗前，总长20余千米，平均面宽300米、水深4米。故道西侧，丰城市袁渡镇与南昌县三江镇平分秋色，著名的古村前后万就紧傍河沿；东侧悉属南昌县黄马乡。"十里荷花"就在抚支故道的上半部分。

抓住窗口期，我们赶上了好天气。出发当日恰值小暑，云浓而无雨，日艳而不烈，清风徐徐，雾霭淡淡。驱至黄马王家，下车、开步，堤上走、桥上行，水边伫立、村头转悠，放眼远眺、俯首细察，学鹭鸟目不转睛地盯水面、像狗一样耸起鼻子嗅气味。果然非同寻常：浩大的水面，一望无际的莲荷，人在渠畔走，清香幽幽来。

原本直溜的抚支故道在箭江口至黄马汤家段款款地转了个弯，构成大大的月牙儿形。河道内出现层次分明、反差极大的色带：水与荷切分为股，或一股荷、两股水，或两股荷、三股水，水伴荷流，荷随水生。青翠间点缀洁白与粉红的是荷叶荷花，碧波荡荡银光闪亮的是水。水缓缓流，荷微微动，翠叶承珠，姹紫嫣红。空中有灰暗的云，云间泄白亮的光，光映照在水上、荷上、花上，水清清、荷翠翠、花灿灿。举目四望，则是鳞次栉比的村庄、粉墙黛瓦的农舍，稻穗勾了头、果树弯着腰，菜园里棚架林立、荸荠田水盈苗疏，村头老牛安静地吃草、小牛哞哞叫，村尾的狗或闲适地卧着、或欢快地打闹，数不清的白鹭、苍鹭追着田里的机器、农人或飞或跑，嘎嘎乱叫……同行有画家，兴奋不已地说："好一幅天地间的画卷，是大自然给人类的慷慨馈赠啊！"

我缺少艺术敏感，眼前之景和内心之期待有差距。漫说杭州西湖，即便拿南昌梅湖、象湖，还有广昌、莲花那里的荷叶荷花来比，这"十里荷花"也并不出彩，很难"眼睛为之一亮，精神为之一振"。别处的荷花早开得轰轰烈烈了，这儿还是星星点点，可谓姗姗来迟；荷叶荷花虽绵延十里，却是半江河水半江莲，杂生着野菱、水葫芦，并不纯粹；莲荷平实有余，蓬勃不足，叶子青绿中隐着泥黄，花的姿色也不娇艳；水中没有玲珑的彩船，岸上少见赏花的游客。

和画家刘先生就近宿了一晚。前后万村的古码头、古巷道、古宅子我们四处溜达，烧饭的老头、晾衣的老妪、劳作的汉子我们搭讪攀谈，在三江镇鸡毛小店里吃上了牛杂汤锅子、韭菜炒螺丝、豇豆辣椒茄子合蒸和萝卜腌菜。深入黄马，探看绿腾农庄，进白虎岭，钻凤凰沟，尝鲜甜的翠冠梨和红心火龙果，也到了黄秋园的故乡马家桥。农历五月十六，雨季、汛期、难见如盘的皎月，但凑近河道和荷塘，朦胧中能真切感知"层层的叶子中间，零星地点缀着些白花，有袅娜地开着的，有羞涩地打着朵儿的。正如一粒粒的明珠，又如碧天里的星星，又如刚出浴的美人"。树枝上发出一阵紧似一阵的蝉鸣，水中有泼剌剌的鱼戏，草丛里虫语唧唧。荷叶荷花的香混着稻香、瓜香、果香和泥香，如烟缥缈，如雾弥漫，无孔不入，无所不在。这是别一种气息，别一番风致。

　　故道边的人最有体验，最具表达的资格。所见村民，无分老幼男女，脸上全都写满笑意。管水的"赣抚人"个个自豪。他们说："有了灌区工程，赣抚平原才能水旱无忧，连年丰收，成为江西最大的粮仓，是人的幸福家园，也是鸟的天堂。""抚支故道上的'十里荷花'是'生态荷花'，天生天养，完全没有人工干预。""这儿的水是直接流进南昌的。这段干渠就是天然的过滤器，水经故道，清澈三分。"

我豁然、欣然、赧然。荷花处处有，此处大不同啊！它们出自天然，植根深深，不断经受激流的荡涤和洗礼。它们面目朴拙但柔韧坚劲，尽显本真。它们不拒污秽，捧出洁净。它们香得不浓烈却有穿透力，能够沁人心脾。再看"十里荷花"，我喜出望外：果然是"荷叶罗裙一色裁，芙蓉向脸两边开"；果然是"秀色掩今古，荷花羞玉颜"；果然是"清水出芙蓉，天然去雕饰"。什么是"出淤泥而不染，濯清涟而不妖"？这就是！什么是只宜远观不可亵玩？这就是！生长在这里的荷叶荷花，俨然有了梅兰松菊的况味。这儿的风景不是一般意义的风景，是人与自然相依相伴、相生相争相促进的写真，是不懈追求、伏波安澜的演绎，是共和国伟大成就的历史见证。

　　画家朋友是挥洒丹青的高手，也是语言表达的行家，往往"站位高、视野宽、格局大"。他认为："十里荷花"开得晚点没关系，晚有晚的味道，晚有晚的特色。这"十里荷花"所呈现的是既见姿色更见精神的美，是深沉、坚韧、浓郁之大美。美不能锦衣夜行，美要绽放、激赏、传扬、滋养。绽放了才能得到激赏和传扬，激赏和传扬了才能得到更多的滋养。抚支故道"十里荷花"，应当是南昌水生态的有机组成部分、环南昌生态文化景观带的重要节点。若

抚支故道

能科学规划，综合开发，丰富其内容，提升其品质，不仅有益于当地富裕美丽现代化乡村建设，也能增强省会的美誉度和吸引力。

我则想："赣抚人"和赣抚灌区千千万万的人，所守护的不仅仅是水，更有因水而生的美丽，因水而聚的财富，因水而发的想象与创造，因水而成就的辉煌。我知道灌区管理部门将打造"节水灌区、生态灌区、民生灌区、智慧灌区"列为重要的工作目标，他们最懂得也最珍惜这份资源，会努力把"十里荷花"建设成更耀眼的亮点，建设成南昌人、江西人乃至更多中国人分享美、接受历史文化和生态环境教育、增进知水敬水意识、养成爱水护水自觉行为的一个重要基地。正如"众手修得幸福渠"一样，这也应当是百千万人的共同追求、共同努力和共同坚守。

稍加想象，我的眼前浮现出一幅新的图景：抚支故道周边修了平整坚实的机车道、游步道，遍植杨柳、香樟或金桂玉桂。湖畔、桥头、树阴中、屋檐下，有亭有廊，有桌有凳，人们团团而坐，下棋、喝茶、聊天。处处是景点，四季有来客。酒旗迎风，乐声婉转，村巷中飘出饭菜香，河道上飘来荷叶荷花香。小小的木船在水面飘摇，妙龄女子和俊俏后生在木船上，清脆的嗓子把甜甜的歌儿唱，歌声何悠扬。

岁月不居，时节如流。河道也许会发生一些改变，水的来路和去向却不容易变化。河会越治越好，水会越来越清，花会越开越鲜艳，人的日子啊，会越过越甜美。

每个人心里都有一方圣洁的荷塘。邂逅抚支故道"十里荷花"，我这心里多了一份美好的收藏。

（原载2020年8月28日《江西日报》，获第三届"五河杯"文学奖一等奖）

缤纷之路

　　和分宜的朋友话桑麻。有人说："南乡修了彩色路,可以去看看。"分宜人说"南乡",便是特指仙女湖以南那 400 多平方公里土地、3 万多人口。我在县里工作的时候,由松山、新祉、苑坑、大岗山四个乡镇管理,后来合并为钤山镇。

　　看也看了走也走了,所言不虚,还真是"彩色路"。标牌五颜六色,路面画白线黄线,路肩和车行道之间还加了艳艳的红线。"招呼站"一律改叫"驿站",站站洁净明亮,有的还因地制宜做成景观。如岭下驿站就有亲水长廊、仿古石桥、文化墙,在那儿上车下车或者行个方便,找得到逛公园的感觉。沿途生态好极了,满目葱茏,许多村庄进行过改造,面貌一新秀色可餐,如新祉的金鸡布,从前房屋破旧颜色灰暗,如今粉墙黛瓦光彩照人,荷花似箭,稻子金黄辣椒红。一路上山是山水是水,山上森林茂密鸟雀纷飞,水上清波摇荡浮光跃金。车子在这样的路上走着,乘车的人不免心花怒放,想唱《烟雨江南》《但愿人长久》那样的歌。

　　这是分宜通往安福的一段公路,以前是省道,现在是国道。路段长 32 公里,北起"严嵩故里",南至"防里古村"。去年,公路部门和地方政府联手,用时 10 个月,花费 5000 万,在原路基础上改造提升，建成了省级示范路。天生丽质，薄施粉黛，清新自然，美观实用。尤为难得的是"外修生态，内修人文"，将生硬冰冷变得鲜活和温软。

18 年前，这段路我走过不知多少回。此番"车在路上，人在画中"，难免感慨万端。有些许"春风得意马蹄疾"的欣欣然和飘飘然，更勾起诸多杂色的记忆。

1998 年 1 月 19 日，我在省城开会，接到县里报告："盆溪出了交通事故，死了好几个人！"记得那天是农历腊月廿一。次日散会，又次日驱车匆匆赶到盆溪。原来是这么一回事：山上婆官壁村组潘家的男子娶山下环桥村黄家的女子，择吉日成亲。男方请了一台农用汽车接新娘，迎亲的 20 多人挤在车上，有的坐驾驶室，有的站车厢。上午 9 时发车，一路下陡坡，开到下石坎那地方，连续几个 S 形、U 形大弯，坡陡路窄外加结了冰，刹车失灵。司机慌忙中打乱了方向，车头撞上石崖，翻了个底朝天。当场摔死、压死 5 人，二男三女，都是新郎的"家里人"。喜事转瞬成丧事，潘家人收起办席的桌椅，扳倒煮肉的炉灶，辞退远近亲戚，请"大木"上山合棺材葬人。事过两日，我在现场只能看到崖壁上的撞痕、路边的残雪和碎石上的血迹。北风呼啸，蓑草飘摇，云团惨白，群鸦哀号。

高岚是分宜最偏远的乡，盆溪是高岚地势最险的行政村，盆子石是盆溪最大的自然村，婆官壁是紧挨着盆子石的另一个自然村。分宜民谚有云："盆子石盆子石，路冇走水冇吃，有女莫嫁盆子石。"

腊月廿八，正开着会，分管政法的老严神色凝重地过来耳语："又出事了，小姑峡！"

小姑峡是仙女湖的一个库湾，新祉河的入湖口。分（宜）安（福）公路如游走的蛇，在小姑峡边上经过。那是老省道，低标准四级路，蜿蜒起伏，坑坑洼洼。出事的地点正是现在的金鸡布村和岭下驿站中间，闯祸的是一台广东牌照"皇冠"，车上二女一男。事后查明，一对成年男女是情侣，男的驾车，女的有身孕；一个姑娘豆蔻年华，身高1米7以上，长发及腰，是男人的外甥女，广州某文艺团体的舞蹈学员；还有一个布娃娃。当天早上，三人一车从长沙出发，取道江西回广东，在宜春吃了中饭加了油，途经分宜出了事。交警分析原因：一是坡陡弯急路烂；二是没有防护墙；三是司机赶路心切，处置不当。车子是中午冲进水里的，县里的人接报后赶至现场，吊上了汽车。车厢里只有那对成年男女和布娃娃，一个车窗半开着。当年"烂冬"，长时间雨雪，小姑峡水深5米，还有洄水。直到正月初七，才在钟山峡的丹江桥附近找到那姑娘，浸泡多日，见过的人还说："蛮客气（漂亮），真客气！"

那个"年"过得特别灰暗压抑。改革开放20年了，分宜县的交通事业有了巨大的发展和长足的进步，但是，路少、路差仍是制约县域经济发展、影响生产生活的瓶颈。老百姓意见不少，怨声载道。

要想富，先修路。出行要平安，马路直又宽。1998年，分宜举全县之力，决战上（高）分（宜）安（福）公路。按三级路标准，裁弯取直拓宽，挖高补低加厚。南北对开，双向出击，以此带动全县乡村公路大建设。"决战"的路段全长43.13公里，总投资5577万，其中省市投资3496万，县投资1383万。当时这是一笔大钱。县里承担的部分，财政一文也没有出，土地一寸也没有卖，全是个人捐的。说是"自愿捐资"，其实有一个"引导"：凡是吃公家饭的，包括离退休人员，每人捐一个月工资；城镇居民和农村人口，鳏寡孤独除外，每人捐一担稻谷，折合人民币50元。结果，资金在3个月内如期足额到位。县领导们自觉加码，每人实际出了2个月工资。县直机关有的家庭吃工资的人多，共捐出四五千元。老人们说，这在分宜历史上没有过。

事隔20年了，山塘下慷慨誓师、万民踊跃捐款、炮声震天机械轰鸣、干部日夜奔忙百姓望眼欲穿的情景，一直浮现在我眼前，萦绕在我心头。火热的场面，燃烧的激情啊！

路刚刚修好，"三讲"开始了。那年头，摊派、捐资，尤其是让农民出钱出物也是十分犯忌的事。我暗自揣测："全民捐资"修公路这件事会引发尖锐意见，要准备接受严厉批评，进行深刻剖析。大出意外的是："原汁原味"反馈时，意见千条万条、五花八门，唯独没有一条是针对修路"捐资"的。

这给了我强烈的震撼和特别的教育：在其位谋其政，出以公心，办真正的好事和实事，哪怕方法简单笨拙一些，也算有担当，也能得到人民群众的宽容和理解、支持。反之，瞻前顾后，光说不练，得过且过，敷衍塞责，虽然羽毛光洁、四平八稳，也是尸位素餐，人民群众迟早会失望、怨恨和嫌弃。我为自己偶尔的担当而庆幸，也为经常的敷衍而汗颜。

又一个 20 年过去了。红雨随心翻作浪，青山着意化为桥，改革开放宏图起，城乡面貌日日新。不算高速路，分宜的公路总里程已经达到 1450 多公里了，比 1998 年翻了好几番。仅 2013 年以来，全县新建和改建农村公路数百公里，投资 4 亿多元，且从未启动"捐资"。小姑峡那儿有了迷人的"彩色路"，上下盆溪的路也早就提高了通行能力和安全水准。

虽然历经坎坷，却是越来越好，终于五彩缤纷——路便是历史啊！

何止于路！何止于分宜！

"再过二十年，我们来相会，那时的天噢那时的地，那时祖国一定更美。"这歌总能让人热血沸腾。

（原载2018年10月12日《江西日报》）

桥

分宜县是一个山明水秀、物产丰饶、人文鼎盛的好地方。杨桥镇是分宜的一个大地方。杨桥有座桥,曾经是这地方的标志,很古老。这桥就叫杨桥桥,当地人习惯称它为老桥。

老桥如老树老屋老人,都不简单,都有故事。

杨桥老桥建于明代,是五孔四墩的石拱桥,主桥长 50 余米,宽约 6 米,高约 8 米,引桥分别延伸到两侧的村庄。桥身用麻石砌成,糯米灰浆灌缝,坚固如铸。四个桥墩都是流线型,像四艘两头尖的船,托举着厚重的桥面。经过五六百年的人走马踏车碾、洪水冲刮和风雨洗刷,通体呈深褐色,桥面坑洼,桥墩上生长着低矮遒劲的灌木。打桥下流过的是杨桥河水,源自分宜与上高交界的大山。活活清流,于苍岭、深坳、旷野或村落间逶迤蛇行百里,穿桥而过,款款汇入袁河,继续其壮阔的远行。桥的东西两头,是两个黄姓大村。东头的叫新楼,是杨桥黄氏的"发祖"地,千余户四千多人口;西头的叫庙上,是镇政府和街道所在地,近千户三千多人口。两村隔水而居,以桥连通,鸡犬之声相闻,阡陌田地相望。

20 世纪末我在分宜工作,常从这桥上经过。也曾多次停车驻足,站在桥上看风景。凝视那黑黢黢的石块、清凌凌的水,眼前会浮现

分宜万年桥

出数百年前的情景。依稀感觉旧时山也葱茏，水也明亮，房舍没这么多，人丁也兴旺。桥成之日，十里八村的人长衫短褂，扶老携幼来看热闹。桥面上欢声笑语，街市上摩肩接踵，忘情的红男绿女在人丛中嬉闹。入夜，云淡风轻，星光闪烁，月色通明，佳人不肯去，河水作歌声。读了些子曰诗云的乡贤，手捋长须，在桥头徘徊，吟哦着"水从碧玉环中出，人在苍龙背上行"，"洛水桥边春日斜，碧流清浅见琼沙"之类的前人诗文，或搜索枯肠，想撰出些绝妙好句，来描摹盛事，抒发胸臆。

可惜的是，这座古老的桥已经没有了。十几年前就没有了。念及旧事，有些懊悔，戚戚之心，与日俱增。

那会儿，我在县里任职。杨桥镇的主事者来报告：老桥太窄太旧了，影响车辆行人往来和镇容村貌，是镇村改造、交通建设、经济发展的瓶颈，特别是汛期会阻水，妨碍行洪。镇里研究的意见，是拆除老桥，另建一座现代化的新桥。

杨桥是钤（分宜县简称）北第一大镇，发展是第一要务。我只向汇报的人提了两个问题：征求了群众意见么？文物部门是什么态度？得到的回答很干脆："都同意，没问题！"于是依例做指示：镇里的事情镇里拿主意，只要是符合人民群众利益和经济社会发展的好事，县里肯定支持。不过这是一座古桥，拆桥建桥都是大事，拆不拆建不建，得注意几点：一是班子的意见必须高度统一；二是广大群众特别周边几个村的工作务必做好；三是文化文物部门要汇报沟通好。话是鸡毛，也是令箭。很快，杨桥河新桥的修建方案得到确定，工程迅速上马。

这期间出了一个插曲：市文管所的人专程到县里来过一趟，找我提意见。他们说杨桥老桥是市管文物，县一级无权批准拆毁。这时，新桥已经开建，拆老桥的工作也在准备中，开弓没有回头箭了。我表示：新桥是肯定要建的，老桥拆不拆，到时候再商量商量吧！那时气盛，把天下的事看得简单，有一句话忍在肚子里没说出来："什么市管县管，管得了那么多！"

可是出了状况，陡起波澜。生事的并不是文物部门。

新桥建成即将通车，老桥要破拆了。想象中的万民欢庆场面并没有出现，相反，有人闹将起来。当我闻讯赶到现场时，见到的是这样的场面：老桥的两头已挖断，秃头秃尾趴在那儿，孤寂可怜。钢筋水泥新桥飞架河上，宽阔气派。新桥桥面和两端聚集着黑压压的人，喧闹叫骂和呼喝之声四起，一浪高过一浪。人分东西，割据一方，都在千数以上。男女老少，无不激昂，跳骂不止。很多人手上提着物件，或棍棒或刀叉或扁担锄头，还有沉甸甸的塑料袋。人都汹汹地往对方冲，已经到了桥中间，相距不足20米。镇里一台老式吉普车横挡在那里，有县、镇干部和派出所人员在劝阻，声嘶力竭，收效甚微。一目了然：是一场一触即发的械斗！杨桥产煤，塑料袋里装的都是开巷道用的雷管炸药！如果两边的人冲到一块混战起来，势必血流成河！

如果没有地方工作几年的经历，会吓蒙。

事情紧急，刻不容缓。和现场的县、镇干部简单合计之后，决定按"一劝退、二分化、三巩固、四法办"的策略处置，当务之急是让群众冷静下来、疏散开去。在这个节骨眼上，村干部不敢出头说话，镇里的领导是被攻击的对象，陆续赶到的公检法出手"弹压"只会激化矛盾，无济于事。我只能挤进去，站到吉普车上，张开喉咙说话。情形有点像演电影。我先说："杨桥的父老乡亲们，你们认识我吗？我是县委书记，是你们的公仆，也是担有责任的'父母官'。请给我个机会，让我先做个检讨、道个歉！"躁动的人群稍稍安静下来。我心里窝着火，话说得还算冷静恳切、推心置腹。大概意思是："无风不起浪，出现今天这样的局面，让人很痛心，这说明我们的工作没做好，我有不可推卸的责任；杨桥的乡亲们是有情义讲道理的，大家肯定有委屈或有误解，这都不要紧，别着急，请先回去，我和县里的人都不走，晚上会到村里来，和你们好好攀谈，你们有气尽管出，有话尽管说，想骂尽管骂；现在这个样子不行，乱纷纷的什么问题也解决不了，出了事死伤了人，吃亏上当的还是老百姓；请相信县委县政府，桥上能走人桥下能流水，会帮你们主持公道的！"话说到这份上，场上只剩窃窃私语，没有乱喊乱叫，但也没有"散"的意思。我接着讲："我在我们杨桥挂点好几年了，也算半个杨桥人吧？乡里乡亲的，请给个面子，听我一回劝，先回去，都回去……当然啰，如果有人逞英雄充好汉，硬想打一架，硬要血染杨桥河，我身单力薄怕也拦不住。那就成全我做一回烈士吧。有吃了豹子胆的，放马过来，先把我打翻、砍死，从我的尸体上踩过去！"说这话时，眉毛倒竖，心里打鼓。杨桥民风剽悍，历史上以宗族械斗闻名，谁能保证不会跑出几个愣头愣脑的青皮后生来呢？现场是火药桶，一个火星就会引爆。我注视着人群，注意到在蠕动、在张望、在犹豫。我发现了一些熟悉的面孔，厉声叫唤："晚生、劲古子、浪浪皮！老三、金苟、细牙卵！不想走么？要老子请你们去县里吃酒么！"话是笑着说的，牙缝里却有杀气。说完，从吉普车上跳下来，向被点名的人走过去。那几人转身便退，边走边嚷嚷："娘个脚，娘个脚，走吧！走吧！不走现世卖报啊？"不到十分钟，桥上的村民走得一干二净。

群体事件，人散了，事就好办了。接下去的，无非是调兵遣将，安抚教育，分化瓦解，釜底抽薪，晓之以理，申之以义，动之以情，示之以法。效果也很快显现出来了，领头的看势头不对，纷纷做了缩头乌龟，别的人翻不起浪。派了若干个小组留在镇里和村里继续做工作，解决问题，巩固成果。

事件的起因其实也不复杂，还是因为那座老桥，围绕的焦点是拆还是不拆、要拆由谁拆？镇里的工作比较粗疏，想当然，麻痹大意，在群众中造成了误会，引发了别的矛盾，形成了对立情绪。杨桥大村大姓多，同姓之间也有根深蒂固的问题，所谓"兄弟阋于墙"。根本的当然是利益和尊严之争，挑事的只是个别人。针对这些情况，县里和镇里深入分析准确判断，分别采取措施，息事宁人。当时还郑重地做了一个决定：老桥由镇政府请专业队伍拆，拆下来的石料原封不动保存在政府院子里，以后找个地方复原复建。

这事之后不久，我便离开了分宜县。后来路过杨桥，拐进去看，拆下来的长短石块果然堆放在镇政府院子的一个角落里。再过几年又到杨桥，但见新桥车水马龙，老桥并未复建。进到镇政府，也没有看到那些石板石块了。

人的年岁大了，心思会起些变化。我有点郁闷，也有点沉重。桥是沟通地域、沟通古今、沟通上下、沟通你我的，是有灵性的。多留一座老桥，不仅仅是多留一分念想。那时候要是静一静、缓一缓，认真地想点办法，那座老桥本是可以不拆的。譬如，可以将老桥嵌在新桥中，做成"桥中桥"，或在新桥的引桥部分多设几个泄洪孔，下游拓宽一些，只要老桥不阻水，也就没有拆的必要了。会多花点钱，并非不可承受。不是做不到，只是没想到啊！遗憾的是，当干部没有"重新来过"。

分宜还有一座更著名的桥，是洪阳桥，又名万年桥。这桥横跨袁河，比杨桥老桥更长更宽更有来头，是老县城的第一景观。

万年桥、杨桥老桥都是明代的遗存，修建的年份也差不多，而且都与当时分宜出的一位名人有些关系。这人是严嵩严介溪。他出身贫寒，一介书生，后来位极人臣，做了20余年内阁首辅。历史书上都说严嵩是大奸臣，记载他"无他才，惟一意媚上，窃权罔利"。戏文上演的严嵩更是十恶不赦。分宜的老百姓却另有些说法，认为严嵩是被儿子坑坏、皇帝带坏、文人写坏的。严阁佬当朝时，也为地方办了些好事，主要是办学和修桥。几百年前的事弄不太清楚。不管怎么说，严嵩晚节不保，肯定是在某种"桥"上出了问题。桥通路通人通，事通理通情通，才能和顺。堵了，断了，拆了，不通了，就可能出麻烦。

杨桥老桥拆得可惜。万年桥还在，但1958年修江口水库时，怕它妨碍行船炸断了，如今淹在仙女湖底。因水之肥瘦，这桥时隐时现，或有上百斤重的大鱼在桥墩旁游弋。

这两座桥如果都在、都完好，非常适合现代人发思古之幽情，会是很迷人的风景。

（原载2011年第5期《百花洲》，2012年3月2日《光明日报》以"桥之悔"为题部分转发）

蛙鼓虔心

杂在文人堆里，去看虔心小镇，我是有过忐忑和游移的。一则嫌偏远，千里路迢迢；二则怕上当，不过尔尔尔；三则自惭形秽，雅俗终有别。

小镇在龙南临塘的山里。

大汽车载我们进山，电瓶车拉我们过竹径。到一处山头，主人说："就住这四闲山房！"朦胧中看去，翁郁的树和修长的竹之间，隐着一幢幢木屋。月亮在东边，繁星布满天，地净尘自远，山高天近人，怀可搂明月，手可摘星辰。

这是农历四月十一。

"嘎咕、嘎咕""咯咚、咯咚""呱咚、呱咚""咚、咚"……不绝于耳的蛙声让我兴奋起来。这蛙声有木棒击打皮革或金属的音量、音质、音色，劲健浑厚，山鸣谷应，韵味悠长。我心怦然：什么叫蛙鼓？这便是！

蛙鼓声是从四闲山房茶室旁的池子里发出来的。池中有星星和月亮，石头泛着青白的光。

次日早起，发现所宿木屋是吊脚楼，房前翠竹屋后梅，左有危树右有荫。竹长不知几许，拂过露台的尽是嫩嫩的梢；梅子正当熟时，吃来甜到心里。屋子坐北朝南,对面垭口的红日渐渐升起,日出云移,光影焕然。晨光洒向这边那边的山,风吹过这里那里的竹,风动竹影,飒飒有声。

竹下是茶园,对面山坡还是茶园,层层叠叠。

比人醒得早的是鸟。鸟舌如簧,分明能听出"欢迎欢迎""吃吃""爽——歪歪、爽——歪歪""金子块、金子块"。山头会"鼓"的蛙累了、歇了,山脚的蛙还呱呱叫着。天牛伏在高枝上,咿呀咿呀唱个不停。风自枝头过,水从石上流,竹深不见人,却有人语声,涧深不见水,但闻水潺潺。

我的身体顿然轻飘了起来。折那带露的竹枝,采那嫣红的花朵。以花朵替下竹叶,竹枝便成了花枝。举着花枝赤着脚,飞快地走,"嗬嗬"地叫,蜜蜂和蝴蝶在头顶上飞,小鸡和小狗在身后跑——噢,是做白日梦!

虔心小镇让人惊喜和迷离。

宿了两晚,转了一天,山上山下,山前山后。虔茶虔酒虔腐竹,虔鸡虔油虔豆粑,青竹冰酒穿心过,桃花朵朵上脸来。节目多多,给人满满的欢愉。产品和服务随处皆有,未必都是原创,难得的是做得认真恭敬、地道干净。

这虔心小镇开建于 2015 年。老板是本地人,谢家三兄弟。三兄弟卖过画,办过商店酒店,做过防盗门防盗网,烤过"恒泰花生",在本地和外地采过煤。改革开放四十载,风云激荡多少年,他们白手起家,缔造了一个宏大的产业集团。2009 年,"恒泰"华丽转身,出让煤矿资源,流转大片林地,着意于生态农业和文化旅游开发。做下"虔心"项目,为的是打造中国一流、与国际接轨的特色小镇;打造家庭休闲度假、企业人士交流拓展的体验基地;打造生态文化、茶文化、禅文化、客家文化、健康文化的汇聚之地。凡有来客,请你"呼吸第一口新鲜空气,体味第一缕温馨阳光,眺望无边茶林竹海,

虔于心，道于茶

独享大自然的恩赐"；让你"找寻童年记忆，寄放淡淡乡愁"。

　　有幸见到器宇轩昂顶上少毛、说话干脆办事很牢的谢朗明——三兄弟中的老大。谢老大讲了他们创业的历程和艰辛，也讲了虔心小镇的光荣与梦想。

　　耳听为虚，亲历为实。我陶醉于这里的蛙鼓、鸟鸣，陶醉于这里的油榨、酒窖、豆腐作坊、土陶馆，陶醉于这里的竹林飞鸡、清溪活鱼，更陶醉于客家人忙碌的身影和欢歌笑语。把质地平常的山场变成绿浪翻滚的林海，把普普通通的林地变成令人神往的胜境，为地方发展添上崭新的亮点，让无数辛苦而贫困的人命运出现转机，不是可以漠视的事情。

谢老大善于表达。他说"恒泰"有今天，全靠改革开放的好年代。他说回到家乡、扎根山林，心里柔顺了、平静了、踏实了，因为"从地下到了地上、从黑色到了绿色、从消耗资源到了涵养资源"。他说钱只是个数字，生活的意义要体现在知恩图报，体现在为父老乡亲、为地方、为社会留下一些好东西。他还说别看小镇现在只是"墙内开花墙外香"，等到后续项目一一呈现，蓝图变为现实，等到赣粤高铁开通，这里一定会宾客如云，应接不暇。

每一个成功的企业家身上都有一串生动的故事。故事中有花蜜，也有血泪。

谢老大最引为骄傲和自豪的是虔茶。他强调做虔茶的"初心"就是绿色生态、有机环保。虔茶不打农药、不施化肥却能稳产优质，因为套种了大量红豆杉，使用的是无农药残留的处女地，浇灌茶园的不是河水、渠水、湖水，而是山泉水、竹根水。这种茶冲泡之后可以直接喝，不用"洗"。

我理解企业家的精明。抵近茶园察看，岂止红豆杉，还有遍植其中的枇杷、杨梅、芭茅、山苍子，还有环绕四周的竹林与树林。这不正是生物多样性的范例吗？我突然想到脐橙。那被誉为"致富树、摇钱树、常青树"，创造过辉煌的脐橙，正遭受黄龙病的蹂躏、面临生死考验的脐橙。

"虔于心，道于茶。"何谓"道"？道法自然！道法自然就要膜拜自然的伟大，敬畏自然的威严，感恩自然的馈赠；就要礼敬自然的尊贵，迷恋自然的优美，依偎自然的温馨；就要体察自然的痛楚，领会自然的愤慨，直面自然的惩罚。

我不太清楚，采稀土、开钨矿、挖煤炭、做房地产而发家致富的同胞们现在都在干些什么。

九连武当纵情舞，桃江濂江盈盈唱，龙南龙腾虎跃。立足虔心小镇，放眼龙南大地，我心里冒出两句话：一方水土养一方人，一个好环境养育一批好企业成就一番好事业！

立足虔心小镇，我又想到宁都小布、大余丫山，想到吉安永和、婺源篁岭，想到浙江乌镇、四川稻城亚丁。我还想到法国普罗旺斯，那儿有薰衣草小镇；想到日本山梨，那儿有温泉小镇。"忽如一夜春风来，千树万树梨花开"，我们正如火如荼建设特色小镇，方兴未艾。有产业才有支撑，有文化才有根底，有特色才有生命。心浮气躁难成气候，滥竽充数迟早穿帮。多少经验值得借鉴，多少教训值得记取啊！

"虔心"何心？"虔心"就是自然心、恭敬心、执着心。"文化"咋讲？"文化"就是让人怦然心动、潸然泪下，一步三回头、三步一顿首，余音绕梁、三日不绝。

虔心小镇有"虔心"，也有"文化"。往前10年，这趟旅行我会有一个不眠之夜——岂可辜负皎洁的月、凉爽的风、清香的茶、醇厚的酒和美妙的蛙鼓！再过三五年，我会携家人上山，赁一处小小木屋，住一周或者半月，图一个美滋滋，收一份甜蜜蜜。

终于没有搞清楚能叫出擂鼓一样声音的山蛙到底长什么样子。管他呢！井蛙是蛙，湖蛙是蛙，山蛙也是蛙。不能"语于海"，学几声叫，也是别有味道。

走了，要走了！大清早，我又到那高阁凌风、茶旗招展的庞大观景台上行走。正三圈、反三圈，反三圈、正三圈。霞光万道、百鸟和鸣，茶竹流香、蛙声又起。鸟儿飞过，说"拜拜、拜拜""再来、再来"！

（原载于2018年6月22日《光华时报》）

犹忆当年星月光

新余是不断创造惊喜的地方。近些年，七夕民俗文化和仙女湖风情旅游结合这件事就干得很漂亮，让人敬佩。

在不久前召开的"中国（新余）七夕民俗文化研讨会暨爱情湖泊旅游峰会"上，有专家称：充分利用各种与七夕有关的历史文化符号，通过构筑具有可持续发展的情人节仪式和活动，仙女湖作为爱情圣湖、新余作为爱情圣地的形象越来越鲜明，地位越来越突出。"'到新余来过情人节'已经成为一个越来越深入人心的口号，在这里，有情人终成眷属。""中国应该有自己的爱情节，新余要为此作出贡献。"

听到这样的表述，我格外欣喜，也深以为然。这种赞誉不是可以随便得到的，隐含其中的期望也不是可以漠然视之的。

回想起一些往事。

20 年前，我在分宜县工作，曾经和一位英气勃勃的副县长同往珠三角地区招商引资，得到在珠海情侣大道漫步的机会。那时的"浪漫之城"就非常浪漫，情侣路缤纷而馨香，韵味悠长。天是那么蓝，海是那么阔，海珠女是那么端庄秀丽，来来去去的男女笑得那么开心。柔柔的海风吹过来、吹过来，吹动水，吹动帆，吹动三角梅和椰子树，吹动长发和短裙，也吹动人心底里最软和、甜蜜、圣洁的地方。一切都是诗情画意。我们觉得，那地方就是天堂的模样，于是说梦似的开玩笑："什么时候新余仙女湖边上也有一条这样的大道就好了！"才过去多少年啊，仙女湖区域的每一座山都变成了情山，每一汪水都化作了爱水，沿湖的每一条景观道都是"情侣路"。谁又能想到呢，当年"说梦"的人，有的就成了后来的"筑梦"人，千千万万的新余人，成了美和爱的传承者、守护者、创造者、奉献者。

还是 20 年前，还是分宜县，农历七月的故事。省报一位颇有文名的记者到县里采访，二三文友相伴。他有所关注，白天走东走西、看来看去、问长问短，希望晚上对仙女湖做深入考察。我们知道他才华横溢、经验老到，也知道他幽默风趣、不落俗套。有关部门调了两只小型机动木船，拼成一条双体"游艇"，我和县里另外几位同志作陪，搞了一次钤阳湖夜游。那时候还没有设立仙女湖区，钤阳湖、舞龙湖分别由分宜县和渝水区实施行政管辖。

时已立秋，暑气未消，日在"月半"，皓月正圆。风景大异其趣，感触不易忘怀。

我们是天擦黑的时候在昌山庙对面的水码头登船的。柴油机轰轰地响起来，"双拼"船稳健地驶过昌山峡、电厂、洪阳洞、池塘村，驶向钤阳湖的开阔处。日光收尽，山色朦胧，月跃东天，繁星闪闪。船划开水，鼓动风，翻起浪。远处静影沉璧，近处浮光跃金。船至湖心，关了机器，随水飘荡。水不大，万年桥隐约可见一线。湖心岛树木森森，载沉载浮。网箱养鱼正当全盛之时，湖面上漂着数不清的方格子（底下是投饵网箱），湖畔有点点渔火。空气是爽爽的，也裹着浓浓淡淡的腥味。船与人俱寂时，水在深处流动的声息清晰可闻。机器轰响人欢叫，惊飞群群鹭鸟。那时我们年轻，不缺少干劲更不缺少热情。随行的同志备了煤球炉、小铁锅，还有活鱼和嵩酒、洪阳啤酒。月光滚圆，星光惹眼，燃起炉，架上锅，鱼煮熟，酒喝开，情绪开始亢奋，大家谈天说地。记者当然是主角，什么都在他的眼里和心里。他不仅善写，而且善讲，指点湖山，多有发挥。他说："你们今夜陪我下湖，不仅要有爱岗敬业的精神，还要有参透生死的境界。"他说："这个湖底下是你们的老县城，九江那边的柘林湖里也有一座老县城，古今多少事，尽在一水中啊！"他说："仙女湖好是好，就是有点蓬头垢面，景点虽多，品位不高，缺少文化内涵，游之无文，行之不远啊。"他还说："大水面养殖你们不要估价过高、沾沾自喜，未必是好事，水体污染了，生态破坏了，有什么味道？谁愿意来？"受他的激发和感染，大家各抒胸臆，展凌云之壮志，发思古之幽情。说着说着，不免"风骚"起来，扯出杜甫的"今夜鄜州月，闺中只独看"，扯出李白的"今人不见古时月，今月曾经照古人"，扯出苏东坡的"但愿人长久，千里共婵娟"等等，最合情境并引发共鸣的还是范仲淹的句子："心旷神怡，宠辱皆忘，把酒临风，其喜洋洋者矣。""先天下之忧而忧，后天下之乐而乐。"

同游诸君中有市政协的领导饶先生，他文思敏捷，即景赋诗："难忘钤湖星月光，文友兴会喜夜航。昌山毓秀仰先贤，后秀风流慕练郎。"我则想起念书时听胡正谒教授讲逻辑，阐述变与不变的原理，引用过赫拉克利特的名句："人不能两次踏入同一条河流。"进而默默联想：船破了可以再造，文章不好可以重写，唯有铁打的衙门流水的兵，"为官一任"是由不得个人选择的，也不大可能"从头再来"，所以须得多存感恩之情和敬畏之心，忠于职守，念兹在兹，努力"造福一方"。

日子过得真叫快呀。累月经年，人会少些头发、多些皱纹，仙女湖却越来越光鲜亮丽了，分宜县和新余市却越来越蓬勃兴旺了。蓝图不断绘就，美景不断呈现，问号一个个拉直，梦幻一个个成真。有关七仙女传说的版本那么多，终于公认新余是"溯源地"了；想打仙女牌的地方那么多，终于确定新余为"中国七仙女传说之乡"

了；这儿那儿操办的爱情节、情侣节、七夕节、民俗节眼花缭乱，只有江西新余和中央电视台亲密合作，连年携手，步步推高，趋于固化；七夕民俗文化和仙女湖爱情特色旅游的系列活动在新余越办越新颖、越办越扎实、越办越红火、越办越响亮。我也是新余人，我也在新余干过活。我们曾经想到而做不到的许多事，后来新余都做到了。我们曾经想都不敢想的许多事，今天新余想到了也做到了，而且想得如此周全，做得如此精彩。这是多么的不容易，这需要多么高远的境界、多么深邃的眼光、多么自觉的担当、多么大的魄力、多么强的能力和多么扎实的作风啊！

美和爱生生不息、常赏常新。我对新余的新构想、新目标充满信心，对新余做优做大"七夕文化"更加充满信心。树立起一个真正能够深入人心的文化品牌，可能比修成几条宽阔的马路、筑就一片高耸的楼宇、建成几个宏大的商场更艰难也更有意义。新余一定会如专家和广大普通关注者之所愿，在以打造"中国爱情节"为重要目标的七夕民俗文化探索、创新和文化与旅游融合发展方面做得更自觉、更坚定，积累更多的经验，产生更大的影响，收获更显著的效益。

读过一首富于哲理的好诗："望月几十年，不识上下弦。正反合一理，缺了还会圆。"记得一句箴言："太阳每天都是新的。"我由衷祝福新余：日新月异，熠熠生辉！

（原载2019年8月23日《新余日报》）

看城看灯看气象

景德镇的秋天年年好，今秋又添新景象。"半城青山半城楼，彩灯辉映碧水流"，充满正能量、饱含激情与梦想的文化盛事——景德镇国际陶瓷灯会正在"千年瓷都"惊艳展开，光华抢眼，璀璨夺目。

我参观了这个灯会，追踪着这个灯会，也有些"看法"：媒体说这是一场"文化盛宴"，说"新时代成就在这里精彩呈现，传统文化在这里绽放光芒，家国情怀在这里激情唱响"，说"流光溢彩、美轮美奂，能够给人以强烈的视觉冲击和心灵震撼"，说"五彩华光将欢呼着的市民笑脸照耀得幸福而生动"等等，不是注水的宣传，而是由衷的赞叹。专业人士认为"在炫目的光影世界中演绎了文化与科技的完美融合，呈现出高端、新颖、大气、震撼的特点"，不是违心的敷衍，而是公允的评断。一线任事的人在不断传递讯息，说"成千上万的群众，或呼朋唤友，结伴而来，或几代同行，扶老携幼、蜂拥而至，个个喜笑颜开，人人赞叹不已，儿童雀跃，老人欢颜，争相留影，流连忘返"，不是王婆卖瓜，而是情不自禁。

我亲眼所见：耄耋老者拄杖于"千年窑火"和"天安门城楼"前，久久不肯离去，皱纹里漾满温馨；青葱男女因"花好月圆""三阳开泰"撩拨、激发，在众目睽睽下相拥相吻；童稚小儿扯住爷爷奶奶和爸爸妈妈，在孔龙灯、蜗牛灯、蚂蚁灯、蟋蟀灯旁指指点点问东问西；大学生在"走向世界"前沉思，小学生在"龙的传人"边欢腾……我好奇地问过一对看完灯走到门口还频频回头的老哥嫂："好看吗？买票看灯值吗？"得到的回答很干脆："好看得很，值得很！一张票两斤肉钱，划得来！"我也注意到，络绎不绝的观灯客中，有人抱怨天太热出汗多，有人嚷嚷车子拐错弯走了冤枉路，有人嘟囔着没买上心仪的食物，而绝对没有人使用这样的语言："搞什么鬼把戏？不好看，上当了！"人各有所好，众口难调，大型展会能够收获如此"一边倒"的反响，让每一个看客跃跃然而来、欣欣然而归，实属难得！

这个灯会采用的是四川自贡彩灯制作技艺。我在自贡看过号称"天下第一灯"的国际恐龙灯会，能够见证"一盏灯点亮一座城，一个灯会带动一个产业"，也能够见证自贡人对灯的喜爱和眷恋——在那里，彩灯、灯会，不仅是鲜明符号、地理标志，更是百姓发自内心的惦念和包容，是他们生活的重要内容和必备仪式，一切是那么优雅自然，又是那么顺理成章。我也知道，景德镇下决心办灯会，是想让"千年瓷都"和"中国灯城"做热情的文化拥抱，携手完成一次美的升腾与奉献。景德镇人十分清醒也十分精明，牢记着肩负了以陶瓷文化"代表江西、冠领中国、走向世界"的光荣使命，试图借此"喜迎新中国成立 70 周年和 2019 年中国景德镇国际陶瓷博览会，丰富人民群众的业余文化生活，提升景德镇陶瓷文化旅游的影响力、传播力"。他们不是简单地移植，而是创意创造创新，让传统灯彩艺术在不同背景、不同时段、不同地域条件下凸显不同的主题，演绎不同的精彩，闪耀不同的光辉。他们做到了。更加喜出望外的是，这个灯会因磅礴的气势和超高的质量吸引了众多的外地游客，进一步提升了城市的人气，激活了城市的商机，并在展示这座城市"双修"（生态修复、城市修补）和"塑形""铸魂"工程的骄人业绩，展现全省实施绿色发展、打造美丽中国"江西样板"的辉煌成就等方面发挥了良好作用，产生了积极影响。

果然是有识之城、有识之人、有识之举！

这个灯会办得好！好事一般不好办。从其筹办与展出过程中，我看到了灿烂，也看到了焦灼；看到了欢快，也看到了忧惧；看到了风风光光，也看到了磕磕绊绊。"突出主题、显示大气、冲击一流"，"安全观灯、文明观灯、和谐观灯"，谈何容易！引人遐思启人心智的构想都是煞费苦心集思广益的结果，火树银花都是用一根根铁丝扎出来的，万丈光焰都是无数亮点聚合而成的，成功都是汗水浇灌的。没有眼光与胸襟，没有气度与魄力，没有境界与热情，没有情怀与担当，没有自信与坚持，没有无私奉献与志同道合，肯定没有这样的盛会。没有人民群众的热情支持和广泛参与，没有专业团队和专业人员的不懈努力，也肯定没有这样的盛会。所以，看灯就是看城，看灯就是看人，看灯就是看气象。气象者，气度、气派、气势、趋势、前景之谓也。

美在于创造，更在于欣赏。创造是为了欣赏，欣赏能激发新的创造。欣赏也是分享。火热会被凉薄浇灭，遭遇冷漠和苛刻的美往往昙花一现。对于一个文化项目，欣赏和分享的过程意味着对创造性劳动的态度，也足见接受者的境界和气量。所以我有一种憧憬：家门口的迷人风景，景德镇的人不应错过。南昌人、上饶人、九江人、赣州人等"赣鄱儿女"，还有行至景德镇的外省人、外国人，都值得对这个灯会加以关注，都值得忙里偷闲去看它一看。美丽在此，莫失之交臂。

看灯自有门道，尚需讲究节奏。匆匆一过，瞟一眼便走，品咂不出灯彩中蕴含的真味，辜负了亮灯人一片苦心。只看灯不看别的，不去悉心领略这个城市发生的巨大变化，不去赏鉴这个城市丰富而深厚的美妙，辜负了主人一番深情。

人人主张经济社会发展，人人希冀幸福美丽和谐，人人渴望更加丰富的精神文化生活。现实却是：我们的经济发展还不充分、不平衡，我们的文化生活还不丰富、不活跃，我们的文化产业还比较薄弱、文化消费还比较低下，我们的幸福指数还不够高。联想到这些年说得很热闹的"文化旅游"和最近炒得很火的"夜经济"，感慨良多。不论经济还是文化，无分白天还是夜晚，任何令人信服的"作为"和"业绩"，都要靠足够多的、实实在在的项目来支撑，都要有义无反顾、满腔热情的人来砸实，都要具备悉心培育的毅力和耐心。叶公好龙是不行的，画饼充饥是不行的，浅尝辄止是不行的，患得患失是不行的，鸡蛋里头挑骨头也是不行的。我常常想：打造一个经得住时间检验、能够深入人心的文化品牌，可能比修成几条宽阔的马路、筑就几片高耸的楼宇、建成几个宏大的商场更艰难，因而也更具意义。

景德镇国际陶瓷灯会一炮而响。倘若是一次性的活动，或许破了某种纪录，留下一抹光亮。倘若要打造一而再、再而三、三而永的文化品牌，开辟文化发展的新天地，则只是一个得意的开篇。是权衡再三、收光敛影、就此打住，还是余兴不绝、乘势而为、甩开膀子接着干？聪明的景德镇人会做出合乎逻辑的选择。专家们在评议这个灯会时，用了"景德传灯，步步登（灯）高，心心烛照，一片光明"这样的表达，我想并非信口开河。

在我的心目中，景德镇是一个文化底蕴相当深厚、文化呈现比较充分的地方。对于这样一座城市，一个成功的灯会也许只是锦上添花。江山那么大，有没有更不应当优游不迫的地方呢？

江西景德镇，如意湖公园，国际陶瓷灯会还在进行之中。伴着凉爽的秋风、浓郁的花香，一定会传出越来越多的好消息。

（原载2019年9月27日《江西日报》）

你的春风，我的和畅

1978 年秋天，我到省城来读大学，满眼的新鲜，满脑子的好奇。头一个学期，大概用了五六个星期天，我独自一人，从校门口上 7 路公共汽车，哐啷哐啷过铁道、丁公路、省政府，到八一广场转车，或顺中山路、胜利路到八一大桥，或沿八一大道，过江西宾馆、青山路口拐向八一大桥。在车上，脸贴着窗玻璃目不转睛地看高耸的楼房、枝繁叶茂的法国梧桐、川流不息的汽车自行车和行人，看形形色色的店铺和各式各样的商品。下了车便径直上桥，趴在栏杆上看水、看船、看云朵。那时候只有老八一大桥。我在那桥上可以一看大半天。看够了，把终点做起点，悄悄地回到学校。有时不下车，直接坐过去、坐回来。引起过司机和售票员的注意，投来的目光中没有鄙夷，却有疑惑。他们不知道，我在乡下活到二十岁挂零，没坐过公交车，没见过轮船，没吃过香蕉。他们也不知道，我家离县城 100 多里，离最近的火车站 30 多里。

大学毕业后，我在省城参加了工作，单位就在第四交通路（现在叫北京路）的东头，一待九年。白天上班、夜里住宿都在一个院子里，买了自行车，乘公交的次数就少了。偶尔坐一回，多半是带老婆、孩子去闹市闲逛，或到火车站接送家乡来客。

再后来，我离开省城又返回省城，一晃之间，辗转几十年。这一辗转人也老了，皮肤没了弹性，头发基本掉光，目光不再炯炯，牙齿纷纷松动。这些年里，熟悉了卧车后排狭小的空间，熟悉了动车、高铁的奔驰，也熟悉了飞机上的腾云驾雾，独独淡忘了公交车的滋味。

去年退休了。退休就意味着和一些东西说拜拜，和另一些东西说再来。短暂的"磨合"之后，我能将自家小车开得溜溜转，也很享受背双肩包乘坐公交或地铁的踏实与欢喜。到明年的这个时候，我将老年证办下来，就会成为公交的常客和地地道道的购菜翁了。

年岁大了的人，做的梦越来越多，在意的事越来越少。对南昌市的公交，我是越来越在意、越来越关注了。

由于在意和关注，便开了眼界，长了见识。我知道：本市的人民公交已有70年的历史；最早的公交车是进口的木炭车，现在全是国产豪华空调车，一多半是新能源车。我也知道：管理这座城市公交的南昌市公交运输集团很了不起，是江西省航母级的公交客运企业，居于全国省会城市同行业先进之列。她主业挺拔，多元发展，实力雄厚，声名显赫。她的旗下，有各类公交车4200余台，经营公交线路300余条，运营总里程超过6500公里，在职员工7500余人，总资产近65亿元。她的目标是"文明公交、平安公交、时尚公交、温馨公交"；她的导向是"管理规范化、服务标准化、产业多元化"；她奉行的理念是"精、细、严、实、优"。70年，如果是人，再强健也难掩老态了。企业则不一样，有时代和社会阳光雨露的滋润，自身不忘初心砥砺前行，可以青春永驻基业长青。南昌市公交集团就是这样的好企业，她越来越丰润，越来越俏丽，春风拂拂，华光闪闪。

公交车最普通也最便捷，最开放也最安全，最嘈杂也最明亮，最庞大也最俭省。选择公交车出行，是健康生活方式的回归，也是理性的回归。于我，似乎更具意义：选择了公交，就选择了朴朴实实、大大方方、自自在在；选择了公交，就选择了更充盈的地气、人气、阳气和正气。我期待公交车成为我今后岁月的重要驿站，成为我友谊的桥梁、欢乐的港湾、幸福的源泉。我渴望在随性、宽松、有序、安全的出行中，去亲近那些本该亲近而可能疏远了的事物，去寻找那些十分迷人而可能错过了的风景。

年轻的朋友说："清晨的南昌街头，火红的霞光投在一辆辆奔驰着的公交车上。我愿永远做那个在朝霞下追公交的人，与公交一起，去追逐那充满希望的未来。"又说："坐上公交，去自己想去的地方，去探索城中每一个角落，去感受不同地域不同的生活气息……"我玩不起这种浪漫了，但只要站得起身、迈得开步，一定不会闭门禁足。缺了的课得一一补上，错过的梦要一个一个来圆。公交能给我以帮助和依靠，引领我的人生憧憬，延展我的人生里程，增添我的人生热情。这太重要了。

我欣喜地注意到，这个城市的"公交人"有很高的境界，在事业中灌注了温情，寄寓了神圣。他们把姿态放得很低，把事业做得很扎实。他们总是牢记"爱岗敬业，优质服务，迎来送往，永保安全"；总是秉持"待客如亲，以人为本，安全第一，服务至上"；总是念念不忘"创一流公交精品线路，筑温馨市民港湾"。他们中间涌现了一批又一批平凡而杰出的人物。"一句叮咛，一份关心；一次礼让，一种文明；一心驾驶，一路安宁。""文明平安从心开始，和谐畅通从行开始。""文明是出行的笑容，安全是生命的保障。"这些座右铭，让我和许许多多的人一样，眼睛亮堂堂、心里热乎乎。

规律不可抗拒，人终归会有眼神不济、手脚不灵的时候，晚辈也未必总有闲暇和耐心。我一点儿都不怀疑，等我用上老年卡，以公交车为主要出行工具的时候，坐公交便是坐春风。我会交上一个又一个司机朋友，投他们以慈祥，他们报我以微笑。我的背会慢慢弯下去,他们的胸膛则始终直挺。我登车吃力了,他们会给我以搀扶;我恍惚了,他们会给我以垂询和安慰;我糊涂了,他们会从我的领口抽出红线绳,找出那个由我的孩子们写得清楚明白的牌牌……那样,我就很满足、很幸福了。

古人诗云:"渡水复渡水,看花还看花。春风江上路,不觉到君家。""君家"是谁家?"君家"是你家、"君家"是我家,"君家"在途中、"君家"在舍下。

南昌公交啊,你在昂扬中行进,我在优雅中老去,你的春风,我的和畅与温馨!

(原载2020年《文雅》秋之卷)

武夷听涛

　　古誉"书文贵重"的"连四纸"，要用嫩毛竹做原料，一沓纸，一方竹。赣闽交界的铅山县恢复了"千年寿纸"的传统技艺生产，我慕名前往参观。

　　投宿乡村，近晚竟下起了豪雨。

　　有激响！连绵不断，震耳欲聋。訇訇然、砰砰然、咚咚然、汹汹然。罡风啸旋、万马奔突、惊雷翻滚。在墙外、在身侧、在耳际。借助灯光朝外看，枝叶狂舞，俯仰抽搐。于惊心动魄中熄灯上床。几度成眠，几番梦惊。仿佛间，在飓风之夜的普陀佛国听天风海涛，在好望角感受狂野风暴的撕扯和两洋相拥的咆哮。想象中，所住的房子在悬崖峭壁边沿，其上乃接天长瀑，其下乃万丈深渊，无量之水滔滔，自天而降，直落渊底，冲起迷雾，爆出绝响。

　　刺激、兴奋，惊骇、期待……天刚放亮，匆匆起床。大雨已止，小雨如丝。开窗探看，全然不是梦世界！

　　没有飞瀑，没有深渊！矗立窗外的，只是一座并不高的山峰。屋墙距山脚不及百米。山坡平缓，布满长竹，间有巨树。树叶阔而色青翠，竹叶新而色鹅黄，青翠与鹅黄，在薄雾微雨中氤成明丽的色块，鲜亮而轻灵。湍急的溪流，呈三四十度的倾角，从竹树丛中蹿出，奔腾而下，绕屋而去。溪中布满坚石，水如箭，石巍然，成雪、成棉、成珠、成银漩，轰然作响——呵，惊天动地的涛声，竟是这样来的！水，竟是如此神奇！巨树长竹，将扶疏的枝叶探向水面，相望相牵连，结成遮蔽于溪流之上的绿盖。云在天上行，雾在竹上旋，水在石中流，鸟雀在枝间和叶梢飞来飞去叽喳叫。涛声、风声、雨声、枝叶摩挲声、鸟儿欢叫声或高或低，或疾或徐，融为交响，汇成天籁！

这里是个小盆地，方圆不过一平方公里；这个小山村，房屋数十栋，新旧杂陈；所宿一民居，依山依水面场圃……四围青山皆竹树，一水纵贯自西东。

它是武夷山一脉，叫黄岗山，雨量充沛，气候湿润，生态极好，特别适宜毛竹生长。铅山县设有武夷山镇，管辖着山上山下一片不小的土地，规划建设若干个毛竹生产基地。乡民说：这里是自然村，名叫黄角潭，溪水是从黄岗山峡谷出来的，在村头拐弯，跌入"黄角潭"，流进"泰平洋"，通往山外。

风景绝佳，不能不看。

先往上，进山沟。峡谷曲折幽深，傍山路蛇行，一边是滚玉腾珠的渺渺之水，一边是林木葳蕤的翠翠之山。溪自深处出，欢欣跳跃；水自林中生，潺潺入溪；雾自水面升，漶漫绕林。其间遍布花岗岩，大者如坪如垒，水漫石清晰，纤毫毕现；小者如磨如锥，或圆或尖，砥柱中流。石在水中立，水在石间行。水如游龙，辗转腾挪，飘忽不定。时若处子，静静滑过；时若脱兔，奔突有声。层次分明、色泽迥异。深邃处，墨绿如翡翠，浅显处，明亮似水晶。人立石上，清风扑面唯有爽，人行谷道，草木清华皆是香。有三水合流之胜境，其左一危崖，白练般的水从山顶的垭口跃出，直落崖底，传出滚雷之音，溅起团团水雾，人不能近，真乃"飞瀑"；其右是主流，上溯，绕过一座山，见一片新天，转进一条沟，有万千颜色。山外有山，不知几多重，天外有天，不知几许远……无处不佳景，无景不摄魂。

无污无浊、无尘无霾，气之净、水之甜、木竹之馨香，给人以全维度、极美好的感官享受。可谓：谷中有仙境，人在画中行。

再到下游，是开阔的河川。水也极清澈，石也极嶙峋。河的一侧是茶园，另一侧是山峦。茶园所产茶叶是制作"乌龙""大红袍"的上好原料。山上茂林修竹，有多群野生猕猴生长、嬉戏于斯。猴乃灵物，有家有室有妻妾，有王有臣有子民，食果食虫食露珠，善攀善啸善蹦跶，喜时欢声呼应，怒则锐鸣嘶啼，俨然"自由猴国"。它们不怕山里人，只怕山外人；不犯人，只怕人犯。

真是一方罕有的净土，真是大自然慷慨的馈赠！

这山这水这石这猴、这雾这风这竹这鸟、这涛声这歌吟、这气息这滋味……恰如醍醐，让我清醒。身处其中，愉悦之余，生出深深的忧虑和自责：我们这些被称为人的"猴子"，假如能像真的猴子一样，满足于一野果一草实；像孔子一样，满足于几束干肉；像杜甫一样，满足于草堂；像李白、苏东坡一样，满足于一叶扁舟、一壶浊酒；像朱熹、吕伯恭、陆象山一样，满足于寒寺陋舍……倘若我们不那么浮躁，不那么欲壑难填，那么，世上肯定会有更多更美的武夷山、黄岗山、黄角潭，肯定会干净消停得多！哪里会有雾霾？哪里会难觅清流？哪里会为吃什么喝什么而战战兢兢？哪里用得上原子弹超级战舰？

大自然有眼睛也有脾气。她乐于馈赠与恩赐，也有守护与希冀。事至绝时，会失望、暴怒，会毫不留情地惩罚！

书写文明和光耀文明的"连四纸"，是武夷翠竹精血所聚；承载着中华文化重要信息的鹅湖书院，在武夷余脉。倘无竹木，难有源源不断的水流；倘无清水，难有灵猴与飞鸟；倘无飞鸟灵猴，难有健康聪明的人类；倘无健康聪明的人类，难有闪光的思想；倘无闪光的思想，难有"鹅湖之会"……这些都没了，"连四纸"又有甚用？山石枯干，水木不存，人将焉附？文明何来？

猴与水

朋友告诉我：黄角潭往里走十里，还有一片原始森林，有猴、有蟒、有老熊。往外走十里，是大村大镇，修了大路、大桥、大厂房，山上没多少竹、没多少树、没有猴子。

我明白朋友安排进山的意思。出山之后，我得说说想法，提点建议。我想，"连四纸"也好，别的也好，够用就行！古为今用，推陈出新，在精细上下功夫、求效益。"财源滚滚、日进斗金"固然好，"一溪流水隔湖山，架石为梁屋数间"未必不是好境界。"鹅湖山下稻粱肥，豚栅鸡栖对掩扉。桑柘影斜春社散，家家扶得醉人归"未必不具更深韵味。

武夷之涛，不绝于耳。

我亦有梦：山常青、树常绿、水常涌、涛常在，鸟常飞、猴常戏、人常乐也！噫吁嚱！

（原载2014年6月13日《江西日报》，选入2014年度《中国散文排行榜》）

第三辑

贯通上、下晓起的，是一条不宽的山谷和一条古老的青石板路。也许，后人们会将这山谷唤作皇菊谷，将这石板路唤作花径，将陈文华安卧的丘冈唤作教授山。

　　枫叶经霜，漫山红遍；皇菊当时，日夜飘香。这会儿的婺源，美得醉人。"松寿已高犹绿发，枫年方少更红裳"，常穿红夹克的陈文华，多像这挺拔火红的枫树啊！"芳菊开林耀，青松冠岩列"，那明丽的皇菊，不正是"傻教授"的憨笑吗？

陈文华教授

枫叶红来菊花儿黄

——忆陈文华教授

"傻教授"陈文华要是健在，82岁。

他夫人程光茜76，看上去不足67，轻捷生动得惊人。

程光茜是知名的教师，也是知名的校长。她讲了一个故事：2004年，婺源县雄心勃勃发展茶产业和旅游产业，请专家支招。有位姓詹的副县长陪着陈文华四处转，做实地考察。在上晓起村，沟边一个水轮子带动九个桶子捻茶的土装置引起陈文华的兴奋。老陈说，这不就是古书中记载的"九转连磨"吗！可惜非常破旧，再不保护就烂没了。又了解到复原、制造这东西的人叫叶德金，是下放到晓起改造的原国民党技术官员，已经在1977年离世了。"九转连磨"牵住了陈文华的心，扯住了陈文华的脚，这年7月他便跟县政府签了30年的合约，自费到上晓起搞文化兴农。前前后后投了上百万元，弄成了一个"中国茶文化第一村"，还办了华韵茶文化公司。他忘不了叶德金，总想为那个可怜的人立个雕像。那人没有老婆孩子，连一张照片也没留下，只得请村民一点一滴回忆，弄了个画像。好不容易打听到老叶有个外甥在苏州，叫阿毛，通上了信。塑像做好了，准备请阿毛一起来竖，陈文华却走了……后来，叶德金的像立起来了，就立在上晓起村头"九转连磨"边上。阿毛也到了场，哭着说"想不到我舅舅在婺源还有今天"。

陈文华的小儿子叫陈磊，想想父亲人不在了，没做完的事还得有人做，说过的话还要算数。如今，是他在打理茶文化公司和皇菊实业公司。陈磊也讲了一个故事：父亲在晓起待了10年，住破旧的屋子，整天和村里人搅和在一块，琢磨种茶、制茶、卖茶，还办幼儿园、茶作坊、茶客栈、茶艺班、农民文化宫。老百姓见他总干赔钱的事，说他是"傻教授"，他也乐而应之。了解到婺源历史上有过种菊的传统，父亲开始引种菊花，偶然发现黄菊特别适应上晓起的水土气候，生长健壮，开得灿烂，用土法烘烤出来分外香，直接泡水汤色金黄，浓香扑鼻，入口甘甜，回味无穷。检测后得知黄酮素、氨基酸、水溶性维生素、多糖等物质的含量远远高于别地的黄菊，有清心、明目、护肝、抗病毒、抗癌等功效。他便自己种、说服、带领农民种，精心栽培选育和加工，开发出畅销的黄菊健康饮品，并且正式以"傻教授晓起皇菊"注册了商标，成了独树一帜的品牌。"晓起皇菊"出了名，市场的乱象也随之出现。公司有人主张打官司维权，父亲却说："算了吧，我来晓起又不是为自己发财，只要老百姓有好处，冒牌就让他冒呗！"

文化学者陈东有尊陈文华为"师伯"，忘年之交。东有先生说："晓起皇菊浸透了陈文华的心血。"对"晓起皇菊"中的"皇"，他做过研究，有个"论见"：这个"皇"有"皇上之'皇'"的含义，但不是主要的。主要的是另外两点：一是"灿烂辉煌"的"煌"，即壮丽、光亮、耀眼；二是大，"皇菊"就是"大菊"，"皇菊"的上品就是"一杯一菊，一菊一杯"。

浙江农林大学的王旭烽，女士、学者，也是得过茅盾文学奖的著名作家。她自称是陈文华的拥趸，也讲了一个故事：2013年的小满那天，陈文华以客座教授的身份到他们那儿讲学、交流，异乎寻常地谈了自己的身世。2014年5月14日，陈文华在大庆出差，因病溘然长逝。2014年5月21日，200多名茶人、菊人从全国各地赶到厦门大学的海边，为陈文华举行"海祭"，那天正是小满。有人含泪写下"从今岁岁肠断日，定是小满菊花香"；有人倡议在圈子里把"小满"日定为"茶人先贤节"，相约每年这一天都喝皇菊、只喝皇菊。目送"傻教授"的骨灰飘落大海，景象让人刻骨铭心：从来没有想到，一个人的骨灰，撒到海水里，可以像菊花一样绽放。

…………

这些故事，都是我在"中国首届皇菊文化节"上听来的。这个"节"是公历2017年11月10日至12日，农历丁酉年九月二十二日至二十四日在婺源县江湾镇晓起村举办的。此前的九月十九日，立冬。

在晓起村，我见到了"九转连磨"，见到了叶德金的雕像，也见到了跛着一条腿却风度翩翩的阿毛。这人本名冯朝雄，很不一般，是苏州中外名人研究会的骨干，也是文化界和商界的名人，写作出版过《苏州古典园林》等书，尚在盛年。他特别感激陈文华夫妇，说自从立了舅舅的雕像后，年年要来晓起。我还见到了依然兴旺的专业合作社、皇菊研究所和农民文化宫、幼儿园，见到了满沟满谷耀眼的明黄，见到了络绎不绝喜形于色看皇菊、喝皇菊、买皇菊的人。我还见到了山上、溪畔、屋后高拔的枫香树和已然红艳的枫叶。参观过简朴的陈文华纪念馆，我又寻到村外山包上陈文华的衣冠（眼镜、钢笔等）冢——一个山花掩映秋草披覆的坟茔，铁黑色的碑上镌刻着"'傻教授'陈文华先生之墓（1935—2014）"。碑文是错开的两行字：一行写着"一个展览一本杂志一个学科"，另一行写着"一片茶叶一朵菊花一个村庄"。碑的右上角嵌的是陈文华俊朗模样的瓷板像，右下角排列的是陈文华的代表性著作模型，有《农业考古》《中国茶文化学》《长江流域茶文化》《中国古代农业文明史》《中国稻作的起源》《中国古代农业科技史图谱》。这地方居高临下，可以畅览皇菊花海、粉墙黛瓦绿树四合的村庄、通向远方的溪流和道路。

"傻教授"的履历我略知一二：陈文华，1935年出生于厦门，1958年毕业于厦大历史系，1981年创办《农业考古》杂志并任主编，1988年评为"国家级有突出贡献专家"。曾任江西省社会科学院副院长、首席研究员，中国农业历史学会副会长，中国科技史学会副理事长，第八、九届全国政协委员，是业界公认的"中国农业考古第一人"。

皇菊文化节上有个"皇菊论坛"，散发着浓浓的菊味、茶味和学术味、文化味、人情味。厦门大学来的是郑启五教授，抢先发言，非同凡响。他激昂地说："厦大是陈文华的一个人生驿站，陈文华的心、陈文华的魂是留在江西、留在婺源晓起的！今天，他就在我们中间，在聆听我们说话，在看我们的表情。美丽的皇菊，就是陈文华的化身啊，它最美！"说到这里，激动不已，声音哽咽，猛地站起身呼喊："文华兄，你看到了吗？你听到了吗？！"全场为之动容。

程光茜提到的那个詹副县长，依然活跃在县里。他主编并出版了一本厚重的《婺源之路》，专谈全域旅游。透过这个人和这本书，我知道：婺源的旅游业从2000年起步，17年来步步登高，终于成为"中国最美的乡村"。陈文华参与、见证了婺源旅游业发展的重要进程，"婺源之路"上熙熙攘攘的人群中，有他堪称矫健的身影。是陈文华一手缔造了"晓起皇菊"产业，为婺源的特色经济添了一朵奇葩，让无数普通百姓得到实惠。陈文华对婺源的禅茶文化、徽文化的发扬光大，对婺源生态文明建设、乡村文明建设等多有建树，做出了难以替代的贡献，也对本土和外籍的"创客"们起到了标杆和引领的作用。老詹反复说："陈文华是一个婺源最不应该忘记，也最不会忘记的人！"

我深为感动。

是的，陈文华是"创客"。他创的不是家业、不是个人财富，他创了一个"陈文华现象"。在生命的最后 10 年，扑下身子在晓起建设乡村，弘扬文化，造福百姓和社会。他的学术成就和工作业绩是一般人难以企及的，他的乡土情结、文化情怀和实干精神更是一般人难以企及的。他是教授，从不摆教授的谱；他是官员，从不端官员的架子；他的学生和门徒遍天下，从不用这些人脉谋私；他不把理想、信念挂在嘴上，却最在乎"初心"；他也称自己"傻教授"，实际是大智慧。世事洞明，脚踏实地，卓然飘逸，他是大名士、真风流。

陈文华身上，有陶渊明、贾思勰的印迹，有梁漱溟、晏阳初、费孝通的影子，有斐斯泰洛齐的行状，更有焦裕禄、杨善洲的品质。然而，陈文华只是"这一个"陈文华。他是搞农业考古的，始终与乡村相守望，把自己归于沃土，有根、有魂、有骨节、有张力。金种子撒到土地里才能生根发芽拔节开花结果，"精英"到实际中、群众中才能光闪闪亮晶晶有真价值。或许，这是"陈文华现象"的一种启示。因此而言，陈文华与晓起，乃珠联璧合。

贯通上、下晓起的，是一条不宽的山谷和一条古老的青石板路。也许，后人们会将这山谷唤作皇菊谷，将这石板路唤作花径，将陈文华安卧的丘冈唤作教授山。

枫叶经霜，漫山红遍；皇菊当时，日夜飘香。这会儿的婺源，美得醉人。"松寿已高犹绿发，枫年方少更红裳"，常穿红夹克的陈文华，多像这挺拔火红的枫树啊！"芳菊开林耀，青松冠岩列"，那明丽的皇菊，不正是"傻教授"的憨笑吗？

（原载2017年12月8日《江西日报》，获第六届"井冈山文学奖"）

碧血丹心映井冈

——记毛秉华老人

前些日子，我收到毛秉华托人捎来的一个纸袋，内装三本书、两封信、一帧图片。

书是第 27 版第 1 次印刷的《天下第一山》、第 4 版第 2 次印刷的《井冈红旗谱》和 2013 年修订版《井冈诗词选》。扉页上都留了言，一律软笔小楷，有"请审阅、指正"字样，落款"毛秉华，丁酉仲夏于茨坪"。信也一样，笔精墨妙，铁画银钩，堪称书法。一封写着："因高血压、心脏病从吉安住院回来。今报送两本书，请指正。衷心感谢您一贯对我的关心与支持。"另一封写着："今送上《井冈红旗谱》的老版本，新版本一本也找不到（正在重印）。这是我 20 多年登门拜访老红军和红军部队而写出来的，包括宋任穷、萧克、杨得志、康克清、张平化、曾志等 36 位，还有'三湾红一连'、驻港部队等。习近平总书记在八角楼召开的座谈会上，听了我的汇报后，给了我很多鼓励。我要终身感恩亲爱的党。"图片是翻拍的新闻照，习近平总书记 2016 年 2 月 2 日下午在茅坪接见革命烈士后代和先进人物代表时与毛秉华等握手交谈的场景。

事出有因：7 月中旬我上过一次井冈山，很想见毛秉华，结果因他住院，只通了电话，表达了问候，也提到对他"新作"的关注。12 年前，我在吉安干过宣传工作。

2003 年冬，我与省直、吉安、井冈山的一些同志在北京办井冈山精神展览。首展半个月，参观者近 20 万人次，有记者说"红潮涌动，轰动京师，盛况空前"。其时，一帮年轻人驻在"国博"布展、守护、讲解、迎来送往，毛秉华应邀在国家发改委、国防大学等处一场接一场做大报告。展馆里人头攒动、络绎不绝，报告会场场爆满、高潮迭起，真是里应外合、好戏连台。很多人是先听报告后看展览的，纷纷打听："毛秉华是军人吧？"又说："井冈山故事被他讲绝了！"那一年，毛秉华 74 岁。

2004 年，吉安市成立"五老宣讲团"，深入基层宣传中央精神，第一人选便是毛秉华。老同志们现身说法，深入浅出，大受欢迎，毛秉华尤为出色。这件事被评为当年江西省宣传思想工作"十大最有影响的活动"之一，这个团体 2008 年被评为"全国基层理论宣讲先进集体"，毛秉华当选"全国基层理论宣讲先进个人"。

毛秉华高风亮节，是他给了我关心与支持。我对他心存感激，尊为长辈、先生，高山仰止。2005 年，我调离吉安，专事新闻出版工作。我们保持着联系，毛秉华的人格魅力始终感染和激励着我，我对他的崇敬也与日俱增。

毛秉华 1929 年 1 月出生，1949 年 7 月参加革命，1950 年 8 月入党，1989 年离休。他早过了"从心所欲，不逾矩"的年岁，历事无数、阅人无数，心水如潭、目光如炬。他的儒雅和虚怀若谷我多有领教，但这次的"表达"异乎寻常。我猜测他是在用一种比较特别的方式与我交谈、给我嘱咐。我应当有所感悟和传递。

井冈山是"天下第一山"，毛秉华是"宣传井冈山精神第一人"。这个"第一"，他是当之无愧的：为了掌握最真实最鲜活最丰富最能反映井冈山革命斗争原貌和体现井冈山精神的材料，离休之后，他独自跑江西、湖南、湖北、福建、河南的县（区）和北京、广州等地，找老红军和红军亲属采访、采集文物，收集整理大量第一手资料。接受过他采访的老红军都过世了，激情飞扬的文字收录在《天下第一山》《井冈红旗谱》等著作里，20多件珍贵文物陈列在博物馆和烈士陵园中。为了"让井冈山精神传遍大地"，他49年如一日做井冈山精神宣讲报告，总计1.5万余场，听众超过220万人，伟岸倜傥的壮汉也"讲"成了风霜满面的老者。

为井冈山建设，他不遗余力：建火炬雕塑和烈士纪念碑，他"筹"了182万；助学、扶贫，他"搞"了1000多万；"特殊党费"，他交了20多万。为了兑现"井冈山精神，我将一直讲下去"的庄重承诺，他以"毛秉华工作室"为平台，积极探索用新的模式、新的方法研究和传扬"跨越时空的井冈山精神"，传承红色基因，而且"献了终身献子孙""三代人讲党史、军史"。他是全国五一劳动奖章、全国道德模范、全国优秀共产党员等荣誉的获得者，还是井冈山干部学院、国防大学、同济大学等院校的客座教授，并获得国防大学"优秀导师"称号。"表现"如此突出，比肩者何人？

毛秉华很普通。他没有大红大紫、大富大贵，没有巨额奖金、"股权激励"，没有豪车大宅、周游列国。他的行为出于本真，源自基因。他是老有所为的干部、业有所精的专家、风度翩翩的长者，更是赤胆忠心、铁骨铮铮的战士。他是井冈山上的一粒闪亮"红豆"，出之天然，饱满坚实。

革命人永远是年轻的，毛秉华的生命力依然旺盛。但自然是有规律的。轻抚案头的书，展读手中的信，端详照片上的人，闻着缕缕墨香，我眼前浮现出毛秉华清癯的身影：银发已然稀疏，身形略显佝偻，手背上有输液留下的痕迹。

毛秉华是大智之人。

我若有所悟：这老人或有所思虑、有所期待。他未必认可"第一"，但一定不愿意"第一"成为"唯一"。

毛秉华对井冈山革命斗争史、人民军队发展史和党史的研究是系统、深入的，也是独辟蹊径、独具特色的。在这个领域，他是不折不扣的权威。品读毛秉华撰写（他自己说"主讲""主编"）的书，正如听他讲课，娓娓道来，生动传神。他的文字（语言）或许称不上华丽，但不失严谨细密；内容或许取舍有限，但绝非矫揉造作、无病呻吟。他的"作品"都是原创，心血凝成，句句关情，笔下惊风雨，话底走刀兵，有的已经成为经典，有的还会成为经典。洋溢其中的，正是军魂、党魂、国魂，正是伟大的井冈山精神。是啊，井冈山精神是缜密深邃的科学，唯有孜孜以求，方能得其要旨，唯有潜心钻研和实践，方能丰富提升。毛秉华积数十年之功，得卓然之成就，斯人之后，谁人能随？

20 年前，《天下第一山》初版，有人数说它的几大优点："一是书中的许多内容来自作者长途跋涉的拜访和调查所得来的第一手材料；二是将一大批红军官兵的战斗业绩和革命风范做了典型的记述，使文章情景交融，有血有肉，读后催人奋起，令人信服；三是作者从事井冈山斗争史的学习、研究和宣传工作 20 多年，不断地实践、探索、总结、提高，使他在这方面有较扎实的功底"（徐舫艇《金玉其内，锦心绣口》）。毛秉华自己认为："唐人贾岛有'十年磨一剑'的诗句。我是'廿年一本书'。我之所以对它一改再改，为的是减少差错，补充史料，增加内容，使其与时俱进，更好地起到'镜子'的作用……故现在奉献给读者的第 27 次再版，依然是送审稿"（《天下第一山》第 27 版后记）。这样干工作、写书、做学问，无异于殉道，需要何等的意志与毅力，透视的又是怎样的责任心和担当精神！哪里容得下一星半点的浮皮潦草和投机取巧！敢问后学，多少人做好了准备？

萧克曾说："昔日井冈，今为课堂；继往开来，当仁不让。"毛秉华宣讲井冈山精神坚守"四不"——"不收取讲课费，不接受宴请，不参加当地安排的观光旅游，不收受任何礼品。"他讲的是"奉献"，凭的是"初心"，最怕玷污的是"山"的圣洁。毛秉华是特例，他做到的并非人人都要做到。然而我有一问：倘若只言"商机"、不问"使命"，把神圣当作娱乐"消费"，蔚成风气，又当如何？

毛秉华在无数场合表达："我宣传井冈山精神，与出身有关系，家里三代贫农，哥哥是红军烈士，自己从1949年7月参加工作到现在，一直感恩中国共产党。"他是一抹深红，坚贞、忠诚。井冈山，天下一座；毛秉华，山上一个。

日月运行，星移斗转。一个时期有一个时期的精彩，一代人有一代人的作为。毛秉华的执着与纯粹，能够薪火相传。

《井冈红旗谱》倾情讴歌了众多英雄人物。依我看，毛秉华也是增光井冈、泽被后人，值得讴歌的"真心英雄"。

君子行健，德淳年永。我为井冈山上这可亲可敬的老人送上深深的祝福。

春夏秋冬，茨坪、清晨，初出东山的太阳，将红亮柔和的光泹满挹翠湖，洒遍草地、树丛、凉亭、拱桥、道路。乐声四起，人流如织……早行的队伍中总有这样一个人：戴着眼镜，满头银丝，腰板挺直，步履稳扎，不徐不疾。欢乐的鸟儿为他歌唱，阳光映照他的脸庞，树枝轻拂他的衣裳。

这人，就是毛秉华。

（原载2017年8月31日《江西日报》）

微斯人，谁与读

——实说刘世南先生

90岁的刘世南先生

一

　　傅修延君，江西师大原校长，有根底、通古今、贯中西的人物。近日得见，相谈甚洽。聊到2010年师大70周年校庆"铸大钟以纪其盛"，他高兴地说："'瑶湖闻钟'已成豫章新景了，每一次敲响，都在为众人祈福！"我趁机戏问："大钟上那大赋，青史留名之作，您为什么不亲自操刀啊？"修延先生肃然作答："你是指《大钟铭》？有世南先生在，我岂敢妄撰！"

联想到三四十年前的两件旧事。其一：1978年我进江西师大（时称江西师范学院）中文系念书，夜里常蹲阅览室，清晨偶尔在林荫道、荷塘边晃来晃去，间或背几句佶屈聱牙的文字。大二开始，几乎每次早行都能见到一个脸挂风霜、目不斜视、一手持卷、一手倒背，挺胸慢步、念念有词的人。有同学认得他，说是刘世南，中学老师，刚调到中文系来的。刘先生没有我们班的课，但是为我们主讲现当代文学的汪木兰和主讲古代文学的唐满先，都说是他的学生。其二：师院毕业后我在江西教育学院任过几年教职，同事中有袁牧教授，长我30余岁，有本事，没架子，是大诗人公刘的同学，只念过高中，我很是崇拜，曾口无遮拦地说："您高中生教大学生，真是了不起！"袁先生展眉一笑："少见多怪了！知道师院刘世南吗？高中只坐了一年，教本科、带研究生，那才叫了不起！"

刘世南，江西师大文学院退休教授，著名文史学者，江西吉安人，生于1923年10月。他仍旧住在师大老校区。我有心造访，却颇为忐忑：怕自己郢书燕说，令刘先生有语冰于夏虫的尴尬。于是找了些他的著作和写他的文章来读，又悄悄跑到师大图书馆、离退休教师阅览室和省图书馆探看，还找了与他有交情、与我也相识的张国功、万国英、陈骥、李陶生等商议，终于登楼入室，进了"大螺居"，见了刘先生。屋子简陋，家什陈旧，抢眼的是一垛垛书刊，但我看到了"漫盈箱"的卡片、成捆的札记、发黄的日记、字体刚健纸面洁净的手稿，以及钱锺书、吕叔湘、萧涤非、程千帆等人的信函原件。当然，还有精神矍铄、谈笑风生的老者。

我被深深吸引并强烈触发，有了按捺不住的冲动：得说说这个人，一定要说说这个人！

于是，率尔操觚，无所顾忌。

听刘世南先生说书事

二

刘世南先生常说钱锺书是"文化昆仑""读书人的种子"。大熊猫、中华鲟、珙桐等保留了原始种质而面临基因延续危险的生物被称为"活化石",网络游戏界封炉火纯青的玩家为"骨灰级",现实生活中道德高尚表现卓异的人被誉为"身边的好人"。依我看,刘先生便是读书人的"种子""活化石",是"骨灰级"的读书人,也是我们"身边的好人"。

他读出了境界与格局。至少有六绝:

第一绝:博览群书,读破万卷

他 3 岁识字,5 岁读书,先是"先父面授",用童子功,一口气读了 12 年古书,《小学集注》《大学》《中庸》《论语》《孟子》《诗经》《书经》《左传》《纲鉴总论》等全部背诵。后来"一边工作,一边自学,圈读了《易经》《周礼》《仪礼》《礼记》《公羊》《穀梁》《孝经》《尔雅》;还背诵了《老子》《庄子》(内篇)、《淮南子》(部分),通读了其余诸子"。诸如《文选》《古文苑》《古文辞类纂》等书被他读了个遍，《二十四史》等史学著作、历朝历代的名家名篇海量阅读，就连少有人问津的清代朴学，也读了不少。读马列，读外国社科名著，读各种文艺理论著作，读西方政治学著作《旧制度与大革命》，读当代小说《沧浪之水》，读报纸《南方周末》……年轻时就自学英语，95岁了还读《傲慢与偏见》原著，备有专门的小本子，"边抄边背，凡是抄的都要背熟"。行万里路，他可能不典型；读万卷书，一点儿也不夸张。

第二绝：独得妙门，既博且精

刘先生读书，精要之作力求背诵，往往烂熟于心、倒背如流。读过而未背诵的，也能信手拈出要点，取精用宏。他有许多方法。如晨诵，七八十年如一日，每日清晨一边漫步一边背书，"除非迅雷烈风，暴雨倾盆，才改在屋里"；如作札记，"有些资料是较生僻的，我都是平时阅读时札记在本子上，按英文26个字母编号，分别摘录，需引用时，一索即得"；如"会通"，即"善于联想和创新"，举一反三。年轻时"一天读古书，一天读英语"；退休后"刚日读经，柔日读史"。圈读是古人读书的一种方法，用朱笔以画圆圈的形式标点文章句读，疏通文义。他"曾将十三经中没背诵过的圈读了一遍，每天四页。结果，《易》35天，《仪礼》74天，《周礼》50天，《礼记》107天，《公羊》47天，《孝经》只28分钟，《尔雅》24天。"他还注重对书的甄选和区别对待，"在专精的基础上力求广博"，与专业密切相关的经典著作精读牢记，一般文章泛读，不平均使用力量。

第三绝：融会贯通，"独持偏见"。

徐悲鸿曾在画室挂自书对联"独持偏见；一意孤行"，宣示执着而不同寻常的艺术追求。刘世南先生"一辈子喜欢读书，而且必求甚解"，因此便有了火眼金睛，对所读文字的观点、材料，包括标点注释等洞若观火。他又较真，不肯含糊迁就，"论世直言无讳，论学一针见血"，因而难免发生些故事，留下些佳话。他的"绳愆纠谬"

在学界非常有名，"刊谬难穷时有作"是其学术活动的一个重要组成部分。他视学术为"天下之公器"，主张文字一经公开发表，就必须对读者负责，不能以讹传讹、误人子弟。他"有'纠'无'类'"，眼里容不下沙子。被他"指谬"过的大家有侯外庐、钱仲联、季镇淮、余英时、周一良、吴世昌、王水照、章培恒、屈守元、白敦仁等，都是如雷贯耳的人物，有的一部书被"纠"出的"谬"竟数以百计。所"纠"当代学人对前人著述的错误理解一般都很具体，如"纠"侯外庐将龚自珍"晚犹好西方之书"的"西方之书"误解为西欧哲学和社会科学，实是佛经；"纠"余英时解陈寅恪晚年诗作中"弦箭文章"的出处时语焉不详，指出"其实在《文选》"；"纠"吴世昌《词林诗话》对宋诗中"面如田"与"食肉"的解释都是错的……最具影响者：一是对毛泽东"宋人多数不懂诗是要用形象思维的"一说质疑；二是对郭沫若《李白与杜甫》中的一些观点提出批评；三是对钱锺书著作中的个别问题提出不同意见。

刘先生的"绳愆纠谬"也曾让人不快，但他心明如镜："吾爱吾师，吾尤爱真理"，这样做"实本于事师之道"，因为"事师无犯无隐"。他像一只不知疲倦也不问高低的啄木鸟，总在剥啄着文化之木上的虫子，义无反顾地维护着学术的尊严与健康。他不是专照别人的手电筒，严于解剖他人，更严于解剖自己。有人持论公允，说刘世南"公诚坦荡"，"治学立论，与人或同或异，全以公心运之，而不问名分高低……盖学术问题本没有你我之分，贵贱之分，惟公心是鉴，惟公理是依"。颇有意思的是，凡真正的大家，在读过被刘世南"纠谬"的文章后，不仅不怨怪，反而赞赏、感激，钦佩他广博的知识、犀利的眼光和"我自当仁不让师"的胆识。钱锺书先生十分重视刘世南的批评意见，视其为知己；白敦仁教授的书得到刘世南先生的商榷，写长信致谢说："欲求素心人于今世如我公者，岂可多得？"学者刘梦芙称道刘世南："先生熟谙群经子史，淹通闳贯，读书目光如炬，照察幽微，对大量错误条分缕析，断症追源，言必有据，令人信服。"

第四绝：见贤思齐，转益多师

治学重考证，疑义相与析。学生郭丹（福建师大文学院教授、博导）最了解导师刘世南，说"先生治学的另一个经验，就是多与学术大师请益和对话。先生善读书，善发现问题。一发现问题，便向一些知名学者请教，从年轻时起就是如此"。经刘世南"请益"，相互往还书信、讨论学术、争辩问题、唱和诗作的，有马一浮、杨树达、王泗原、马叙伦、庞石帚、屈守元、白敦仁、钱锺书、吕叔湘、朱东润、程千帆等。他与钱锺书并未谋面，但通信多达十几次。请益和对话的结果，是既搞明白了问题，也加深了了解，建立了友谊。杨树达称赞刘世南24岁时写的《庄子哲学发微》是"发前人之所未发"；钱锺书力挺刘世南的匡谬正俗文章"学富功深"，"指摘时弊，精密确当，有发聋振聩之用"；屈守元读过《清诗流派史》后写长信赋长诗称赞，说"有幸读君书，竟欲焚吾砚"。

刘先生还不耻下问，也就是虚心诚恳地向后学之人或没有名头地位而有长处的人请教。南昌大学的张国功教授，小他近50岁，被他称为"思想启蒙老师"；早年的学生严凌君，在中学语文教改中取得了成就，他说"对我真算是振聋发聩，他堪称我的精神导师"。更为感人的是，农民工万光明，家境贫寒身份卑微，但喜欢读书买书，工旧体诗，刘世南偶然听人提及并读了万光明的几首诗，竟然"乃大惊"，恍如"一箪食，一瓢饮，在陋巷"而"不改其乐"的颜回复生，急切地"求一见之"，而"久久不能一望万君颜色，徒结想于无穷"，迫不及待地表示"今万君在咫尺，岂可交臂失之耶？余固当抠衣趋隅以求教于万君也"。这些掌故，真实而且自然。刘先生说"我又不是追星族"——他只是在身体力行"三人行，必有我师"的古训。

第五绝：如痴如醉，乐在其中

前些年，北京大学中文系邀请刘世南先生去参加学术活动，延为上宾。在为研究生们作讲座时，他说："我只读过高一，但是我一辈子读书，基本上做到，只要有空，就手不释卷。我生平不烟不酒不赌，黄、毒更不沾，唯一的乐趣就是读书。"这一点儿也不假。他原本可以干点别的，却无怨无悔地选择了终身教书，因为教书方便读书，读书方好教书。他56岁从中学调到大学，对举荐的人说："你们推荐我来师大教书，我最感激你们的，不是使我当上了大学老师，而是让我跳进了知识海洋，任情游泳。"又说："是啊，当《四库全书存目丛书》和《续修四库全书》陆续陈列在校图样本书库的书架上时，我内心真灌满了欢乐。每次从书库出来，走到校图大门的台阶上，阳光和微风照拂着我全身，我抬头注视着蓝天，内心喃喃自语：'我是世上最幸福的人！'"学生看在眼里记在心里，说他"绝无仅有的乐趣就是看书，书本是他所有的精神寄托"。

第六绝：皓首穷经，老而弥坚

刘世南95周岁，读了90年书！除了生病起不了床，他总是"日课一日不缺，即使早上有突发事件耽误了，晚上还要补上，决不一曝十寒"。学生们这样描绘他近年的生活：不抽烟不喝酒，也不懂棋牌类娱乐活动，"未尝一日废学"。每日早上五六点起床到晚上九点就寝，除了三餐饭，其余时间基本上手不释卷。无论风霜雨雪，都会像工作人员一样准时出现在图书馆。"他希望自己将来能死在书桌旁。"又透露："先生经常感慨要看的书太多，而自己已日薄西山，时不我待。所以现在他愈加抓紧时间'补课'，而且一如既往地坚持每天自学英语。有人曾问他，这么老了学这些东西有什么用，他说：'朝闻道，夕死可矣！'"

2017年10月29日，张国功在朋友圈发过一幅图片：刘世南身穿夹克，脚蹬球鞋，斜挎布袋，倒背双手，弯腰伫立在密集的书架间，凝视或搜寻着什么。所配文字："昨今在省图书馆与街头两见先生，所谈皆书事。"又附刘先生的诗《九五生辰漫作》："自笑微生上帝忘，年登九五似康强。比肩朋辈观河尽，捐馆友生篆墓长。契阔灯明惊病鹤，婆娑树老斥羘羊。颓龄终见河清世，使命党成喜欲狂。"

三

痴迷于书，甘之若饴，心无旁骛，乐不可支。这样的读书人，有的成为迂阔的学究。刘世南不是。

刘松来，江西师大教授、博导，刘世南先生带过的研究生。他认为刘世南"不是一介书呆子。对于新事物、新思想、新理论，先生历来是很敏锐的，而且善于将旧学与新知相结合。对于民主、科学、法治，先生的追求并不亚于年轻人。"刘世南先生则坦言："我不是为读书而读书。我是为探索真理而读书，为解决社会问题而读书。我不仅坐而论道，而且是起而行……"他说自己一生坚持的座右铭是"'High thinking, plain life.'（高尚的思想，平淡的生活）。"强调"我崇拜一切有先进思想的人"，"我崇拜的是顾炎武，他是有先进思想的大学者"。

因为有思想追求，他十分景仰文天祥，说文天祥的生命历程"就是一首最辉煌的诗"，《正气歌》"之所以照耀古今、廉顽立懦，正是由于文天祥成仁取义的正气。而这种正气是人类社会的精神支撑点，不但当下的中国急需它，人类社会也永远需要它"。因而"每读一次《正气歌》，都会不禁潸然泪下"。因为有思想追求，他一生倡导和实践"勿以学术徇利禄"，断言"用利禄来对待学术，只会扼杀学术，而不会发展学术"。因为有思想追求，他苦坐 15 年寒窗，写成学术、思想与见识兼具的《清诗流派史》。年至耄耋，在看到矿难频发、暴力执法、医患矛盾、贪污腐败等负面报道时，他"仍会义愤填膺，不禁拍案而起，怒声呵斥"。因为有思想追求，他反对小学生普遍读经,说那是"怪现状"!是"贼夫人之子"!疾呼"救救孩子"!……他认为这样才能"仰不愧于天,俯不怍于人"。

其学生李陶生长时间住在刘世南先生家里,从先生读书,顺带照顾老人。他深情介绍:先生生活非常简单。为了节省时间,每弄一次菜就要吃上十天半个月;为了省钱,平时买的水果和零食都是处理品。从未看他买过新衣服和鞋子,倒是捡了不少毕业生丢弃的旧衬衣、T恤和鞋子,洗干净缝补好后再穿。晚上在家看书只用台灯,不开大灯。不用空调,生活用水要重复利用。膝下无儿无女,老伴也于多年前去世了,坚持不请保姆,把完成洗衣做饭等力所能及的家务当成是读书之余的调剂,也是为了省钱。他这样克勤克俭,只是为了去世之后能多捐献一点。先生曾说:"所有的存款都是我辛辛苦苦节省下来的血汗钱,一定要用来帮助那些需要且值得帮助的寒门子弟。"

刘世南不屑心有旁骛、"以学术徇利禄"的人,不屑"俭腹高谈""著书而不立说"的人,不屑"游手好闲、好吃懒做的人"。无论什么时候,他都孜孜向学;无论什么时候,他"都密切关注着社会民生,保持着传统知识分子的入世情怀,绝不学那些自命风雅的无聊文人,写吟风弄月、吹牛拍马的文章"。

不难发现,刘世南先生的精神世界是由爱国、民主、科学、法治、正义、气节、忠直、诚信、仁爱、务实、敬业、奉献、悲悯、责任、担当等内核构成的,各有所本,真实鲜活。这些思想品质,紧密联系、有机统一,闪现在他的言行中,洋溢在他的著作和诗文里,叠印在他的风骨上。它们属于真善美,属于人文情怀,与社会主义核心价值要求相契合。因此,他的读书和学术活动才有魅力和张力。

四

刘世南先生通书达理,善述善作,是学海之中自由出没、驭风飞翔的人物。

中学生、大学生、研究生，他桃李满天下。中学生忘不了他博学多才，风流倜傥；大学生"发现他讲《诗经》《左传》及其他典籍，几乎是信手拈来，全然不用查找"，佩服得五体投地；研究生惊叹其学问，信奉其思想，倾服其人格。在三尺讲台上，他如鱼得水，纵横捭阖。

刘世南先生是文章高手。他的"作"，主要由两块构成：一是学术著作，一是诗作。

刘世南先生学术著作的代表作有《清诗流派史》《清文选》（与刘松来合作）《在学术殿堂外》《大螺居诗文存》《师友偶记》。论数量，不到 10 册；论字数，不足 200 万。在某些人眼里，也许并不耀眼。但若静下心来，认真地读刘先生的书，一定能真切地体悟什么是"板凳甘坐十年冷，文章不写半句空"，什么是"自我肺腑出，未尝只字篡"。他的这些著作，每一本都是沉甸甸的，有特色，无二致，堪称大作、精品。他提倡做学问要厚积薄发，不急功近利，说"只要写得真有价值，一个人一辈子有这一部就够了。司马迁就只一部《史记》，司马光就只一部《资治通鉴》，马端临也只一部《文献通考》……"这是一种主张，也是一种自信。

《清诗流派史》是刘世南先生的呕心沥血之作。"我以 15 年的岁月撰写《清诗流派史》，目的只有两个：一是探索清代士大夫民主意识的觉醒历程，二是填补清诗史的空白，也就是'前所未有，后不可无。'"这是说动机与追求。"忆昔每岁除，书城犹弄翰。万家庆团栾，独坐一笑粲。卡片漫盈箱，有得逾美膳。心劳十四载，书成瘁笔砚。"这是说写作的艰辛。"不知问世后，几人容清玩？得无温公书，无人读能遍？……并世得子云，应与话悃愊。"这是说忧虑与期待。"一编清诗流派史，曲终奏雅咏宪章""幸有豹皮留后世，应从蝉蜕识今吾"，这是满满的自信。

《清诗流派史》是一部关于清诗的"断代专题文学史"，先在台湾出繁体竖排本，后在大陆出简体横排本，受到学术界广泛关注，获得高度好评。四川大学资深教授屈守元读过繁体本后，以84岁的高龄，致信"奖饰"，说"书置案头，时复诵览。既扎实又流畅，材料丰富，复有断制，诚佳作也"。同为四川大学的著名教授白敦仁读到横排本后致信作者说："是书如大禹治水，分疆画野，流派分明，于有清三百年诗史，非博学精研如阁下者，孰能语此？"清诗研究专家张仲谋将该书与其导师严迪昌的《清诗史》并提，认为"标志着这一时期清诗研究的发展水平"，是清诗研究的"经典性成果"。

　　读刘世南的书，宛如登泰山，费力气，会出汗，但能收获"荡胸生层云，决眦入归鸟"和"会当凌绝顶，一览众山小"的快感。

　　"作"的方面，刘先生的另一成就是旧体诗。收在《大螺居诗文存》中的，是选自他1979年之后至该书结稿时所作600余首诗中的124题184首。他平生所作诗应逾千首。刘先生自述"予素重学术，而轻所作诗文"，"余事为诗"。但他是一个既才情横溢又植根现实严肃严谨的诗人。他像龚自珍那样"歌哭无端字字真"，他"不欲迷恋骸骨"，而是"我以我诗浇块垒"。"所可自信者，凡为诗，必有为而作，决不叹老嗟卑，而唯生民邦国之忧。"他认为"词章之学和学术研究不但没有矛盾，而且相辅相成，相得益彰。"说"几十年的旧诗写作，对我分析评断清诗各派的特色，有不可估量的作用"。他喜欢也习惯写旧体诗，能够随心所欲地驾驭各种诗体，尤擅七古、七律，追求"词必典雅，句必劲峭，章必完备，音必圆润。总之，要做到'唐肌宋骨'"。诗作用典较密集，属于"阳春白雪"一类，"精光奇气，楮墨生香，广大奥博，莫窥涯涘"，没有深厚文化素养的人读起来是比较吃力的，却是弥足珍贵的文化和思想积累。刘先生论清诗的一大特色是"学人之诗和诗人之诗的统一"，他自己的旧体诗创作，可以看作是对这种"统一"的肯定和实践。

刘世南的诗歌成就得到众多"大腕"的赞赏：吕叔湘说"古风当行出色"；程千帆说"苍劲斩截，似翁石洲"；庞石帚认为"颇为清奇，是不肯走庸熟蹊径的"；朱东润认为"深入宋人堂奥，锤字炼句，迥不犹人"……当代学者马大勇教授针对刘世南的学术著作和诗作说过这样的话："今之学界有二刘先生，声华不彰而堂庑特大，功力綦深，一则沪上衍文先生，一则豫章世南先生也。"

刘先生退而不休，一直在做着古典文学和古籍整理方面的工作，曾受聘为《全清诗》编纂委员会顾问、江西省古籍整理中心组成员，长期担任江西省《豫章丛书》整理编辑委员会首席学术顾问。这是学界对他的肯定和倚重。

五

无论"述"还是"作"，刘世南先生的"才美"只显露出山之一角，大量瑰丽华美的东西还深藏在他的脑子里和日记、书信、卡片、札记、批注之中。勤勉向学，学而多思，思而有得，得而能化，化则济世。这个人用自己的一生诠释着什么叫"读书"，什么叫"读书人"，什么是"读书人的脊梁"。这样的人也许是"不可复制"的，但他"不忘初心"，锲而不舍读书、踏踏实实治学的精神光彩照人。

因为疏于阅读还不求甚解，因为心浮气躁好高骛远，因为汲汲营营于利禄，面对"高中生、副教授"的刘世南，我羞得无地自容。

如他学高者未必如他多寿，如他多寿者未必如他学高，如他多寿且学高者未必如他通达。他就是一摞好书。他的目光能够穿透书页、穿透时空，也能穿透世道人心。坐在95岁的刘先生对面，端详他的慈眉善目，听他用朗朗的声音说话，珠玑成串，活色生香，才明白什么是"气自华""品自高"。他的寻常衣衫，会榨出锦衣华服下藏着的小来。

的确，刘世南先生"乃新世纪硕果犹存而为数寥寥的老辈学人之一……在学界风气浮躁浇漓之今日，可谓中流砥柱"。他以一己之力，积数十年之功，担土推石，垒起了一座座突起的学术之峰。这些峰峦都有迷人的风景，攀之尚且不易，成山该有多难！

刘世南身上，有文天祥、刘辰翁，顾炎武、汪中、龚自珍、鲁迅、陈寅恪的影子。他人在这里，著作在这里，诗文在这里，学生在这里，"行状"在这里，高拔而丰实，深邃而澄澈，坚硬而温热，邈远而切近。数百年旧家无非积德，第一等好事还是读书。刘先生不卑不亢，他没有大利大禄、大红大紫，但非常出色和成功，是真正的高人。"最幸运的事是做了一辈子的书生"，书给了他无穷大的世界，让他找到了无比的充实、安适、快乐和宁静。

"没有文化的民族不是真正的民族，而泡沫文化只是文化垃圾。我希望读者尤其是年轻读者谨记此言，抛开个人的浮名浮利，兢兢业业，踏踏实实，为弘扬我中华传统文化和开创与世界接轨的新文化而努力，这才是我们人生价值之所在。"刘世南先生"思想永远是年轻的"。被文化人视作一泓碧水，"用清澈的人文之源浇灌着这个城市的阅读风景，改变着城市坚硬的精神土壤"的青苑，是南昌市一家以经营人文社科类图书而闻名全国的独立书店。刘世南先生是店里的常客，是经营者的朋友，也是众多书友中资深的一员。他曾为青苑作过一首逾300言的长诗，又在20周年店庆时以89岁的高龄欣然题词："读纸质的书，同时读社会这本大书，为的是使自己成为一个思想者。"显然，他所要彰显的是自己的主张，所要表达的是对晚生后辈的希望。

"我可以自豪地说，自到江西师大中文系（文学院）工作以来，我出版了十几种书，没有申请过一分钱的科研经费。"也许，我们欠了刘先生一份公道。刘先生满腹经纶、"日知所亡"，世事洞明、"清不绝俗"，身居斗室、胸怀天下。这位先生的"故事"应当广为传扬；这位先生的"衣钵"应当有人忠实继承；这位先生"坐拥"的学术财富应当得到更充分的开发和运用。

"名山以人重，得人名不磨。"郑光荣书记是深得刘世南敬重的江西师大老领导，他致信刘世南："您一生致力于国学研究，学富功深，思想敏锐；善于独立思考，不畏权威，匡谬正俗。故此，您的文章和人品，得到钱锺书、吕叔湘等国学大师的赞赏和推荐，可敬、可佩！但愿我们的学生能够学习先生的治学态度和求是精神，去掉商品经济大潮中形成的急功近利的浮躁心态。"又说："是您支持了师大，为师大争得荣誉。"

江西师大文学院的先生们有学问者多，长寿者也多，纷纷以"保八争九望十"相期许。刘世南先生可望成为标杆。愿世南先生创出新高！神佑智者，天道酬勤，德淳年永，学高人寿。"云山苍苍，江水泱泱，先生之风，山高水长。"

（首发 2018年第2期《百花洲》；2018年3月26日《人民政协报》以"'读书人的种子'刘世南"为题部分转发；2018年4月10日《中华读书报》以"实说刘世南先生"为题转发。）

青峰在前

2018 年 10 月 15 日是刘世南先生的 96 岁生日，再过两日是重阳节。

刘先生 90 岁之前不怎么过生日，90 岁之后有所改变。每年的生日当天，他与学生陈骥、李陶生在住地附近找个小馆子吃餐饭，自己买单。陈骥 1983 年出生，长期师从先生研习旧体诗；李陶生 1989 年出生，跟随、陪伴先生七八年，"相依为命，谊属师生，情同祖孙"。刘先生没有扩大规模的意思，是我处心积虑，邀几位友人挤进了今年的"三人聚"。我特别希望再睹先生能饭能言能欢笑、涛声依旧的风采，也有话想跟他说。我知道，先生写了一篇关于我的文章，即将发表；作了两首涉及我的诗，用小楷誊抄了；看过我的《河远近 水深浅》，或许有评说。

去年，因为读刘先生的书而被深深吸引，我不揣浅陋，率尔操觚，写了万字长文《微斯人，谁与读——实说刘世南先生》，发表在《百花洲》2018 年第 2 期上。其后的 3 月 26 日，《人民政协报》发删节版《"读书人的种子"刘世南》；4 月 10 日，《中华读书报》整版发《实说刘世南先生》。几篇文字的网络阅读量过万，评论也很多，纷纷赞叹刘先生学高才高品高，"真是读书种子"。这让我高兴。高兴归高兴,不敢忘形。我非常明白:刘先生"居高声自远,非是藉秋风";我沾了先生的光,"似得庐山路,真随惠远游"。

写刘先生的文章不少,而先生一向低调,不喜欢宣传,平时对"当官的"还有些戒心。他没有嫌弃我的庸常和浅薄,已经给了面子。没想到,9月份还写了一篇"记"我的文章,要在一家杂志上公开发表。编辑将小样发来看,令我既惊喜又汗颜。先生以幽默开笔,说我之于他"简直是一个神话,wonderful!"谈了我迂回接近、侧面了解他的过程,坦言:"说来非常好笑,他观察了我好长一段时间,我却完全蒙在鼓里,因为我根本不认识他。""总之,他在明处,我在暗处,一举一动,一言一语,全在他视听之下,而我浑然不觉。直到解密之后,我才恍然大悟。所以,我才心底频呼'wonderful!'"先生又说,"谜底"揭开之后,"顿生喜得知音之感",欣然为我作了两首诗:

谢周文先生

岁月随身久,新知屡馈贫。
诗书腴俭腹,道义敬天民。
异域同胞与,寸衷集凤鳞。
好凭公读我,枕漱证前因。

赠周文先生

腊八冰霜暖旧窠,俊髦气类避鸣珂。
欧公锐意誉安石,小器无心住大罗。
藉藉驰名诩通达,寥寥知己费吟哦。
读书佳节清和月,种子遥知不厌多。

诗中用了若干典故,各有寓意,先生在文章中逐一做了解释,满满的全是对晚辈的肯定、鼓励和期待。先生的高才大德、虚怀若谷，让我十分感动。记起今年 1 月 21 日，先生读到拙作的原稿后，信手在台历上写了这样的话：

"下走一生碌碌，乃蒙鸿文为之宏括，不虞之誉，全出意表，而又无求全之毁，适以增吾愧疚耳！阅世弥久，伛俯弥勤，力求低调，以避讥诃。盖 jealous 与 admiring 固同义词也。何意下驽，竟误孙阳，既感且惭，深恐累公知人之明。"

这些文字后来以短札赐我，彰显的都是先生的胸襟。

先生的诗好，字也好。我想求一幅墨宝，内容就是那两首诗。意思是请李陶生转达的，心怀忐忑，叮嘱他："千万莫唐突，找机会向先生委婉地提一下，不可强求，悉遵先生意愿！"哪知没过几日，陶生便发了两幅图片来，正是先生的书法，正是这五律和七律！小楷，一横书，一竖书，分别写在江西师院中文系和江西人民出版社的信笺上，字体刚劲而俊秀，力透纸背。

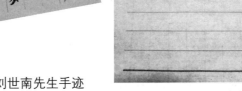

刘世南先生手迹

《河远近　水深浅》是我的新作。2017年10月，《百花洲》杂志为《前世》栏目征稿，启事中这样说："完整的历史，不应只有官方史，还有民间史。个人与家族，赋予历史细节和血肉。个人命运的沉浮，家族精神的传承，时代风云的变幻，尽在其中。每个平凡人物的命运都值得记录，每份抵抗遗忘的努力都值得尊重。"这个创意深深吸引了我。我的家族是一个平凡的家族，我是一个平凡的人，却想打起精神，硬着头皮，做一番"抵抗遗忘的努力"。因为我觉得，于家族，那是一份礼敬和责任；于自己，那是一种努力和救赎。我写得很用心，只是把控能力差，跑起来收不住马，拉拉杂杂写下四五万字。承蒙杂志社不弃，全文刊发在《百花洲》2018年第5期上。文章是发了，会遭遇怎样的不屑一顾、视如敝屣或嗤之以鼻呢？我在心里打鼓。结果很是意外，这篇东西竟然也得到不少人的关注和肯定，还有专家评说："盘点国庆长假阅读，整体上感觉到非虚构文本要略微强势一点……《百花洲》第5期《前世》栏目里的长篇随笔《河远近　水深浅》也是让我颇为感怀的。作者从家族的沿革掀开历史帷幕的一角，其文字细腻动听，讲述得鲜活灵动毕竟少见。很多历史节点我们不陌生，可是这些大的风云际会落脚在一个具体的家族发展盛衰过程中，那就有了许多烟火气息"（周其伦）。

　　扯远了，回到刘先生的96岁生日之聚。

　　略记其盛：

　　秋，晚，微雨初凉。我们相聚于彭家桥头百瑞四季酒店。瞒着先生，我带去了一个有寿字、寿桃和"世南先生生日快乐"字样的奶油蛋糕。老人准时抵达。陶生陪着他，在人流和车流中步行了一里多路。

　　先生穿衣帽相连的时尚卫衣（应是捡学生丢弃的），系蓝布腰带。见面就笑盈盈地道歉："让你们久等了，多不好意思！"

以水当酒。众人纷纷起立向先生敬酒，祝先生生日快乐、重阳节快乐。先生一一起身接受，回说："祝你健康快乐！希望你比我更健康快乐！"

写好的五律和七律都带来了，先生亲自交与我，说："手上没劲了，写得不好，周先生你包涵！"众人传看，无不称奇。我只会木木地说："谢谢先生不嫌弃我！""谢谢先生写表扬我的文章！""谢谢先生赐给我诗作和墨宝！"先生却笑："不对，应该我感谢你！你写我的文章使我暴得大名，我的小文不值一提。"

先生曾戏言我是他的"第一知己"。旧话重提，说："原以为'第一知己'是我的发明，最近看书才知道别人早用过了。不记得是谁说的。是谁啊？"他眯起眼睛注视我和在座各位。没人接话，可谁都知道他明知故问。回到家里，我查到梁启超写过一首诗："颇愧年来负盛名，天涯到处有逢迎。识荆说项寻常事，第一知己总让卿。"

聊及《河远近 水深浅》。先生说是在师大图书馆六楼现刊室发现的，读过了，也注意到其中涉及刘峙的内容从《师友偶记》中取了材。而后讲了几层意思。一是说"你这篇文章我用四个字概括：笔饱墨酣，也可以说笔饱墨舞。你的文字还蛮灵活的，有时鲁智深，有时吴用，也是皮里阳秋"。二是文中提到"进步青年"，先生说："看明白了，那是指我，看来我以后要专刻一枚闲章，就用八个字：'进步青年，世界公民'"。三是讲起他早年在吉安扶园中学读书时的一段逸事，跟刘峙有点关系，并说有人猜想他是刘峙的本家，纯属误会，"完全没有的事"。笔饱墨酣、笔饱墨舞、皮里阳秋？在桌上我不便多问，回家又查，得知清人陈廷焯有《白雨斋诗话》，其中评宋人张孝祥《六州歌头》，说张词"淋漓痛快，笔饱墨酣，读之令人起舞"。皮里阳秋本为皮里春秋，典出《晋书·褚裒传》："……谯国桓彝见而目之曰：'季野有皮里春秋。'言其外无臧否，而内有所褒贬也。"后因晋简文帝母名郑阿春，敬讳春，而改作皮里阳秋。

吹蛋糕的环节，先生的本意是不必麻烦，切开来分了吃就是。众人起哄，说不行，寿星公公要许个愿，大家要唱生日歌，中西合璧。先生也不坚持，说："那好吧，我悄悄许个愿！"闭了一会儿眼睛，睁开来说："我把私下许的愿公开说给你们，是愿你们比我更长寿更健康更幸福！"说完他也不坐下，双手撑住餐桌，笔挺地站着，神色庄重地讲了好一会儿话。大体两个意思：一说中美贸易对抗，矛盾尖锐，情形复杂，坚信中国是正义的，正义终将取得胜利；二说最关键的还是要自强不息，把国家和人民的事情办好，这一波过去之后，要好好地解决人的尊严等问题。

先生果然涛声依旧，近况好到令人感奋。身体康强，脚力劲健，空阔处一口气走五六里没有问题；眼神好，看书报只有五号以下的字才用放大镜，写字什么镜也不用；听力不敏，却没有更聋；思维清晰反应快捷，与人交谈对答如流语带机锋，非常幽默生动。仍然日坐书城，每有所思，随手写下，或用短语，或用诗词。天天写日记，字写得清清爽爽、密密麻麻，语不尽意，辅之以诗。偶尔外出活动，9月9日到进贤参观毛笔博物馆，应人所请题词："我九十五岁了，仍然天天手不释卷，即因所读所写，都是我最感兴趣的。一个人最大的幸福，就是做自己最感兴趣的事。所以我每天总感到时间不够，有做不完的事，也就是享受不完的乐趣。这就能永葆年轻的心态。希望年轻读者们多读书，读好书，用读书为自己的精神世界打底。"

他还不断地写文章，今年又发了几篇结结实实的。如3月21日写成，4月5日发表在《南方周末》的《对我的思想和学术影响最深刻的五位学者及其书》；6月6日写成，发表于《文笔》的《王泗原先生》；7月21日写成，8月16日发表于《南方周末》的《从林则徐的一首诗看旧体诗的前途》。先生的文稿，一律亲笔用白底绿线条400格稿纸誊清，字字端正，页页洁净。

当晚躬逢其会的还有张国功夫妇和万国英夫妇。谈到 6 月 30 日的青苑第 137 期书友会。那是九州出版社重印、再版刘先生《师友偶记》和《在学术殿堂外》的新书发布会暨读者见面会，张国功教授主持，我也参加了。当日高朋满座，场上有不少先生的学生和粉丝，多教授、博士，也有"白丁"。先生有个演讲，说："参加今天这个活动，感受现场的气氛，十分的尴尬。耳朵不好，听不见，想到孟子的话，真是'耳无闻，目无见'也。眼睛也不好，看远的模糊，看近的反而清楚，记日记、写小字从不用戴眼镜，远的就面目不清了。我年轻过，你们没有老过，等你们到我这把年纪，就能体会我的尴尬了。"又说："十分感谢九州出版社和郭编辑（郭荣荣）。十分感谢周先生，他写了关于我的长文章，产生了不小的影响，好多远在外地的人联系我。他对我的过分揄扬让我担当不起。我对经、史、子、集浮光掠影，一知半解，在钱锺书等学问大家面前不值一提。但是我一辈子关心人类社会，而且决不计较个人的利害关系。我尤其关心寒门子弟、弱势群体。我的全部存款有 100 多万，已经立了遗嘱，要捐给江西师大文学院的困难学生，不是奖学金，而是助学金……我崇尚'深刻的思想、简单的生活（High thinking, plain life）'。我要对得起责编，对得起周先生，对得起天地良心。"还说："我耳朵不行了，但脚力还好。很多老人脚不好，经不起摔，一摔就可能爬不起。我还好，经常摔跤，有时摔破了头，但摔倒了我自己又爬起来了。我真希望什么时候摔一下永远爬不起来。"先生所引孟子的话我不清楚来路，请教陈骥，这位有学问的年轻人告诉我，典出《孟子·滕文公下》："匡章曰：'陈仲子岂不诚廉士哉？居於陵，三日不食，耳无闻、目无见也。井上有李，螬食实者过半矣，匍匐往将食之，三咽，然后耳有闻，目有见。'"译文："匡章说：陈仲子难道不是廉士吗？他住在於陵，三天没有东西吃，耳朵听不见，眼睛看不到。井边有一颗李子，被金龟子吃去了大半，他爬过去吃，吞咽了三口，耳朵才听得见，眼睛才看得见。"

这次聚会有个意外的收获，就是第一时间品读了葛云波"戊戌重阳节前三日"专为先生写的祝寿文《世南先生九秩晋六寿言》。葛云波是人民文学出版社的古典部主任，2002年责编刘先生《清诗流派史》，后来在《光明日报》发表《清诗研究的"经典性成果"》的那位学者。

葛先生和刘先生相知十余年，却是"今岁桂月廿七日，匡庐一游，复转洪都，拜谒先生"，才有了第一次晤面。寿言文白相间，别开生面，句句有讲究，处处有深意。开头说"人有常情，喜见春风拂面，春月当空，遇师辈往往有若斯之想"，应是说面见"学界久仰之长者"刘先生之后，如沐春风，如见皓月，为"平生得意事也"。接着讲王阳明与诸友登庐山香炉峰的故事，然后说："此正可借窥先生与俗学之别。俗学心向往学术之高，然或懒惰或原地踏步，或抄袭而求一时一地之名利，皆未踏实前行，不往高处走也。先生不忮不求，日赴书阁，一页一页，一本一本，皆是'只登一步'法，故其年愈高，未锻炼，而气愈畅，体愈健，心愈和，学愈广，思愈深，神明自得……作为诗文朗畅清新者，其康而宁，有赛中年，真吾侪欣幸而仰慕之哉！"

这是将刘先生与"俗学"截然分了高下。顺笔论及刘先生的高寿，认为实乃"法天地之精神，岂不长久"。又说："先生博览群书，不限于文学，非仅为一己艺术享受，唯悯人忧国为念，其视野之开阔辽远，令予忆及登于含鄱亭之上，见白波九道汇为巨湖，岂小溪暗河可比哉？胸臆不狭仄，思绪每浩渺，心无挂碍。"这是赞扬刘先生的渊博学识、广阔胸怀和现实关怀、思想追求，全都说到了点子上。这篇文字，显然不是寻常的应景颂祷之作，而是对刘世南先生学术道路、学术思想和人品风骨的精当概括，钦敬之情发自肺腑，溢于言表。依我看，这也是文化达人之间的一段佳话，有史料价值。

散场的时候，刘先生催李陶生："快去结账！"（钱事先给了陶生）出包厢，进电梯，出大门，离酒店，先生一律坚持让别人先走，别人不走他不走。

看看这人！

看看这 96 岁的先生！

刘世南先生不只是读书人的种子，也是读书人的镜子。

和我辈在一起，刘先生是调整了身姿，屈尊俯就的。他说话会自觉不自觉地用典，信手拈来，妙语连珠，一点也不晦涩。就像山岩中沁出清泉，山面上开出花朵，满满的都是甘甜和馨香。他是把书读通了的人，多少精粹融入血脉、渗入骨髓。

刘先生常说乐于与年轻人交朋友，从年轻人身上可以学到新知识。我的体会是：和他每一次亲密接触，不仅不会沾染丝毫暮气，不仅可以大大地增长知识，而且能够得到思想的启迪、人格的感染和智慧的熏陶，开阔视野，沉静内心，积极向上。

老人是睿智的，也是警觉的；是通达的，也是敏锐的；是强健的，也是羸弱的。"这位先生的'故事'应当广为传扬；这位先生的'衣钵'应当有人忠实继承；这位先生'坐拥'的学术财富应当得到更充分的开发和运用。"他不事张扬，不愿麻烦别人；别人不能给他添堵，也不能让他寂寞。种子不厌多，大道须远行，"若无清风吹，香气为谁发"。

6 月 30 日书友会的话题是"千笏青峰想独登"，句子取自刘世南先生早年的诗作《卧病》。原诗是："跃马龙泉更臂鹰，飞扬意气记吾曾。身强那蓄三年艾，病在方知九折肱。岂有万言书左腕，已妨一卷倚高灯。横窗风雨无穷夜，千笏青峰想独登。"独登"千笏青峰"是先生的初心，他做到了。先生的著作、诗文和思想品格也是一座座高耸、诱人的青峰。

青峰在前，徐徐攀登，岂非快事！

附录刘世南先生 2018 年 10 月 24 日作三十六韵古风：

祝嘏夜谦纪盛诗

十月十五揽揆辰，九十晋六祝大椿，

风雨重阳慰耆英，今夕何夕罗嘉宾：

周公吐哺乐天民，好我相揖笔有神，

使我一夕得大名，何以报之两诗呈，

贻我蟠桃剧嶙峋，祝我康强百岁身。

张王佳耦自天成，鹣鲽比肩笑言频，

语妙能生一室春。青苑伉俪国之瑛，

解衣推食我何任，无衣同袍风歌秦。

骥子陶生今凤麟，盛世儒为席上珍，

惜哉茗姑奉取勤，小友不获将以明，

眼前乐事方无伦，蒿目时艰勿嚬呻，

立地顶天气自振，莽莽神州大有人。

大国扼我方鹰瞵，祸心包藏东海滨，

崛起我自求双赢，何必此屈彼方伸，

狡计勿陷军备争，苏东覆辙万勿循，

我德不孤必有邻，四海招要相逢迎，

忠信立国万福臻。老我犹堪希孟荀，

后生就我屡问津，英才乐育喜无垠。

斯人康强，斯室芬芳

——庚子秋月谒刘世南先生有记

先生楼下的香樟与桂树郁郁如旧。

如果新冠肺炎疫情早一年出现，或者先生那场病晚一年发生，其景况不堪设想。先生命大，我们后怕。这多半年，"别来无恙"有了特别的意义。我们惦记先生，思念先生，却不能亲近先生。再见面，已是清秋时节。

9月19日，庚子八月初三，上午，雨后初霁。李陶生安排，陈骧驾车，我如愿拜谒了刘世南先生。

一个月前，陈骧曾发过一则微信朋友圈，附文曰："回师大拜望先生。设计师、摄影家亚平兄特意来为我们拍照。逆光不易，但光影和盛情都令人感动。师大封校，近三个月不见先生。我痴肥有日，先生却愈加清癯。所幸中气尚足。晚上亚平发照片来，莫名欲下泪。想起陶博吾先生联：架上堆书，何补于我；瓮中有米，聊以尽年。先生令名风靡海内，却一生清贫，独守陋室。正直磊落，仗义执言，是读书人的典范。"陈骧和李陶生是先生的学生，更视先生如祖父，他们希望先生年年矫健，月月丰润。

到了先生住处，一如既往，先生在门前迎候。我见先生——果然"愈加清癯",秋凉初至,年轻人还短衣薄裤,先生已穿上了厚厚的夹袄。我理解陈骥的"莫名欲下泪",但心绪却不大一样。我欣喜且庆幸:先生1923年生人,"清癯"不是问题。先生的站姿还是那样笔直,面容还是那样喜乐,声音还是那样响亮,话语还是那样机敏,握手还是那样有力道——先生还是康强的先生。

问安之后,与先生交谈。先生右耳基本无听力,左耳也不敏。我坐先生右侧,李陶生紧贴先生坐左侧,间或充当"翻译"。我说:"前年肺炎,先生闯过一关;今年肺疫,先生又闯过一关,创新高完全没有问题!"先生听明白了,看了我一小会儿,笑吟吟地开口:"我要到2023年才100岁!"先生洞若观火,我则心照不宣。我曾于2018年、2019年先后在《百花洲》发表《微斯人,谁与读——实说刘世南先生》(后文简称《微斯人,谁与读》)和《青峰在前》两篇叙写先生的文章,"德淳年永,学高人寿,神佑智者,天道酬勤"是我对先生永远的祝祷。

2019年的春节,刘先生是在医院里度过的,因重感冒引发肺炎,紧急的时候下过病危通知单。那年格外寒冷。先生未倒,春暖花开之日,他又时常出现在青山湖校区的图书馆和老教师阅览室,独坐书城、手不释卷。傅修延老校长见到我便说:"世南先生能闯过这一关,出乎大家意料,创造了生命的奇迹。"春去秋来冬又至,2020年1月14日,农历己亥猪年腊月二十,午后,微雨,我到大螺居看望先生并预祝他新年快乐,逗留了不短的时间。那次先生毫无病态,一个劲调侃:"遭了一场大劫。大难不死,九死一生。有书上说,这种情况少见。没有死,多半又能活些日子……看来,我很可能就这样衰竭而终了。"

先生不用手机,不看电视,但世道人心,没有什么能逃得过他的眼睛。说到新冠肺炎,先生探问:"老话讲,天会收人。是么?"我和陈骥、陶生不敢也不知道如何接话。先生自言自语:"真要好

刘世南先生在书库，时年98岁

好研究啊。要搞清楚人与自然的关系，搞清楚人和自然、人和人怎么和谐相处。事物的发展是有规律的，人生可以有轮回，宇宙的演化没有止境。人类对宇宙的探求也永无止境。宇宙宇宙，不就是无穷吗？宇是空间，宙是时间，宇宙就是无穷大的空间和时间。"

老人家总是喜欢亲近的人在身边，见到我们，谈兴颇浓，说到了身体感觉，也说到近期的关注和思考。我由衷赞叹："先生您活出了奇迹，活出了精彩！"先生说："奇迹、精彩都愧不敢当！别看我的字写得还端正，但眼睛模糊得厉害，人走到面前也看不清，写字费力。"转而又说："人老先老脚，我脚还有劲，下楼、走路还不觉得特别吃力……人的生活，特别是老年人的生活，总以清淡为好，古语说'人要过得安，三分饥与寒'，吃东西要节制，别说吃撑了，饱都不必。"又说："你们都祝我长寿，我自然要感谢你们。人若健康，活得长久当然好，若是不健康，被病痛折磨得不像样，那就生不如死。"他举了几个当代名人的例子。又说到睡眠不怎么好，越想睡好越睡不好。晚上没睡好，白天精神倒还好。睡不好主要是多梦。"古人言'至人无梦'，我不是至人，所以多梦。"又引《庄子·内篇·大宗师》里的话："夫大块载我以形，劳我以生，佚我以老，息我以死。故善吾生者，乃所以善吾死也。"随之感叹："庄子这个人很浪漫，也很聪明。庄子最聪明。"

话头转到陈骥和李陶生。我深知先生关心他们，故而报告："二位表现都不错。"先生极感兴趣，先用左手半遮住左耳凑向李陶生问："这句我没听清楚，说的什么啊？"陶生复述了我的话。先生问我："你指的是哪方面表现啊？"我只能说我所知道的："陈骥业务能力突出，已经调到一家出版社主持一个重要部门的工作；陶生各方面表现好，受到单位领导的多次表扬。"我也明白，这些先生都知道，他想听到更多的。他对这两个年轻人以及类似的众多学生，在思想、品行、学问、工作、生活等等诸方面，有更高的要求和更殷切的期望。刘先生并不主张学生们如他那般唯以读书为乐，更不愿意他们成为只会钻故纸堆的学究，他最希望学生们成长为有真才实学，能独当一面，能为社会人生出力作贡献的真人才。

我想把最近几年发表的文章梳理梳理，归归拢，出一个集子。已经发表的关于先生的两篇，自然要收进去。且意犹未尽，打算请陈骥和李陶生协力，再写一篇并力争先在报刊发表，然后用"三说刘先生"来做这本书的重要支撑。自忖想法大胆、不自量力。但这事不能瞒着先生，于是心怀忐忑地汇报给先生，恳切地说："斗胆向先生禀明，请先生教诲！"刘先生耐心地听完，客气地表示出集子自是好事，还询问了什么时候能出、书名用什么。而后指着陈骥和李陶生笑说："你要他们帮忙？他们只会说我的好话，难免有溢美之词。"复叮嘱："写文章不要过誉，不要有'溢美之词'。"先生没做过多的表述，但他的关注、忧虑和要求我是心领神会的。回顾既往，刘先生给了我极大的包容和特殊的礼遇。年初我去大螺居时，先生送我一册人民文学出版社新版的《清诗流派史》。坐在低矮的长木沙发中间，书搁在茶几的书堆上，他不戴眼镜，摘了手套，用"晨光"笔在扉页上题写："周文先生指正。刘世南奉于大螺居，时年九十有七。"写完有意无意地抬头问我："今天是几号？"没待回复，俯身便题"二○二○年一月十四日"。略停，又道："我还要再说一句。"接着写："感恩知己，天涯一人！"又朗朗地说："人的一生总会遇到几个知己，你是我的第一知己。"又竖起拇指强调："就你一人！"他的字是一笔一画写出来的，笔像刻刀那样运转。我激动地站起来，躬身向先生道谢，双手紧握先生的手。感觉先生手稍凉。先生若有所觉，说："你的手好温热啊！你今年多大？"我回答"64岁了"。先生说："你也64啊？但愿你74、84、94、104时手还这么温热！"先生啊先生，心细如发的先生！

　　先生是朴实且低调的，关于后辈对他的"溢美之词"和"揄扬过当"，先生在回复我《青峰在前》一文时就曾表示："不虞之誉，全出意表，而无求全之毁，适以增吾愧疚！阅世弥久，俯俯弥勤，力求低调，以避讥诃。"又在回复其他人的文章中言："我虽已近百岁，尚有自知之明，亦有羞恶之心。'声闻过情，君子耻之。'……千万不要捧煞我，那是把我架在洪炉上烤，会招来万世骂名的。"又说："周文先生对我已构成一曲传奇，成为我第一知己（正如渔洋山人以钱牧斋为第一知己）。一之谓甚，其可再乎？我只愿低调做人，永远低调，生怕成为'高明之家，鬼瞰其室'。"——一脉相承，一以贯之。先生的这些"表达"所彰显的，尽是虚怀若谷，而这正是先生以及他所代表的老一辈学者带有共性的高风亮节。

　　和往年一样，刘先生今年也发表了好些文章。其中两篇我尤为关注。一篇是悼念罗宗强先生的《我为神州惜此才》。我曾有幸读到此文发表前的底稿，刘先生用"老气横秋的文言文"（他说取的正是这种形式的"庄严、肃穆"，"正表示了我最大的敬意"），不但真切悼念罗宗强先生，也列述他平生所"服膺"的五位"吾国古今学林人杰"（顾炎武、汪中、鲁迅、钱锺书、罗宗强），阐述自己的学术思想与倾向。另一篇文章是写给人民文学出版社的，应人文社纪念建社 70 周年出书之约。约稿函 9 月初发给刘先生，先生的稿子 9 月中旬便寄给了人文社。文章深情回顾了人文社 2004 年以简体横排本出版《清诗流派史》，"并盛誉为这对内地古典文学的研究有极大的推动作用"，表示"既感且愧"。盛赞人文社的 70 年"为新中国文学事业的繁荣做出了突出的贡献"，并赋诗十句作贺呈颂："河山两戒，泽被儒林。九皋鸣鹤，七十从心。鸿编巨帙，沾溉弥深。唯人文社，震古烁今。更千万纪，永播嘉音。"文中也重提了对《清诗流派史》的自我认识，表达了充分的学术自信，说："《清诗流派史》是我用了 15 年时间写成的断代文学史。在《在学术殿堂外》，我曾列举此书的创见共有 48 条。我自称它们都是'自我肺腑出，未尝只字纂'。读者从《清诗流派史》中可以看出：国学的经史子集，现当代的新文学，外国的文论，或多或少都溶化在我的一些观点中。"先生有资格用硬实力说话。

不敢长时间打扰先生。起身告辞时，瞥见先生书桌上有一本《杨万里诗文集》。这是江西人民出版社多年前出的书，由江西师大文学院王琦珍教授整理，分上中下三卷。刘先生桌上的是上卷。我向先生投去好奇的目光。李陶生见状，递给我一沓信，是王琦珍先生写给刘先生的。王先生乃吉安峡江县人，也是著名教授，对曾巩、杨万里等有独到的研究。王教授对刘世南先生一直执弟子礼。9 月15 日，他以"学生王琦珍拜上"的落款致信刘先生，请教如何正确理解曾巩诗文中的几个具体问题。怕刘先生费眼力，王先生特地用三张 A4 打字纸以大号字打印出来。信上先说："老麻烦您，实在

河远近　水深浅

很不好意思，无奈我学识太过浅薄，只好老来打扰您。敬请见谅。"信尾又叮嘱："您千万不要亲自替我去查，只须告知个方向，我自己去找。千万千万！"刘先生9月18日一一作答，手书满满两页纸。他还为自己"眼蒙得厉害，一般工具书，我根本看不清"而不能作更详尽更确切地解答而表示"抱歉之至"。也不忘提醒王教授"您手边大概没有《佩文韵府》，此间（老校区）校图古籍书库，有一套大字本的，您赶快去查阅（听说会搬到新校区去）。从前叶圣陶在武大教大一写作，曾被刘永济等先生嘲笑，就因为他常查《佩文韵府》，而老学者们重视的却是《经籍纂诂》。其实，《佩文韵府》尽列典故出处，何可轻视。顺告，并博一粲。"关于《杨万里诗文集》，刘先生坦诚地说自己原本是不太赞赏诚斋体诗的，也没有收齐这套书。但向来推崇清人郭麐，注意到郭麐评价并称颂过杨万里，故而向王琦珍教授要来了《杨万里诗文集》的上卷，找齐了，"准备系统地读一下"。我惊讶。我喜欢杨万里"小荷才露尖尖角，早有蜻蜓立上头""接天莲叶无穷碧，映日荷花别样红""儿童急走追黄蝶，飞入菜花无处寻"那样的诗句，对郭麐却几近无知，接不上先生的话。这没有关系，在刘先生面前，不懂无妨，不能装懂。

依依告别先生。一如既往，先生送我到楼梯口，目送我走过楼梯转角。

每一回面见先生，我都有很多很多感慨，这次也不例外。

"诗书腴俭腹"，风华满螺居。刘世南先生是不是大师、一流学者且不说，但毫无疑问是人瑞，是怀绝技、继绝学的人杰。论学问，他"所向无空阔""万里可横行"。他把书读到命里去了，把书上的句子刻到脑子里去了，把书的精华化为骨血了。他的"功夫"是罕见的真功夫。这样的功夫这样的人，可能少了便少了，如白鳍豚，如比利牛斯野山羊。

先生近年的手稿，肉眼看去，整齐端庄隽秀。借助放大镜或用手机拍了图片抹开来看，更加整齐端庄隽秀，笔笔爽朗，了无枝蔓。这都是先生以朦胧之眼和枯瘦之手，摸索着"划"出来的。我不由得想到技艺高超的微雕大师，在小小的象牙片（从前的事）或竹片、骨片上雕刻鸿篇巨制，必须放大了才能看出精妙。好有一比啊！微雕还要借助工具，刘先生只用裸眼。这是"练死了"的，是长时间"内外兼修"的结果，是"意念"之功。先生或用红笔书写，可能为了显眼。在我看来，他写的那些红字，所蘸的全是心血，是用知识酿造的蜜汁。生命有限，心血有限，华章经世，馨香长存。

刘先生要是年少 30 岁、20 岁多好啊；早些年要是建了个书院，请他坐堂开讲多好啊；"百家讲坛"那样的地方，如果有人想到、请到他去讲讲多好啊！先生要是放宽一点标准，多出几部《清诗流派史》那样的书多好啊！先生的很多诗文记在台历上、书刊天地头上、学生练习本上，整理、发表出来多好啊！

大螺居名曰"大"，其实不足百平方米。先生的房子和别的家当，总估价可能不及年轻人开的一辆豪车。他倾囊而设的助学基金，可能不够买城市 CBD 的一间豪宅。但是，先生十分富有。尚无把握的是：先生的"财富"，究竟有多少人识得？有多少人在意？有多少人珍爱？

江西师大 70 周年校庆时，先生撰有《大钟铭》。师大 80 周年的今天，青山湖校区不少人注视和礼敬这位头戴便帽，手拄木杖，慈眉善目，踽踽而行的老人。再过 10 年、20 年、30 年，待到这座学府 90 大庆、百年大庆以至更远更大的喜庆之时，人们可否还能见到他？可否还会记住他？

《清诗流派史》《在学术殿堂外》《师友偶记》是我的案头书、枕边书，我时常翻读它们，越读越不敢自称是先生的学生，刘先生也从不认为我是他的学生。先生清不绝俗，他对学术殿堂内外，包括犄角旮旯的情况都明察秋毫。他总说我是他的"第一知己"，皆因没有把我当作他的学生。

先生的日常，就是非常。

返程的车中，我问陈骥关于先生的文章怎么写好。陈骥认为，写先生的精神风骨比较好。从先生的日常生活、读书、思考、说话、写作、待人接物看其高才大德。把高雅的先生写通俗，也很有意思。他说："在当下浮躁的世界特别是学界，刘先生是清凉剂、泻火药。"陈骥比我更懂先生。

我是有些顾虑的。《青峰在前》发表并在网上传开之后，有网友评论："此文树人立己，借人衣钵扬自家名声，混个欺世盗名而已。"这话并非没有道理，必须引起我的警觉。刘先生常引用意大利哲学家克罗齐的名言："要理解但丁，就要达到但丁的水平。"刘先生阅书无数、阅事无数、阅人无数，关于他的文章，的确不好写。

我也有开解之法。在《微斯人，谁与读》中我说过：没有能力和资格对刘先生的学术说三道四，但我特别敬重这个人、这颗"读书人的种子"，若能做点传导工作，在卓越和寻常之间再搭一条纽带，让更多的人知道和记住"这个"人和珍视这颗"种子"，应该是有意义的。在《青峰在前》中我也说过："他不事张扬，不愿麻烦别人；'别人'不能给他添堵，也不能让他寂寞。'种子'不厌多，大道须远行；'若无清风吹，香气为谁发'。"如今我依然有想法，只是拿不太准：寻常之人，以寻常之笔，用寻常之语，絮絮地说些刘先生"非常的日常"，是不是有点意思？先生是大树，花繁叶茂果子香，我学饶舌的小鸟，绕树飞几飞，叽喳叫几声，以示欢快，以示惊叹，以示祝祷，是不是合适？

顾不得那么多！

桂花盛开了。那天，坐在先生堆满字纸的小小客厅里，坐在先生身旁，淡淡的花香飘进来、漾开来，感觉人特别饱满、舒适。

上文投给《百花洲》杂志，编定之后，发生了一些颇有纪念意义的新情况。特链接如次：

一、刘先生参加江西师大建校 80 周年纪念活动，感动了无数人

2020 年 10 月 31 日上午，江西师大在瑶湖校区体育馆举行庆祝建校 80 周年纪念大会，热烈隆重。安排在最后、出人意表的一个节目，是文学院 6 代教师代表上台演绎"弦歌不辍，文脉相传"，诠释"桃李不言，下自成蹊"。6 代中最长的一代就是 98 岁的刘世南先生。他是"90 后"，和"80 后"的汪木兰、"60 后"的陶水平、"40 后"的詹艾斌及"30 后"的许靓静、赖欢一同在主席台上待了 20 多分钟，神态自若地接受晚辈的献花、鞠躬、感谢、祝福。刘先生发表了感言，说的是："'为学莫重于尊师，大学莫重于立人'，在师大几十年的岁月里我见证了学校这一悠久、深厚的传统，期待我们培养的一代又一代年轻人能够成长为真正的师者、教育的灵魂。"他还拟了一副对联，由师大文学院詹冬华教授大字书写了投映在背景墙上，刘先生则在现场朗朗地念了出来："荟萃七十年八十年九十年不老之大椿，永为吾校庆；提携九十八八十八七十八尚顽之微命，坚护我长风。"全场肃然。而当 84 岁的汪木兰教授向他 98 岁的老师刘世南先生鞠躬行礼时，场上 3000 余人无不感动得热泪盈眶，接着爆发经久不息的掌声。这个创意极佳的节目，公认为纪念大会的一大亮点。

刘世南先生自己昂然地"立"着，不用谁去"树"。

二、刘先生又写了诗文勉励我

之前我到大螺居探望先生，拍了些与先生的合影，李陶生细心地洗印了几张。10 月 17 日，刘先生分别在三幅照片的背面题诗。其一："刻画无盐古有之，西施唐突亦何为？曹家自有丹青引，海上成连念我师。"其二："论文满目几知心，海内风高草木吟。把臂黑甜尽

酣睡，唯馀忧国泪沾襟。"其三："计臣（金融专家）波及到书痴，心画难言某在斯。知我幸存周顾曲，高山流水镇相随。"

10月19日，刘先生又在小本子上手书短文《说知己》："邵公誉我于大庭广众之间，宾客皆耸然加以青睐，而此前知有刘备而无北海，其谁耶？周公独闻声相思，欲究其巅末以觇其人之贤否，公居暗处，而为所觇者瞢无所知，一任自然，略无矫饰于其间，其察之也微而显，既久乃欢然道故，把臂入林，相悦以解。嗟夫，此第一知己，昔渔洋得之于牧斋，终身以之。黟余何幸，乃幸获知于周公也？余尝占一联云：'觭梦频惊倾仄路，暮年幸际圣明时。时哉，时哉！余获栖于太平盛世，抑何幸也！'"其中的"邵公誉我"，指的是10月13日，全国政协副主席、九三学社中央常务副主席邵鸿到江西师大，停留了一个多小时，与校方人士座谈时，说及刘世南先生，赞扬先生板凳甘坐十年冷，认真刻苦地读了一辈子书，做了一辈子学问，有真学问、大学问。

先生写这些，显然是给我以勉励和鞭策。他称赞我，一如称赞小他50岁的张国功，称赞他的学生严凌君，称赞喜欢写诗的农民工万光明，体现的正是先生的处事以诚，待人以敬，虚怀若谷。

春风满江右，心灯暖洪城

"万人丛中一握手，使我衣袖三年香。"曾有文化名人将龚自珍这两句诗题赠给青苑书店和它的掌门人万国英。

想当初，活泼如鸟、鲜嫩如葱的万国英，懵头懵脑地开办青苑书店，不问深浅地租书、卖书。她心中有焦渴，指望着书去消解。

26年过去，弹指一挥间。万国英依然鲜活，但脸上满了风霜，眼角积了皱纹。商海波翻连天涌，大浪淘沙日日新，岁月如歌，人生蹉跎。民营书业筚路蓝缕，砥砺前行，此消彼长，纷纷扰扰。任尔东西南北风，抱定初心不放松，青苑不动摇、不掺假、不掉色，坚持"选特别的书，做特别的书店"，一步一个脚印地从一般图书经营向"书店 + 文化"挺进。在读书人眼里，南昌的青苑和南京的先锋、杭州的晓风、广州的方所、上海的钟书阁、北京的风入松一样，是"心仪的甘泉"；"眸子很亮，清清爽爽"的万国英，是"书苑中的传奇女性"。

读过张国功先生的美文《阅读·岁月·生活》。作者用"三迁记"回放青苑艰难前行的历程，用"夫妻店与南昌的文化地标"揭示青苑在读书人心目中的位置，用"挺住就是一切"表达对青苑的祝福与期许。文章泼墨而书："青苑是书店，但又绝不仅仅是书店，对

95岁的刘世南参加84岁阎崇年的书友会

于南昌市的读书人来说，青苑是一种生活方式，一份精神姿态，一段成长记忆"，是"读书人安顿灵魂的公共空间"。"每一次努力的付出，都会润物无声地影响着一些东西。就像一湾清流，青苑用清澈的人文之源浇灌这个城市的阅读风景，改变着城市坚硬的精神土壤。"文中引述的一段话，朴实得让人落泪："有些人离开了这个城市，回来时总要来看看，看看青苑还在吗，还在就好。生命最深的记忆多是青春年华，青苑年轻就好。即使我们老了，它还会影响一波又一波的新人！人书俱老时，蒙眬的眼中，那店门口飘摇的风铃依旧……"

近几年，青苑隔些天就办一期书友会。我在它的店堂里翻看过一本又一本的嘉宾留言簿，惊讶地发现那上面出现的是流沙河、阎崇年、聂震宁、何怀宏、马立诚、吴思、胡平、张鸣、方志远、辛德勇、熊培云、朱幼棣、蔡天新、水木丁等熟悉的名字，写下的是"梦里寻梦""沙漠中的长青之苑""城市里最美好的存在""独有书癖不可医"等值得玩味的文句。眼前浮现的画面是：在四壁皆书的简朴空间里，这些鼎鼎有名的人物惬意地坐在椅子上，一杯清茶，一卷新书，与蜂拥而至的书友言来语去，侃侃而谈，乐不可支。他们一点儿也不憋屈，一点儿也不扭捏，一点儿也不夸张。

青苑的书友很杂，有文学家、科学家，有专家教授、莘莘学子，有高级干部、普通职员，有企业家、打工仔，有耄耋老人、翩翩少年。

去年腊月二十五日，冷风斜雨的下午，我在青苑第 127 期书友会上做了一回听众。主持者端木林，媒体人。评点嘉宾叶青，学者。主讲嘉宾白明，"天真"而博学的艺术家。话题采自白明新书《闪念》。留下了极深刻的印象。叶青说："《闪念》应当作为'枕边书'来品读和珍藏。"白明说："青苑的环境、氛围、味道里面充满了文字"，"阳光出来了，雾霾才会消失，阅读使人远离雾霾和尘埃"。100 来平方米的空间里，挤进了两百多号人，一会儿鸦雀无声，一会儿掌声雷动。外面很冷，里面很暖和，外面很浑浊，里面很馨香。万国英不发言，也不奔忙，只是端坐在人堆里静静地听，脸上始终挂着甜丝丝的笑。

依我看，这书友会就是好书好人的汇聚，所形成的是强大的文化气场，给人以正能量的宣泄、渗透、诱导和激励，是心心相印、息息相通的诉说与倾听，是心与心的互动与互助。

青苑还积极地与社区、学校、企业联手，组织开展一系列和读书密切相关，有益文化发展的活动，扛起社会责任，播撒文明种子，奉送缕缕温情，照亮处处心境。

刘世南，"未尝一日废学"，能将《左传》倒背如流，也能对《旧制度与大革命》"独持偏见"的老先生，青苑最年长的书友。

2012 年，青苑 20 周年店庆，89 岁的刘世南先生欣然题词："读纸质的书，同时读社会这本大书，为的是使自己成为一个思想者。"2013 年，90 岁的刘先生写下长诗《青苑颂》，300 余言，结尾处八句是："独立坚守少俦侣，肇锡嘉名旌四方。青苑春风江右满，化雨尤赖堂堂张。国功兄实纲维是，青苑名遂天下强。我辈今皆食其赐，功德在人永无忘。"2017年4月9日，青苑举办第115期书友会，主题是"我和我理解的知识人"，嘉宾是95岁的刘世南，话题出自老先生的新著作《师友偶记》。老人高兴，当场轻松愉快地用硬笔写："谢谢青苑书店给了《师友偶记》一个交流平台。愿你们的事业与时俱进。"又为求书者题："我们对人类前途永远是乐观的，因为路总是人走出来的。"主持这期活动的，便是《青苑颂》中提到的"堂堂张"——南昌大学张国功教授，一个曾经从事编辑出版工作，喜欢编书、读书、买书、教书、谈书的人。

开得成书店，办得了沙龙，钻得进陋巷，站得稳闹市，玩得转鸿儒，拢得住"白丁"。一家蕞尔小书店，一个卖书的小女人，能有如此作为，岂可等闲视之？万国英绝非她的名字那么简单。她恋书、迷书、懂书。以读者为中心、以精神为追求、以文化为皈依，凭智慧经营、凭意志坚守、凭境界担当，她用书滋养了别人，也滋养了自己。

人过不惑，历经浮沉，万国英早已告别了懵懂，渐入佳境。这女子清醒坚定："人生，不在于某一日的精彩，而是一辈子的从容；读书，不是某一日的兴起，而是每一刻的享受。""书店就是天堂的模样，都市之间，唯有书店是文化与心灵的归宿。""我希望在自己的书店里陪我们的读者慢慢变老。"

青苑确乎小了点。那又有什么关系呢？它点着长明的心灯，暖融融、亮闪闪的。这儿热闹却不喧嚣，拥挤却不杂乱，春光关不住，流芳满洪城。

"数百年旧家无非积德，第一等好事还是读书。"一个人是这样，一个家庭是这样，一个民族是这样，一个国家也是这样。

"低头族"已成社会"风景线"，纸质阅读的危机迫在眉睫。网络可以传递书的躯壳，却传递不了书的灵性和温度。网络可以折去金钱，也会折去应有的分量。网络会给人带来阅读的方便，也会塞给人文化垃圾，劫夺人的时间和精力，无异于侵害生命。指望手机，恐怕出不了孔子、孟子、祖冲之，出不了钱学森、钱锺书、李四光、华罗庚。

还好，青苑还在，灯光闪闪亮，吸引少年郎，越聚越多，越聚越多。他们说："青青子衿，悠悠我心"；"青苑之魅力不因时间的洗濯而有丝毫减退，反而出落得越发青翠。青苑岁岁长青！"

（原载2018年4月13日《江西日报》）

我的第一个英语老师

一

看这标题，好像我通英语。那就误会了。1978 年参加高考，文科不考英语，数学我只得了 5 分。平生所学，最差的不是数学，而是英语。我没胡扯，真学过英语，中学学过，大学也学过。

张善浩是我的第一个英语老师。

往事如烟又如麻。

我是 1963 年开始念书的，其时 7 岁。初小很正常，高小乱了套，中学瞎胡闹。初中和高中各两年，我都是在山里的一所学校度过的。那学校叫二言中学，是我们乡（当时叫公社）盘古开天地以来兴办的第一所中学，通称"五七中学"，也叫"农中"。那年月斯文扫地，城里的学校砸得稀烂，乡村中学遍地开花。

学校办在向阳的山坡上。那山叫二言山，百十来米高。山下有一个村庄，叫二言村。山中有一个林场，叫二言林场。村子前面是盆地，有高高低低的稻田和弯弯曲曲的溪流。树丛中横三竖二盖了几排土坯房子，夯出了一个黄泥巴平场，那是我们的教室、寝室和操场，还有老师们住宿和办公的地方。全盛的时候，学校有教工二三十人，学生三四百人。伙房租用的是民宅，在村子东头。教工宿舍和操场在山腰。教室和学生住所在山顶。盖了顶棚的大厕所位于教工宿舍和女生宿舍之间，肥白且拖着长尾的蛆虫常从粪坑里爬到地面，人脚踩上去噼啪作响。男生寝室用的是相连的几间教室，每室住五六十号人，双层松木床，床与床之间有深而曲折的过道，如迷宫。床沿和床架上常沁出松油，如胶水。东墙外有个露天大尿窖，三合土筑的，深达半丈。窖中尿液如酱，窖沿尿霜如盐，旁边的矮树丛和草窠里常有一坨坨的粪便，新鲜的长蛆，陈旧的长屎壳郎。

这所中学连头带尾只办了四年。一贯到底的也只有我们这个班。

1969年秋天，我和50多名同学背着小铺盖卷到山上读初一时，只有临时搭建的一大间教室和几小间教工用房。我们30多号男生在林场的房子里借住了将近一年。林场有一栋砖木屋，坐北朝南，两层三开。楼上住场长和职工。楼下东厢房住学生，西厢房住"牛鬼蛇神"。"牛鬼蛇神"里有我的忠平伯伯，他是国民党军的起义人员，原傅作义部队的，参加过平津战役，复员后在县苗圃工作，这时遣返原籍劳改。也有我的邦杰表伯，他是小学语文教员、摘帽"右派"，"文化大革命"一开始，就被红卫兵（主要是他的学生）打翻，戴高帽子游街。名声最大也最臭的是刘三根，他是土改时被枪毙的恶霸刘兆明的第三个儿子，也是全公社的头号反革命，反共救国军的参谋长。乡里人都说他有武功懂医道，被打断五根肋骨，关在黑屋里三天三夜不给吃喝，却没有死。不但没死，砸碎的骨头自己捏捏又接上了。林场场长和几个职工既是"牛鬼蛇神"的管教，也是我们的兼职老师。

我家是上中农，但被"抄"过，因为有人举报是漏网地主。我的外婆、姑婆、舅婆，"阶级成分"都是地主。

和"牛鬼蛇神"对门住，抬头不见低头见，很害怕也很无奈。忠平伯伯和邦杰表伯从前见了我总是笑眯眯的，喜欢用他们的大手摸我的小头小脸蛋，这会儿变了，这会儿碰上了不作声，把眼睛看往别处。我也装作不认识他们。在同学们的眼里和心里，那个刘三根更是妖魔鬼怪，谁都不会怀疑：独自一人和他狭路相逢，会被他一把捏死。

"牛鬼蛇神"的队伍比较稳定，师生的队伍不断壮大。记忆之中，真正教书的老师开头只有几个，都是贫下中农家庭里的回乡知识青年，高中或初中毕业生。后来陆陆续续调进了不少。学生则一年新招一到两个班，老生升级，新生新进，越聚越多，成分也变得土洋杂陈。土的是我们这些吃农村粮的乡下娃子，洋的是吃商品粮的下放干部人家子女。

大体上是半天上课半天劳动。开设了政治、语文、数学和农业基础知识、工业基础知识，后来也学物理、化学等。听课、考试大家满不在乎，因为时间和精力主要用到扛木料拌砂浆、种粮种菜上，春插、双抢、冬修水利时还要到生产队帮忙干活，每周还要开学习会、批斗会或者讲用会。那时也有同学入团、入党、招工、参军，但和书读得怎么样、成绩好不好没什么关系。

张善浩就是这时候到我们学校，成为我们老师的。

二

张老师上山的确切日子记不清了，反正我们上山不久他也上了山。

起先他不是老师，是卖饭菜票的。也没人叫他老师，都喊他老张。教工宿舍没有他的房间，他住在食堂隔壁的一间土砖屋子里。那屋一面靠伙房，一边靠村里单身汉狗仔驼背的猪栏。房间比猪栏略大一点。屋内有一盘白木床、一张裂了口的双屉桌，土墙上凿了一个和我们脑袋差不多大小的洞。每次我们在食堂交过米，领了纸条子，顺脚就去他那小屋，通过那墙洞，从他手上换成饭票，再用几张纸票子"角洋""分洋"买菜票。

乡下伢子并不老实。读中学不多久,老师、林场职工、"牛鬼蛇神"、村民,还有食堂的伙夫,私下里都被我们安上了绰号。夜里躺在床上无鸟事,大家就用绰号讲这人那人的故事,笑得咕咕叫。老张的绰号最多,至少有三个。一个是"水豆腐",说的是他白而胖,肚子圆溜溜的,胸前两坨肉,像胎婆子的奶包,也像水豆腐,走起路来晃晃荡荡。一个是"老鸭婆",说的是他行走时两手一前一后,摆动得很夸张,像老鸭划水。再一个是"妖冻拐",说他工资高,每个月107元——这是从老师们那儿听来的。绰号归绰号,同学们都喜欢老张。一则他好找,任什么时候去换饭票买菜票,他都在那小屋里,不像收米的工友五根疤面,野狗似的窜来窜去;二则他和气,饭菜票一张一张点给你看,完了还说一句:"放好塌腊,勿丢塌腊",不像五根总找茬,收我们的米克斤扣两,动不动骂:"操你姆妈,老子捶你!"山上一年四季有风景,如栀子花、糖罐子花、马鞭子草、牛卵子果,但看多了不稀罕,觉得不如看老张有味道。同学们白天得了闲空,总喜欢相约"去看老张",这也成了一个娱乐性很强的保留节目。老张确实有些看头:他老,却那么白那么嫩,比我们的同学小莲更白更嫩;他的右手总是翘成兰花指在头上梳、梳,梳得头发纹丝不乱油光水滑;他戴的手表是金黄金黄的,穿的皮鞋是闪亮闪亮的。老张一口上海腔,嘟嘟哝哝,乌哩哇啦。老张桌子上放着一台收音机,早晚在外面闲逛时手上还要拿一个小的收音机,树林子拐弯抹角的地方,只要听到《沙家浜》《海港》之类样板戏的声音,谁都知道老张在旁边。

老张变身为张老师,是我们读高一时候的事情。也不知道搞什么鬼,"学好数理化,走遍天下都不怕"早就臭不可闻了,突然间又让我们学英语。教我们英语的老师,竟然是卖饭菜票的"妖冻拐"。

英语课本薄薄的,排在前面的内容是英文的万岁万岁万万岁、万寿无疆、永远健康之类，还有你好、再见、早上好、下午好、晚上好、工人、农民、解放军、教师、学生等等。张老师的教学一般三段式：进教室先自顾自呜噜呜噜念一通课文；接着写黑板，把课本上的东西照搬上去；最后领我们读，用英语，读了一遍又来一遍。他教得好不好、念得准不准谁也搞不清，态度却不可谓不认真；我们学得都很迷糊，也很滑稽，恍惚做梦。一星期两节英语，半年学下来，谁也没有觉得这是什么好东西、有什么鸟用处，读也读不顺口，写也写不像样，记又记不清爽，讨厌。有人图省事，用汉字给英文注音，注得乱七八糟。比如注"狼来虎""狼狼来虎""三克油""古得冒宁""古得衣为宁""古得来特""踢切"等等，张老师看到了，神情分外紧张，连声说"要勿得、要勿得"（不行不行），"侬港不赖撒"（你们这样是不行的），"侬港约打耳巴子"（你们这样要打耳光）。同学们只是哄笑。

三

全校的英语都是张老师一人教，饭菜票他还照样卖。听了他的课再去他那儿换饭票买菜票，我们有些尴尬。

也不是怕。谁会怕他？老师们各有各的本领，各有各的神通。有的嘴皮子滑课讲得溜，有的球打得好，有的力气大，有的会写漂亮的美术字，有的会做泥木工。就连管理学校的贫协主任老彭，没有读过书，但苦大仇深，是老资格的大队书记，也是农事专家，说话还幽默风趣，在师生中威信很高。唯独张老师，好像没什么长处，自然也没什么地位，反倒是常受批评、被捉弄的对象。

老师们开会多，经常集中在一起念报纸、表决心，张老师听着听着会打瞌睡，也从不发言。有人便说他："'妖冻拐'哟'妖冻拐'，你这个人就是哑巴！"张老师怕辣，五根疤面舀加了辣椒汁的鱼汤哄他喝，害得他嘴巴肿了好几天。春季栽早禾，师生们去"支农"，张老师也去。细雨迷蒙，他赤着肥白的脚，张开两手，一手拎一只皮鞋在田埂上走，东一滑西一滑，身体跟着左右摇摆，"鸭婆"变成了"企鹅"。贫协主任脸上挂不住，当着社员和师生的面慢悠悠地说："喔哩咯乖乖，老张啊，你是在走钢丝么？"下到泥田，张老师站也站不直，弯也弯不下，肉嘟嘟的腿又格外招蚂蟥，一会儿便叮上一串，吓得哇哇叫。

其实，也没几个人真讨厌张老师。让大家心里有些不舒服的，是他那个"107"。贫下中农起早贪黑一整天，赚的工分只值三五毛钱，一般老师的月工资是"三十七块半"，张善浩手不能提，肩不能挑，四体不勤，五谷不分，凭什么拿这么多钱？

也有人说张老师小气：那么高的工资，谁也别想从他手上借到一分。他屋子里有大大小小的饼干筒，里面都装着好吃的，谁也别想吃到一星半点。自从上了五根的当，他便从上海带了煤油炉和钢精锅子来，自己烧菜吃。做得最多的是萝卜煨排骨和黄豆炖猪脚。香，真香，路过的村妇、学生无不流口水，老师们也流口水。有不拘小节的人涎着脸讨吃，谁也别想吃到。后来情况起了些变化：张老师自己不吃狗肉，却掏钱托五根买过一只黑狗，请伙房烧给老师们吃。初二班姚同学砍竹子搭瓜棚，被竹兜刺穿了脚，张老师从皮箱里翻出碘酒和白药，给他止血消炎。村民"歪脑壳"得了大肚子病，在家等死，张老师介绍他到上海，让家里人帮忙找医院、医生，管吃管喝管住，居然治好了。自此之后，"歪脑壳"家逢年过节要炖一只母鸡给张老师吃，村里人也都只喊"张老师"，不叫"妖冻拐"。

张老师并不在意别人怎么称呼他。他的眼皮松松垮垮的，总是耷拉着，管你多少人在门口或墙洞外晃来晃去，他没看见。有的同学躲在墙角落里，捏住嗓子喊"妖冻拐，妖冻拐"，他没听见。

教工中，对张老师特别友好的是两个人。一个是劳承业，教数学的老师。他和张老师不一样。他上课一般只带两根粉笔一本书，腋下夹直尺、角尺或圆规，冬天穿的皮鞋上满是灰，夏天只穿短裤和木板拖鞋。都说他是中山大学毕业的，当过讲师。这人高大威猛，手长脚粗胡子拉碴，酒糟鼻，喝不喝酒脸和鼻子都是红红的，很像后来影视剧中走西口、赶马帮的那种人。除了教书，犁田耙地、插秧割稻、打洞种瓜，砍树、锯木、挖土、炸石头他样样都会。修钟表、刻图章、合棺材的，捉蛇、捕鸟、鸡毛换糖的，三教九流，五马六道，都有他的朋友。他常邀人去百丈峰的山窝里装索子捕野猪，或去袁河的洄水湾炸鱼。村里人杀年猪，他会提刀放血，屠户反倒在后面帮他拈猪尾巴。癞蛤蟆、黄鼠狼、乌鸦等等，没有他不吃的，还见过他架铁锅子在操场边上炖蛇，敢吃想吃的人都可以舀了同吃。他说话的声音很硬,后面常拖一个"么"或"哇",如"这个都不懂？蠢么！"又如"很简单哇！""尾数"他说出来是"米数"，"9"是"狗"，而"喝酒"又成了"噶早"。有人说他是广东人，有人说他是广西人。不论广东广西，反正他不回家，也从没有他家的人来过学校。传言说他家的人遭瘟疫死光了。学校里的人似乎都怕劳老师。张老师被人羞辱时，只要劳老师在场，一定挺身而出打抱不平。某次课间，教农业基础知识的老师在走廊上开张老师的玩笑，盯着张老师的脑袋取笑："妖冻拐，你头发上涂了猪油吧？"劳老师勃然变色，指着那老师的鼻子骂："你他妈混蛋！搞什么鬼哇？'妖冻拐'是你叫的哇？你笑话老张？老张放个屁都比你香！蠢么！"那老师面红耳赤了很长时间。

还有一位是胡柏望。他是体育老师，兼教语文。他的手无论是曲是伸，只要略一用劲，肘子肉就鼓胀起来，扑扑地跳。他是县城人，师范学院学体育的,普通话说得不标准，领我们朗读《沁园春·长沙》，"鹰击长空，鱼翔浅底"被他读成"鹰击堂空，鱼翔浅里"，"问苍茫大地，谁主沉浮"读成"问苍茫大地，谁祖沉浮"。他个子不高力气却很大，别人"健棍"都是一对一，用木棒或扁担，他要用茶缸粗的杉木，而且是"一对三"或"一对五"。村里或林场的人和学校闹矛盾时，学校方面感觉大事不妙，就有人跑去找胡老师。胡老师一到，对方的声调先自降低一半，然后纷纷脚底抹油开溜。张老师在稻田里被人和蚂蟥欺负时，也是胡老师解围，他走到张老师身边，说"懒得搭理！"拉上人就走，让张老师洗脚穿鞋，坐到树底下去歇息。没人敢纠缠。

四

张老师、劳老师、胡老师等等，学校一多半的老师都是从"五七大军"里面抽调来的。他们各有各的经历，各有各的故事，全都扑朔迷离。

张老师的经历和故事可能更加丰富一些。"下放"之前，他在上海还是省城工作，是搞研究的还是搞财务的，是机关单位的还是工厂的，诸说纷纭，莫衷一是。但有两点比较明白：第一，他毕业于名牌大学，有人说是普仁大学，还说那儿的老师一律用英语上课。第二，他家在上海，夫人很漂亮，儿子很雄壮。第二点完全没有疑问，因为张老师寒暑假一定回上海，而他的夫人和儿子也多次到过学校，我们都见过，确实漂亮、雄壮。

张老师之外，学校里有趣的人和事还真不少。譬如有个女同学的爸爸是武装部长，曾经背一管驳壳枪来学校，父女俩到山沟里打枪玩。胆大的男同学悄悄跟过去，趴在树林子里偷看，说子弹嘭嘭地打在土坎上，冒出一团团黄烟。低年级有个女同学，嘴脸端正，却长着金黄的头发，皮肤白得像纸，眼珠子如蓝玻璃球，有同学神神乎乎说她妈妈曾经在什么什么单位工作，接待过什么什么人。我们班的程同学是省城大院子里出来的，善于讲故事，老讲"下放"在我们公社最大的干部是马厅长，女的，老八路，十三级，工资比张老师还高。还讲上海知识青年里那个最漂亮的女孩是资本家小老婆生的，"插队"之后从不回上海，逢年过节就住在生产队长家里，队长白天给她吃鸡蛋和米饭，晚上她让队长"吃豆腐"。

土同学也有土故事，无外乎饮食男女，月朦胧鸟朦胧。有个叫桃芳的男生，年岁大个子大食量也大，天天喊饿，说四两米饭装到肚子里塞不满一只角。别人听多了烦，追问他一餐到底吃多少才算个饱。桃芳回答："四两米的饭筒子，老子一口气吃五筒没问题！"别人不信，于是打赌，结果桃芳就着霉豆腐一口气将四大搪瓷碗两斤米饭吃得一粒不剩，轻松赢得一包丰城冻米糖。另有一个年纪大个子大的，初中时就变了鸭公嗓，长出了黑胡子，和他合睡一铺的小个子同学晚上尿床，湿了被子被他责怪，羞得抬不起头。某日早起，小个子同学对大个子同学说："你老讲我，你自己不也出尿？"说完揭开被子给人看，果然湿漉一片，但冲将出来的不是溺而是腥。还有一次，是夏天，薄衣短裤，大个子同学下了课拎着碗和大家打打闹闹往食堂跑，与一群女生擦身而过，突然停住不动了，别人拉他跑，他用碗罩住裤裆，一边跑一边发出当当的声响。

我也有几个要好的同学。我们曾仰卧在寝室后背的松树下胡扯淡，感慨天不平地不仄。说着说着讨论起人生如何"公平"的问题，设想这世界若是真有公平，人的寿命和生活的好坏就要联系起来，过快活日子的人寿命应该短，越快活越短命；过穷苦日子的人寿命应该长，越苦越长寿。能活八九十岁的人，就应该过吃糠咽菜的日子；能娶电影明星那样的老婆，天天吃鸡鸭鱼肉的人，只能活四五十岁；如果能过上皇帝那样的日子，想吃什么就有什么，想跟哪个女人睡就跟哪个睡，那种人只能活二三十岁。最后表决，每人选一种活法。结果，五六个同学中，一人选了活八九十岁，数人选了活五六十岁，另有一人选的是过比皇帝还快活的日子，说"要真能那样子，老子活十七岁就够了"——这年他已经十六了。别人纳闷，愿闻其详，他也不隐晦，说"吃什么喝什么无所谓，老子就想用剩下的这一年，每天晚上都和某某睡觉"。他说的那个某某，是另一个班的女生，校花，"下放"干部人家的，学校文艺宣传队里最漂亮的。

有个人不是老师也不是学生，却很著名。这人就是剃头匠毛根，背地里大家喊他痨病鬼。毛根是山北边的村民，年少时在外拜师学手艺跑过江湖，说话带点外地口音。这人隔一段日子就会来学校剃头，拎着那个油腻腻的木盒子，走路一歪一歪。人还没出树林，咳嗽的声音先传了出来。他不但瘦，而且驼，脖子、手、脚和腰都细得像麻秆，背弯成弓，整个人如枯焦的柳叶。他给人剃头时勾着腰，嘴角上总叼一颗纸烟，一边推着剪着刮着，一边不停地说话。说话时烟在嘴皮上跳动，烟灰抖到围裙上，也抖到理发人的脖子里。不说话时他一定摘下烟来猛烈咳嗽，咳完吐一口浓黄的黏痰。他嘴里镶了银牙，真牙和假牙都被烟熏得乌黑，喷出的全是臭气。他给别人理发，自己头上那绺稀拉长发却没法理，由前额搭往后脑，小风一吹，柳丝一样飘，风稍大，就会飞起来，在脑壳上旋转。毛根剃头五分钱一个，每个头都理得仔细，推过剪过刮过后还要用剃刀在你后颈上弹跳一阵，还会用刀尖在你耳朵眼里转几转，老少无欺。这是他的独门绝技，确实让人舒服，舒服得想哭。毛根给老师们理不同的发型，给学生们理的则一律是分头，就是把头发留得比较长，中间挑一道缝，按三七或四六比例分开的那种。这种发型若是脑袋长得方正的还好看，若是尖削或呈陀螺状锥子状的，就非常难看。低年级有一对双胞胎，头就像锥子，脸是倒三角，分头盖上去，黄萝卜打黑伞，难看。我那时也细瘦，自己浑然不觉。后来娶了陈同学做老婆，她才告诉我，某次我歪着脑袋在屋檐下由毛根师傅剃头，她们一伙女生从旁边经过，边走边看边议论，说"那人像甫志高"，又说"像嫖客"。

全校唯有一人的头，毛根想剃却始终剃不到。那人就是张善浩老师。

张老师不让毛根剃头，也不参加别人踊跃参加的一些活动，如看电影。公社所在地离学校有七八里路，那是小集镇，每年会有七八个夜间放露天电影。街上放电影，各村的人都跑去看。我们和老师也会去看，几乎一场都不错过。张老师不看，一次也没去过。

顺便说说，看电影要经过一个很大的坟场，坟场里常有荧荧的鬼火。男生成群结伙地来去满不在意，因为我们坚信：见到鬼火，从裤子里掏出家伙来撒尿便万事大吉。女同学就麻烦了，她们喜欢看电影，又怕鬼，虽然也成群结伙地走，却没有驱鬼的本钱，便视那片坟场为畏途。且有个别胆子大心思坏的男生，搞恶作剧，故意躲在坟包后学鬼叫，把胆小的女生吓出了尿。

五

1973 年秋天，我们高中毕业。当年，二言中学并入后来开办的泗溪中学，校址就在公社所在地，袁河边上。二言中学解散了，非毕业班的同学全部转到山下就读。

这时，胡柏望老师调回县城去了。劳承业老师也调走了，有的说他去了广东，有的说他去了广西。张善浩老师哪儿也没去，随学校合并，到了山下。新的中学另有英语教师，张老师还是专司卖饭菜票。

没过多久，张老师年满 60 岁，就地办理退休。具体的时间应该是在 1976 年底，因为刚开过一个惊天动地的追悼会。那时我在学校代课，张老师的漂亮太太和雄壮儿子从上海来乡下接人，我去帮忙收拾杂物。他郑重其事地送给我三样礼物：两本塑料封皮小红书，一本是毛主席语录，一本是毛主席诗词；一本七成新的简明英汉词典，用钢笔在上面签了"张善浩"三个字。他对我说："侬还小，侬要好好学艾（外）语，准备考大学嘞！"并问我："侬港是弗啦？"（你说是吧）那时我浑浑噩噩，哪里敢去想考大学的事？便"哦哦，嗬嗬"

地敷衍，根本没放在心上。万万没有料到的是，才过两年，我竟然真的参加了高考，搞得极其紧张，分数不理想，勉强上了本科。

大一时我们也开设了英语，是公共课。任教的刘老师娇小玲珑，温柔甜美，属精致型女人，算是我的第二个英语老师。我缺了"童子功"，天分又低，吭哧吭哧地全力对付专业课，无暇他顾，英语就是瞎混混，连浅尝辄止都谈不到。及至大学毕业，班上不少同学意气风发地考研究生，我怵外语，不敢有痴心妄想，留下了终身遗憾。

山依旧，水长流，人要变。现如今，我比当年的张老师年纪还要大，我的儿子也和当年张老师的儿子年龄相仿了。二言中学时的老师与同学，劳燕分飞，大部分人没了音讯，很多人不明生死。

近年我也有了些空闲，常回老家，曾寻故地。二言村还在，人却认不到几个；办过食堂的老宅还在，房子前的水井也在，张老师住过的小屋却没了踪影；林场早垮了，那栋住过我们和"牛鬼蛇神"的二层小楼还在，转卖给了村民；学校的房子全没了，教室的墙基依稀可辨；大尿窖填平了，生长着茂盛的荆棘。一晃多少年啊！我的忠平伯伯后来平了反，享受离休待遇，去年才过世，享年95岁；我的邦杰表伯后来落实政策重新当老师，也是去年谢世，享年90岁；刘三根早不在了，他根本不是什么"反革命"，那个封他为参谋长的"反共救国军"纯属子虚乌有。这人确实有武功，懂得些中医接骨之术，却未得长寿，40来岁便死了，尚不知与五根肋骨被打碎有无关联。

张善浩先生若健在，应该超过了100岁。我查过，上海从来没有办过什么"普仁大学"，解放前中国倒是有一所"辅仁大学"，用英语授课，是马相伯创办的，曾与北大、清华、燕京齐名，但不在上海，在北平，后来并入北师大。上海也有过很著名的用英语教学的大学，叫圣约翰大学，那是教会学校，搬到台湾去了，好像还在办。我推测张老师读的是圣约翰大学。他家应是资本家。他可能信基督教，只不过，在我们相识的年月，"阿门""别人打你的左脸，转过右脸给他打"这类话，他无论如何不敢说出口来。

他是回上海养老的。回到上海的张老师过得怎么样？他住哪个区哪个里弄？他夫人总是那么风韵吗？他儿子总是那么雄壮吗？……我设想他一定住回到张家的石库门老房子里了，这房子一定在浦西，一定带宽敞的院子。他怕热，夏天穿绸衫坐在院子里的藤萝架下，或斜卧在逍遥椅上，边喝茶边听收音机。他的皮肤总是那么白皙，头发总是那么油亮。

上海并不远，我曾经想过去找找他。甚至还设计过一套方案：先到乡里打听打听，再到县（区）里翻翻档案，然后找找上海的熟人，通过警局、社区搞搞清爽。中央电视台办有《等着你》栏目，讲述了那么多找人的故事，让我受到启发……左想右想，还是放弃了。"算了，值得找的人和事那么多，找得过来吗？大张旗鼓弄这个，不是莽撞、可笑吗？算了吧，就让张老师定格在那个年代吧！"我只好这样想。

"生命是个说故事的人，而每一刻的故事都是新鲜的。"

（2020年秋写于南昌）

心地芝兰有异香

——因喻建章先生旧信引出的记忆

翻检旧物，看到好几封喻建章先生的来信。喻先生 2014 年以
90 岁高龄作古，飘然一辞，倏忽五载。见字如面，睹物思人，感慨
系之，故有此记。

一

落款日期最早的一封信，是 2005 年 12 月 5 日所写，用了一张
薄而透明的江西人民出版社信笺。随信附有两份文字材料，都是托
人带给我的。信的开头一句话是："上次谈话时有两份旧资料忘了
给你，今附来供参考。"继而解释，"1. 87 年 12 月，我为社刊（当
时局社合一，人民社就是总社）写了一篇《社情十议》，现在时过境迁，
内容已今非昔比了。但是认识'社情'的重要性还是不可忽视的……
建议多在此下功夫。2. 附来《南国书苑六十春》小册子，内中记述
了一些我省出版发展的历程与从业体会。认识现状最好与历史发展
相结合，尽管历史远离我们而去，但可以看出由来的轨迹"。

两份"旧资料"都在我手头。

《社情十议》所"议"之事为：正确认识社情；抓住"局社合一"

笑盈盈的喻建章先生

有利时机；积极推行出版专业化；让"出书"当火车头；把勤俭办社落到实处；吃透内部信息，发扬民主气氛；改善外部环境，提高出版工作社会地位；加强横向联系，增强出版、发行、印刷一条龙的体系活力；下放权力，切实贯彻承包责任制；抓好近期出版事业规划，特别是基建规划。——这篇文字最先登载在江西人民出版社内部资料《信息与思考》第 16 期上，给我的是复印件。

《南国书苑六十春》是喻先生的个人文集，江西人民出版社2000 年 5 月第 1 版，32 开本。书中收录了几十篇文章，大部分是在《江西日报》《出版科学》《中国出版》等报刊公开发表过的，也有在内刊或在一些业务会议上交流使用过的。拿到时随手一翻，但见扉页上题着"周文同志指正，喻建章 2005 年 12 月 5 日"。有趣的是："周文"两个字是剪了小纸片贴上去另写的，日期是涂改过的。喻先生在信中做了说明："这本小册子已没有存书了，但附来此书可赠您留念。"

我是这年 5 月由吉安市奉调到江西出版集团工作的。前一年，

喻建章先生的来信

江西出版实现了真正意义上的"管办分离、政事分开、政企分开";是年秋天,集团遭遇重大变故,我又受命临时全面负责。集团总部和省新闻出版局在八一大桥东头的出版大厦同楼办公。一段时间里,集团上下人心浮动,我也不得要领。

此前,我与喻建章素昧平生。入职出版之后,喻先生偶尔会来办公室交谈。那年他整整 80 岁。那时他依旧高大,身板挺直,面色红润,腿脚不太灵便但无须依赖拐杖,头发稀朗却梳得整整齐齐,口鼻端庄棱角分明常含笑意,说话慢条斯理而不失风趣。所谈无他,全是"出版"。他喜欢讲述业界的故人故事,对图书选题策划、编辑队伍建设、复合型人才培养、出版科研等话题有浓厚兴趣,乐于介绍情况、分享资料、提出建议。集团总部和直属单位的离退休干部队伍比较庞大,当中不乏老革命、老领导、老专家。如个子不高音量不低,每日骑自行车到食堂买包子馒头的武继国,是在延安鲁艺学习过的老八路,任过江西省第一任出版事业管理局长,很是活泼生动。然而,有足够的耐心和热情与我"交谈"业务工作的老同志,唯喻建章一人。他的退休关系办在总部，家庭住所在江西人民出版社大楼。总部大楼里时常可以看到一个缓缓移动的身影和一副盈盈的笑脸，机关人员都与他熟络，有的叫喻老，有的叫老喻。

书多、事多，《南国书苑六十春》当时并未细读，但两个作序的人给了我深刻印象：一个是许力以，曾任中宣部出版局长、国家新闻出版署副署长，时任全国版协顾问；一个是刘杲，曾任国家新闻出版署副署长，时任中国编辑学会会长。

在内心深处，我对喻建章先生有过这样的"看法"：年纪大，资历深，人脉广，不可以怠慢；老而不闲，有点啰嗦，好为人师，得敬而远之。因为这个，我曾羞愧难当。那是后话。

二

有一份便函，未注明具体日期，也记不清送到我手上的准确时间。推算应该是2006年上半年的事。

喻先生这样写道："有两份资料附陈参考。一份是香港著名企业家李嘉诚的《管理的艺术》。李是位实践经验丰富的企业家，从最初几个人的公司发展到全球52个国家的几十万员工的大企业，其经验体会十分可贵。我反复看过多遍，登在《新华文摘》上，我复印的。另一份是我写的一篇论文《出版竞争十大策略》，也是我的从业体会，此文今年在全国数百篇优秀出版论文评奖中被评为'优秀论文'，北京主办者发给我1000元奖金，当然，我深感此文仍存许多不成熟之处，请指正。"

"两份资料"也都在我手头。

《管理的艺术》是李嘉诚2005年6月28日在汕头大学、长江商学院联合主办的"与大师同行"系列讲座上发表的演讲，一时誉满天下。精要之处如："想当好管理者，首要任务是知道自我管理是一项重大责任，在流动与变化万千的世界中，发现自己是谁，了解自己是什么模样，这是建立尊严的基础。"又如，"高度竞争的社会中，高效组织的企业亦无法负担那些滥竽充数、唯唯诺诺、灰心丧志的员工，同样也难负担光以自我表演为一切出发点的'企业大将'。挑选团队，有忠诚心是基本，但更重要的是要谨记光有忠诚但能力低下和道德水平低下的人同样是迟早累垮团队、拖垮企业，是最不可靠的人。"之前，李先生还在那个平台上讲过"赚钱的艺术""奉献的艺术"等。

喻先生自己的论文发表于 2003 年第 6 期《编辑之友》的"出版论坛"栏目。全文两部分，第一部分谈"出版竞争的必然性"，第二部分谈"出版竞争的策略"，重在后者。他所谈论的"十大策略"为：树立强烈的竞争意识，深思熟虑竞争谋略；打造优胜品牌；壮大经济实力；勇于创新，与时俱进；知己知彼，百战不殆；特色竞争，扬长避短；价廉物美，无往不胜；运用灵活机制，争取更多读者；人才战略，人定胜天；竞争有序，诚信为本。

喻先生为什么要在这时候给我送这些材料呢？当时没有细加琢磨，现在回想起来，饶有意味。应该与一些"情况"有关。譬如：

江西省委常委会研究决定配齐配强江西出版集团领导班子，是年初，调派曾经主政多个省直单位，后任抚州市委书记，政声和文名无不卓著的钟健华同志来集团掌门，任党委书记、董事长，主持全面工作；我做健华同志的搭档、助手，任党委副书记、总经理，负责日常经营管理工作。同时，还委派了资深领导干部缪兵同志任集团监事会主席。

健华董事长思想敏锐，胆识过人，率先垂范，雷厉风行，在组织我们认真学习国家大政方针和总署及省里的工作要求、吃透"上情"，深入调查摸清家底、洞悉"下情"之后，反复商议，确定了集团新的发展方略，概括为"32 字方针"："一业为主，多元投资；立足江西，走出江西；开放联合，创新体制；整合资源，做大总量。"

又一一细化目标、明确措施，圈定难点、强力推进。由此，江西出版集团的改革和发展获得加速度，进入跨越期，形成新格局。

这一时期，喻老先生也开始了一笔一画、一字一句、争分夺秒地写作回忆录《我的七十年出版生涯》。他是用满腔热情写，用全部心血写，用生命写。这部书倾注了他对出版浓得化不开的情愫。他关注历史、关注现实，更关注将来。

显然，老人有感慨、欣慰，有疑惑、忧虑，有期待、希冀。

三

第三封信，2011年11月21日所写，很正规，封皮子和内文都以"书记"相称呼。因为这时健华同志已到龄光荣离职，我继任集团党委书记、董事长，赵东亮同志从南昌市调来，接替我的担子。

这封信比较长，写满了两页纸。主要是提意见。先说江西人民出版社60周年社庆，准备开个大会，他有感于这个社"文化大革命"期间曾被撤销（挂靠）达11年之久，是在国家出版总署（当时称国家出版事业管理局）领导多方关怀和促进下才得以恢复，故以个人名义致信总署分管出版工作的邬书林副署长，代表江西老出版人请求领导到会指导。邬署长欣然接受了，但事到临头，另有要务安排，不能成行。书林同志很细致，为此专门回函加以解释、表示抱歉，用词恳切，情意拳拳。叙完这段，喻先生话锋一转，说他曾向集团反映过，下属某单位在南昌市繁华街区有一个门店，解放前是中华书局南昌分局的营业场所，如今没有用来搞出版物经营，而是租给他人转作他用，且有被拆除之危。他希望集团做些工作，设法把原址作为"百年老店"文物保护下来。可反复呼吁，没有得到答复。由此发感慨："此事令我想总署与集团均系我从业领导，一个在远一个在近，但所显信息反馈却迥异，令我难解。"

喻老将书林同志给他的回信复印了一份给我，说"附陈一阅"。

这是两相对照的意思。

这样的信我自然不能一转了之、一阅置之。通过询问，弄清了原委：店面转租的事属实，那是为了贯彻集团盘活资源、黄金地段求取黄金效益的工作方针，具体执行的单位没有什么错；所在地是南昌旧城改造的一个重点，目标是打造品牌商业文化街区，要求各相关单位和个人顾全大局，密切配合，而根据总体规划，集团旗下那个店面的店堂面积会有一点收缩，但房子不会拆除，只要后续工作跟得上去，"百年老店"的招牌还能打，经营品位还能提高。接通喻老的电话，我将这些一一向他做了通报和说明。他也表示理解，略略迟疑之后，又说："你们辛苦了，搞得不错啊，有面子，有位子，有票子，名声在外了，也会做股票了。不过我们搞出版的，什么时候都不能丢了专业化，还是要把编印发供做扎实才好。不能顾此失彼，舍本逐末啊！"这些话分量不轻，令我记忆深刻。

这封信的深意我是心领神会的。

在健华同志的坚强领导下，"32字方针"得到认真贯彻，经过数年的不懈努力，江西出版在全国崭露头角，改革积累了经验，发展大见成效，实力显著增强，美誉度日益上升，已经跻身"第一方阵"了。《中国通史》《世界历史》《石渠宝笈》等一批精品力作的出版，社会效益显著提升；重组、控股中国和平出版社，谋求跨区域发展，引发广泛关注；总资产、净资产、销售收入、利润等主要指标连年大幅度增长，前两项双双突破100亿；荣誉接踵而至，先后被评为"全国文化体制改革优秀单位""全国文化体制改革先进企业"，连续三届入选"中国文化企业30强"。2009年，集团启动转企、改制、上市"三步并作一步走"，2010年7月成功重组"鑫新股份"，2011年4月绝对控股的"中文传媒"在资本市场闪亮登场，成为不多的中国出版传媒"上市"企业之一，同时成为江西省"文化产业第一股"，甫一亮相，便有良好的市场表现。

"上市"为集团的发展带来了机遇，也带来了挑战。当时面临着几大"新课题"：倾注了主业和集团优质资产的"中文传媒"已是公众公司，如何按照现代企业制度实施规范化管理，做强做大做优，持续以良好业绩回报投资者？上市公司必须"逐利"，经济效益和社会效益的关系如何处理？剥离出来的"辅业"和有"瑕疵"的资产如何盘活，数以千计的"富余人员"如何管理？图书出版的"天花板"如何突破，专业化和多元化的关系如何处理？既要增加积累寻求新的扩张，又要提高员工的幸福指数，如何把握好"度"？等等。2011年正是"磨合期"。

喻老精明过人。什么都在他的眼里和心里。

就在收到这封信后不久，按既定计划，2011年10月24至26日，集团在西山梅岭的一个山坳里开了一次规模不小的战略务虚会。我在会上发言，讲了挺拔主业与多元发展、内和与外顺、决断与执行、原则性与灵活性等几组关系。与会者畅所欲言，会后集思广益，郑重提出"立大志，创大业，站前列，争一流，全力打造出版文化劲旅"，决定通过落实"五跨"（跨媒体寻找新空间，跨区域谋取新突破，跨所有制打造新模式，跨行业挖掘新领域，跨国界开拓新市场）战略，"做强'中文传媒'，再造一个集团"。

喻先生的《我的七十年出版生涯》，则于2008年7月由江西教育出版社正式出版，得到广泛好评，在业界产生了不小的影响。这本书文辞质直、朴实无华，但我觉得它熠熠生辉，是当年数千种赣版图书中出色者之一。我是把这书当作历史来读的，因为其中生动翔实的人和事，真实而细腻地再现了喻先生70年始终如一服务于出版事业的生涯，也在一定程度上再现了江西乃至全国出版事业起伏兴衰曲折发展的历史轨迹；我是把这书当作文学作品来读的，因为它塑造了好几代中国出版人的鲜活形象，作者就是一个典型；我也是把这书当作学术著作来读的，因为里面凝结了一位优秀出版人

"择一业，终一生"的宝贵经验和理论思考，"是回忆录，更是启示录"。在多个场合、多种会议上，我与人分享读这本书的感受和体会，特别是2012年3月，"中文传媒"在井冈山召开规模很大人数众多的编辑出版工作会议，我在会上讲《诀别平庸，追求卓越》，引述了书中不少原汁原味的内容，引发了同志们的共鸣。

其实，这书也没写什么惊天动地的事，满满的都是生活和工作中一般的、平凡的、琐碎的，甚至是别人不屑一顾的东西；所讲的也没多少深奥的道理，大部分是常识；并未运用什么"技巧"，反倒有点"拙"。我理解，喻先生只是在用他的经历和经验不厌其烦、明白无误地告诉后来者：人生在世，要忠诚老实、感恩戴德、勤学苦干、坚韧不拔、爱岗敬业、宽厚仁慈，不要自作聪明、虚情假意、眼高手低、浅尝辄止、敷衍塞责、尖酸刻薄。他特别强调的是：无论干出版还是干别的，做人要做实在人、办实要办实在事。恰恰是这样的书写，充满着真情真味，闪射着异样的光辉，格外亲切、温馨、感人。喻先生的书和喻先生这个人，洋溢着对生命、生活的珍惜与敬畏。

我是半路出家搞出版的，为遇见喻先生这样一位丰富、磊落、纯粹的前辈而庆幸。也因之感愧：喻先生是镜子，照出了他的高洁，也照出了我的浅陋。

四

第四件是2013年春节前夕收到的。不是直接写给我的信，而是复印转寄给我的一页文字材料，是喻先生2013年2月4日（壬辰龙年腊月廿四日，当日立春）致江西人民出版社的"贺新春年卡"。其内容："今春是党的十八大开局之年，亦是江西人民出版社建社六十年来引进青年学士、硕士最多，选拔社领导最年轻之年。就我所知，建社以来，从未有如此多年轻干部进入社长级层。形势逼人，干部成长加速，促大器早成，人的因素第一，必将促进出版事业更速发展。江西人民出版社是老社、母社，具有传统积淀优势。老汉亦深知当前广大读者对出版物需求愈来愈高、愈广，出版技术、手段与经营模式愈来愈多元化，要求在国际国内竞争中取胜，必须全力认真拼搏，只有正者、智者、勤者才能勇夺冠军！恕我老迈乏力参与，但有厚望于你们，努力吧，最后一笑才是真正的笑！"

喻先生好可爱！这肯定与不久前集团在出版社干部选任上的一个"动作"有关系。2012年8、9月间，为了解决下属各出版单位领导班子（经营团队）人员老化、青黄不接的问题，按照干部管理规范，经民主测评、专家面试、组织考察、上报审批等程序，我们一次性选用了四名35岁以下的年轻同志担任各出版社的副职。最年轻者不足30岁，且都没有经过"助理"岗位，直接任用为副社长或副总经理。如此"批量、破格"使用年轻业务干部，在江西出版史上可能真没有过。这件事力度大，反响也大，众说纷纭。议论的焦点在于设置了严格的年龄限制，凡超过35岁的，一概不能提名。江西人民出版社选用了一位副社长。喻老的信含了一丝隐忧，但明确表示出来的是理解和支持。现在看来，大胆起用年轻业务干部这件事做得是对的，选用的那些人都在实践的锤炼中迅速成长成熟，在各自的岗位上均有良好表现。

十几年前，就有北京的专家称颂喻建章是"当前中国出版界硕果仅存的几位'活化石'之一。"其实，喻先生声望高、学历低，年岁大、履历简单。他1925年出生，只读过三年私塾、一年公立小学，1937年12岁进中华书局当学徒，1951年进中国图书发行公司，1954年调江西省人民政府文化部门搞出版事业管理，1964年进江西人民出版社，1990年办理退休。他一生都从事文化含量很高的编辑出版工作，"靠自学成才，获高级职称"。说"七十年出版生涯"，要算上"老有所为"那段——退休后，他受聘长期担任江西省版协副主席、出版科研小组长，不顾老迈，身体力行，主持组稿并编辑出版了《编辑工作与编辑学研究》《江西出版科研论文集》（1—8集）等，成果累累。

满打满算，喻先生在江西人民出版社干了25年。他最强健的生命阶段和最主要的"出版生涯"，正是在这家出版社度过的。他见证了这个社的诞生，亲历了这个社筚路蓝缕的发展过程，直接参与了这个社重要节点上的重大事件，而且发挥了举足轻重的作用。饶有意味的是：他初进这个出版社便是"负责人"，退出社领导班子时还是"副职"。他没有担任过"一把手"，却能始终安于其位，无怨无悔，且发挥超出"身份"的作用，做出超出"身份"的贡献，产生超出"身份"的影响。他没有天赋异禀，没有可资依仗的"背景"，也不会耍权弄术，只是凭着对出版业热爱、感悟、感恩的"本色"和安身立命、恪尽职守的"初心"，凭着爱岗敬业的基本操守和高度负责的秉性，凭着义无反顾的坚韧和火一样的热情，凭着心底无私的赤诚和踏踏实实的精神，实现了从"小学生"到出版家的华丽转身，演绎了文化人的精彩，收获了自己沉甸甸的人生价值，也收获了别人的认可和钦敬。江西人民出版社给了他平台和支点，让他情有独钟。

让喻建章先生欣喜的是，在有生之年，他目睹了江西人民出版社不断取得的成功和不断跃升的业绩。20世纪80年代，从这个"母社"逐一分离出了江西的教育出版社、科技出版社、少儿出版社、文艺出版社、美术出版社，形成了江西比较完整和具有实力的地方出版阵容；承载着特殊使命的江西人民出版社，坚持正确导向，坚持改革发展，坚持大力实施精品工程，坚持科学管理，坚持"立足江西，面向全国"，推出了《伟大的祖国》《怎样做一个共产党员》《世界历史》等一批批精品力作，输送了大量的编辑业务骨干和经营管理人才，经济实力也不断增强；它是第一批"全国良好出版社"之一，又在

2009年连同江西二十一世纪出版社（原江西少儿出版社，现二十一世纪出版社集团）、江西美术出版社成为"全国百佳图书出版社"。

喻先生念念不忘的江西人民出版社60周年纪念活动也办得十分圆满、有声有色。2011年11月23日，在南昌滨江宾馆大会堂隆重举行了纪念大会，总署发了贺信，孙寿山副署长到会致贺；商务印书馆、中信出版社等30多家全国著名出版单位来电祝贺；会上给黄奔、喻建章等10位老出版人代表颁发了荣誉证书；正式出版了一本内容丰富、印制精美的纪念文集《往事如昨》，其中收录了喻先生的长文《我与江西人民出版社》。接过荣誉证书的那一刻，喻先生脸上笑开了花；散会之后，他一手拄拐杖，一手拉着我说："这个会开得好，江西出版蒸蒸日上、前程似锦！"

五

第五封信不在我手头，在记忆里。记得比较清楚。那是2012年春，江西邀请陈丹青等画家到南昌办画展，喻先生给我又是写信又是挂电话，希望集团公司加以重视，展示热忱。

我知道陈丹青和喻建章是忘年交，看过陈丹青2002年用工整的小楷写给"建章老师"的信，深情地说："卅多年前，您起用我们这些知青，现在像您这样的好老师、好主编，实是难觅。"我也知道陈丹青先生艺术造诣非常高，有横溢的才华、卓异的风格。我十分愉快地响应了喻先生的倡议，表示乐意参加他们的活动。后来，喻先生又打来电话，说画展是由文化管理部门操办，丹青渴望与老朋友欢聚，不想打扰"领导"，故"建议"我不必亲自出场。我很理解，于是将信转给"中文传媒"的相关领导，委托他代表集团和股份公司做好接待工作，趁机争取一些好的出版资源。他们搞了一些有意义的活动，表达了对艺术家们的重视和尊敬，还邀约喻建章和陈慧苏、丘玮、吴吉仁、刘熹奇等陈丹青的旧友座谈，畅叙友情。通过事后发的图片，我看到：在画展开幕式的主席台上，喻先生站在陈丹青和省领导中间，神态自若；在涌动的人流中，陈丹青紧贴手挂拐杖的喻建章，搀着老人的胳膊，神情专注；在餐桌上，陈丹青躬身为喻建章布菜，旁若无人。

媒体报道：2012年4月，中国当代知名艺术家陈丹青携手画家林旭东、韩辛在南昌新落成的江西美术馆办《四十年故事》画展，也是该馆的开馆第一展。4月1日首展，省政协汤建人副主席出席开幕式，并与陈丹青一同为美术馆揭牌。陈丹青等三位"50后"艺术家，联袂用画展的形式讲述"40年故事"，表现青年时代的理想与追求。展出的主要是油画作品，其中相当一部分是知青生活题材。

能够得到陈丹青如此敬重的人恐怕不多。和喻建章有深厚情谊的人着实不少。这个"小学肄业"之人，被众多作家、诗人、画家、教授尊为老师，被不少"大官"和名流引为朋友，更被无数普普通通的编辑、发行员、店员、印刷厂工人视为知己。

读喻建章的回忆文章，听别人关于他的讲述，我常常为这样一些故事而感动：在抗日战争烽火连天的日子里，他与中华书局江西分号的炊事员老吴、秘书老李结成莫逆之交；1959年陪文化部领导上庐山，钱副部长书写"忽晴忽阴忽雨，奇山奇石奇泉"的情形，他记得一清二楚，说得惟妙惟肖；文化界老领导、剧作家石凌鹤"文化大革命"落难，他不避嫌忌，尊敬和亲近有加；在特殊年代，他顶着压力组织优秀图书出版，使杨佩瑾"一《剑》成名"；20世纪70年代，为了解决青年美术编辑入职出版社的问题，他斗胆堵在省领导的家门口批报告；1980年，他参加过青岛的一个读书会，20余年后，别人记忆模糊，他却用一篇《全国编辑干部青岛读书会散记》和一本《海滨诗草》，把当年的事讲得详详细细，把同学诸人描绘得活灵活现，把感情抒发得淋漓尽致；他与胡愈之、陈翰伯、许力以、宋木文等不仅有工作交集，也有个人情谊，刘杲夫妇曾到喻先生寓所拜访，柳斌杰署长路过南昌，接他到住地屈膝长谈……喻先生朋友遍天下，无分贵贱高低。古人云："以利相交，利尽则散；以势相交，势去则倾；以权相交，权失则弃……唯以心相交者，淡泊明志，友不失矣。"喻先生奉行的正是君子之交，以心相交。

倘若挥不去名缰利锁，只以世俗的眼光去看喻建章这个痴情于出版事业，至死都葆有"初心"和"童心"的人，无疑是对这个人的亵渎，也是对出版的亵渎。俗如我者，岂不汗颜！

六

最后一封信写于 2014 年 5 月 1 日。很短："周文同志：您好！附上抄函一页，供了解情况，您公务忙，我不敢邀请您，如愿到会，十分欢迎，并请直接告知建国或李明娜同志一声。如无时间，亦可不作复。"信中提到的两个人，前者是原任江西人民出版社社长、时任"中文传媒"副总经理徐建国，后者是集团人事老干处副处长李明娜。所附"抄函"则较长，写满了一页纸，连天地头都用上了。是喻老 5 月 3 日写给"建国同仁"的，大意是说他 4 月下旬跨入 90 岁高龄，旅居加拿大的小女儿要专程回来为他庆生。考虑到为社会工作了 70 年，"经历文化厅、出版局、书店、出版社部门，领导、同事、作者对我帮助良多，值此高年时刻，我既不能忘怀你们，亦不便打扰你们，想趁此思维尚清晰之时"，邀请几位同仁"驾临参与"，举办一次小型谈心交流会。拟邀请的对象有江西出版集团、"中文传媒"和江西人民出版社现任领导等。特别注明"抄致周文老总"——其时，我已调离出版集团，做的还是与出版有关的工作。建章先生还表示："我将带香茶一盒赴会，君子之交淡如水啊。"信笺空白处加了蝇头小字："我咽喉炎未痊愈，只能就我在抗战八年和重建人民社艰苦中某些深刻经历谈点旧事，并借此对当前出版事业表示某些期望。同时也想听你们对本职的某些深刻感受，以唤起我对出版的再认识。如你们公忙，此会亦可暂停。"

我将手头的信、函原件一一仔细对照，发现这次的字迹虽然清晰，笔力却明显弱于之前，意思的表达也有含混之处。实际情形是：老人家这时已处于生命倒计时阶段。年岁太高，加上写作《我的七十年出版生涯》消耗过大，体质下降，他的身体机能趋于衰竭。老人似有预感，频频发出信号，自叹"青山依旧在，只是近黄昏"，暗示"已走到深水区了"。省政协文史委、江西出版集团、"中文传媒"、江西人民出版社和省版协的不少"同仁"常去探望他，以各种方式表达慰问和祝福，之前也曾开过纪念喻先生从事出版工作70年的座谈会。出于喻先生身体方面的考虑等原因，老人寄予最后愿望的那个"谈心交流会"终未开成。我总以为颤颤巍巍的喻先生能够迈过一坎又一坎、冲过一关又一关，总在等待与他"谈心交流"的机会……然而，没有了，机会没有了，有的只是痛悔！

这年8月，我和一些同志在北京参加第21届国际图书博览会，突然接到关于喻先生去世的报告。惊愕之余，我们取消了原已安排的几个一般性活动，提前返回南昌。8月29日送别喻先生，不避酷暑聚到殡仪馆的人很多，气氛很肃穆，场景很感人。刘杲同志亲撰的挽联高挂在告别大厅的正上方："献身出版奋斗终身大地书香酬壮志，仰慕前贤痛失师友秋风老泪送英灵"；刘国藏先生撰的挽联挂在门外两侧："建章出版毕生心血扬典范，立制品德激励智能育精英"。喻先生的长女代表亲属致辞，甫一开口便催人泪下："我们的好爸爸，您怎么走得这么突然，我们有好多的话还没有对您说。"——喻先生走得"突然"，却也安然。他遭受了病魔的纠缠，却并未身患恶疾。他的离世有如高僧的"坐化"，实在是一种福报。

向喻先生最后一鞠躬时，一句话哽在我的喉头："喻老啊喻老，您走了，有事当问谁？"

喻建章先生效命出版，死而后已。足可告慰他老人家的是：江西出版越做越好,风生水起。江西出版集团已经连续十一届跻身"全国文化企业30强"。2018年,集团总资产298.67亿,净资产96.83亿,净利润18.01亿。年出版物品种早已突破10000种,旗下6家图书出版社全部进入全国地方出版社百强,其中3家进入前50强。集团主导了三家上市公司,"中文传媒"之外,又添了慈文传媒、智明星通,涵盖了宽广领域,真是蒸蒸日上、欣欣向荣。

每个人都是一部书,有厚有薄,有重有轻,有清晰有模糊,有精彩有平淡而已。喻先生这书清澈却厚重,异香扑鼻、异彩纷呈,我远未读够,也远未读透。

喻先生习惯以写信作表达。他写给我的信不止这6封。他写给别人的信一定更多。我用喻先生的信来说事,可能有"树人立己、欺世盗名"之嫌。顾不得那么多。

尝读对联"书田菽粟皆真味,心地芝兰有异香",意蕴甚佳,以为用到喻建章先生身上颇贴切,故借为标题。

据我所知,评价喻先生最简洁精当的话出自国家新闻出版署原署长宋木文,他说:"喻建章是出版人学习的榜样","其文有用,其人可敬"(《我的七十年出版生涯·代序》)。

依我之见,写喻建章最感人的文章是他孙女喻心洁的《我的爷爷》。譬如最后那一句:"我说了这么多,其实我想表达的就是,我非常地爱我的爷爷。其实,这也很明显,谁都知道。"

(2019年夏写于南昌)

吉祥的先生，幸福的纪念

——纪念胡守仁先生

一

我老家那一带，活到 90 岁以上的人很少，个个是祥瑞。过年过节或别的重要日子，族人晚辈要煮挂面卧鸡蛋给他们吃，要请安。老人谢世，要大办白喜事，备下足够多的米饭和方块肉，供给本村本族或外村外姓讨"百岁饭"的人吃，老人用过的衣裤、鞋帽等，也有人谋求，为的是添福添寿。

胡守仁先生享年九十有八，算上闰年闰月差不多就是"百岁老人"。他不仅寿高，而且学高德高名高。他是我们的系主任，也给我们讲过古代文学。

刘世南先生年少胡先生 15 岁，86 岁那年他为《胡守仁论文集》作序，开笔便道："建国前，我在家乡吉安市工作时，就听到一位乡先生萧衡毓翁说：'我们吉安诗做得好的只有一个胡守仁。'并说，他在武汉大学教书。那时，人们对大学教授非常崇敬，因而胡先生在我的心目中，简直望若天人。"

在我们的心目中，胡先生更是"望若天人"。1978 年我们考进江西师大（时称江西师院）中文系念书时，虽不免懵懂，但都知道

胡守仁先生
指导研究生

南昌市有条阳明路，这条路纪念的王阳明就是王守仁，"守仁"二字非同凡响；也都知道其时江西的本科大学屈指可数，设有中文系的只有江西师院和江大（现南昌大学）；还知道大学里正教授极稀罕，中文系只有"二胡"（胡守仁、胡正谒），而胡守仁先生之前还是中山大学教授。后来我们进一步了解到，在中国古代文学研究与教学这个行当里，胡守仁是朱东润、游国恩、萧涤非、汪辟疆、程千帆、王泗原那个群体中的成员，在江西是执牛耳之人。

胡先生无疑是吉祥先生。我们听过胡先生用吉安普通话谈学吟诗，见过胡先生略带顽皮的笑容，和胡先生一起照过相、一个桌子吃过饭，如今又有机会来写纪念胡先生的文字，满满的全是幸福。

二

从泰和杏岭的中正大学起算，江西师大走过了整整80年。胡守仁先生倘若健在，已达113岁，离开人世也已15年了。我们如何纪念他？

出版《胡守仁论文集》时，校长傅修延也以"高山仰止，景行行止，虽不能至，心向往之"作序，说："先生已逝，但先生做人淡泊名利，生命不息读书不止的人生态度，规范了我们的生命轨迹，奠定了我们今后的方向。"言简意赅，切中肯綮。

胡先生育人无数，著文无数，赋诗无数。我手上有 2009 年出版的《胡守仁论文集》和 2019 年出版的《胡守仁诗集》，都是沉甸甸的。我以为，认认真真地读这两本书，便是对胡先生最好的纪念。

《胡守仁论文集》是胡先生学术论文的汇编，是他数十年如一日孜孜向学的心血结晶，也是他教学精粹的浓聚。这是学术的丰碑。书中大部分文章提纲挈领，珠玑闪耀，散见是单篇，展开即专著。《胡守仁诗集》是胡先生"一生为诗"的部分呈现，是生活与思想的即时记录，是情感的抒发，也是学术活动的跳跃与延伸。二者相互调剂、相互补充、相互映衬，是抽象与形象、紧张与松快、博与约、庄与谐的完美结合与有机转换，共同记载和展示着胡先生的精彩美好，也给我们以饱满的阅读感受和丰富的人生启迪。读着读着，我们眼前会浮现先生的慈眉善目，耳际会漾满先生清朗温婉的话语，那都是滋养心田的春风春雨。

刘世南先生说《胡守仁论文集》"学富功深，论析入微，绳愆纠谬，谈言微中。"当是剀切之言。刘先生自己奉行"吾爱吾师，吾尤爱真理"，尝与钱锺书、吕叔湘、马叙伦等"请益和对话"，"指摘时弊、精密确当"，以刚直犀利著称。胡先生温文淳厚，也爱"绳愆纠谬"。"论文集"所收共五辑 59 篇，可归入"与当代学人商榷"，实际上是对别人的论文论著集质疑和提出批评意见的竟有 16 篇之多。这是最难，最体现功力、境界和气度的。没有过人的学养，没有火眼金睛，没有对学术的忠诚和执着追求，没有无私的襟怀，是"绳"不出"愆"、"纠"不了"谬"的，也不敢"绳"与"纠"。而胡先生不仅这样做了，而且与被他"绳""纠"的大部分学者保持着真挚深厚的交谊。对比时下风气，我等汗颜。

胡先生的诗有唐风宋骨清韵。或雅或俗，或难或易，鲜活丰润，畅快淋漓。我格外在意"怀师忆友，申申而念恩谊"的那些篇什。无缘相识胡先生的"师"，但熟悉他所酬唱的一些"友"（包括晚辈、学生）。品读写给陶今雁教授的《赠陶今雁仁弟》等7首，写给邓志瑗教授的《次韵邓志瑗教授和答所寄》等6首，写给吕小薇先生的《吕小薇于我八十初度以水仙花一盆见贶》等2首，写给刘世南先生的《次韵刘世南漫感》等7首，写给谢苍霖老师的《谢苍霖老同学见过赋赠》等8首，写给王德保同学的《王德保见过》等5首，写给秦良同学夫妇的《秦良胡新明伉俪惠赠健身球一对口占一绝为报》等诗作，在沐浴胡先生高风懿德的同时，也一一重温与师、友的情谊，收获了醉人的亲切和温馨。

三

纪念胡守仁先生，不是对他一个人的纪念，是对他那一辈学人的纪念，是对母校和众师长的敬仰与纪念。

胡先生任系主任期间，江西师大中文系团聚了一大批贤师，如余心乐、刘方元、陶今雁、刘世南、刘国屏、朱安群，以及后来"归队"到江西教育学院（今南昌师范学院）的邓志瑗、周文英等。

譬如余心乐先生。他是文史大家，语言学大师。他的《汉语语法提要》《论通用字》等著作是语言学宝典。他授课时不持讲稿，信手拈来、信口道出，严谨周密、了无瑕疵的熟稔与潇洒，学生们没齿难忘。

譬如陶今雁先生。他的力作《唐诗三百首详注》1979年首次出版，大家争相到书店购买，如饥似渴地阅读。这书成为很多人的案头书、枕边书、必备工具书，40余年不离左右。这部著作面世之后，一版再版，畅销长销，好评如潮，获奖无数，演绎了文化积累、文化传承、文化创造的精彩故事。到2012年，这书的销量突破了100万册。

去年，江西人民出版社和知识出版社又联袂推出第八版，品相端庄，质量上乘。

譬如刘世南先生。他以50多岁、高中肄业、中学老师的"资历"调入中文系，用实力站稳了脚跟，赢得了尊敬。他能够进到师大中文系教师这个优秀团体并脱颖而出，也彰显了胡守仁先生爱才惜才、不拘一格用人才的高风亮节。刘先生3岁识字，5岁读书，至今仍能背诵大量经、史、子、集，写了不少好书好文章，诗也做得特别棒。他是皓首穷经、老而弥坚的"读书人种子"。他在师大实际任教的时间不长，却培养了一批好学生，传递了"读书人"的基因。他治学严谨，"心劳十四载，书成瘁笔砚"的专著《清诗流派史》，被公认为当代清诗研究的经典性成果。这位老先生也年届98岁了，依然康强，每日独坐书斋，手不释卷，吟诗弄文，笔耕不辍。江西师大文学院学问高的人多，长寿的也多，刘先生有望创新高。

"蓬生麻中，不扶而直；白沙在涅，与之俱黑。"无论物或人，"环境"很重要。张品成同学谓江西师大以胡守仁等为代表的一代恩师身上，聚合了"师魂""校魂"，并说这是极可宝贵的精神财富，是母校繁荣发展的定海神针。这是发自肺腑、颇有见地的。

四

对胡守仁先生，我们中文系78级的99位同学有别样的感情和别样的尊敬。

这出于两方面的缘由：

一是胡先生的儿子胡敦伦是我们班同学。他的性格和表现就像他的名字一样让人放心和欢喜。因为他，我们跟胡先生之间多了一份如父如子、如祖如孙的情分。所以，之前出《胡守仁论文集》《胡守仁诗集》，现在筹划《胡守仁纪念集》，我们都特别积极，齐心协力。1997年元旦，我们班在母校搞毕业15周年聚会，请上了年届90岁的胡先生。胡先生有诗记其事:"十五年前此读书,别来云树肯忘诸?重逢相看朱颜在,更显龙钟是老夫。"2008年初,师大文学院举行胡守仁先生100周年诞辰纪念会暨学术研讨会,我们班的不少同学发挥了作用。

二是作为"文化大革命"结束、恢复高考后江西师院中文系招收的第二届本科生,我们班以结构复杂、年龄差距大、整体素质较高为基本特点。受班主任(辅导员)颜长青老师春风化雨、无为而治风格的影响,培育出的是"传统而自由"的班风。有些方面比较突出,如普遍尊敬老师、普遍刻苦学习、普遍急公好义、普遍刚正不阿。从毕业后近40年的发展看,取向不一,各有成就,敦品励行,行稳致远。在同学们身上,胡守仁等先生的心血没有白费,期望没有落空。

十几年前,我有幸在吉安市工作了两个春秋,受益多多。吉安是"文章节义之邦,人文渊薮之地",古代出过欧阳修、周必大、杨万里、文天祥、刘辰翁、解缙等历史文化名人,近现代为中国革命做出过巨大牺牲和突出贡献,孕育了伟大的井冈山精神,而且盛产优秀学人。文史方面的杰出学者也是层出不穷,如胡守仁先生和我们熟知的周銮书、方志远都是吉安县人,刘世南先生生长在吉安城区,之前也是吉安县地界。这是颇富意味的地域文化现象。近水楼台先得月,假如那两年我能专心致志,对这一现象做些深入的学习和探讨,不仅会提高自身的修养,也可能推动优秀地域文化的传播和发扬光大。遗憾的是,汲汲于其他,没有在这方面下足功夫做出贡献,愧悔不已。

愧悔的只是我个人,丝毫不影响我们对胡守仁老先生以及他那一代贤德之师的纪念,丝毫不减我们从这纪念中获得的幸福感受。

(收录江西师大80周年校庆出版项目《胡守仁纪念集》)

也说"精彩美好"

　　傅修延老师的随笔《青蓝湖叙事》，写鱼写鸟写花，写对美好事物"与时消没，不闻于世"的隐忧，写对江西师大 80 周年校庆的关切与热望。写得真好，真清新、真细腻、真深挚、真生动。字里行间溢出的，是真师大人对师大的真爱。这篇文章感染并启发了我。我和师大也有缘分，也想为"留住师大人的集体记忆"出点绵薄之力。

　　我就想写写傅修延。

　　我觉得他也是江西师大的"精彩美好"之一。

　　我只能说些零碎。

一

　　江西师大 80 年，修延是个好老师。

　　与他闲聊时，我曾有过两个表达，他的反应不一。我曾说："您给我们班上过课，我要恭敬地称您为老师。"他不接受，说："我不是你老师，你是学生，我也是学生。"这要扯到 40 年前。我是江西师范学院（今江西师大）中文系 78 级本科生，修延是外语系 77 级本科生，1979 年考取中文系外国文学专业硕士研究生。他和我们一同在第二教学楼的大教室听过课，也为我们讲过几次课，内容是拜伦、雪莱之类，应该属于辅助教学性质。他谦虚，而且严谨。另一个表达，则是最近这些年，偶尔听修延谈学论道，深入浅出，纵横捭阖，洋洋洒洒，我会情不自禁地说："真想做一回您的研究生啊，唉，就是不够格！"他抿嘴一笑。

高等教育之于傅修延，其实也是"迟来的爱"。但他是优质的"读书种子"，得了雨露便发芽，见了阳光便灿烂。高考甫一恢复，他以大龄、低学历和工人的身份考入大学；本科尚未读完，直接考上研究生；所获硕士，是江西师范学院培养、北京师范大学发证，主持论文答辩的是"九叶派"诗人、大教授郑敏；本科学英语，硕士学比较文学，博士学中国古代文学；先后到加拿大多伦多、英国伦敦访学，曾经师从世界文学批评大师诺思罗普·弗莱……起步晚却根基牢，连连"爆发"，行稳致远。

傅修延读书厉害，教书、做学问也厉害。不厉害在学生、同事、学界得不到高度一致的赞誉；不厉害不可能破格晋升教授、获评二级教授,享受国务院特殊津贴;不厉害出版不了《先秦叙事研究》《中国叙事学》等诸多论著；不厉害出版不了《济慈书信集》等译著；不厉害很难在高端学术期刊上连篇累牍地发表重磅论文。前不久，《中国社会科学》(2020年第6期)又发表他的《物感与"万物自生听"》，大论煌煌。他应该年近70岁了，看上去仍是棒棒的,状态不输小伙子。他仍是省社科院特邀研究员，仍是中国中外文学理论学会叙事学分会会长，仍是江西师大文学院博导。

何谓博古通今、学贯中西？何谓学富五车、著作等身？何谓学子以万计、桃李满天下？如此而已。

修延还"余事为文"，写过不少的报告文学和散文随笔，诗词歌赋样样来得，是正儿八经的中国作家协会会员。他时不时发些精品，时不时给文坛吹一缕清风。他以极大的热情参加各类文学活动，评点文学现象，推举文学新人。

人和人的差距真大，不服不行。"代入"自己，我这样想：傅修延取得突出业绩的诸多方面，哪怕只有一项能够望其项背，也是不负此生！可如何做得到？

二

我随修延出过一次国。

那是 2007 年 8 月，我们同为一个文化考察团成员，对欧洲的瑞典、芬兰、俄罗斯、英国进行为期半个月的考察访问，到过斯德哥尔摩、赫尔辛基、圣彼得堡、莫斯科、伦敦、格拉斯哥、爱丁堡等城市。我俩不但"同机""同车""同船"，还"同房"。

十几天的"零距离接触"，增进了我对修延的认识。他在好些方面给我留下了深刻的印象，如：

不知疲倦，特别勤奋。出国考察是苦差，每日里活动排得满满的，除了看、听、议之外，大量的时间和精力消耗在路上，时空倒错，规律全无。我每天感觉疲惫，一到酒店只想倒头躺下，在汽车、飞机上也是昏昏欲睡。修延则不然，什么时候都精神饱满朝气蓬勃，目光炯炯声音朗朗，走路脚底生风，说话机智幽默。他随身带着书和笔记本电脑，稍有空闲便看书，睡觉之前一定要在电脑上噼里啪啦忙乎一个多小时，写东写西，一天也不间断。

博闻强记，满腹经纶。到斯德哥尔摩市政厅，他讲诺贝尔奖的由来与奥秘；到普希金故居，他背诵《致大海》《自由颂》；到高尔基故居，他纵论"重估俄苏文学"。在英国，往往他成了随团导游，而导游乐得洗耳恭听。大英博物馆里有个高耸的、沿墙壁砌满大部头图书的圆厅，他指给我们看哪儿哪儿有济慈的诗集，哪儿哪儿摆放着莎士比亚戏剧经典版；在爱丁古堡看军乐表演，我被苏格兰秋夜的苍茫旷远和骏马、长剑、格子裙、风笛所吸引，一时目眩神迷，他低声说："八国联军里也有他们。"

动作麻利，身手矫健。考察的最后一站是爱丁堡，按计划，返程由爱丁堡飞伦敦，伦敦飞香港，香港坐汽车回深圳。订的是联票，预留了3个小时在希思罗机场转机。事到临头出了意外：当日希思罗机场工人罢工，我们的航班在爱丁堡延宕了两个多小时，等到飞抵伦敦走出机舱，离香港航班的起飞时间不到四十分钟了。希思罗机场非常大，下飞机、办手续、到登机口光走路就有好几公里。行期不能变，环节不能省，时间极紧迫，急死人。修延挺身而出："你们稍候，我来办！"一时间，上穿T恤衫、下穿牛仔裤、脚蹬健力鞋小跑的"中国人"，成了希思罗机场的"风景"……我们匆匆进到机舱，舱门叭地关上，飞机立刻滑行。大家怦怦跳的心得以安定，修延的脸上却落下汗珠。那会儿，在我的眼里，他不是什么教授、学者，还是鄱阳湖的船夫、钢铁厂的起重工。

三

傅修延做过江西师大中文系主任、副校长、校长、党委书记，做过省社科院院长。"头衔"他不在乎，但每个"平台"都弄得风生水起。

有人回忆：1994年夏天，省城一群知名社科工作者相聚，围绕赣文化的起源、精粹、现状和出路等，展开一系列的对话、论辩，傅修延是倡导者和核心人物。自那以后，"赣鄱文化研究"成为他的一大"癖好"，矢志不渝。如他力主在南昌市东西南北部署文化辐射区，努力擦亮滕王阁、万寿宫和青云谱文化品牌。他很关注"鸟"与"城"的联系，多年前便发表《羽衣仙女与赣文化》，建议将每年来鄱阳湖越冬的珍稀候鸟白鹤命名为江西的省鸟，恢复传说中鹤女下凡洗浴的浴仙池旧址（即今南昌市中心的洗马池）。后又写《白鹤何时成省鸟》，预言："长远一些看，江西总归会打出白鹤这张牌，

'浴仙池'总有一天会在南昌重见天日，文化的力量是什么阻碍也挡不住的。"果然，2019 年 9 月，江西省人大常委会审议通过相关决定，正式确定白鹤为江西的"省鸟"。时至今日，他还在呼唤"打造'白鹤之城'的文化地标！"

2009 年，经国务院批准，鄱阳湖生态经济区建设上升为国家战略。这是一件"惊天动地"的事。这事便是傅修延任江西省社科院院长时不遗余力参与干的。他主持完成了系统而庞大的"关于建议申报鄱阳湖生态经济试验区的研究报告"，得到重视和采纳。

江西师大 70 周年校庆搞得轰轰烈烈。校友们一定还记得那个胜友如云的纪念大会，一定还保存着初见"桃李鼎"、初闻"校庆钟"的兴奋，一定为白鹿会馆、小杏岭书院、正大广场而心生感动。还有那个从杏岭到瑶湖的自行车骑行活动，有幸参加者，一定得到了可终生珍藏的喜悦与自豪。我的记忆中，傅修延是总策划、总督办，是他促成了五彩缤纷。我手头有一册《师大在我心中——江西师范大学 70 周年校庆征文选编》，每读一回，都要经历一次新的感动。修延为这册子作了序，还写了《巍巍大学立西江》。他说："人生易老，师大精神不老；物换星移，赤子之情怀不移。"他说："校友之中无贵贱，无论是居庙堂之高，还是处江湖之远，无论是在繁华的城市，还是在边远的乡村，人人都对国家与社会有一份独特的贡献。"越往后，我们越会发现当年的那些事无不"精彩美好"；越往后，我们越会体味到这些话语的滚烫与温馨。

母校 80 周年大庆即将到来了。我们期待着新的、更多的精彩美好与感动。

四

傅修延温文尔雅，说话慢条斯理，语出多新意，从不拾人牙慧，待人则谦逊礼敬，真诚热情，从不强人所难，更不盛气凌人，君子之风昭然。

我得到过他的包容和慰勉。

修延牵头的叙事学江西团队有个每周四晚上的阅读活动，坚持了多年。前年3月间，他写过一篇《整理〈近年阅读书目〉随想》，附了一份2012年至2018年的"阅读书目"，计列中外叙事学名著37部，有美国乔纳森·卡勒的《文学理论入门》、法国雅克·德里达的《声音与现象》、德国海德格尔的《在通向语言的途中》、中国赵毅衡的《符号学》等，好些是外文原著。当时我对"国民阅读率"有些悲观，在朋友圈看到这篇文章和这个单子，头皮发紧，心想："这些书怎么读？读得起来吗？"惊讶、敬佩中有狐疑，便轻率地留了一条评论："这是要与风车作战？"修延回复："那么我就是堂·吉诃德啰？"回头一琢磨，我羞惭不已。修延宽厚、温和，他完全可以换一种语气，完全可以用"语于冰""语于海"之类刮我的鼻子。

年过花甲，闲来无事，我学着写点小文章，有时候能在报刊发表一些，也曾小小得意、窃窃自喜。其实只是自娱自乐，很多人瞧不上的。修延却给了我真诚的理解、热情的关怀。

两件事让我铭记于心：

2017年11月8日，江报副刊《井冈山》发表我写"傻教授"陈文华的散文《枫叶红来菊花儿黄》。我由衷敬仰陈文华先生，说："陈文华身上，有陶渊明、贾思勰的印迹，有梁漱溟、晏阳初、费孝通的影子，有斐斯泰洛齐的行状，更有焦裕禄、杨善洲的品质。然而，陈文华只是'这一个'陈文华。他是搞农业考古的，始终与乡村相守望，把自己归于沃土，有根、有魂、有骨节、有张力。金种子撒到土地上才能生根发芽拔节开花结果，'精英'到实际中、群众中才能光闪闪亮晶晶有价值。"文章在网上传开，反响比较热烈。傅修延也作了评论，说："程老师是我中学时代的班主任，我时常请安，谢谢你！瑶湖闻钟已成豫章新景，每一次钟声敲响，都在为你和大家祈福！"他说的"程老师"是陈文华先生的夫人程光茜，那是一位知名的中学语文老师，也是知名的校长（后来我又了解到，她的文章也写得格外漂亮）。我在文章开头写道："'傻教授'陈文华要是健在，82 岁。他夫人程光茜 76，看上去不足 67，轻捷生动得惊人。"他说"钟声敲响"在为我和大家祈福，也包含了"故事"：那口校庆钟，是我当时任职的企业所捐建，而"背景"正是得到修延校长关心与支持的"校企合作、互利双赢"。傅修延短短的几句话，比长篇大论的赞扬还让我受用——增强了我的自信，给了我继续写的勇气。

2018 年的第二期《百花洲》，发表了我写师大文学院老教授刘世南先生的万字长文《微斯人，谁与读——实说刘世南先生》。之后不久，《中华读书报》以"实说刘世南先生"为题转发了一个整版。这篇文字产生了一定的影响。我写这篇文字的起因有三：一是"瑶湖闻钟"之校庆钟上镌刻的雄文《大钟铭并序》是刘世南先生的手笔；二是之前和傅修延见面，谈到过刘先生，有共同的关切；三是省里的"读书节论坛"搞得有声有色，每年都要请些外面的专家名流来赣讲读书问题，我很想推荐一个"身边的读书人"现身说法。文章开篇也提到"修延君"。傅修延没有作直接评点，但其后只要和我碰面，必说什么时间什么地点又见到了刘世南先生，必说刘先生的身体如何、学问人品如何，必感叹刘先生活出了奇迹。说这些时，他眼里满含笑意。我知道，这是他以特有的方式给我以肯定和鼓励。

2011 年我做过一次胃肠手术。之后每次相见，修延总要用手指指我的肚子，神情严肃地问："这里，怎么样？"听我回答"还好，比预期的好"，他便粲然一笑，连连说："那就好，那就好！"

傅修延像关心和爱护众多校友一样关心和爱护着我，我心存感激。

五

今年春天我攀登过一次庐山汉阳峰，途经仰天坪和小汉阳峰之间的筲箕洼。那山洼里有个百十来亩的茶场，同行的庐山朋友介绍，那就是出产最正宗庐山云雾茶的地方。询问道理，他们说：这片茶场不光有庐山云雾小气候，还因为周边长满了水竹，茶芽新绽的时候，恰好水竹花开，那时节采下的茶叶，炒出来便有一股竹的清香，而这恰恰成了判定是否正宗庐山云雾茶的一个标准。

当时我便想到荀子的话："蓬生麻中，不扶而直；白沙在涅，与之俱黑。"无论物与人，环境很重要。

傅修延无疑是"精彩美好"的。这除了他个人的天分、努力等等之外，应该跟江西师大这个"环境"有很大的关系。

2008年，师大文学院召开过一个胡守仁先生100周年诞辰纪念会暨学术研讨会。傅修延在会上作了发言，他说："我到了中文系读研究生，还是不懂学术，不懂研究，不知道写文章的。这些我全都不懂。当时看到胡先生经常在《江西社会科学》上发表文章，非常羡慕。打听胡先生是怎么做文章，怎么做研究的。有个朋友告诉我，胡先生投稿是用小楷毛笔字写在方格稿纸上的，一笔不苟。编辑接到这样的稿子，都觉得非常的珍贵，非常珍惜。胡先生做学问做研究的这种认真严肃一丝不苟的精神态度，对我产生了最初的重要影响。"这些感触，在2009年出版《胡守仁论文集》时，他又以"高山仰止，景行行止，虽不能至，心向往之"为题作序，写入其中了。他满含深情地说："先生是位严谨治学的学者，笃学敬业，从不懈怠。""先生已逝，但先生做人淡泊名利，生命不息读书不止的人生态度，规范了我们的生命轨迹，奠定了我们今后的方向。"用语朴实，但崇敬之情溢于言表，感人至深。

其实何止胡守仁，修延自己的父亲徐先兆老先生（修延随母姓），就是在师大生活了半辈子的资历深厚的老革命、学富功深的老教授、乐享期颐的老寿星。胡先骕先生是中国现当代文化史上的名人，是江西师大的"开山"校长，是大科学家、大教育家，傅修延在很多场合、很多文字中表达了对这位老校长的特别尊崇。

我只是一名普通的江西师大文科老学生，对很多情况并不了解，但知道谷霁光、余心乐、张谨之、刘世南、陶今雁、刘国屏、张联璋、孙珍方等先生是傅修延特别尊敬和引为楷模的教授、老辈学人，他们的学问和人品，一定深深影响了傅修延。我也知道傅修延喜欢引用师大老书记郑光荣常说的"专业不能丢"，崇敬有加。我的同学张品成是知名作家，他认为这些老辈学人、领导身上聚合的，正是江西师大的"校魂"和"师魂"，是极可宝贵的精神财富，是母校繁荣发展的定海神针。我深有同感。

以我的浅见，在江西师大，论学习、工作、生活时间之长，论渊源之深厚、业绩之突出、影响之广泛，胜于傅修延者，肯定有，不会多。我猜测，傅修延也会有离开师大另谋高就的机会，也会有在另一种舞台上演绎别样精彩的可能，但他心无旁骛，选择了坚定不移地扎根江西师大——短暂"外任"的几年也心系师大、服务师大。他有比较典型的师大情结。这种情结的内核是爱，是依恋，是不断向好的期盼。这种情结的基本表现是以身相许，内化于心，外化于行。这是情结也是品格。有这样的情结、品格，无论做校长、做老师，还是做校工、做学生，无论过去、现在还是将来，都会在师大的建设中产生作用，都可能创造精彩，也都可能为师大增光添彩。

虽说"大师满地走、教授多如狗"，虽说"以学术徇利禄"者层出不穷，但只要睁开眼睛看，真与假、高与低还是分得清楚的。

写到这儿，我得庄重地说一声：向傅修延先生致敬！

这山这人这模样

刘大哥、彭大姐今年在井冈山避暑，小住半月。

大姐出过好几本微信书。她孜孜不倦持之以恒地在朋友圈发些图片和文字。图片大部分是她自己拍的，偶尔用一两幅先生的专业级作品，必注明"咱家刘大师的"。文字每篇200字上下，清新温婉，精妙高洁。间或来几行小诗，无不明媚。8月18日他们上山，当天发的便是："坐着火车上井冈，窗外飞驰好风光。扫除疫魔气清朗，白云生处是故乡。"

以"避暑在井冈"为题，大姐一日一组图、一日一则文，密集推送，引人入胜。

美美与共。我撷取些文字片段。如19日的："昨夜一场阵雨，风送凉爽入窗。不用空调电扇，被褥盖在身上。耳畔秋虫呢喃，伴我早入梦乡。今晨空气清爽，早起阳台观望。蓝天化作大幕，晨曦变幻如画，大美最是井冈。"20日的："领袖峰与五指峰遥相辉映，大井村灵气与福气集于一身。"23日的："井冈山的空气都是甜的，尤其在花草沾满露珠的早晨……蓝天白云下，万物舒展开生动的容颜。寂静无声，却有一曲生命之歌在山谷里回荡。绿水青山如同先人留下的传家宝。你敬它三分，它便回馈你十分。"24

双彩虹

日的："大井村为什么这样美，那是英雄鲜血浇灌的地方。岁月悠悠，带不走血与火的记忆。"25 日有点直播带货的意思，述说大井村人"今天的幸福生活，来自于勤劳与智慧的日常"。天然纯净的空气、水，房前屋后的树木、花草，自种自养的生态食材，安静舒适的居住环境，统一规划的村容村貌，使 80 多个农家乐形成规模和特色，村民脱贫致富，游客赏心悦目。"今年上半年受疫情影响，收入逊于往年。但大井人依然忙碌着，专注于做好每一天的事，脚踏实地走好每一步的路。"26 日瞻仰王佐烈士墓有记："山风低吟，树影摇曳，仿佛述说着不曾走远的井冈传奇。巍巍井冈山山水水，见证了烽火岁月，又怎能忘怀铮骨忠魂。"27 日的最长，达 300 余字，说："井冈山红色历史与绿色景观交相辉映，更有许多美好人家。"重点写他们租住的那个"有特色，有故事，舒适温馨，平凡而令人敬佩"的农家乐 6 号，见景、见人、见故事、见深情。31 日游茨坪："犹记 20 世纪 60 年代初，我是戴着红领巾来到茨坪，满目风吹稻浪，脚下溪水长流。第一次参观革命旧址，远大理想像种子在我心田发芽。"

我是大姐的忠实粉丝。她发在朋友圈的东西，全是真、善、美，春风化雨，润物无声。这次于井冈山连发的内容，集中展示的更是初心、热心、清心、冰心、童心——初心似磐、热心似火、清心如水、冰心如玉、童心如饴。

"白云生处是故乡"？确实！井冈山上山下，正是刘大哥和彭大姐的"故乡"与"原乡"。他们的生命是在这里成长的，他们的人生是在这里起步的，他们的爱情是在这里萌发的，他们的诸多成就也是在这里展现的。

逮着一个机会，我到大井村去探究竟。

那是 8 月 27 日上午，悄悄地溜了过去。大姐意外却高兴。她正在住所赏花看书，刘大哥一早便骑房东的山地车到 5 里外的水口拍瀑布去了。在大姐的引导下，我环绕6号农家乐参观考察，也结识了房东邹水明和他妻子曹龙香。

果然，一如大姐所言。这6号院虽然只是井冈山中最普通的那种砖木结构老屋，却真是"开门见山，开窗见绿"，整洁素净，花团锦簇，紧贴木楼板筑的燕子窝透着浓浓的吉祥与温馨；男主人朴实憨厚、忙碌而快乐，女主人风风火火、热情开朗。站在这家的阳台或场院朝坡下看去，"井"的平阔处正是毛主席和朱总司令的旧居。井冈山"历史红、山林好"，在大井村有着最完美的体现。

与大姐和房东相谈甚欢时，刘大哥回来了。进门便嚷嚷："湿了湿了，全湿了。"他说的是衣服湿了，更是相机湿了。他掏出手机，将拍摄的视频给我看。视频里水口瀑布喷雪奔雷，水雾中一大一小两层彩虹赫然在目，十分奇特壮丽。轰鸣的瀑布掩不住大哥激动的声音，他如孩子般叫唤："双彩虹双彩虹，大家注意到没有，双彩虹啊，多好看啊！"之后两日，大姐将这"幸福的双彩虹"发给朋友，大赞"山中景色，入镜最美"，慨叹："感恩生活，感恩大自然。所有的馈赠，当涌泉相报。就在当下，每一天。"

"避暑在井冈"，大哥大姐是那样安适、甜美。他们委身于山融化于水陶醉于情。他们又成了井冈人，亦如井冈的石子、水珠、竹、树、藤、兰草、喇叭花。告别之时，大姐坚持送我出院子、下坡、到路口。她站在那儿摇手，阳光软软的，风凉凉的，路侧的一串红、矮墙上的波斯菊朝向她的脸。她是那么端庄、美丽、青春。

我早早地下了山。大哥大姐9月2日才返回南昌。大姐这天发的微信意味深长："十五个日出日落，每天与井冈人和来井冈的游客畅聊，每天我在他们的故事中，故事在我的心里。""我走了，不会走远，心与钟情的地方，没有距离。"

刘大哥、彭大姐长我好几岁，我却比他们老许多。我真羡慕他们，情不自禁地要给予赞美。

我要赞美他们的阳光、健康和快乐。这对贤伉俪是经历并书写过无数生动与精彩的人，年逾古稀，见多识广，风采不减当年。他们有善走的腿、玲珑的心，有明亮的眼睛、倾诉的本领、歌吟的激情。在烽火岁月的印痕中，他们再一次接受了心灵的洗礼；在天光云影、树木花草和井冈山人的寻常表现中，他们发现美、记录美、传扬美，同时也创造着美。在他们身上，翠绿与火红交相辉映。

我要赞美他们状态如此好、多么接地气。他们有名望，也为井冈山的建设出过力。尤其是大姐，著名的邹文楷、毛秉华等人，都是她曾经采访、宣传的典型；井冈山新博物馆、革命斗争全景画、大型情景歌舞、红歌会，她都以专家的身份参与其事，贡献了智慧和力量。可他们把这些一一"放下"，只以普通游客和退休老人的身份，坐着地铁、火车、公共汽车上下山，窝在普通农家的普通客房里过普通的休闲日子，潇洒大方地花着自己的退休金，怡然自得，乐不可支。

我要赞美他们不忘初心、老有所为、大爱无疆。大疫当前，百业维艰，这个要稳，那个要保。最需要稳和保的还是经济，还是人民群众的利益和心劲。天自然塌不下来的，但今非昔比啊，岂能满足于"红米饭，南瓜汤，秋茄子，味好香，干稻草，软又黄"？幸福来之不易，要倍加珍惜；振兴何其艰难，须砥砺前行。困难时期，最需要火炬高擎、勠力同心，最需要"众人划桨开大船"。他们正是以最实际的行动，为政府分忧，为群众解困。

这山这人这模样，我真的很敬佩、很羡慕、很向往。

五百里井冈，如大井村这样的农家乐还有很多很多；江西风景独好，如井冈山这般美妙的地方还有很多很多；中国地大物博，值得我们去走走看看、去开心消费的地方还有很多很多。

苔花如米小，也学牡丹开。我和老伴商量了一个计划：金秋时节到赣西或赣南、赣东北去，找个地方小住些日子；明年盛夏上井冈山，首选大井 6 号老邹家，轮不上就到神山或别处，住他个把月，花上一沓钱！

（原载2020年9月10日江西散文网）

河远近 水深浅

第四辑

曾几何时，父亲母亲行如风立如松。后来，母亲的背驼了、腿瘸了，父亲的手颤了、咳嗽得厉害了。他们想在城里寻一处大房子，容得下所有的儿孙宽宽松松、热热乎乎过年，做不到了；他们想用自己的双手杀鸡烧鸭灌香肠、晒腊肉，做不到了；他们想甩出钞票，吆喝"订机票，去三亚"，做不到了。可是，他们那点儿孙孙绕膝下、儿女闹堂前的心思却越来越浓、越来越重、越来越放不下了。他们想过年、盼过年、怕过年——他们是老鸟，对自己的窝没有信心了。

春风里

江南春来早。春风吹皱江水，吹绿柳条，吹开桃花、李花、茶花、玉兰花及各样的花，也舒适温暖美丽和蔼着人的身与心。

晴好的日子里，我总是长时间在赣江畔行走，迎着朝阳或披着晚霞。我努力挺直腰板，边走边看，看人看花。没什么人留意到我，我是春天一分子。

冷峭的冬天留在心的深处。腊月的北京，很大的医院，很小的房间。病床上的我"五花大绑"，身体被宽宽的绷带缚住，牵连着各种莫名的管线。血水自腹部渗出，透过纱布、棉布，洇到白白的床单上，浓浓淡淡，绘成朵朵樱花、石榴花，绘出印象派的画。人已不是人，是牲口、物件。病房整洁、暖和，却弥漫着衰腐和腥膻。窗户紧闭着，透过厚厚的玻璃，看不见的是彻骨的寒流，看得见的是高远的天、淡淡的云、层层叠叠的房子和光秃秃的树，还有时而窝在枝头，时而结伴蹿飞，总是叫个不停的黑老鸦。阳光日日灿烂。

胃大部被剜去，血流了不知多少。原本完满光洁的躯体已然残缺，一如破损的石块、漏气的皮球。

什么人、多少人会遭遇癌呢？谁也说不清。这混蛋的猖獗和恐怖却如乌云笼罩，无时不在。有人可以泰然处之，没人能够一笑置之。

朋友凄然愕然，说："你是好人呀，你与人为善呀，你的生活、工作都顺畅啊，怎么会得这种病呢？"如何作答？唯有苦笑。凡人凡胎，吃的是五谷杂粮，达官显贵才子佳人、引车卖浆倚门卖笑者流皆可能患的病，怎么就一定不会摊上？时下流行的所谓性格说、情绪说、饮食说、环境说、遗传说之类，似乎都有道理；具体到每一个人每一例病，又未必讲得通。尤其是硬往"形而上"扯，更是扯淡。在我老家，乡妇骂缺德的人，喜欢说"这人会遭雷劈得癌病打短命！"骂得毒，也毫无道理。患病的人如果没了主张，满脑子想"干了缺德事么？""干了哪些缺德事？"那才叫着了道，不早死才怪！人的生老病死，是再自然不过的现象。假若人人不生恶疾，个个长生不老，即便都只活百年，这世界会是何等模样？

　　记忆中的"开大刀"，也就是沉沉地睡一觉。醒来就苦了。那是真痛！浑身痛，里外痛。以我的经验，濒于"绝境"是在第三天，千金之屁放不出来，腹胀如鼓，有恶气在五内奔突，窜到哪儿，哪儿像刀剐像锤击像锥子钻，让人生出"此生休矣"的念头。吃紧的时候，担心肚子会爆裂开来，很希望医生在小腹上打个洞放气，或干脆再来上一刀。人生在世磨难始。生病痛，治病也痛。治好了，小痛替换了大痛或短痛替换了长痛。没治好，痛上加痛。一旦治没了，"眼睛一闭，不睁，一辈子过去了"，痛到底，玩完儿！

　　患难之时见真情，救命之恩不敢忘。由衷地感激尊者、朋友和亲人们。永远不会也不能忘记那些焦灼的表情、关切的话语。永远不会也不能忘记一同远行千里寻医问药的专注与艰辛。永远不会也不能忘记那殷红浓稠的血、饱含深情的壶、祈求安康的瓶。爱的力量，使人跨越苦痛和危险的沟壑，度过寒冬，拥抱春天，展望多彩的未来。深深的情谊，汇聚在深深的心底。

　　病中的热闹总是珍贵而短促的。漫漫长夜，相伴痛苦与呻吟的，有万千思绪。如梦如醒之间，多少过往的、早已飘散的人或事会聚拢来，清晰地浮现在眼前，有如翻看年代久远的电影，自己也仿佛进入角色。五味杂陈，或得意或尴尬，或欢愉或酸楚，或欣慰或苦涩。陈谷子烂芝麻的零碎，成了反复咀嚼、别具滋味的橄榄，心被弄得软软的、酸酸的、湿湿的。

总有人举例子，说癌并不可怕，胃癌更不可怕。谁谁得病十几年了，还活得好好的；谁谁胃割光了，几十年了，照样能吃能喝能打球。姑妄听之，姑妄信之。自己脑子里"筛"出来的，则多半是那些"患了癌等于判了死刑"的个案。也知道所谓"三个三分之一"的论调，说死去的癌症患者，三分之一病死，三分之一放疗化疗毒死，三分之一吓死。也知道那个著名的心理学故事，说国外专家做实验，假装行刑官，通知死刑犯"明天执行，放干你的血"。第二日，隔着布幔，死囚果然在滴滴答答的"放血"声中死去，而实际上，"放"出去的不是什么血，全是水——人是被活活吓死的。也想到曾经十分熟悉的一个朋友，年纪轻轻的，身体棒棒的，唱歌喝酒跳舞打牌登山调戏妇女样样来得，例行体检，被告知患了肝癌，当即萎靡。被人抬进汽车，拖到大城市去开刀、放疗、化疗，不到两个月，接回家的只是一个轻飘飘的骨灰盒。

有一阵，扇着黑色翅膀的死神老在眼前晃，挥之难去。脑子里跑马，生出各式念头：人死肚朝天，不死望百年，病死了那是命中注定，怎么着也不能被吓死。坚决不做这"疗"那"疗"，毒死了太不值得。实在熬不过去，死则死矣，不能折磨到人不像人鬼不像鬼的地步，此去无羞报，托体同山阿……这些想头多半在暗夜生成。白天亮堂，见到一往情深的女人、天真烂漫的孩子、热情似火的朋友，只有暗自落泪。

探望者众，表情表达各异，引发的感触也不尽相同。来人若是谈笑风生，大大咧咧说"老兄没关系，过一阵子还喝酒去"，就比较高兴，因为受到鼓舞。来人若是满脸悲怆，作强忍泪水状，说"要想开些啊"之类的话，则不怎么高兴，因为凉飕飕的。也有人开导："身体是1，其他都是0。工作哇，儿女哇，别再操那么多心了，由他去。病了就养呗，养一年两载有什么关系！"理是这个理，想想又犯思量：养一年两载，万事高高挂起？行情转绿？垃圾股？落毛的凤凰不如鸡？

遭遇真病、大病，是命运为人设的限或坎，是生命的告诫。人是要从中得到警醒的。进或退，取或舍，抓或放，是应该好好斟酌斟酌、重新掂量掂量的。

……

感谢上苍！术后一周，各项检验结果出来了：病变的部位不算大，也不算深。手术成功。主刀大夫相告："你有福，发现得早！"

阳光灿烂，春风撩人，世界多美好！

开刀前夕，朋友送来新款 ipad，输入了许多好看的电影和好听的歌曲。用它，看了《山楂树之恋》《让子弹飞》《非诚勿扰》《阳光灿烂的日子》。反复听那些美妙的歌。总被这样的词儿感动："因为我们今生有缘，让我有个心愿，等到草原最美的季节，陪你一起看草原……草原花正艳，阳光多灿烂！"正是！别的都他娘无所谓，应该和家人、友人多多去看草原、看大海！

无须呻吟！虽然，创伤犹在，隐隐作痛。

枳壳·枳实

我老家门前有过一棵树，是橙树。

我老家在袁河与赣江交汇处那块冲积平原的尖尖上。小村子，不满三十户，百十来口人。风光好，背依水流清亮垂柳依依的河，面对低矮青翠蜿蜒静卧的山，村与山、村与河之间，是平展展、水汪汪、阡陌交错的稻田。翁翁郁郁的树木和篱笆环绕村边，其间有高大古老的樟树、枫树和苦槠树，有枝叶扶疏、飘飘摇摇的长竹，还有许多叫不出名字的乔木、灌木、藤蔓和草，时时有绿，季季有花。我家的祖屋位于村子前排偏东，是经历了几十年风雨的砖木老宅，正屋前接出了一个小小院落。房子的右前方，相隔百步，是一口青砖砌岸十数丈见方的水塘，细细长长的水圳自西往东逶迤而来，穿塘而过，注入活活清水，带走淡淡污浊。水圳于院门前一箭之地款款转身，弯出一个椭圆形半岛。那树，就生长在这半岛上，正对院门，绿意长映。

自我记事，树就庞然屹立在那里，高及二丈，伸展的树冠遮盖住了大半个"半岛"。每年的春夏之交，南风拂拂，橙花应时而来，雪白的花骨朵从鲜绿的枝叶间逸出，竞相开放，那浓烈而黏稠的异香便纵情挥洒，四向飘飞，融入软软的风和廊檐下钩镰相击的叮当之声，登堂入室，常常让我迷醉。

橙树是祖父亲手所植，也是祖父的珍爱。祖父没念过书，不在意叶的翠绿和花的芬芳，只看重实实在在的好处。

花开花落，橙树结满了小小橙子。橙子日长夜大，至暮春或初夏，就有小算盘珠子那么大了，圆圆的，青青的。这时节，祖父总是天不亮就出门，捡拾晚间掉落在树下的粒粒橙子，提回家细细分拣。小的用水浸泡数日，滤去苦汁，拌上盐、干椒、豆豉、蒜，放锅里反复蒸，于是家里总有那么一钵黑黑的、咸而微苦的、细嚼慢咽之后口舌生香带甜的橙子酱下饭。大一些的，则被祖父分别横切成两个半圆，几经暴晒，干透了，收成一袋半袋，背到集市上去卖，换回些红糖草纸盐巴灯油。祖父告诉我们：这是枳实，一味好药。

序入清秋，时至九月，小小橙粒长成小孩拳头那样结结实实的大橙了。此时，祖父必然动员全家参加一项重大活动：下橙。就是将满树的橙果及时采摘、炮制。我家的橙树大，结果多，橙们总是成双结串，挂满枝头。祖父搬一把长梯，稳稳地靠在树枝杈上，轻巧地爬靠上去，将沉甸甸的青橙一个个摘下丢落。我和弟妹们在树下，把那蹦蹦跳跳的橙逐一捉了放到箩筐里。听着祖父的朗声吆喝，嗅着橙树橙果浓烈的酸香，边嬉闹边干活，我们个个是小神仙。橙树结果有大年小年之分，凡大年，我家的树可采两三担鲜橙；即便小年，也能收满几箩筐。橙子采下来，祖母便领着我们一个一个切开，一分两半，用撮箕端到屋外的平场上翻晒，早晨摊出，傍晚收回。等到晒足十天半个月的好日头，那些盅状的橙片就干透了，由深青变褐紫。祖父又告诉我们：这是枳壳，也是一味好药。逢集之日，祖父穿戴整齐，神色怡然地挑上满箩筐的枳壳上街去。还家之时，筐里没了枳壳，却有了稻草扎缚的新鲜猪肉、土纸包着的油饼油条，还有祖母急用的针头线脑火柴肥皂。这一日，全家欢喜，胜似过年。

后来知道了，我家这树，学名酸橙，属芸香科乔木，外观类橘、柚，质地各不同。枳壳是其接近成熟期的果实，枳实是幼果，作药用的都是干品。的确是不错的中药材，功效相近，主要是破气、行痰、消积，在治疗胸膈、腹胀、便秘、里急后重、水肿之类病症的方子中常用。

祖父是地道的农民。兄弟五人，他排最后，长辈叫老五，平辈称五哥五弟，晚辈则唤作五叔五公公。我出生的时候，祖父已年近六十，依然高大。我家人口多，自我打头，兄弟姊妹一串，"五男二女七枝花"，很长时间，就是一窝老鼠那样吱吱乱叫嗷嗷待哺的雏儿。其时，父亲母亲都在外混事，赚不了多少钱，顾不上什么家。祖母缠过脚，长年咳喘，家里的大事小情，主要靠祖父撑持。祖父为人，万事不肯敷衍，种的树，要比别人家多结些果；侍弄的菜园子，要比别人家品种多收获好；养的猪牛鸡鸭，要比别人家肥壮；打来的柴垛，要比别人家大而实；酿的酒熬的糖，要比别人家香而甜……最要紧的，他的孙儿孙女们，要比别人家吃得饱一些穿得暖和一些。因为这些，祖父便有操不完的心、干不完的活。我很少看到祖父躺着，总是见他进进出出，忙个不休，像永不停转的机器。永远不会忘怀的情景是：酷热的盛夏，劳作后进门的祖父，头顶上冒着腾腾热气，身上的粗布衫被汗水湿透，显出一片一片盐白的汗渍；寒冷的冬季，那粗糙如砂纸的大手，更添一道道深而见红的血口子，而他满不在乎，抹点"蚌壳油"，撕条胶布缠住，扛上锄把又出门。祖父的大脚板变了形，弯弯的像柴刀，中趾超长，五趾分得很开，这是经年累月在泥巴地里负重挣扎的结果。祖父祖母做寿木，所用的杉树大料，全是祖父从邻县的大山里一根根扛回来的，往来一趟，有上百里的艰难路途。这时的祖父，年逾六十。

祖父极少生病，偶发头疼脑热，总是唤我们去那橙树上摘些鲜叶，让祖母烧水煎了，滗出浓绿的汁，就着这汁下点挂面，放上大把的干辣椒和葱，盛出来呼噜呼噜喝了，躺床上蒙头睡两个时辰，翻身起床说"发汗了，好了"，接着干活。

好些年，祖父在外面听生产队长调遣，在家里则是我们的生产队长。天没放亮，小孩子们还做着甜甜的梦，祖父的大嗓门就在院子里嚷开了："老大跟我砍柴，老二放牛捡屎，老三打猪草……起来起来快起来，莫要做懒精！"正是在祖父的呼唤和差遣中，我们渐渐长大，品尝了人生的艰辛，也体味了劳作的欢愉。

祖父不识字，却费尽心思而且十分执拗地让儿孙们念书。村子里没出过多少文化人，20世纪60年代初出了自古以来第一名大学生，是我叔；70年代末出了第二个大学生，是我。

祖父再忙再累再操劳，也从没误过对橙树的照料。春施肥，夏打枝，秋防虫，冬保暖，树长得茁壮，成了我们家生活的一点保障，成了祖父祖母的一些希望，也成了我们家许多事情的见证，经见了阳光，也经见了雨雪风霜。

渐渐地，我们长大了，树老了，祖父也老了。村子里的人多了，房屋多了，事儿也多了。浑浑蒙蒙之间，株树不见了，枫树不见了，那硕大无朋、神佑村人几百年的老樟树也没了。那是某年，一群浙江工匠被村人请去，用了将近一个月时间，斧斫锯拉，将樟树放倒，树干树枝解成板，树蔸树根刨出来剁碎了熬油，有那么小半年，村子里总弥漫着浓烈的樟脑味。这味道后来就没有了，也许永远不会有了。就在这些岁月，村前的水塘被垃圾泥土填平，让人盖上了猪圈；水圳改道绕行，橙树边少了清水，多了碎砖烂瓦；村民盖新屋打墙基，挖断了树的根根须须。终于，树干布满了虫眼，树上多了枯枝黄叶，后来半边树也枯了。祖父多少次在树下转悠，忽一日召我们到树前，低沉而坚定地说："倒了吧！活不成了，还有点用。"树被砍倒，祖父用了很长时间，将枝枝丫丫细心地晒干捆好，叶子也全扫了回来，供了我家将近一个月的灶柴。树干尚实，祖父请人锯开成板，做成两条长凳。

树没了，祖父在，却明显多了几分老态。祖母76岁无疾而终，祖父有过一阵孤独，依然健朗。因为祖父的坚持，我和弟妹们能读书的读了书，相继跳出农门，做了城里人，祖父却始终住在村子里，由我的父母亲和善良的族人们陪着，还有那橙树长凳。凭祖父的身体禀赋，我们满以为他能活过百年，遗憾的是没有。祖父94岁那年，一个寒冷的冬日，和满屋的晚辈在厅堂烤火，站起身夹炭时，扑通一跤跌坐在泥地上。等到惊慌不已的族人将他抬上床，老人咧着嘴说："怕是断骨头了，把出门的人都喊归来吧。"医生到家给祖父做了检查，断定是股骨颈粉碎性骨折，年岁太大，不能手术，要在病榻上走完最后的路。渐渐地，祖父虽然苍老却依旧饱满的身躯被一点点熬干，最后到了皮包骨头的地步，那深陷的眼窝，可以搁下小小酒盅。

祖父的脏器并没有毛病，只是老化了、衰竭了。衰竭的祖父仍有很强的生命力，可他不想给后人子孙拖累。大约在摔倒两个月后，就坚决不打针不吃药，再往后，几乎不吃饭不喝水。我那时正在某县做芝麻官，常在星期日回家看祖父，问他想吃点什么，老人提过的唯一要求是："老大，去买根冰棒来。"噙着泪，驱车到市区，我挑最好的雪糕、冰棍、蛋筒，为祖父买了满满一保温瓶。在父亲的帮扶下，祖父呡了半支绿豆冰棒，干瘪的面容上现出满足的笑意。

祖父伤于隆冬，殁于初夏。在他居住了大半辈子的祖屋，后人们设酒致祭。祖父自己扛回的木料所制造的棺椁之中，安卧着他干枯的躯体；支撑棺木的两条长凳，曾是老橙树的主干。

不见橙树，20余年。泪别祖父，十有三年。清明节又将至，一定带上妻小回老家一趟，为祖父的坟头添几抔黄土，抹抹橙树板凳上的灰尘。

（原载2011年第5期《百花洲》，选入人民文学出版社版《21世纪年度散文选·2011散文》）

姥姥花

白露刚过，友人 X 在微信上发出一组野花照片。说是郊游时偶然拍到的，是一种"已经很少见的花"。我却认得，那是姥姥花。X 称它曼珠沙华。

好艳好艳的花！一大丛，耸在深绿的草上，精赤一片。分簇，每簇三五枝，碧绿的茎秆撑着火红的花冠。一冠花便是一把伞，团成伞面的是倒披微卷的花瓣，瓣瓣精微、丝丝若血。有花而无叶，独立的枝干细长笔直，碧如葱蒜，亮似玛瑙。

"曼珠沙华"很诱人。上网一查，不由得为自己的孤陋寡闻而害臊，更为这花的神奇而惊诧！

这花名字诡异。曼珠沙华是学名、洋名。中文的别名多得稀奇古怪，如天涯花、天堂花、舍子花、地狱花、幽灵花、死人花、龙爪花、金灯、赤箭、无义草、鬼擎火……用得最多的是彼岸花，没有姥姥花的记载。也有花语。日本是"悲伤的回忆、无望的爱情、地狱的召唤"，韩国是"离别、伤心、死亡之美"，全让人起鸡皮疙瘩。中国的比较柔顺，是"优美的纯洁、无尽的等待"。

这花习性奇特。中华彼岸花一般生长在长江中下游地区。多见于坟地、石缝，有春彼岸、秋彼岸之分。叶生于夏、花开在秋，叶

曼珠沙华

不见花、花不见叶，叶在花无、花开叶死，"同土同根不同时，相念相惜永相离"。

　　这花有故事。最流行的有两个：一是英雄救美鬼溅血。说从前有个丑陋的鬼爱上了一位美丽的姑娘，姑娘嫌弃、拒绝鬼，鬼将姑娘囚禁在偏僻恐怖的地方。之后来了一个英伟的武士，杀了丑鬼，救了美人，成就了好姻缘。鬼的血溅到乱草上，开出这种如血的花。花开在忘川，成为"徘徊于黄泉路上的彼岸花"。二是两个妖精遭惩罚。说从前在人多热闹的地方，生长着大片红艳艳的花，香气袭人，且有让人忆及美好前世的魔力。神委派了两个妖精守护这些花，一个是花妖曼珠，一个是叶妖沙华，立下的规矩是二者不能私自见面，否则要受惩罚。曼珠和沙华忠于职守，遗憾的是总见不了面，思念得苦。出于渴望，他们违背神的意旨，偷偷见了一次。相见之时，花红叶翠，奇香四溢，无比美妙。神不高兴了，将他们打入轮回，罚他们永远不得相见。从此，曼珠沙华这种花再也不能在繁华的地方出现，只配开在僻野的黄泉路边，将红艳艳的花瓣蜷出弯曲的手指，围成半张开的巴掌，无望地举向苍天。

瘆人，也引人入胜。

不由得联想起西方唯美主义大师奥斯卡·王尔德的著名戏剧《莎乐美》。莎乐美眼中约翰的红唇，"仿佛是象牙塔上的一段红丝带，仿佛是由象牙刀所切开来的石榴"般的唇，"像是渔夫在破晓的海上所寻获的血红珊瑚，那只贡奉给国王的血红珊瑚"般的唇。

又联想到从前。联想到姥姥。

我的故乡，我的村庄，生我养我的地方。那村子的东北边，平展展的田畴间，有过一块高2尺许、大如半个球场的台地。那地方唤作上墓，又名老庙场。关于它的传说很多，无不幽暗诡异。我所见到的，只是细碎的瓦砾、一棵乌桕树、几蓬苍耳子、乱七八糟的草和刺，这些占了约一半的面积。另一半，有我家和别家的菜地，祖父年复一年地在那儿种红薯、南瓜，种辣椒、茄子、豆角和萝卜。姥姥花就生长在那地方，在那些瓦砾里、杂草中。

多少回，我和大狗、二狗、细矮、疤脑、塌鼻子去那儿玩，摘黄瓜吃，采大而青的辣椒掏空了抹盐巴腌了吃，玩姥姥花和乌桕籽、苍耳子。姥姥花开出来的时候，草是青的，乌桕叶也没红，南瓜藤上结着磨盘大的瓜还开着喇叭样的大黄花。姥姥花，红艳艳，吸引我们的主要是它的茎。那根笔直修长的秆子，掐下来，一条一条撕得细细的，扔到水圳的水里，会卷成一个个圆圈，撕得越细，卷得越紧，圈得越圆。姥姥花秆子卷成的圆圈顺水圳的水悠悠地漂，我们在水圳的堤上紧盯着它们慢慢走，边走边拔狗尾巴草或白茅根草，边走边采野菊花或木槿花，边走边顺手揪低飞的蜻蜓、蝴蝶或笨拙的青蛙。开心了，我们便翻来覆去地唱："姥姥花，红苗苗，照得你爷卵子翘。姥姥花，斤四两，闹得你娘屁股痒。"

这玩法好多都是大狗二狗的爱婆教给我们的，歌谣则是我们瞎编的。爱婆就是外婆，城里人也叫姥姥。

大狗、二狗家是贫农，他们的爱婆是河那边的人，戴一只银手镯，镶两棵大金牙，头发挽成髻，大手大脚。爱婆每年都会在我们村住很长时间，抱大狗、二狗的弟弟妹妹走东家串西家。爱婆给我们吃炒黄豆、糯米粑，教我们唱"风来了，雨来了，蛤蟆仔扛得鼓来了，婆婆点得火来了"，唱"八哥仔，尾巴长，娶了老婆不要娘，把娘丢到山崮上，把老婆贴到额脑上"。我们学大狗、二狗，也叫她爱婆。

我也有自己的爱婆。我的爱婆就住在不远的地方，在袁河堤旁的一个大村子里。可是，我的爱婆从不来我们家，我和弟妹也极少去爱婆家。偶尔去，爱婆会从紧锁的眉头和脸上深深的皱纹中挤出笑来，会揽我们入怀，亲我们的小脸和嫩眉毛，叫我们细崽、宝宝，踮着粽子样的小脚送我们到村头久久张望，可是从不让我们去祠堂背阴处或乱坟地里采姥姥花，从不带我们去人多的地方看热闹，从不领我们去河洲上捡花石子听鸟叫。大人们都说，我的爱婆年轻时是乡里最美的女人。可是，在我眼里，她就是一个干瘪、多皱、驼背的老太婆。她裹过脚，走路一扭一扭。她耳聋，说话用尖细的大嗓门。

我爱公是地主，我爱婆是地主婆。听过收租院的故事，看过《暴风骤雨》的电影，爱公、爱婆和刘文彩、韩老六混在一起了，分不开了。

跟许许多多的中国人一样，舅舅舅妈和他们的子孙、我家和我姨娘家的人，后来都过上了好日子，芝麻开花节节高。而这时，我的爱公爱婆早已成了泥巴。他们是戴着沉重的帽子，悄无声息离开人世的。那是"悲伤到连泪水都无法滴落"的年月。他们走得十分潦草，我们做外孙子外孙女的，没能相送。

......

多少人写诗、作文、填词、谱曲，倾情演绎曼珠沙华。说生死、道别离、诉痴情，低吟浅唱，长歌短哭，哀婉凄清。没有谁联系着说到姥姥的故事。好在艺术通灵，总有唯美的句子撞击着我的心："曼珠沙华，旧日艳丽已尽放。曼珠沙华，枯干发上，花不再香，但美丽心中一再想。"（梅艳芳《曼珠沙华》）"如果爱的方向在天涯，你能不能为我留下。人间的冰冷就让真情融化，哪怕经历几世的挣扎。如果爱是一朵彼岸花，我摘下它做你的发夹。"（刘俊麟《曼珠沙华》）

《莎乐美》描绘的荒诞场景也难以摒去。疯狂的施虐和无助的受虐。盛着滴血头颅的银盘子。莎乐美旁若无人地吻那头颅与红唇。剧中人粗重、苍凉的道白："啊，像是一只鸟，一只巨大的黑色鹏鸟在头上徘徊盘旋。为什么我看不到那只鸟？振翅的声音多么可怕。"

所谓灵异，只是人的穿凿附会。

书本上写得明白：曼珠沙华，石蒜的一种，被子植物门、单子叶植物纲。习惯于偏酸性土壤，以疏松、肥沃的腐殖质土最宜，喜生长于阴湿地方。根茎有微毒，不可随意食用，但有药用价值，可用于镇静、抑制药物代谢，甚至有抗癌作用。

石蒜科的花卉其实很多，彼岸花之外，有朱顶红、水仙、龙舌兰、君子兰等，大都俏丽而且高贵。彼岸花也分好几种，红色的叫曼珠沙华，白色的是曼陀罗花。在井冈山的挹翠湖畔，我还见过明黄的姥姥花，不知怎么称呼它们。如今，这灵性的植物，应该作别样解读了，应该赋予她新的"花语"了，如壮丽、热烈、坚韧、牺牲、奉献。

也有一说：曼珠沙华，天界四华之一，天降吉兆之华。《法华经》有偈语："见此花者，恶自去除。"

清汤包面

我最没出息！大学时光多少事，不能释怀的，竟是那碗清汤包面！

说来话长。

1978 年考入江西师范学院。这是一件让全家人喜出望外的事。喜出望外之余，多子多愁苦，讷于言而敏于行的父亲决定亲自送我上学。并非送达南昌，只是送到昌傅站。一头樟木箱，一头铺盖卷，不沉重也不轻飘的行李，瘦削的父亲一肩挑到底。路不远，也不近，二十多华里。

早上吃了什么，怎么出的家门，如何过船渡水，一路上碰到哪些熟人，父子俩说了啥……全都不记得。记得的只是：到了昌傅站，进了候车室，打好火车票，看壁上挂钟还有些时间，父亲说："吃点东西去。"担子上肩，父子相跟，进了车站饮食店。

站是最小的站。两行铁轨南北横陈，混杂着浓浓灰土味、尿臊味、铁腥味、柏油味的"味儿"肆意飞扬。候车室在铁道的东面，紧靠站台，巴掌大。饮食店在候车室的东面，相隔十来米，巴掌大。巴掌大的饮食店是倚着仓库围墙搭建起来的砖木平房，瓦青黑，墙灰白，门低矮，窗逼仄。内部构造是这样的：一堵泥墙将里外拦腰分开，里间做灶房，外间是店堂。灶房里有案板、火炉、锅碗瓢盆、葱姜蒜辣、米面油盐酱醋，还有大水缸。案板上放了切菜的砧，纱布蒙着的面团、老面等等。火炉大小各一，架着蒸锅和炒锅。店堂里摆了三张木桌，各二尺见方，面目粗黑，油渍麻花；每桌配四条矮板凳，各凹凸不平，吱嘎作响。再就是里外忙碌的大师傅——一个土老头，少头发，多皱纹，眯眯眼，戴袖套，围蓝布裙。隔墙的一侧辟了窄门，供老头进进出出，正中间开着方正的大洞，供老头收钱收粮票、递饭递汤菜。食客进门，一目了然。

店里有现成的油饼、油条和馒头，也能炒菜做汤。父亲目不旁视，只朝老头说："师傅，泡两碗包面。一毛五一碗，一毛一碗。"

于是，里间热闹起来：两只粗瓷大碗摆上案板，分别往里刮盐、淋酱油，放葱一撮、加猪油一匙、搁薄铁调羹一把。涮锅，注清水，捅旺炉子。揭开纱布，将白里透红的包面疙瘩拨拉出来。水开了，包面下进去，蒸汽腾起来。沸了，加一瓢凉水。又沸了，包面浮上水面，和水一并欢腾。老头用长柄铁勺舀了锅里的水冲进碗里，拿调羹搅动几下，葱香和油香蹿了出来。用细篾小笊篱将翻滚的包面捞起，分配到大小碗里。问："吃胡椒么？"得到答复后，各敲入些胡椒粉，双手端了，放在窗台上，大声喊："好了！"

父亲取了那碗少的，快快地吃。我端了那碗多的，慢慢地吃。秋已凉，天不热，一碗包面吃下来，我满头冒汗。

没见老头数数，碗里的东西却分明清点过。我那碗整整30朵，父亲那碗一定是20朵。说"朵"，是因为这东西实在轻薄，如花、如蝶，灿烂而不黏糊。捏合紧密的面皮煮透了，舒展开放，柔韧晶亮，仿佛蝴蝶的翅膀，那折皱处正是翅上的经络；裹着肉馅的"面袋"，恰似蝴蝶的腹，一点嫩红清晰可见，很是抢眼。煮熟的包面也就古铜钱那么大一个，飘荡在漾满葱花和油花的汤汁里，各自沉浮。嚼一朵、喝一匙汤，嚼一朵、喝一匙汤……我享受着前所未有的满足。

面皮儿真溜滑、筋道，无一处破损，直往人喉咙里钻。"包"里那肉虽然少，却脆嫩、多汁，鲜得让人不忍卒咽。我看清楚了，煮包面的锅子里，面是面，汤是汤，面舀出来了，寡水和清汤还在。碗里也面是面，汤是汤。天作之合，妙不可言。

清汤、包面，是同一样东西。这种吃食，在我们乡里多叫"包面"，在邻近的樟树多叫"清汤"，也称"猴子包面"。类似的玩意儿，四川有，叫抄手；苏浙有，叫小馄饨；广东有，叫云吞；福建有，叫肉燕。前些年，樟树人将它评为名小吃，用了"久享盛名、文化深厚，皮薄馅鲜、风味独特"等词句加以描绘，并且演绎出与解缙、乾隆等人相关的曲折故事。张恨水信笔一句"临江府，清江县，三岁伢仔卖包面"也被广为引用，并且在宣传广告上配了精美图片。可是，图片上的"清汤"，全是圆咕溜秋的面口袋、肉荷包，和我在昌傅站吃的"清汤包面"不是一回事儿。

人生苦短，其路也长。我吃过抄手、馄饨、云吞、肉燕，各有滋味，不一而足。二十年前到樟树，因为扯了上面的故事，朋友们郑重其事地邀我去古风犹存的望津楼，专吃"包面"。脸盆装、海碗盛，举箸临风、笑语欢声，恍若昨日。吉安白鹭大桥头，开有一家"樟树佬清汤店"，生意兴隆，日日跑火，厕身其地的我曾连续十多天光顾，旁若无人，只为吃那店里的招牌小吃——"双料"的"包面"。都不错，又都没有吃出昌傅小站的味道。至于所谓法国蜗牛、苏格兰打卤面、意大利通心粉、西班牙海鲜饭、巴西烤肥牛等，相比于那碗清汤包面，更是味同嚼蜡。

清汤、包面，传统地方小吃，如今也是大众吃食。菜市场有擀好了的皮子卖，肉随时可去超市拎，人人会包，家家能煮。我却以为，昌傅站上的"猴子包面"那才叫美、那才是鲜！那美与那鲜，和它薄皮少馅是分不开的，和清水清汤是分不开的，和一撮土葱一匙猪油是分不开的，和如何煮如何盛也是分不开的。哪里用得着包那么多肉，哪里用得着放味精蚝油五香粉，哪里用得着剁鸡脯子、猪肘子吊高汤！

车站饮食店的清汤包面，大碗一毛五、粮票一两，小碗一毛、粮票一两。吃完、结账，将儿子和行李送回候车室，父亲径自回家。巷道短而窄，转过墙角人就不见了。

昌傅是浙赣铁路线上的末等小站，在樟树境内。樟树那会儿叫清江县。我是新余人，其时设有新余县泗溪公社，正是我的故乡。

天泽武功山，出一支清亮欢快的好水。淌过芦溪，唤作芦水；流经宜春，名为秀江；穿过分宜、新喻和樟树，便叫袁河，这也是她的总称。迤逦二三百里，袁河在樟树荷湖地界注进"大河"——赣江，而后入湖入海，摇头摆尾，汪洋恣肆。她在汇入赣江之前，甩下了一大片冲积平原，其地多沙，宜物宜人，造就了"一府管三县"的临江、号称"小南京"的三湖这样的历史名镇，也孕育了红极一时的"大红袍""三湖红"这样的名品，隔江相望的斜对面，还有一个声名赫赫的地方："青铜王国"大洋洲。我的老家，就在这块冲积平原的起点上，袁河的南侧。昌傅站在袁河北面，地属丘陵。童稚之年，能勾起我无限遐想的，便是天朗气清的日子，在村前周公山上放牛，听远方隐隐传来火车哐当哐当的行走声和呜呜的汽笛声。时至今日，悠然在耳。

吃过那碗清汤包面，挤上"586"管客列车，经停游村、临江、蛟湖、张家山、樟树、新居、拖船埠、围里、丰城、路里、小港口、潭港、向塘、横岗、莲塘、青云谱，终于到了南昌——这个左右了我的命运，令我欢喜令我忧的地方。100来公里的路，用了三个多小时。上车是没有座位的，一直站到丰城。车上是没有空调的，空气浑浊。白衣乘务员推车叫卖，铝盒盖浇饭两毛一份、纸袋面包两毛五一个，我看都不看一眼。沿途各站，有隔窗推销菱角、香瓜、甘蔗、炒蚕豆、煮鸡蛋、冻米糖的，我全然不屑——嗤，老子吃了清汤包面！

寒来暑往，大学四年，冬夏归家，雷打不动。每次都坐"585""586"，必经昌傅。往也好、返也罢，时间宽也好、时间紧也罢，有伴也好、独行也罢，我必定要在车站饮食店泡上一碗清汤包面，慢慢地吃喝。四年，店是那店，老头是那老头，价是那价，清汤包面是那清汤包面。十六趟，十六碗！我的牵挂，我的思念，我的畅快，我的羞惭。

孔子说"食不厌精，脍不厌细"；苏东坡因"黄州好猪肉，价贱如泥土"，又"肯吃""解煮"，故而"早晨起来打两碗，饱得自家君莫管"；李笠翁主张"渐近自然"，直言"脍不如肉，肉不如蔬"；陆放翁喜欢吃稀饭，说"世人个个学年长，不悟年长在目前，我得宛丘平易法，只将食粥致神仙"……人之本能，食色，性也。

念大学的日子已然遥远。那是火热而匮乏的岁月，人人如饥似渴。贪吃书，也贪吃各种东西。阮囊羞涩，夫复何求？总难忘记的，清汤包面而外，还有排长队才能买得两个的肉包子、街边上五分钱一小盏的鸭血汤。

袁河依旧在，已难觅清流。昌傅站也在，无关往来客。我曾天真烂漫地探访故地。饮食店早拆了，面目全非，唯有巴掌大的站房坚守在喧嚣而寂寥的站台上，目送着K字头、D字头、G字头各样车辆往来飞驰，日复一日，月复一月，年复一年。不知道善做清汤包面的那小老头，可还活在世上？

扯来扯去，一地鸡毛。

人生可不就是一地鸡毛！哪来那么多钟鸣鼎食？哪来那么多金戈铁马？哪来那么多合纵连横？哪来那么多大风起兮云飞扬？哪来那么多"待月西厢下，迎风户半开"？

（收录2018年版大学同学文集《依旧难忘》）

爷娘莫急

一

冬至那日，干完山上的活，回村里吃过中午饭，父亲在老宅前转了几圈，终于开口说话："今年都回乡下过个年，好么？"声音不大，意思明白。

兄弟姊妹都在场，响应比较拉杂——这个说："回老家过年啊？有空调么？"那个说："能洗热水澡吗？上得了网么？"另一个说："那要多买几张床，被窝得自己带！"又一个说："乡下过年好是好，就是有煤气，炒菜炖汤麻烦！"

父亲脸上涩涩的。他继续絮叨，大意是说：本地本乡，出门在外的人多的是，有赚钱多的，有赚钱少的；有当官的，有做百姓的；有过得好的，有过得差的，人家都会回来过年。

父母根在乡下，人住城里，有20年没回老家过年了。他们寄居的市区离我们村50公里。

建设美丽乡村，拆了不少破屋，我家的百年老宅得以保存，且在政府的支持下进行了修葺，焕然一新。村庄近几年变化挺大，东面建了小公园，西面修了篮球场。球场边有树有花，有转腰、转手的铁架子；公园有凉亭、游步道，水里种荷花，岸边植垂柳。父亲说得没错，出门在外的人争相回老家过年了，去年除夕，还史无前例地在球场上搞了拔河比赛，在祠堂前办了有奖猜谜，和城里一样热闹。今年会更热闹。

改革开放日日红，兄弟姊妹家家好。也有新情况：二弟在大城市添了新居，想去"旺房"；二妹在风景区置了别业，想去享受美妙山水；四弟家生了小宝宝，忙得不亦乐乎。别说到乡下，像往年那样在城里陪父母过年也有了困难。

老人心明如镜心细如发。

我也不敢贸然表态。老婆好说话，别个的主难作。儿子儿媳和女儿，吃得好点歹点不会在乎，手机是须臾离不得的，省城里的Wi-Fi他们还嫌慢。大孙子上小学，常考"双百"，写完作业无论如何要玩大黄蜂、闪电麦坤，要用乐高积木或磁力片拼装坦克、航母、战斗机、超级恐龙、摩天楼，满屋子是他的零部件。小孙子上幼儿园，不坐马桶不拉屎。哥俩天天得洗澡，不洗喊痒痒。

二

我家椿萱并茂，四世同堂。我有五兄弟两个妹妹。我是老大，62岁；五弟最小，46岁。父母随一个弟弟两个妹妹住市里，其余聚在省城。

年日日迫近，老人一如往常。我和弟弟妹妹心里直打鼓，想起了许多陈年旧事。

我家极普通，是从农村分离出来的，经历过漫长的不得温饱和多年的不得安宁。

"五男二女七枝花"好听，可是把人从蝌蚪那么小养到牛犊那么大谈何容易。我们都有饥肠辘辘的记忆，都吃过豆渣饼子、糠饼子，都嚼过别人吐出来的甘蔗渣，吮过别人嘴角滴落的冰棒水。还好，一个一个都长大了，而且活得人模人样。父亲母亲没有过人的才能，没有显赫的地位，没有闪光的功业，没有响亮的名头，只会用瘦削的肩膀，扛住了苦难的闸门，把人生的安适一一分派给我们。父亲是怎样地拼死拼活、忍辱负重，母亲是怎样地含辛茹苦、任劳任怨，他们是怎样把盛到碗里的食物再拨出来分给我们果腹，全是一幕幕电影，真实、鲜活又格外酸楚，每一次回放，都让人落泪。

祖父祖母年迈时，父母亲始终陪伴在老家，日夜侍奉。那时日子清苦，我们年少。每当腊月，悠悠万事，唯此为大，心无旁骛、心驰神往的就是回老家过年。不论路远近，无惧风和雪。深深吸引我们的，正是那历经沧桑的老屋，正是老屋里忙前忙后的爷爷奶奶和爹娘，正是他们亲手置办的腊肉、麻糖、米团子、红薯片、老酒、粉皮、霉豆腐。大红纸飘飞着喜庆，铁锅里流出来肉香，爆竹声声炸响，柴火舞动希望。"一碗水一杯酒，一朵云一生情。"多么绵长，多么芬芳。

祖母祖父不在了，父亲母亲也搬进城市了。

进了城的父母，住的是小房子，过的是平淡日子，却把"年"料理得丰盛而温馨。我们是飞来飞去的鸟，倦了，累了，一到"年"就飞回去了，回到暖暖的巢。

曾几何时，父亲母亲行如风立如松。后来，母亲的背驼了、腿瘸了，父亲的手颤了、咳嗽得厉害了。他们想在城里寻一处大房子，容得下所有的儿孙宽宽松松、热热乎乎过年，做不到了；他们想用自己的双手杀鸡烧鸭灌香肠、晒腊肉，做不到了；他们想甩出钞票，吆喝"订机票，去三亚"，做不到了。可是，他们那点儿孙孙绕膝下、儿女闹堂前的心思却越来越浓、越来越重、越来越放不下了。他们想过年、盼过年、怕过年——他们是老鸟，对自己的窝没有信心了。

转眼之间，我和弟弟妹妹先后变成爷爷奶奶了。成了爷爷奶奶的我们努力营造着各自的窝，也营造着各种不能和老父老母一块儿过年的理由。受外面好风好水好阳光的诱惑，我已经两年没在父母的旧桌上吃团圆饭了。

父母精明、仁慈，给了我们最多的理解和宽容；父母脆弱、失落，对"年"的渴望和忧虑与日俱增。

三

小区的围墙上写着"父母者，人之本也"之类的句子，画着"鹿乳奉亲""卧冰求鲤""扇枕温衾"之类的故事。我不敢看。

弟弟妹妹们也有同样的心结。简单沟通之后，形成一致意见：二话不说，回家过年，陪老父母过年！今年如此，今后也如此！

赶紧对父母说：爷娘莫急，我们回来！二老想在哪儿过年就到哪儿过年，想怎么过年就怎么过年。你们在哪里，哪里就是我们的家。

故乡的土地啊，父母比我们爱得深沉。就依着他们，到老家去过年！怕啥啊？水泥路通到老屋门前了，各家都有小汽车了，城乡市场琳琅满目应有尽有了。心存热乎劲，啥都不是问题。硬板床睡几晚就会损了筋骨？少刷些屏就会 out？众生芸芸，红尘滚滚，团聚在爹娘、爷爷奶奶、太公太婆身边过年，还会不自在、不划算、不安稳？放心吧！我们贴手写的对联、描金的彩帘；厅堂里生一盆旺火，守岁到天明；挨着个给长辈拜年；坐看行云流水，卧听鸡鸣狗吠；雨天围炉品酒，雪日登山观景，晴好时逛来逛去讲老早老早的故事……说不定啊，说不定能找回久违的、意味深长的东西，说不定能收获新的、弥足珍贵的体悟。故乡博大而温热，生于斯长于斯，就该和它亲近，就该把乡愁记牢、把根留住。

有些事可以从长计议，有些事要立说立行。就这么办！父母不必劳力劳神，坐着、看着、笑着就好。

老人的主意也许会起变化。变也没关系。改变不了老人，就改变我们自己。与人为善、谨小慎微、安分守己、爱子惜孙的人，能变到哪儿去呢？

一辈人有一辈人的命运，一辈人有一辈人的性情。或许，我们的安排会遇到儿孙的抗拒。那也不必勉强，海阔凭鱼跃，天高任鸟飞，给他们自由让他们飞。有些话也跟他们说说清楚：一年365天，我们把时间和精力给了工作、给了家务、给了你们，怎么着也可以分些给我们的父母吧；老人的机会不多了，你们的好事多着哩；今天你们是少年，今后不一样是爷爷和奶奶？

有什么深奥的道理？

有什么迟疑的理由？

初一的开门爆竹一响，父亲86，母亲84岁了！

（原载2019年1月25日《江西日报》）

河远近 水深浅

惦记红薯片

又要过年了。过年也是一种惦记。惦记热闹，惦记喜乐，惦记美妙的食物和崭新的衣服，惦记乡情、亲情和友情。可惦记的东西实在多。

我惦记满口香嘎嘣脆的红薯片。

住地不远的翠林路上开着一家炒货店，物品琳琅满目，也有红薯片。一年当中总有那么几回，我会肆无忌惮地买个一斤半斤回家，搁在茶几上，一边看电视一边吃。没有一次不受批评。老伴说："这么大年纪，改不了的老毛病，总爱吃垃圾食品！"她认为这种油炸的东西很危险："天知道是什么土里长出来的！天知道是什么油炸的！天知道拌的是白糖还是糖精！"

家里备年货，我总想提个要求："买点红薯片吧！"可每次都忍住了："算了，不说！"

月亮不懂我的心。闪黄闪黄的红薯片，见到它们，我脑子里会跳出好些画面。

打霜了，放晴了，公公天不亮就起床了。他把堆在屋角的红皮番薯担到井台上，扯出温热的水，在木桶里噗噜噗噜、哗啦哗啦洗干净，挑回灶房的屋檐下，放条长板凳，一头坐人，一头搁砧板，咔哧咔哧，将圆圆的薯切成薄薄的片。婆婆点着了老虎灶，烧滚了两大锅水。他们把生薯片倒进锅里，煮到七八分熟时，我和弟弟妹妹擦着眼屎一个接一个鱼贯进了灶房。公公将薯片捞出来，分装在簸箕、笆箕、谷筛、米筛里，然后他端簸箕，我端笆箕，弟弟妹妹端谷筛米筛，一字长蛇阵，去往村东头的庙前晒场或村西头的沙坝洲。我们或蹲或跪，把冒着热气的薯片一片一片铺在头天放好的晒垫、团箕和禾草上，边铺边流口水，边铺边拣那破碎的往嘴里塞。太阳出来了、风儿吹来了，薯片由湿变干了、由软变硬了。公公婆婆用口袋装了它们，放到我们找不见够不着的地方。

下雪了，结冰了，田地里苍黄一片了，瓮里的老酒熟了，大公公家的石臼有人舂八角茴香了，二公公家的磨坊有人磨米浆蒸团子了，达皮叔叔绞麦芽糖的木架支起来了，要过年了。公公从墙角搬出沉重的砂坛子，把粗黑的老砂倒进大锅，婆婆拎出鼓胀的袋子，把晒好的生薯片取了出来。一锅接着一锅炒，忙乎小半天或半个夜晚。公公不停地翻炒、筛砂，婆婆不停地收纳，我们在灶口添稻草烧火。

薯片在滚烫的砂砾中由褐变灰，由灰变白，由白变黄，由微黄变焦黄。待到正反两面爆出细密的"鼓子"，就算炒好了。热烘烘甜丝丝的香不可遏制地膨胀开来，灶房关不住，漫向全村庄。

婆婆当场分给我们每人两片三片。不能大口吃，每片都攥在巴掌心里，从小虎口那儿慢慢地、一点一点地挤出来，一小口一小口咬。咬一口、嚼得碎碎的，又咬一口、嚼得碎碎的，让那软糯香甜的一团在嘴里打无数个滚，咕嘟一声吞到肚子里。

"正月正半年，二月搞秧田，三月细细过，四月有麦磨，五月受受苦，六月有赡补，七月出新米，八月赶庙会，九月伢子福，十月豆子熟，十一月荬荬油菜麦，十二月请请团年客。"这歌谣婆婆唱过无数遍。"九月伢仔福"，说的是阴历九月，地里的红薯长成了，光可照人的米汤加入薯丝变得黏稠了，糙米饭底下垫了薯块满起来了，书包里有一个两个煨红薯了，我和弟弟妹妹就不会饿得前胸贴后背了。

吃不饱的日子难过。家里来客或请了匠人，婆婆从坛子深处摸出几个鸡蛋，我们用鼓鼓的眼睛瞪着，神情紧张地守候着，只等抢那蛋壳。抢到了，如获至宝般放到灶火上烤，剐那点薄如纸的焦蛋皮子吃。赶集的日子，我们溜到街上，捡别人丢弃的甘蔗梢，找个墙角使劲嚼。大热天，有人买了冰棒边走边吮，我们寸步不离跟在后面，张着燕子似的圆嘴，接那可能掉下来的一滴两滴。生产队剥老牛蒸牛腩，我们坚守半夜，巴望得到一根精光的牛骨，用砖头敲开来，吸那点髓。偷吃生黄瓜又接着喝凉水，我肚子痛得在地上打滚。吃多了糠饼子，拉不出屎，婆婆用调羹一点一点帮我往外掏……

多少年来，"五谷丰登""六畜兴旺"只是写在纸上贴在壁上。"集体经济大发展，社员心里乐开了花"只是在歌里唱。"鼓足干劲力争上游多快好省"只是想望。在斗人整人的亢奋和被斗被整的恐惧中，谁能一心一意搞生产？干多干少一个样，干好干坏一个样，谁肯往地里卖力气？

还好，吃得上红薯就饿不死人。红薯可以变着花样吃，炒薯片则只有过年才能吃上。那是用来"装碟子"的。初一晚辈给长辈拜年，初二外甥给舅舅拜年，初三请生女生姑丈，初四你来我往。拜年的人到了家里，婆婆踮着小脚忙，说"倒开水，上碟子"。碟子里可以没有香烟瓜子桂花糖，红薯片是少不得的。我和弟弟妹妹对红薯片的万般想望，只能在客人离去后稍稍得到满足——婆婆将剩下的平分给我们，或一片，或两片。若想过足薯片瘾，只有去外公外婆舅舅舅妈家——只要我们去，桌子上坛子里的红薯片和豆子花生，外婆和舅妈会牵开我们的口袋往里塞。可是，外公外婆是老地主，舅舅是小地主，他们家比我们家还穷困，哪里敢去呢？

后来，后来……后来分田分地了。后来我们一个接一个离开老家读书、工作了。后来回家过年，不光敞开来吃，还能带腊肉咸鱼麻糖炒花生霉豆腐进城了，当然少不了焦黄的红薯片。再后来，公公婆婆永远离开我们了，爸爸妈妈进城了，没人再用沙子为我们炒红薯片了。那焦黄、那甜香、那嘎嘎响，叫人如何忘得了？

微薄的红薯片，演绎不出多少动人的故事，个人的小小经历，也不值得唠叨。但是，一滴水见太阳，一丝柳知春色，波澜壮阔总是由朵朵浪花聚成的，丰功伟业总是用寻常之事打底的。没有红薯救急，我和我的弟妹可能有人早夭。没有几十年聚精会神抓经济搞生产，可能我们的孩子还会因为吃不上红薯片而哭泣。

"粮票、布票、肉票、鱼票、油票、豆腐票、副食本、工业券等百姓生活曾经离不开的票证已经进入历史博物馆，忍饥挨饿、缺吃少穿、生活困顿这些几千年来困扰我国人民的问题总体上一去不复返了！"这话多么实在，又多么动人心弦！"让人民共享经济、政治、文化、社会、生态等各方面发展成果，有更多、更直接、更实在的获得感、幸福感、安全感，不断促进人的全面发展、全体人民共同富裕。"这话多么掷地有声，又多么暖人心扉！

中国人已然过上了小康日子，还有更高水准的幸福太平等在前面。这会在史册上写下光辉的篇章，也会在红薯片上留下抹不去的记忆。

惦记是扯不完的旧事、断不了的思念，惦记也是渴望和期盼。新年快乐、岁岁安康！

（原载2019年3月29日《江西政协报》）

梦里湖塘

我老家在袁河和袁惠渠环抱的一块土地上，是一个冲积平原。袁河是从萍乡、宜春那边流过来的，袁惠渠是从袁河中段仙女湖分流出来的。我们村往南2里地卧着一条不起眼的山，正对着的那个山包叫周公山，俗名猪牯山。猪牯山西面的另一个山包叫傅家山，俗名狗婆山。绸带般绕在山脚的是袁惠渠。我们村往北2里地是袁河，河对面是樟树市的地界。袁河和袁惠渠往东再流二三十里，是由南向北、浩浩荡荡的赣江。那一片分属渝水区、新干县和樟树市。

我离开那个村庄已经四十多年了。离开的时间越久，越会做一些关于它的梦。梦得最多的是湖塘。

村子不大，湖塘不少。

猪牯山和狗婆山夹峙的一支水，长年不断地流下来，在村前生成了一个不算宽却很长的湖，叫长湖。村后有一个不算长却很宽的湖，叫力湖。村西面，长湖和力湖之间，横着一个既长且宽的湖，名字古怪，叫大塘基。长湖泥黄、底硬、沙多，周边长芦茅，中间长刺莲。力湖泥黑、底软、岸陡，湖面多菱角、水底多鲫鱼。大塘基不深，与禾田相通，鱼不少，鲢、鲤、青、草、鳙、桂、鳊一应俱全，最多是黄鲇。

今日"长塘"

　　长塘、刘家圳、刘家湖、梢瓜湖、团箕湖、秤砣塘子、荸荠塘子、狗卵塘子、腰子塘子、膏药塘子等等，都是小水塘，散布在村前村后村左村右。村子正中间是除夕守岁初一敬神平日办红白喜事的众厅。众厅前三丈远近，也有一口圆圆的塘，叫湖里，是男人浸稻种女人洗饭甑小孩子打鼓漱的地方。

　　我们村清一色姓周，不知道为什么会叫出刘家圳、刘家湖那样的名字来。刘家圳也不是圳，而是牛角形状的一口塘，就在村后大公公家老屋的墙角、二公公家菜园的旁边。靠近菜园的地方长蓼子草，靠近老屋的地方长菖蒲。这口塘水肥泥深，满塘长菱角，结出来的都是胖胖的两角荷包菱。新采的嫩菱，一掐、一剥，就有一粒元宝状的菱肉滚将出来，豆腐那样白，荸荠那样嫩，蜜梨那样甜。长塘在刘家圳的北面，相隔一丘冷浆田，田里年年种红壳糯，用来酿上等的冬酒和南风酒。长塘最深，一根竹篙打不到底。它的东面是高台子地，叫柱柱上，有各家各户的自留地；它的西面是走人走牛的土路，靠水的一边生长着弯腰驼背的老柳树和乌桕树，另一边是棉花地。长塘也有菱角，稀稀拉拉漂着，结出的却是硕大无比、有四只锐角的铁壳菱，老菱煮熟了，得用菜刀劈开来挖肉吃。

凡是有菱角和鸡头莲的湖塘，姑姑都带我去过。小的时候，姑姑坐烫猪用的椭圆形大脚盆，在水里划来划去摘菱角割鸡头米；我在岸边掐草捉虫，看云看水看蝴蝶。口干了肚子饿了，就发出咿咿唔唔的怪声。姑姑的脸是盛开的莲花，手像藕一样圆，比剥了壳的荷包菱还白。后来，姑姑坐大脚盆我坐小脚盆，她去深水区我在浅水区，她采大菱我采小菱。再后来，姑姑嫁了人，我也不采菱。

我们家养过母牛，也养过公牛。村里娃儿干活，最苦的是砍柴，最多的是"看牛"。"看牛"去得多的地方是长湖。长湖路面宽，长满霸根草、公母草、韭菜草、半边莲。我们牵着牛绳一步一倒退，牛吃草一步一前进。牛脖子往湖水那面转过去，刺啦一声，一卷芦茅到了它嘴里；牛头朝路面垂下去，沙拉一声，一卷韭菜草到了它嘴里。腮帮子里塞满了草，牛抬起大大的脑袋，嘴巴一歪一扭，牙齿一上一下，绿绿的草浆和白白的涎从它的嘴角流出来，拉成黏黏的长线，散发出浓浓的气味。

牛在树荫下瞌睡和狗在巷子里哈气的时光，玩伴儿狗狗、疤脑会邀我去长塘。柳树、乌桕树一半在岸上一半在水上。枝叶间的蝉叫个不停。贴近水面的树根上伏着大小乌龟，人一靠近，噗噜噗噜往水里滚。水里漂荡着乌黑成团的丝草，老乌鱼在草里面浮而不动，小乌鱼在草外面游来荡去。

我们那儿管青蛙叫"蛤（há）蟆"，管黑皮田鸡叫"老蛤（gē）"。三毛叔叔是"照老蛤"的能手。端午节一过，"蛤蟆""老蛤"又肥又壮，惊雷暴雨的日子，三毛叔叔在家里待不住，夜间总要出门，有时会捎上我。蛙们伏在湖塘边的土路或草皮上呱呱叫，手电筒的光射上去，眼睛全是直的。三毛叔叔伸手抓，一抓一个准，他捉的"老蛤"肌肤完整，提到街上能卖出好价钱。我不行，我只会用8号铁丝扭的四齿耙去㧟，偶有所获，不免皮开肉绽，只能拎回家炒辣子吃。

"照老蛤"我不行，"捡零盘"还可以。每到腊月，村里的水塘都要干塘，起鱼给各家各户过年。车（或戽）水、捉鱼、分鱼是大人的事，小孩子只能捡遗下的小虾小蟹和蚌壳螺蛳，那就是"零盘"。白天捡"零盘"难有收获，吃得苦的，第二日天不亮踩破冰凌下塘，说不定能捡到从泥巴深处拱出来的乌龟、王八或乌鱼、鲫鱼。

长湖、力湖和大塘基从不干塘，但每年会"开"一次。初冬、晴日、午后，生产队的钟急促敲响，有人吆喝："开湖喽开湖喽，罩鱼去喽！"于是，男人扛罩笼，女人提竹篓，小孩儿拖着鼻涕欢呼雀跃一路跑。那是欢腾的日子。男人赤裸着上身在水里发飙，左一罩右一罩，搅得水花四起。每有所获，必然大叫："嘿，一只鲇怪！""操，一条角鳊！""呀，黄颡，刺到爷子了！"捉住了鱼，先在头顶上挥舞一番，再扔给岸上的女人。女人翘起屁股拾鱼，脸上笑开花。没有女人拾鱼的男人则有细长的柳条，捉住鱼扒开鳃用柳条穿成串，挂在腰间，极是孔武。也有野性的女人，看着看着按捺不住，扒去花袄子，跳进浑水里，混在男人中乱摸乱扑腾，泥水湿透衣裤，上上下下，凸凸凹凹。

我公公年纪大，没见过他下湖罩鱼。他只会"扳鱼"。我家后墙上挂着大大的罾网，春夏之交涨桃花水的时候，公公取它下来，扛到长湖的出水口，支开来扳上水鱼；秋冬夜深，公公也取它下来，扛到长塘去"候鱼"。"候鱼"得用炒得香香的稻米，拌上甜甜的酒糟作饵，早起收网，常有鲤鱼、鲩鱼或巴掌大的"老板鲫"。

我公公行五，比他大三岁的是四公公。四公公年轻时出门在外帮老板做桐油生意，解放初领着七八口人回老家种田。种田他不在行，喜欢逛来逛去，喜欢讲荤素笑话，喜欢吃乌狗肉喝南风酒。"文化大革命"清理阶级队伍，有人搞不明白，胡乱地说他是国民党员。在寒风刺骨的日子里，有人抄了他的家，有人把他绑到大队去，有人用麻绳拴住他的手指头吊在屋梁上打，吊断指头打断肋骨。四公公吃不了这个苦，夜里偷跑出来，扑进了长塘。三毛叔叔是四公公最小的崽，刚满18岁，钻进深而冰冷的长塘，将四公公扛出水面，用稻草裹了，埋在梢瓜湖边一个浅浅的土坑里。

…………

多少年就这样过去了。

城乡的变化很大很大。道路越来越直，田地越来越平整。农田水利飞速发展，渠系配套，园田化，机械化，将来还要智能化。我出门上大学那会儿，老家种水稻亩产不过二三百斤，而今丘丘都是"吨粮田"。

村里的房屋越盖越多，越盖越高级，湖塘却越来越少了。周家谱上的名字越来越多，长住村里的人却越来越少了。长湖不见了，力湖不见了，刘家湖、秤砣塘子、荸荠塘子、狗卵塘子、膏药塘子全都没有了，众厅前的水塘也早填平了。村后的长塘和刘家圳还在，各剩一汪浅浅的水，没了蓼子草、菖蒲草，没了老柳树、乌桕树，没了荷包菱、铁壳菱，也没了乌鱼和王八。近几年大兴新农村建设，村里人将这两个塘用游步道连通起来，建成小小的湿地公园，水中种荷花，岸上植桂花，三时有景，四季飘香，老少咸宜，人人称好。

公公那辈儿的人没剩几个了。三毛叔叔做过七十大寿了。狗狗、疤脑的头发全白了。我早已"乡音无改鬓毛衰，儿童相见不相识"了。

关于湖塘的梦，还在绵绵地做下去、做下去……

（2019年9月写于南昌）

河远近，水深浅

一、"长河"与"边城"

大前年秋天，我在贵州一个无处不画无处不歌无处不销魂的地方喝过几杯甜甜酒，坐火车从凯里一觉睡到怀化。

怀化在湘西，美丽又神奇。

照古人的说法，怀化是"全楚咽喉""黔滇门户"，它紧靠贵州和广西，是中国中南和东部地区去往黔、桂、滇、川的重要通道。古人还说那儿是"五溪蛮地"。"五溪"自然指水，湖南的第二大河流沅江贯穿怀化全境，它的支流酉水、辰水、潕水、巫水、渠水等水系如蛛网一般密布其间；"蛮地"主要说人，那里生活着汉、侗、苗、瑶等多个民族，少数民族人口占了将近一半，是楚文化、盘瓠文化、傩文化、巫文化的富积地区，上刀山、下火海、捞油锅，画符、赶尸、放蛊等名堂样样俱全，女人面嫩身子软，蜂腰莺语、丰乳肥臀，男子吃得苦、不怕死、霸得蛮、耐得烦、撩得难。

现在的人说怀化是火车拖出来的城市，因为它连接东西、贯穿南北，是个交通枢纽，尤其铁路发达；又说它是会呼吸的地方，因为那片土地山环水抱、绿意葱茏。那里隐藏着各样美妙的风景，出过各样响亮的人物，流传着各样迷人的故事。沈从文先生说"美得让人心痛"。

怀化美丽神奇，洪江为最。

历史上，洪江是州、府、郡、县的治所，现在设有县级洪江市和洪江管理区。

洪江的黔阳古城，是历史文化名城。从芷江流过来的清水和从新晃流过来的潕水在这里合二为一，始称沅江。雄视"三江"的，正是这座"湘西第一古镇"。

黔阳古城的标志性建筑是芙蓉楼，人称"楚南上游第一胜迹"。这楼和唐朝著名的边塞诗人，号称"七绝圣手""诗家天子"的王昌龄有非同一般的关系。王昌龄曾任龙标县尉，闷闷不乐地干了八年。古龙标就是今天的洪江，县治就在黔阳古城。王昌龄留给后人许多好诗，其中有一首《芙蓉楼送辛渐》："寒雨连江夜入吴，平明送客楚山孤。洛阳亲友如相问，一片冰心在玉壶。"怀化人一口咬定，这诗是王昌龄在洪江做官时写的，诗中的芙蓉楼也是他主持修造的，是诗人时常宴客、送别和慷慨高歌、吟风弄月的地方。这个说法镇江人不肯接受。镇江人说，王昌龄是贬谪到龙标的，之前是在江宁做县丞，江宁是南京，比洪江显要得多，县丞相当于副县长，比只管治安的县尉位置靠前。一千二三百年之前，洪江没有芙蓉楼；凭王昌龄的地位和影响，也建不了这个楼。洪江现在的芙蓉楼，是清朝嘉庆年间才修造的。王昌龄送别辛渐的芙蓉楼，是在吴地润州，也就是今天的江苏镇江……如此争来争去，吴、楚两地的芙蓉楼都名声大噪。

李白写过一首《闻王昌龄左迁龙标》："杨花落尽子规啼，闻道龙标过五溪。我寄愁心与明月，随风直到夜郎西。"这诗脍炙人口，全无争议。龙标代称王昌龄，指的便是洪江；古夜郎的范围大，怀化很多地方囊括于其中，整个洪江都包进去了。

一首好诗，胜过一座丰碑。

由黔阳古城沿水路往西南方向上行约23公里，渠水与清水江交汇的地方，现在是一座风光潋滟的大水库——清江湖，人送雅号"小洞庭"；碧波荡漾的湖水底下浸泡着一个千年古镇——托口。这里上通云贵下连汉沪，水路发达，曾有显著的区位优势。明末清初，江西、安徽、广东、江苏、浙江等地的商贾蜂拥而至，或开厂，或做贸易，使得一座清亮的"边城"脱颖而出，迅速成为桐油、木材、白蜡、鸦片等物的重要集散地，一时间风生水起，热闹非凡。至民国初年，托口的发展到达巅峰状态，形成了"九街十八巷"的格局。水陆大码头杨公庙、湘西第一青楼商盛楼、油作坊刘同庆号、江西会馆万寿宫、风水宝地龙盘街、豪宅赐厚别墅等等，曾经都是它的名片，闻名遐迩，天下尽知。

由黔阳古城沿水路往东北方向下行约20公里，巫水和沅水交汇的地方，是洪江古商城。这地方开基于唐，兴于宋，鼎盛于明清。由于"扼西南之咽喉而控七省"，河阔水丰，物美人众，是做买卖跑百货的理想所在，很多年来"商贾云集，货财辐辏，万屋鳞次，帆樯云聚"，最盛时"烟火万家，称为巨镇"，有"七冲八巷九条街"，号为"湘西明珠""西南大都会"。这座古商城至今完好，已列为"国保"单位，有难得一见、相当完整而且精美的超大型明清商业建筑群落，被专家们认定为"'清明上河图'的活版本""中国资本主义萌芽时期的活化石"。

沈从文在《湘行散记》中写过："在沅水流域行驶，表现得富丽堂皇，气象不凡，可称巨无霸的船只，应当数'洪江油船'。"又说"由辰溪大河上行，便到洪江，洪江是湘西的中心……通常有小重庆之称"。

怀化啊，洪江！

眼里哟，梦里！

穿行在嵌着车辙、足迹和日月光辉的石板路上，走过牌楼、会馆、钱庄、作坊、商行、客栈，走过青楼、镖局、报馆、烟馆，走过长码头、窨子屋、小石桥、寺院、戏楼……抚摸着巷道两侧积满硝霜的砖块，听风铃声声、脚步嗒嗒，看酒旗招展、人来客往。

清脆或悠扬的法器之音从庙宇里飘荡出来，空气中有淡淡的香。

恍惚间，我见到一条汉子，膀大腰圆，龙行虎步，一会儿在榨坊、一会儿在钱庄，一会儿在茶店、一会儿在烟馆，一会儿在绍兴班、一会儿在保安团，一会儿在船舱、一会儿在水岸，一会儿在镇街、一会儿在山寨；我见到一个面目清秀的少年，驮着细篾背篓，伫立河码头，目不转睛地看起起落落的水、来来去去的船、川流不息的男人女人，身后跟着高矮不一的几个小孩，背篓里还有一个眼珠儿骨碌碌转的幼儿；透过厚实的青砖高墙，我还见到窨子屋的上房里端坐着一位身材小巧的妇人，衣着入时，神态慵倦，手持烟枪，咳咳有声。

奔忙的汉子是我四公公，背背篓的少年是我爸爸，跟在他身后的是我小毛叔、二毛叔，背篓里是我三毛叔，抽烟咳嗽的女人是我四婆婆。

二、我的故乡，我的村庄

四公公是我们家族中很有故事的人。

讲他的故事，不能不先说我的故乡。

我的故乡在江西，赣中偏西名新余。

新余与湘西，隔了多少座山多少道水？说不清！

我家近处也有山，是周公山；也有河，是袁河。山低矮，没气派。河有些来历。古书记载："袁河自新喻往下八十里，至庐坊岭分为三流四溪，下至龙尾洲合流。而泗溪当三流之中，古名中洲。明正德年，大水蛟出，山裂石崩，三流合浸，直绕泗溪。此下而沼交错，四面荡漾，泗溪之名始著。"

这个"泗溪"，就是我的故乡，如今改叫新溪。

这儿是袁河下游。源自武功山的一支水跳跳荡荡，在萍乡叫芦水，在宜春叫秀江，在新余、樟树和新干叫袁河。袁河古称渝水，摇头摆尾200余里，注入赣江之前，甩下大片冲积平原。泗溪就是其中一块，约莫50平方公里，呈不规则三角形，地势西高东低。它北与樟树市的昌傅隔河相望，东邻新干县三湖、荷浦、界埠。矮山如屏，挡在南面；袁河如绸，绕在西、北；内江如带，缠在东边。河与江都有土堤约束，交合的那个点，生成一个村庄，就是龙尾洲。

这是一块天生的肥厚土地，但凡不涨水，必定大丰收。民谚有云："龙尾洲，龙尾洲，三年两不收，收到一年走广州。"

"吃了泗溪米，多走几十里"，说的是这里的谷好，穗长粒多，颗粒饱满，碾出的米雪白晶莹，蒸出的饭柔软香糯；"泗溪有好酒，香在南风天"，说的是这里的酒好，是用头年冬天酿老酒的糟皮，入缸密封至来年四五月，拌入谷壳和麦麸酒曲发酵，在"松毛一寸、人要困，松毛一尺、人要吃"的南风天蒸馏出来的纯粮土烧，聚天之阳、地之阴，蕴山之华、水之精，味道浓烈醇厚，好喝不上头。

袁水西南来，在泗溪的腰眼处拐弯，折向东北，形成一张大大的弓。弓的顶端聚着一个乡村集市——泗溪街。地方不大人口也不多，却因处在三县的结合部，成就了小街大市，每逢二、五、八集日，三县九乡的人都来买进卖出看热闹，舟车相望人流如织。街上有戏台，八月"赶会"，连演三天花鼓戏；猪屎街名字臭味道香，饮食店家排成串；街面上最庄严的是天皇庙，最响亮的是铁匠铺，最生动的是小学校，最聚人的是剃头店，最"色"的是染坊。

泗溪街东南角连着一个小村庄，叫桥背，有两栋磨砖大屋，方方正正，四面封火墙，水由屋内出。正南面连着一个大村庄，叫枥湖，也有两栋大屋，与桥背的形制相仿，略显新。顺河堤往东北方向走一里地，堤脚下一个村庄叫新屋下；再走一里地，又一个村庄叫楼下，楼下也有两栋大屋，长方形，四面封火墙，水从屋内出，较桥背的略显旧。这种样式的房屋，在泗溪乡里叫井笭圈，较少；在洪江叫窨子屋，很多。

我老家叫钟溪村，俗名龚家庙。村子北面距泗溪街两华里，南面距周公山两华里。

"周氏宗祠"坐落在村子正中，也叫众厅。门外的廊柱顶天立地，有两副对联。一副写"紫气东来已应千祥云集生辉，吉星高照还期百业俱兴添旺"；另一副写"钟声浩荡先辈精神长存；溪水淌流后人弘发永恒"。门内是一个深广的厅，正面墙上嵌着大大的青石板，镌有脸阔须长的"周公"神像，线刻白描，端庄富态。神像上方悬挂"兴和堂"匾额，两侧柱子上一副描金对联："泥田分派源流远；钟溪安居世泽长"。

大公公常给晚生后辈讲："俺等是'瑜公后人，泥田分脉'。"

"瑜公"何人？三国东吴大都督周瑜。"泥田"何地？吉水盘谷泥田村。

民族历史悠久、源远流长，国人争攀高枝、拥祖自重。大公公的说法，我曾漠不关心，不以为然。

村里从前有《谱》，破"四旧"时烧了。1999年新修《村志》，花费了忠平伯伯、我父亲等人无数心血。据《村志》记载：周瑜的小儿子周胤，袭父爵封都乡侯，因言语不慎开罪于主公孙权，贬居庐陵之地即今天的吉安市安福县枫田蜜湖一带。后经诸葛瑾、步骘等老臣联名说情，"准复其官"。接到"撤销处分"的圣旨后，周胤登程返建业，不料乐极生悲，病逝在庐陵乌东，也就是今天的吉安县油田之地，还葬安福枫田小台山（龟形山）。周胤有三个儿子，长子周豫回原籍安徽舒城，次子周泰和三子周纂留在安福守墓。周泰的五传后人迁居吉安县乌东，开基立业，繁衍生息，"遂为望族"。

唐朝长庆年间（约公元821年），乌东周氏四房的私塾先生周墀举家迁吉水县泥田落户，为盘谷泥田周家的"发祖公"。泥田周氏开枝散叶，瓜瓞绵绵，蔚为大观。

我的朋友杨巴金，是吉水涩塘杨万里的第38世孙，对乃祖和古庐陵姓氏源流有很独到的研究。他的《周必大祖籍探考》，引述了泥田村珍藏《庐陵乌东周氏》的记载："墀，诰封评事，四承事，字德升，号沂滨，唐长庆年间徙居泥田，为基祖。"又引明朝大学士、旷世奇才解缙《吉水泥田周氏族谱序》："泥田周氏有析居永新、安福、新淦、新喻，随处而盛者，皆泥田之余庆也。"其研究成果表明：今天安福县枫田、吉安县油田、吉水县泥田等地繁衍生息的大量周姓后人，确实是周龥的直系后裔；泥田周氏，确实有一彪人迁到了新喻。

泥田周家的子孙是如何流转到泗溪的呢？《村志》理出了这样的头绪：周墀的第8世孙中有一位叫周汝嘉的，迁新喻罗坊桥头，为桥头村周氏始祖；周墀的第13世孙，桥头周家名泮化的人为逃避金兵南侵的战乱，于南宋绍兴年间举家顺袁河东下，卜居泗溪盖岗上；周墀的第16世孙，盖岗上村名为周士鼎的人，于南宋末年移居钟溪——周士鼎是钟溪周家始祖。按这个"线索"推算，村子有800年历史！

盖岗上就在周公山上，山上点炮仗，山下砰砰响。小时候，我曾不止一次和狗狗、疤脑、矮矮、柏云们，去那村子后山的苦槠林里捡苦槠子，又到村旁的李子林里偷酸李子。如果被老男人发现了追赶上来，就边跑边唱"盖岗上，十八条巷，条条巷里有贼王"；如果被老女人发现了骂得难听，就边走边唱"盖岗上，十八条巷，条条巷里有鳖王"。

盖岗上莫测高深。

"兴和堂"的世系，是从泥田周墀算起的。推演出来：我排在第 50 世，华字辈；我父亲 49 世，平字辈；我爷爷 48 世，庆字辈。曾祖父字佳祥号吉云，47 世，生于 1870 年，殁于 1939 年；高祖名建绪字克修，46 世，生卒年不详，做过 60 大寿，挂"龄週甲篆"匾；克修的父亲名长洋字波元，45 世，生于嘉庆辛未年（1811），殁于光绪戊寅年（1878），做过 60 大寿，挂"养隆三豆"匾；波元的父亲秀能，44 世，生卒年不详；秀能的父亲名盛澜字文龙，第 43 世，生于乾隆辛酉年（1741），殁于道光壬午年（1822），享年 82 岁。

43 世文龙之上，直到开钟溪之基的 16 世士鼎，600 年基本无考！

读书是好事，让人明白；读书也不好，教人糊涂。

古人不见今时月，今月曾经照古人。铜坑祖山坟茔累累，怎么下功夫找，也发现不了 300 年之前的墓葬。早些年，村子西面唤作"下墓"的地方有一些土包包，掘出过大而厚的老砖，我猜想是先人们的安息地，遗憾的是后来统统推成了水稻田，无迹可寻。村子东面有过一片硬扎的台地，叫庙前，有人在那儿取土烧砖瓦，挖出过许多薄薄的小铁钱，外圆内方、锈迹斑斑，还有粗粝的陶罐。大公公说，那钱叫沙鼻子，是乾隆爷时候用过的，那陶罐是熔铁水制钱用的。按他老人家的意思，那儿就是古代的造币场。这有点让人懵：无分古今，铸钱印钞，都是天字号的大事，如此"高端"的项目，能够落户在钟溪么？

现在的"周氏宗祠"是新盖的。老祠堂早毁了，原址在村子的尽东头。村东老樟树旁那个狐狸、黄鼠狼和蛇出没无常的地方就叫"祠堂边"，有三合土残墙围出的一块空地，年年有人在那里种油菜。菜花金黄时节，蜜蜂、黄蜂和花蝴蝶营营而飞。蜂们一会儿钻墙洞，一会儿钻花心，小孩子跑来跑去捉，捉住了就往墙洞里塞，用尿拌土和成泥巴糊住洞口，听洞里嗡嗡的声音从大到小、从有到无——后来读到"儿童急走追黄蝶，飞入菜花无处寻"之类的句子，总会油然想起这些往事。

"祠堂边"不光有大树、柴篷、油菜，还有一座四面漏风的碾房和七八个"远看一顶轿、近看一座庙、庙里一只鬼、手上捏张纸"的茅房，每当夏日，绿头苍蝇团团飞，拖尾蛆满地爬，有的爬到矮墙上，有的爬到碾槽里。

……

一般地说，800年古村总能出些"学而优则仕"的人。我们村似乎"阙如"，主要是找不到"物化"的佐证——没见过古书、古碑、古瓶、古碗、古镜、古砚之类的物件，"众厅"里没有，各家各户也没有，"地上"没有，"地下"也没有；村里的房子再老旧，也只是房子而已，没有"报本堂""九思堂""耕读堂"等等；"众厅"前有晒场，却没有牌楼、上马石、旗杆石的痕迹。古村必有古树，树龄可以推断村龄。倒是见过村东村西那些豁着大洞的老樟树和高大威武的老枫树，樟树的洞里会跑出狗大的狐狸和呼呼作响的"扇头风"蛇，枫树枝杈上常挂稻草裹的"胞衣"，树干上常贴"天皇皇，地皇皇，我家有个爱哭郎，过路君子帮个忙"之类的黄表纸，可是老树早砍了、卖了、烧了。

我的叔叔对故乡有深挚的感情，记性也好。69岁那年，他出过一本《山入高秋，七十回望》，文字不唯美，内容很感人。他写道：村前有池塘名"湖里"，圆如铜镜，溪水由西而东在湖的外缘绕过去，分流湖中，调节水质水量。村庄周边广植木竹，浓荫覆盖。住宅排列有序，巷道整洁，排水通畅，房屋内外干净清爽。农闲和春节时，青壮年在村中平整的土场上玩武术，好不欢乐。众厅左上神龛里供奉先祖牌位，右上神龛安放木雕贴金的周公和两位文武神像，每年择吉日抬出在钟溪和盖岗上两村周游，放铳，鸣锣开道，鼓乐喧天。其时各家各户请客，众厅门口摆供桌，供桌上放煮熟的鸡鸭和猪头，香烟缭绕。

对老家的一些地名，叔叔也记得清楚。如高出水田的土台子和

与刘松修后人谈古

旱地分别叫柱柱上、龚家园、沙坝里、沙子园、沙洲上；远近不一大小不一形状不一的水塘分别叫长塘、刘家圳、刘家湖、秤砣塘子、镜湖、长湖、梢湖、脚鱼塘子、荸荠塘子、腰子塘子、大塘基；阴气沉沉神秘兮兮的那些地方分别叫庙前、庙背、庙边、老庙场、彭家墓。

四公公的故事，叔叔比我们知道的多得多。

三、洪油与赣商

在泗溪街边盖下"窨子屋"的人，是楼下的刘炳煊、新屋下的刘松修和枥湖的肖立成。他们的钱都来自湖南，变银子的东西是桐油。

桐油是从桐籽中提取的植物油，防虫、防腐、防水、增亮，农耕文明时代，是重要的生产生活资料。中国的西南地区，有种桐树采桐籽榨桐油的习惯，重庆的"秀油"就历史悠久，享有盛名。旧时代，"桐产为副业，其盛其衰，一若无关宏旨"。这种东西作为产业在一个地方勃然兴起，蔚为壮观，是晚清和民国时期湘西洪江创造的奇迹。"一桶油"支撑了一座城市百余年的繁盛，也演绎了无数的悲欢离合。

怀化和相邻的黔东南各地，水土气候适宜桐树的自然生长，家庭作坊式的桐油生产也有上千年历史。清同治三年（1864），江西人张吉昌在洪江建造大榨房，开办了第一家规模化生产桐油的企业，由于用料考究，工艺精细，产出的油不是普通的金黄色或浅黄色，而是浓艳的红色。这种油走"下江"，直接船运至武汉、镇江、上海等地分销。因为有突出的防渗、防蛀、防海螺海藻和苔藓吸附等功能，以及超强的防腐性、干燥性和坚韧凝着力，成为保护木制船体特别是船底的绝好材料。这种桐油在江浙沿海一带广受欢迎，并出口到东南亚、澳大利亚和欧洲各地。因其产自洪江，世称"洪油"；因其色泽红亮，冠名"红油"；"红油"的极品，号为"顶红"。

"五口通商"特别是第一次世界大战爆发以后，"红油"的出口贸易持续攀升，"外销陡增，内销之数，反仅居百分之四十以内。"抗战前夕，洪江油业趋于极盛，油号"有十六七家之多，（每年）运出洪油十二万担以上，值七百万（银圆）"。这个数目，大抵是当时湖南全省出口贸易总值的一半。其时，在洪江引领油业风骚的是"八大油号"：徐荣昌、刘同庆、庆元丰、杨恒源、恒庆德、肖恒庆、新昌、永兴隆；知名的品牌有"顶尖""桐花""岐山鸣凤"等十余种。各大油号在洪江设总号，居中管理调度并完成精深加工；在托口设分号，作为原材料收集和产品粗加工的基地。托口的油作坊规模不一，每坊二三十人至七八十人不等，桐籽熟了收桐籽，收够了桐籽榨"籽油"，"籽油"用专门的大木桶船运至洪江精炼。每到产油季，无数木船停靠在托口杨公庙码头，等候一只只裹了细篾、圆滚滚沉甸甸的油桶上船，顺着清水江，过黔阳进沅江到洪江，油桶上岸，人船返航；洪江的码头则停着更多更大更恢宏的木船和铁船，载满"洪油"的大船，扬帆下行，号子连声，穿过沅江的急流险滩，经常德进洞庭湖，走长江水道，去往远方。那年月，沅江上的油船川流不息，运出的是"洪油"，载入的是银圆和棉纱、布匹、药品等物。"江湖赚钱江湖用"，腰包鼓胀的油商们喜不自禁，每做成一单大生意，都要包场子唱大戏，扯开桌子请客，演绎着"一油六响"的传奇：榨锤响、纤篾响、算盘响，银圆响、锣鼓响、盘子响。

"洪油"造就了名满天下的品牌，带给洪江巨大的财富，也带给洪江人新潮的生活。

"洪油"多劲旅，无赣不成军。江西商号是洪江油业的主力。佼佼者中，有刘氏诸人。

清光绪年间，新喻泗溪新屋下村姓刘名尉斋号华文的年轻人，单人独马跑去洪江谋生。他先在肖泰森药店当学徒、店员，聪慧好学、吃苦耐劳，深得老板器重。在有了一些积蓄之后，于光绪三十年（1904）与人合伙开办协和钱庄，后改为庆丰祥布店，任总经理。1923年，刘华文与同乡同族的楼下村人刘炳煊合伙，创办了刘同庆油号，推刘炳煊任总经理。刘同庆主营桐油，兼营棉花、棉纱、黄州布，凭着诚信与精明，生意日渐壮大，分号开到了晃县龙溪口、江苏镇江、云南昆明、贵州贵阳等地。

1932年，刘华文感到自己年事已高、力不从心，召儿子刘松修从新喻老家过洪江接班。刘松修生于1900年，天资聪颖，人中之杰。新屋下村临河临街而居，宜渔宜农宜商，他原本想在老家拓展基业，光宗耀祖，只因拗不过一个孝字，遵父命到洪江，放下身段从普通员工干起，从采购原料、制枯榨油、装桶上船，到跟船走货、卖出买进，每一个环节都亲历，每一道工序都学习以至精通。1934年，刘华文病逝于汉口，刘松修正式接管家族事务，当上了刘同庆油号的副总经理。他与刘炳煊勠力同心，使企业得到新的发展。

抗日战争爆发，经济封锁、交通阻隔，"洪油"一度滞销，而国民党地方势力又巧立名目敲诈勒索企业，引发了著名的"运油资敌案"，使洪江油业出现前所未有的危机，日见艰难。"二刘"不得已散伙，"刘同庆"的招牌归刘炳煊使用，刘松修则以分得的40万元，加上庆丰祥布店的积累，独资创办"刘安庆"，仍以经营"洪油"为主业。在经历了无数的艰辛之后，抗战迎来全面胜利，经济恢复，市场活跃，"刘安庆"抓住机遇、突飞猛进，一跃成为洪江油业之首；解放前夕，法币贬值如江河日下，物价一日数涨，"刘安庆"审时度势，一手售出桐油，一手购进实物，赚得双重利润，既保存了实力，又积累了新的财富。

在洪江，"刘同庆""刘安庆"家喻户晓；"炳老板"刘炳煊、"大老板"刘华文、"松老板"刘松修妇孺皆知，都是呼啸江湖的人物。

在众多的"洪油"明星企业家中，刘松修最具后劲。他有胆有识有担当，是与时俱进的人物。

洪江解放之初，刘松修响应政府号召，坚持经营油号。国家对资本主义工商业进行社会主义改造时，他将全部资产投入创办公私合营的洪江植物油厂、洪江瓷厂和其他服务行业，获任植物油厂副厂长。1950年朝鲜战争爆发，为"抗美援朝、保家卫国"，由他牵头，在洪江工商界募集资金17.6亿元，捐了一架飞机。当时，买一架飞机的钱是15亿元，而湖南全省总共只捐了两架。这件事为洪江争得了荣耀，也让"松老板"得到晋京的机会，受到毛主席、周总理等党和国家领导人的接见。

1956年，刘松修当选为洪江市副市长，旋又选为湖南省政协委员；1958年错划为"右派"，降职降薪；十一届三中全会后平反，重新当选为湖南省政协委员、洪江市政协副主席。这位名重一时的"赣商"，1991年病逝于洪江，享年91岁。

由江西籍商人结成的"江右商帮"，在中国近代商业史上，曾与晋商、徽商齐名，留下过"无江西商人不成市"的佳话，也形成了独具内涵的赣商文化。"哪里有江西移民，哪里就有江西商人；哪里有江西商人，哪里就有万寿宫。""滇云地旷人稀，非江右商贾者侨居之，则不成其地也。"湘西正是"江右商帮"的重要活动地带，而"油商"则主要聚集于洪江，是一个颇具典型意义的"赣商"群体。有资料表明，抗日战争前后，洪江一地的江西籍人口超过5000人。刘炳煊、刘华文、刘松修等，既是洪油业界"赣商"的领军人物，也是"一个包袱一把伞，跑到湖南当老板"的典范。

时下，以研究"江右商帮"为业者甚众。他们多以临清药帮、河口纸帮、吉安布帮、景德镇瓷帮、婺源茶帮等说事，无意间忽略了"油帮"。

四公公在洪江如鱼得水，给他机会和条件的，正是刘姓"油老板"。

四、曾祖的韬略

四公公"出门"，展示的是曾祖父的韬略，背负的是家族的厚望。

老家房子左侧神龛上曾经供着一块瓷板画像，椭圆形相框里，是一个头戴瓜皮帽身穿对襟袄面白无须的老人。那是我的曾祖父，俗称"太公"，字佳祥号吉云。

叔叔说曾祖父"是个没有为官的文化人，会管家理财，对子女既严格又厚爱"。综合各种信息，我认为"太公"是家族发展史上有过重大影响的人物。他才智过人却生不逢时，心性高远却壮志难酬。他有得意之笔：读了好些年私塾，懂得些子曰诗云；生养了一群儿女，人丁兴旺，济济一堂；置办了些田地，打下了颇为殷实的家底；主持建造了两栋房屋，一栋是小格局的"井箩圈"，门头上画花鸟，写"紫气东来"，一栋是后封檐南出水马头墙土屋，门头上画祥云与人物，写"南极星辉"。正是在他的率领下，我们家的形象与地位得到提升，成为村中旺族。他又是失意之人：读了书却没考取功名，想做官而没有敲门砖；儿女虽多却都在乡下打土坷垃，走不远飞不高；有房有地却无法改变丁门小户"受讹"的境遇，大姓环伺，弱肉强食，鹰视狼顾，战战兢兢。

曾祖父有个弟弟，文才很高，但生就一副傲骨，好酒贪杯，恃才任性，年轻轻便撇下老婆和幼小的儿子离家出走，泥牛入海无消息。

晚年的曾祖父，对自己已然不抱希望，将全部人生梦想寄放到了晚辈身上，十分在意子女和孙辈们的管理与安排。他想运筹帷幄、决胜未来。

曾祖父和曾祖母都是1870年生人。他们一共生了九胎，育成四男三女，均有香火接续。早夭的是三子，"送"人的是次女。

祖父的兄弟，我都叫公公。少小时，他们都健在，个个身材长大，器宇轩昂。大公公名吉锜字维庆，二公公名吉钧字敏庆，四公公名吉钰字泰庆。五公公是我的亲祖父，平时只叫"公公"，名吉镛字余庆。

可以断定，这些"公公"中，有人终生不知道自己的"名"，只知道自己的"字"，还有各自的绰号：大公公体态偏胖，人送外号壮牯老大；二公公耳背，颜面部有疤痕，号为疤仔聋牯；四公公额上有颗痣，叫肉孜老四，晚年又因得了轻微的帕金森病，脑袋会不由自主摇摆，也叫晃脑；我祖父高大魁梧，不知是何道理，被人唤作老五猴子。

乡下人喜欢给人起绰号，积习难改。绰号多为不雅。村里老辈人都有绰号，如志平疯子、惠平麻子、慰平精怪、三芽瞎子、财平聋子、桂平煽子、水保磨气、愿平铲耙子、耐芽铁嘴巴、香根驼背、茶根歪嘴子等。我父亲小时候爱出尿叫尿甏，叔叔小时候爱出屎叫屎甏。我小小年纪，因为长得细瘦，大人小孩都喊我麻秤。婆婆（祖母）跟着起哄，编了儿歌调侃她的大孙子，说我"烟杆子脚、笔管子颈、蔑片子手、灯盏子眼、茶匙子面"。

男人有姓有名有字有绰号，女人阿弥陀佛，做黄花闺女时好歹还桂香水兰三花四女叫着，一出嫁，多半只在娘家村名后加个"人"字了事。如我的大婆婆叫棉花田人，二婆婆叫沙湾人，四婆婆叫刘家坊人，婆婆叫西竹江人。三个姑婆，在他们的婆家统统叫龚家庙人；而龚家庙的《村志》记载到她们时，也是惜墨如金，分别只给了两个字：楫姑、立姑、老女。

其实，老辈人的名字都很有讲究。细论起来，祖父兄弟数人的名和字都是很雅的，尤其那"字"，多出自四书五经。大公公维庆的"维"，取自《诗经·大雅·文王》，是"旧邦新命"的意思；二公公敏庆的"敏"，出自《论语·公冶长》，取意于"敏而好学，不耻下问，是以谓之文也"；四公公泰庆的"泰"，出自《论语·子路》，谓"君子泰而不骄，小人骄而不泰"，是平安、美好、否极泰来的意思；祖父余庆，两个字都出自《易传·文言传》"积善之家，必有余庆"，说的是行善积德的人家，必然有多多的吉庆、好事。这些大雅之"字"，极有可能是我曾祖父的得意之笔。

小时候过年节，常见家里香几上摆一个插香烛的瓷鼓，圆圆的，胖胖的，半尺高，白底蓝花，中间一个孔。上面写着"周三吉堂"。料想有些来历。

在儿孙之事上，曾祖父母践行的是严管理、攀高亲和出远门三项策略。严管理就是他们在世时，不论多少人口，绝不允许分家，眼睛盯着，嘴里念叨着；攀高亲主要是千方百计为三个姑婆找有地位的婆家，嫁体面的人；出远门就是送一些儿郎到外面闯荡江湖，能做官尽量做官，做不上官就从商，当不了老板就当帮工。

严管理他们完全做到了。曾祖父在世时，儿孙虽多，个个被管教得服服帖帖。在他的训导下，形成了良好的家风——不是写在纸上、印在书上、刻在石板上，而是在口口相传的教化之中。如"日牯晒屁股，穷得卖屁股"，"人会病死，不会累死"，是教人勤劳的；"吃饭穿衣量家当，一屋老小心不慌"，是教人节俭的；"人吵败，猪吵卖"，"斗气不养家，养家不斗气"是教人和谐的；"酒是无烟火药，色是刮骨钢刀"，"发家在于勤，败家多为淫"，是教人洁身自好的；"井水越扯越满，灯盏越点越光"，是教人耐心讲道理的。有些话也反映了他们心理的矛盾和思想的局限，如"命里注定一把米，不怕早困晏翘起，命里注定一把糠，不怕半夜叫天光"，显然是宿命论。

"太公"68岁时，儿子们请地方上有名望的人写了"偕老堪传"四个大字，又请上等工匠做成大匾，准备第二年为他做七十大寿。老人家没坚持住，活到了69，却没赶上举办"挂匾"仪式，溘然仙逝了。其时，我的三个姑婆都已出嫁，四个"公公"全部成家而且生育了后代。偌大一门，三栋屋，二十几号人，管家的责任落到了曾祖母身上。她是本乡厚溪村嫁过来的女子，小脚如汤匙。小脚如汤匙的曾祖母按曾祖父在世时形成的家风和家规行事，不怒而威。全家人在一个锅里吃饭，各尽所能，各得其所，和睦相处，天伦之乐。曾祖母活到1944年，享年74岁。她是因中风而逝的，在床上瘫了一年多，辗转病榻，手不能举口不能言，却没有任何一个儿子儿媳妇敢提分家单过的事。

攀高亲用的"优质资源"是我的三个老姑婆。我没见过她们年轻时的模样，但从"立姑"和"老女"晚年的形象、气质推断，一定都是美女，个个端庄、白皙，有小家碧玉品貌、大家闺秀风范。凭着她们的天生丽质，加上曾祖父母的精心运筹，果然都嫁了地方上一等一的好人家。大姑婆"楫姑"嫁到河对面昌傅乡的长兰敖家，婆家是在樟树镇"吃药饭"的，姑爷爷把生意做到了湖南湘潭；二姑婆"立姑"嫁到邻村栃湖肖家，姑爷爷肖立成的父亲肖作材是刘炳煊的表兄弟，肖家父子先于"松老板"去了洪江；三姑婆"老女"嫁到本乡最大的村子塕上陈家，姑爷爷风流倜傥有文化。解放后土改，这几家无一例外地划为地主——曾祖父不会神机妙算！

送子弟"出门"，走的是二姑婆的门路。

头一个"出门"的不是四公公，是大公公。大公公生于 1890 年，识文断字，温厚忠良，是最受家族期待的人。他是"闹红军"那会儿背包袱去洪江的，投奔"刘同庆"。其时，"大老板"刘华文在世，"炳老板"主管油号，"松老板"刚到洪江。因为有亲戚关系，油号分派他到托口"看厂"，桐籽熟了帮着收桐籽，榨机开了掌管装桶入库，外运桐油时发筹计件，活儿既不繁重，收入也不菲薄。没多久他却不干了，吵吵着要回家。他有大婆婆和志平伯忠平伯两个儿子留在老家，心里放不下；托口有窑子有烟馆有玩骰子推牌九的，他铭记"不抽不嫖不赌"的庭训，不敢沾染；洪江一带多草寇，敲竹杠和绑票杀人的事时常发生，他害怕。受"炳老板"和"大老板"之托，"松老板"专程到托口找他说话："表哥，你莫哇走就走啰，留下来帮帮我们吧！"又说："号里有做得不到堂的地方，你讲把我听，我让他们改！"大公公说："表弟你别要误会，洪江千好万好，我就是家里放心不下，我得回去作田！""松老板"依然有疑："镇江那边还有个分号，那边是大码头，要不我跟炳老板相商一下，换你去坐庄？"大公公正色回绝："去不得去不得，我哪里也不去，我就回泗溪！""松老板"摸清了他的真心思，再不勉强，临走送给一笔现洋，叮嘱："表哥你高低要走我们也留不住，这些钱你带上，去泗溪街开个店，赚些银子补补家用吧！"大公公千恩万谢，回家之后禀明曾祖父母，果然用这钱做本，在街上租房子开了一间小小的"花布"庄，专门收购乡下的机织土布，雇人用独轮车子走旱路运到福建汀州那边去卖，又用卖布的钱就地采购海盐海带墨鱼虾米粉条之类的东西回来转卖，赚些差价。我祖父身强力壮，是运货队伍里的常客，既当脚夫，又兼押运，还负责银钱的保管。这种小本经营，原本也是有些赚头的，但那时红白相争，你死我活，货出货进的必经之路是吉水八都—永丰藤田—宁都小布—石城琴江。这是一条刀刃般的险道，赚钱也就无异于刀尖上吮血。现在想来，红军官兵的灰布军服里，说不定就有用我祖父运的布织的；被红军视为救命之物的盐巴，说不定就有我祖父独轮车推过来的。

"炳老板""大老板"和"松老板"都是好人，都有恩于我们家。我曾读到过洪江市政协关于刘华文的文史资料，评价他做人讲道德，经商讲信誉，急公好义，并举例说地方上时常发生村民纠纷甚至酿成械斗，官府管不了，百姓就找刘先生想办法，而"先生振衣而出，不辞劳苦，左右说合，晓以大义，复慷慨解囊，扶贫济困，真善人也！"从他指点少老板处理我大公公离职这件事情看，其言不虚。

"花布"店由大公公掌管，得了地利，但缺了天时与人和，生意虽未亏本，却怎么也做不大，后来不了了之。

大公公回家之后，曾祖父决定让四公公去洪江。

四公公生于1901年。他没怎么读书，"文墨"远不如大公公；田里的犁耙栽割能舞弄几下，全不熟稔，比二公公差远了；娶的是小他9岁的四婆婆，生下了慰平伯伯，却"花屁股"坐不住，不如我公公安分。但他脑子活络，人潇洒机灵豪放，善言语会交际，胆也大。

知子莫如父母，无师自通的曾祖母点评四公公，用了四个字："老四风洒！"

五、"风洒"湘西有"周仓"

一个人有一个人的性格，一个人有一个人的命运。

四公公在湘西大大地"风洒"过一回。

他初到洪江时，"刘同庆"还没有分伙。"松老板"只比他大一岁，两人在老家就相熟，哥哥弟弟叫得很亲。经"松老板"提议、"炳老板"点头，四公公也是先到托口，但不"看厂"，而是负责押运，水路走货、旱路解钱。"松老板"叮嘱："老弟，托口水深窟窿大，你要帮我！"

之前，"刘同庆"的托口分号不顺遂，时不时出些状况。清水河里走油船，处处有卡，动不动被人拦截，讹去一笔钱才能放行；收桐籽要用大笔银子，各路"山大王"早掐指算准了，瞄着、等着，旱路水路都逃不脱，不交足买路钱休想过关，雇镖局也没用；库房里存放的桐籽桐油，指不定哪天就有人闯进来，不由分说挑去几十担；各地保安团厘金局的人，隔三岔五来晃一回，要吃要喝要红包……四公公接手押运没多久，不知用了什么法道，三下五除二纷纷摆平。没人劫船，没人劫道，没人明抢暗偷了。哪儿该上贡，哪儿该打点？所费多少，去向如何？他都向老板一一禀明。东家心里最有数，"松老板"对"炳老板"说："老四肩胛骨上立得马，手柱子上走得人，是只厉害角色！""炳老板"自然欢喜，说"就是就是！"于是，让四公公坐桩托口，升为分号"管事"。

"管事"相当于现在的分公司经理，有职有权。有职有权的四公公游刃有余，把托口分号打理得井井有条，面目一新。

让四公公崭露头角、大出风头的，却是一件"油案"。

军阀割据时代，洪江作为湘西的工商业重镇，繁华富庶之地，为各路豪强垂涎和争夺。在军阀和政客们眼里，油商就是"肥羊"。

1937年，上海和整个华东地区沦陷之后，依赖大宗产品出口维系生存的桐油业处于生产和销售停滞状态，洪江的工商业受到沉重打击，一度萧条。但随着二战的扩大和深入，军事工业畸形发展，市场对"洪油"的需求量急剧增加，在国统区，"洪油"列为战略物资加以管制，严禁销往敌占区。

1939年初，位列洪江八大油号之首的徐荣昌出了一件事：派驻镇江分号的管事邓子英，会同老板徐东甫的外甥刘永辉，以家书形式向总号报告，说江浙一带"洪油"货缺价高，建议将常德等地积存的产品运往镇江销售。这封信没有到老板手上，而是被邮检所的特务截获了。国民政府驻洪江专员公署专员兼保安司令谭自侯得到密报，心中大喜，认为财神菩萨敲门来了。谭自侯干过许多假公济私的勾当，这次，想重演一回好戏，干一票更大的。

谭司令发帖子，邀八大油号掌门人到保安司令部喝酒。席上通报了邓子英刘永辉写信的事，说"这事嘛，提起来有千斤"，又哼哼哈哈语焉不详。他是敲山震虎，等着进贡。老板们装憨，觉得不过一封家书，货也没有发，款也没有进，什么影响也没有造成，算不得什么大事。即便有事，也是徐荣昌一家的事，跟别家无干。谭自侯见商人不懂眼色，热脸贴了冷屁股，大为不快，隔几天又请老板喝酒，这回摊牌："跟你们明讲了吧，邓子英、刘永辉就是'运油资敌'，是汉奸行为！这种事不光徐荣昌有，各家油号都有，瞒得了别人瞒不了老子！"然后直接开价：想"了事"也行，钱要出足，徐荣昌2万、其他每家1万，现大洋，一个子儿也不能少！老板们愕然，认为谭司令喉咙太深，仍然想着未做亏心事，不怕鬼敲门，不愿出冤枉钱。谭自侯恼羞成怒，破口大骂："妈拉个鳖！装么子傻？老子卵毛吊得住秤砣，还弄不住你们这帮奸鸡巴商！"一拍桌子："敬酒不吃吃罚酒么？好，看哪个卵硬！给我关起来！"一声令下，把人全扣了，放出狠话："听好了，一家不出到2万，别他娘想回屋操婊子！"

事情搞大了，惊动了新闻界。《洪江晚报》发了篇文章，引起不小反响。原指望背地里干的勾当晒到阳光下了，谭自侯怕上峰追查他隐情不报的责任，速将案子呈报顶头上司国民党驻芷江宪兵司令部。时任宪兵司令的谷正伦，领中将衔，是国民党大佬谷正纲、谷正鼎的亲哥哥，"一门三中委，兄弟皆部长"，黔军实力派人物。这人有"现代中国宪兵之父"的称谓，曾以"剿匪"的名义滥杀无辜，激起过"怀化事变"，人称"谷屠夫"。他果然更厉害，一面将案情升级，定性为"经济汉奸罪"；一面严格封锁消息，准备细嚼慢咽。没想到的是，事情又被香港《大公报》探得，作为"重大新闻"，写了长文发在头版头条。重庆震怒，电令谷正伦将"案犯"悉数押赴陪都审讯，从重惩处。

懵头懵脑的八大油号老板锒铛入狱，解往重庆。

洪江乱作一团。各油号人心浮动，惊恐万状；谭自侯继续"翻烧饼"，放言要追查更多的"违法"行为；各路土匪"抢得一点是一点"，不断骚扰，托口和洪江无一日安宁。

八大油号的主力是江西商帮，家家愁眉苦脸，大哭小叫。"刘同庆"被抓走的是"炳老板"，"松老板"和各油号的襄理、管账等人一日数次到万寿宫议事，达成的共识是"破财消灾，救人第一"。大家认为有几件事是当务之急：第一看好自己的门，管好自己的人；第二稳住土匪，不让他们趁火打劫；第三按住谭自侯，不能由着他蛮干；第四找通天人物，把当家人从天字号大牢里捞出来。而最棘手的又是两条：一缺现钱。要渡过这一劫，不花大笔银子是不行的，油老板们虽说家财万贯，但钱都在账面和资产上，"头寸"紧张；二缺人才，万难之事，谁办得成？大家你看我、我看你。"松老板"挺身而出，说："各位乡党，列位同仁，事已至此，不可犹豫。钱各家都要想办法凑，我拿庆丰祥作抵押，先贷 20 万来用；人也推举一个，调托口周老四来！"

就这样，四公公把分号交与别人暂管，只身到洪江，和"松老板"朝夕相处，全力对付"油案"。"松老板"给四公公交底："老弟，事么，你去办，我不管；钱么，我来办，你不管！"

后来的事就传得很神。大致情节是：周泰庆出马一条枪，三板斧果然建功劳。

第一板斧是"智取谭自侯"。他花重金买通了谭的管家和常德、长沙、上海的包打听，探得谭自侯小老婆的弟弟大肆倒卖鸦片和军火，发了横财，犯的条条是死罪，一旦抖出来，谭也脱不了干系。

结果一封密信到了谭司令的办公桌上，里面只有几张堪称铁证的票据，还有空白纸上歪歪扭扭一句话："司令卵子硬，婊子屄子软！"谭自侯立时就蔫了。

第二板斧是"义结姚大榜"。姚大榜是湘西最大的土匪，老巢在晃县，洪江也是他的地盘。四公公提了十块金砖，找本已相熟的江拐子帮忙。那江拐子是姚大榜安在洪江的心腹兄弟，说"四先生你是明白人，抗日抗日，冇处打食，山上弟兄们日子也不好过！要这帮婊子崽收手，我哇了冇卵用，非得大哥开金口！"江拐子出主意，说姚大榜最听一个老叔的话，那老头子没别的喜好，就爱抽几口。四公公二话不说，过贵州搞了一大箱顶级"云土"送到晃县。姚大榜的叔叔果然坐轿子上山，告诫侄子："有人养羊，有人吃肉，你们醒（蠢）！这时节抢油号，羊死了，吃狗屎？"姚大榜到雪峰山放话："哪个崽子想去油号作怪？先问问我的快慢机！"自此，安静了一年多。四公公也列了单子，四时八节，着人往各山头送肉送米送油送面。

第三板斧是"巧请刘将军"。这是救人的关键，最难办。起先，寄希望于何健，因为何健是坐山虎，任过多年湖南省主席，在洪江的银行有股份，油号倒了，他没有好处，而且"杨恒源"的老板，有大儒商之称的杨竹秋和他个人交情不浅。岂料何健避之唯恐不及，这时他已经从湖南调离，接任的是广东人薛岳。何健知道是谷正伦办的案子，也知道已经捅到了重庆，既不想惹恼谷家兄弟，更不想让重庆最高当局起疑心，早早便吩咐手下："洪江有人来说事，一概免谈！"其时有江西籍"国大代表"出于义愤和乡谊，想打抱不平，邀了一帮"国代"到重庆，写成厚厚的申诉书交到法院，左转右转，转到居正手上。居正时任司法院长，是湖北"广济（武穴）五杰"之一，国民党元老级人物，也就是后来陪蒋介石选第一届民国大总统的那个人。他让人带话给"国代"："国家危亡之际，竟然有人给

'经济汉奸'通关节，得了多少银子啊？请军统帮忙查查！""国代"们马上成了缩头乌龟。

山重水复疑无路时，有"杨恒源"的伙计从江西新淦探亲回到洪江，出了个主意：吉安人刘峙将军在重庆吃得开，这人和新淦县聂金魁相熟，何不走走聂家和刘家的路子？"松老板"一想对啊，便和四公公说："老弟你赶紧回去一趟，石磨也好铁磨也好，高低要钻几个洞出来！"四公公背了一架虎骨、一包长白山老参，请新淦三湖刘家坊的舅佬倌带路，找到正在荷浦张家坊闲住的聂金魁。聂金魁时年 61 岁，一听就知道"案子"有猫腻，说："这事蹊跷，没有刘将军那样的人出头怕是拿不下。经扶跟我都在保定坐过讲武堂，难得他认我为学长。我现在出门不方便，不如给你们指条路。"他让四公公带上足够的"东西"去重庆，先找他女儿聂惠珍，请聂惠珍领着找刘峙的大老婆杨庄丽，说"见上杨庄丽事就好办！"后来就是按照这个路数，"黄鱼"（金条）用篮子提，"元宝"（银圆）用箩筐挑，果然奏效。刘峙时任重庆卫戍司令兼防空司令，他做通了谷正纲、居正、宋美龄等人的工作，峰回路转，柳暗花明。

1939 年底，重庆国民党高等法院作出最终的司法裁定："'事出有因，查无实据。''运油资敌''经济汉奸'之罪证据不足，撤销起诉。"八个老板全部无罪释放。至此，一起轰动全国、骇人听闻的"运油资敌案"得以了结。这件事前后经历一年有余，总计耗银 100 余万两。各家摊账：徐荣昌出 30 万，其他每家 10 万。

一年多的折腾，使油号老板们身心交瘁。押他们去重庆，用的是囚车，待遇不如狗；放他们回洪江，舟车相接，走走停停，路上盘桓了一个多月。"庆元丰"老板刘雪琼年高体弱，没有熬住，病死在途中；"杨恒源"老板杨竹秋气急交加，回家便瘫痪在床，不久含恨离世。

事情过去快 80 年了，"三板斧"真假莫辨。正是这件事之后，四公公有了"周仓"的绰号，在洪江商场、官场、娱乐场，灰道、黄道、黑白道，无人不知，无人不敬。

所涉及的聂金魁和刘峙，是民国时期吉安、江西的两个风云人物，各自有传奇色彩：

聂金魁本名聂炳赞，1878 年生于新淦县荷浦乡张家坊村，自幼习武，做过皮匠。后投军，考入保定北洋陆军速成学堂，1905 年 5 月成为革命党人，加入同盟会。一直在军界任职，挂过少将印。他有四子一女。长子聂琦，次子聂瑞，三子聂璨，四子聂琮。聂琦 1910 年生于南昌，年少从军，在古北口战役中被日本人的炮弹片贯通左腿，后又参加过台儿庄大战，1946 年任江阴要塞少将参谋长，1948 年任海南要塞中将司令。聂瑞以下三兄弟均为少将，人称聂家"一门五将"。1949 年上海解放前夕，老四聂琮任上海警备司令部第三大队大队长。蒋介石撤台之际，准备秘密处决张澜、罗隆基等民主人士，聂琮与罗隆基曾同在美国留学，有私交，他给副大队长阎锦文下令，释放了囚禁在上海虹口疗养院的张澜和罗隆基。这人后来定居美国，活到了九十多岁。聂金魁的女儿聂惠珍，1919 年生于江苏扬州，抗战初期随父兄回张家坊住过一阵，在荷浦小学教高年级算术和全校的音乐，领着学生和农民唱《义勇军进行曲》《打回老家去》《毕业歌》，1938 年在湘西参加抗日救亡宣传，1939 年随生母迁往重庆。1942 年嫁给从事海运研究的沙荣存，1973 年辅佐夫君在日本创办大华航运公司，1974 年转往美国，做成跨国远洋航运巨头。沙·聂惠珍 1981 初次回国，尔后经常飞来飞去，热心于新干县的建设事业，在教育、文化、医疗、交通、防洪工程等方面捐建了大量项目，出资数以千万计，被新干人誉为"爱乡楷模"。老太太还活着，定居纽约曼哈顿。

聂金魁与聂琦父子解放时被捕获，1953 年同时在新淦县处决。

刘峙字经扶，吉安城东七里坡人，生于 1892 年 6 月，蒋介石的"五虎上将"之一，与顾祝同、蒋鼎文、陈诚、卫立煌齐名。又被人称为北伐战争的"福将"、中原大战的"常胜将军"、抗日战争的"长腿将军"、国共决战的"猪将军"。李宗仁说"刘峙怕老婆的程度，无人能出其右"。刘峙一共娶了三房太太，怕的只是大老婆杨庄丽。杨庄丽是吉安本地女子，父母之命媒妁之言，19岁嫁给刘峙，目不识丁，但高大威猛，爱财如命，与刘峙共过患难。杨庄丽一生没开怀，在广东买了个年轻而貌丑的陈姓女子给刘峙做妾。陈女一连为刘家生了五男三女，个个苗壮，都喊杨庄丽为妈妈，喊亲妈妈为姨娘。1939年春，刘峙调重庆任职，主管城防，1942年日军飞机轰炸重庆，造成了震惊中外的"隧道惨案"，一时民怨鼎沸，让他丢了防空司令的乌纱帽。淮海战役结束之后，逃过一死，作为败军之将被解职。

1941年，刘峙在重庆看上了家庭教师、上海美专毕业的黄佩芬，发生了难解难分的爱情，因而与杨庄丽闹翻。解放前夕，他带黄佩芬回吉安老家祭扫祖坟，曾有家乡的进步青年到其挂名校长的马铺前扶园中学拜访，劝他仿效傅作义将军起义。刘峙严词拒绝，却没有发脾气，在谈到国民党老吃败仗时说："我们有什么办法？不行呀，一个营一个团调动，都要用电话向蒋先生请求，由他直接指挥，可是兵贵神速，经过这么一转折，军机往往就错过了，怎么不打败仗呢？"黄佩芬的娘家在吉安社边黄家，她讲得一口纯正的京腔，曾在扶园中学教过音乐，嫁给刘峙后生了二子二女。1949年9月，刘峙和黄佩芬带着他们的子女到香港九龙，过了一段惴惴不安的日子；1950年坐船转新加坡，本想隐居，但一上岸就被人抢了行李，吓得魂飞魄散，旋即改道去印度尼西亚；在雅加达、茂务等地，夫妇隐姓埋名，以教书为业，活得十分艰难。后应蒋介石之召，于1953年11月到台湾，被臭骂一通后，生活也安定下来。1971年7月13日，病死于台湾，距80大寿尚欠一个半月。

老年的四公公话多，却很少提起这几个人。有人探问，也只是说：

聂金魁奸巧，刘经扶胖，杨庄丽死喜欢钱，聂惠珍好看。

六、山转水转

"油案"过后，声望日高的四公公离开了洪江，转去晃县龙溪口。

这时"二刘"已经分立，四公公归在"刘安庆"旗下。"刘安庆"也在龙溪口开了分号，"松老板"派四公公去坐桩。

调动的缘故主要有两个：

一是工作关系。抗战期间，洪油出口的路堵死了，江浙沪一带的市场也进不去。产品没有销路，作为生产基地的托口，处于半歇业状态。而紧靠贵州的晃县，因为连接大后方，对棉纱、布匹等民用物资的需求量特别大，交易也异常活跃。"松老板"是脚踏实地的生意人，审时度势，随机应变，毫不犹豫地在业务上作出调整：主业退为辅业，辅业转为主业。龙溪口是布局的重点。

龙溪口是晃县（现名新晃）的老县城，人称夜郎古镇。唐宋两朝分别在那里设立过夜郎县，历时近 300 年。晃县古老神奇，是少数民族聚居的地方，境内随处可见侗族风格的木塔和民居。龙溪口老街上的万寿宫是著名的古迹，气势恢宏，迄今也有 300 年历史。龙溪口的古建筑还有镇江阁、禹王宫、灶王宫、太平宫、五通庙、姚氏宗祠、三拱桥等，街道多铺青石板，走上去哐哐作响。沅水的支流潕水流过龙溪口，是晃县的母亲河。

另一个原因有点暧昧。四公公单身"出门"多年，娇小玲珑的四婆婆和小名"精怪"的慰平伯都留在老家。正当盛年的四公公，碗里不缺肉，杯中不缺酒，荷包里不缺钱，身上不缺猴性和牛劲，在托口那山有色水有香、灯闪红酒泛绿的边关小城里，身上总是热烘烘的。托口有堂班，能够撒野；有酒肆，可以买醉；有赌局，可以遣兴。更具诱惑的还是湘妹子，柔曼多情，敢爱敢恨，最会黏人。四公公不是大公公，没有那么多顾忌。在春风沉醉的地方混久了，不弄点事儿出来，那不是四公公。果然，搭上了一个相好，而且不加掩饰，闹得沸沸扬扬。女子虽妙，却是有夫之妇，夫家在地方上也有势力，不缺钱和刀剑。稍不留神，四公公不但会出洋相，还有性命之忧……神魂失守的四公公不知深浅，"松老板"却一目了然。为了保护爱将，只得调虎离山。

转战龙溪口的四公公仍旧是"管事"。在他的掌握下，一个时期，晃县和邻近各地商贩们分销的棉纱、布匹、盐巴等货品，十之五六出自"刘安庆"分号，畅行湘西和黔东南大片地区。

"松老板"担心四公公再沾腥惹臊，安排人将四婆婆和"精怪"伯接到晃县。在那里，四婆婆一连生下水保叔、小毛叔和二毛叔三兄弟。

四公公的经营才能在晃县得到更充分的显示。因为业务拓展、管理有方，分号的效益节节上升，银子哗哗地流进来。"松老板"十分欢喜，见面总是笑逐颜开，说："老四啊，你就是一条过江龙，只要有点水，一定翻得起浪来！"因为欢喜，便施以恩惠，给予了特别的优待。

"松老板"十分在意晃县的生意，派了自己的婶娘和一个女儿在龙溪口长住，还专门雇请了本地妇女宋嫂为她们洗衣烧饭，租用的是大大的窨子屋。四公公是"管事"，再有地位，也是打工的，按老规矩不能和老板家人一道生活。由于有"松老板"的特别交办，在晃县的那些年，四公公四婆婆一家始终和老板的婶娘、女儿住一个屋，吃一锅饭，在外人眼里他们就是一家人，无分高低。这是他们在湖南如鱼得水的岁月。温馨的家庭生活，顺风顺水的生意，美妙的山水，多姿多彩的少数民族风情，冲淡了战争的血腥和商场的苦涩。四公公摇风摆扇，一面为老板赚大钱，一面为自己赚小财。

这一时期，泗溪老家的日子也算平和。曾祖父在世时，一面督促老二、老五和侄子等往农事上卖力气，精耕细作，以求五谷丰登、六畜兴旺；一面指点老大打理布店，大钱赚不上，小利年年有。在家里，老人家是太上皇，一言九鼎；在村上，是头人，有点磕磕绊绊的事，总是他出面斡旋，息事宁人。因为他正派、处事公道又讲得清道理，常常被人请到外村去做"中人"。曾祖父仙逝之后，曾祖母三从四德，宵旰勤劳，把家管得井井有条，蒸蒸日上。老太太善于运用财权，田里、地里、圈里、店里的收入，还有四公公奉献的"孝心"，点点滴滴在她的掌握之中。

两栋新屋，正是在曾祖母的主张下盖起来的。

过年的时候，四公公回来了。曾祖母把儿子们唤到跟前，慢声细语地说："崽啊，你等记好，但凡我有一口气，哪个也莫想分家。几时我闭了眼入了黄土，到阎王老子面前见你爷老子去了，阳间事我就不管。树大要分权，人大要分家，你等兄弟总有分的时候……分开来，这几栋屋怕是不够。另外做两栋么？""公公"们诺诺连声，无一人说不。老太太又说："娶亲嫁女做新屋，天大的事。我手上有几个钱，若是随随便便做关鸡关狗的，也差不了几多，若是做像样些，怕是不够。啷样办？"大公公、二公公和我公公相视无言。四公公开了口："姆妈，房子么，是要传百年千年的，要我来哇，不做就不做，做就要做好，不枉了您老人家的功德！钱是人赚的，差几多？不够我来出！"

之前，"炳老板""松老板"和枥湖姑爷的大屋都盖好了蠢在那里。在乡村，那是无比的风光。

四公公到底汇了多少银子回家盖房子，谁也说不准。可以肯定的是：不是一个小数目！新屋落成时，四婆婆专程从湖南回老家"验收"，看过了并不满意，尖起嗓子说："咯甚样子？汇那样多现洋来做屋，做来做去就做成咯样子？还不如洪江那福主庙子！"——洪江的"福主庙"类似于新喻的土地庙，寒酸。在湖南住过多年，四婆婆眼界高了，口气也大了。其实，两栋"新屋"相当不错，只因场地所限，规制小了点，外观不太气派，内部装饰却很讲究，门、窗和采光天井都雕刻了花鸟虫鱼和戏文故事，隐含着富贵顺遂、忠孝节义、诗礼传家、福禄寿喜、平安发达等吉祥意思，在当时算得"高大上"，今天看也很有"文化"。四婆婆不满意主要因为两点：一是每栋屋才三开间四排扇前后厅六间房，小了；二是式样老旧，都是起脊砌马头墙的"金丝"屋，而不是那种四面高墙肥水内流的窨子屋，土！

房子起来了，曾祖母也病倒了。老太太过世，支柱坍塌，兄弟随即分家。四公公家和我家分得的正是这两栋"新屋"，一东一西紧挨着。

今天，"新屋"已成"古宅"，有存毁之虞。此乃后话。

四公公在湖南干得顺风顺水，子侄们跟着沾光。

忠平伯伯曾投奔到托口，他是热血青年，关注国家兴亡，对榨桐油赚铜钱之类的事了无兴趣，待不多久就当兵走了。四公公转到龙溪口，惠平伯伯又跟了去。惠平伯是二公公的大儿子，生于1919年，幼年出天花落下满脸瘢痕，绰号麻子。他到龙溪口，分派在分号做出纳，是重要而轻松的岗位。干过一阵，却被四公公开除了。也是因为年轻，刹不住火，在色字上出了问题。其时，龙溪口分号有两个"麻子"，惠平伯之外，还有管账的肖麻子，也是单人独马从江西投亲靠友过去的。两个"麻子"都健壮如牛，且都在老家被女人的身体和心子勾了魂、烙了印，饥渴难耐，欲望、蛮劲和碎银子聚合起来的能量，只有在女人身上才能找到倾泻的口子。他们先后搭上了那大手大脚大奶包的烧饭女人，女人每日里笑眯眯甜丝丝地叫"肖先生""周先生"，两个"麻子"则情意绵绵地唤"宋嫂宋嫂"。宋嫂给他们送酒送饭菜，也给他们送喧腾的肉。一只母猫两只公猫，日日叫春满街腥。时间一长，难免起争执，争来争去不可开交，又难免影响到店里的声誉和生意。四公公是过来人，此时已然收心，惦记着的只是老板的托付、肩上的担子。他不能听之任之，必须断然处置。两个"麻子"都有来历，一碗水要端平。四公公快刀斩乱麻，将两人同时辞退。惠平伯是亲侄子，头天轰出分号，第二天就托朋友帮他在龙溪口一家布店找了事，赚钱过日子仍是没有问题。惠平伯血气方刚，一跺脚离开龙溪口，倒腾药材去了。

我公公一世作田，种稻养猪、推车送货、栽树打柴、酿酒做豆腐是好手，但是没文化，出不得远门，曾祖父和曾祖母对"老崽"也特别怜爱依赖，眼前不能没有他。公公羡慕四公公能赚白花花的银子，羡慕忠平伯、惠平伯在外面回来时衣着光鲜说话斯文。叔叔小，姑姑刚出生，我爸爸十来岁，眉清目秀。公公担心眉清目秀身体单薄的我爸爸吃不了"作田"的苦，请大公公写信给四公公，央求四公公把"尿毽"带出去学徒，得到爽快答应。

1948 年底，在老家只读过一年半私塾，时年 14 岁的父亲，跟随一位符姓友人，在浙赣线黄土岗车站扒运煤的火车，乌嘴黑面到得湘潭，改乘汽车、班船，过安江到晃县龙溪口，见了他的四伯。带着四伯母给的几个银圆和四伯写给"松老板"的"条子"，父亲于 1949 年正月到达洪江，拜见了"松老板"。老板和蔼可亲，说："表侄你来了啊？来了好！来了就去托口吧！"循着大公公、四公公和忠平伯伯的老路，背着小小包袱，父亲坐船到托口，进了油号。他年纪小却机灵勤快，加上有四公公一层关系，待遇不错，人缘也好。父亲智商情商都不低，小小年纪便结识了当地一位姓李的女中学生，且被李家看重。

1949 年底，人民解放军的枪炮声迫近湘西，姚大榜等土匪开始最后的疯狂，窜入托口，洗劫了油厂。父亲的行李和四婆婆给的银圆，还有家里带去的盘缠被打劫一空。远在龙溪口的四公公得到消息后，托人另外给了些钱，让父亲重新置办衣被碗筷。

解放后，洪江的油号纷纷转产，"刘安庆"和其他几家企业合股成立洪江陶瓷厂，主产日用瓷。油号的工人一部分转入瓷厂，父亲也跟了进去，学做碗坯，十分艰苦。1953年，他泪别女友，回到老家。在湖南的时候，父亲学会了打一手好算盘，又在武汉一家财会学校开办的函授班学了会计，后来全都排上了用场。直到现在，我家写字最漂亮和算账最利落的人还是父亲。

1952年实行"三大改造"，湘西的"油号"经历了同行业经营—公私合营—转产的嬗变，"松老板"成了刘副厂长，龙溪口分号随即撤销。四公公的"管事"位置没有了，年纪大又进不了瓷厂，从晃县回到洪江后，成了吃闲饭的人。公私合营有个磨合期，资本家的权力受到限制、剥夺，劳资矛盾随即产生，有时还比较尖锐。因为四公公是"周仓"，一度被人视为"二老板"，也受过冲击，遭受了批判。"松老板"对他优厚有加，腾出了"长码头"自家的房子给四公公四婆婆一家人住，而且按月接济。这期间，四公公最小的儿子——我的三毛叔叔也出生了，就是我爸爸背过的那个眼珠儿骨碌碌转的幼儿。

四公公觉得在湖南没有指望了，拖家带口回到新喻原籍，从此再没去那"五溪蛮地"。

离开洪江的时候，"松老板"请四公公吃饭，作推心置腹的交谈。"松老板"说："四表弟，山不转水转，你就不能再等等？回去未必好嘞！"四公公说："好与不好讲不定，叶落归根，还是回去吧！回去分点田地，让伢子们在土里刨食，稳当！"

七、乌狗肉，南风酒

我眼中的四公公，和身手矫健的"周仓"、长袍马褂的"周老四"、西装革履的"周管事"不是一码事。

我是1956年端午节前一天生下来的，贪吃。到学嘴学舌讨得到大人欢喜摸头捏脸给东西吃时，四公公已年近六十。他腰板还算直，走路的速度却慢了；眼睛还有神，头却不由自主地晃了；嘴上有须不浓密，脑门上的痦子扎眼。

四公公喜欢走动。晴天，总是一个人在巷子、禾场或“江子”（村前水渠）两旁的矮堤上逛来逛去，碰上大人就问“做么子去？”碰上小孩就说：“婊子个崽，吃饱了么？”雨天，总是穿了那双雄壮的“钉鞋”，在巷子的石板路上走出“嘎、嘎”的脆响。无论下多大的雨，四公公在村里走路从不用蓑衣斗笠，也不用瓦口套鞋，只穿“钉鞋”、打油纸伞。他的“钉鞋”又高又亮，纸伞又大又红。雨哗啦啦响，水在巷子的泥地上和石板上汩汩流，四公公穿着“钉鞋”撑着油伞一甩一甩就走了过去。别人羡慕，他便掩饰不了那几分得意：“晓得么？‘红油’刷出来的，有钱也买不到！”

四婆婆喜欢待在屋里。他们家堂屋有描金的香几、四角包铁的八仙桌、宽大的斗椅。进大门左手房门外，永远放一张安乐摇椅，摇椅的一面永远放一个方凳，方凳上永远有铁皮烟丝盒和搓得又长又松的火纸。摇椅的另一面，永远搁一只搪瓷痰钵子。每天每日，四婆婆都在摇椅上，水烟枪都在她手上。那纸媒子，别人吹起来费劲，老人家兰花指拈上，凑到嘴角“嘭”地一下，火苗就蹿了出来；弯弯的烟管一到她嘴里，烟葫芦就噗噜噗噜响，让人担心那包黄水会吸溜到细长的喉咙里去。她抽烟的声音响亮，咳嗽和吐痰的声音更响亮，隔着砖墙和板壁，在我家堂屋也听得清楚。

四婆婆有鸭绒被，冬天出太阳的日子搭在屋外竹篙上晒，我悄悄摸过，滑溜又软和；四公公有香云纱，夏天穿了出来走动，又黑又亮又轻飘。

我家跟四公公家不好比。我和弟弟们挤在公公的床盘上睡觉，铺的永远是禾秆，垫的永远是带洞的草席，盖的永远是旧棉絮。妹妹们跟婆婆睡，一张箱式老床，开放的那面一年四季都挂黑不溜秋的布帘，冬天挡寒气，夏天挡蚊子。乡下的蚊子又大又多，布帘子挡不住，睡觉之前，婆婆便用蒲扇驱赶，赶不尽就举了油灯跪在床上"剔"（灼烧）。硕大的蚊子挂在床壁上，火苗凑上去，一"剔"一只，吱吱作响。公公的枕头是缚得紧紧的稻草把子，婆婆床头有一个写着"假皮包换"的皮枕，黑红梆硬，裂了几道口、掉了几块皮也不扔——那是四婆婆送的。

四公公家有百宝箱，能掏出各种奇妙的东西。某家细伢子闭痧，取一支"羚羊角"出来，切一小片煎水喝，果然松了；某人肚子痛，在地上打滚，掏一个药葫芦出来，倒点灶灰样的东西，说"苗药，抹肚脐眼上"，果然好了；有块黑硬的"象皮"，谁伤了手脚破了皮，从那上面刮一些粉下来，吹到伤处，血便止住了。这种时候，四婆婆会从摇椅里坐起来，教给别人这个啷样抹、那个啷样涂。这时候的四婆婆，不咳嗽，也不吐痰，脸上泛着光亮，眉毛松散开来。

因为四婆婆怕冷怕热爱咳嗽，四公公家常请郎中，我们也常看稀奇。郎中有的简洁，问几句话号个脉开了方子就走人；有的啰唆，望闻问切一番，写了药单子却不走，要和四公公对坐在八仙桌上喝茶，你一言我一语说个没完，吃了酒饭才肯离开。有郎中在家说话，四公公便成了半个郎中，五经八络如数家珍，丸散膏丹一笔流水。郎中走后，二毛叔、三毛叔就会跑去泗溪街或新淦县城抓药，而四公公屋后的巷筒子里，就会飘出浓浓的药草味，前门外的泥路上，就会出现散乱的药渣。

四公公家人口多，分作几处居住。慰平伯伯一家曾住周公山脚下沙洲子上，在那儿耕田种菜，养猪放牛。水保叔憨实，娶的是我婆婆的亲侄女春妹姑姑，过门不久也分灶吃饭了。和四公公四婆婆共同生活的是小毛叔、二毛叔和三毛叔。小毛叔白面书生，在小学当老师；二毛叔念过初中，算盘打得好字也写得漂亮，在生产队兼记工分；三毛叔机灵又勤快，栽秧割禾打场送粮，斫柴推磨舂米熬糖，编篓子放牛绳削扁担，照青蛙捉黄鳝钓甲鱼样样来得，人送外号"三毛鬼子"。

那年月是人民公社，社员靠生产队挣工分过日子。工分是命根子；"底分"要民主评定。四公公的底分打得低，和同年女劳力一个档次。他不在乎这个，他爱"当街"，喜欢狗肉和南风酒。

泗溪街卖狗肉的摊子有两个，一个是猪屎街水根横人，一个是拣家坊三根疯子。两家各有特色：三根疯子以肉见长，酒次之。他的酒是从别人手上淘的，狗则一定是亲自转到各村现打，看上了那扬着尾巴满地跑的土狗，讲好价钱，操起铁匠卢驼背专门锻制的夹狗大钳，用比狗还快的步子撵上去，一举钳获。活狗到家，用粗绳吊颈子挂树杈上勒死，开水烫毛，禾草火烤皮至焦，掏出心肝肺，整狗下大锅焖煮，熟透捞出，拆骨切大块备用。他打的多是黑狗，乡里作兴"乌一黄二"。这人高大雄壮，吆喝起来满街都听得清楚："嗨嗨！嗨嗨！快来快来，快来吃乌狗肉，吃一块想两块、吃两块想三块嘞！"水根横人以酒见长，肉次之。他的狗多半是从别人手上转买的，不问来路；酒却丝毫不马虎，一定是亲手酿制、封存5年以上的南风酒，开坛满街香。他叫卖的声音不高不低不急不缓却很诱人："来哟来哟快来哟，人生在世有几久，停下脚来吃碗酒喔。"他们的摊子都简单，两根窄条凳，一块宽门板，冷狗肉一篓，南风酒一坛，快刀一把，碗碟若干。当街摆上，立即开卖。各带一个杌子，是给自己垫屁股用的。有客人到，说"来一碟狗肉，半碗酒"或"来两碗酒，一碟狗肉"，切好递上，食客站着三下五除二解决了，扔下钱抹抹嘴走人。四公公则不同，四公公每回要的是三根的狗肉、水根的烧酒，且一定是坐下来慢慢吃喝。他轮流坐，初二三根案头，初五水根案头。人一到，卖家先将自己身下的杌子递过来，说："四叔你坐，就好！"立即切肉倒酒。四公公稳稳地坐在案板一头，接过肉碟酒碗，细细地嚼，慢慢地饮。街上人再多，他也是这架势。吃着喝着，不耽误和来来往往的熟人打招呼，有特别相熟者，请过来吃上两片肉喝上两口酒。酒盖了脸，就讲"古闻"，讲洪江雪峰山的乌骨鸡、芷江县的血鸭粑、辰溪的毛狗肉，也讲托口的土匪如何抢东西，洪江的婊子如何招男人。

泗溪街上与四公公交情深厚的有好些个人，如桥背的颂喜、新屋下的贱狗、戏台边的汉成矮子。颂喜是"松老板"的本家，就住在那大窨子屋里，他是养蜂人，走南闯北见得多，一肚子有趣的事；汉成是药铺切药的，在樟树街上学过徒，人矮嘴巴甜，又极有耐心，和四公公凑到一块，当归、白术、黄连扯个没完；贱狗是做大木合棺材的，新屋下人，没读过书却无比聪明，会雕花刻朵，会熬大漆，会拉胡琴，会唱花鼓戏，天上事知一半，地上事全知。

走村串户到我们村理发的是湖背村的李二根，手艺一般，人却和气，五分钱剃一个脑壳。街上有手工业联社的理发店，店里三个理发师，叫九根、发根和财根，进店理发一毛钱一个。村里大人小孩的头都是李二根剃，四公公不，四公公要到店里去理。四公公理发时不少人围在边上看怎么给他剪发刮须掏耳朵捶背，等着听他讲故事。

无论晴雨，四公公上街都要夹上那把油纸伞。天晴无雨，先拐到小学校，把伞寄放在小毛叔那儿，再上街吃喝。小毛叔说过他："耶耶（四婆婆娘家习俗，唤爸爸为"耶耶"），你莫坐街上喝酒啰，不怕人家笑！"四公公大不以为然："操，婊子个崽！花自己银子呷酒吃肉，关别人么子事？你扯卵蛋！"

吃喝好了，四公公又夹上油纸伞，一晃一晃沿土路回家。手上总不空，或是猪肉油豆泡，或是黄鲇白豆腐。肉是陈罗汉案上的眉条里脊肉，豆泡是水生老婆串的香煎黄豆泡，鲇鱼是龙尾洲闸口新网上来的，白豆腐是饮食业当天榨的。四婆婆爱吃眉条肉余油豆泡、鲇鱼煮白豆腐。

村里年轻人常开三毛叔叔的玩笑，学口学舌："三毛三毛，婊子个崽，蒜条子炒肉吃吃得么？"这是四公公的腔调。有一回，栽早禾的日子，别人都在田里忙，四公公当街回来，一脚高一脚低从田塍上走过，停住脚大着舌头这样说话。

田里漫了水，天上挂着云。水面如镜，倒映云影，春光如掸，轻拂万物。四公公张着两手，一手红白猪肉，一手葱绿蒜苗。

八、手劲，嘴劲

"公公"们当中，论手上功夫，四公公最差；论嘴上功夫，四公公最好。

大公公是 1974 年去世的，享年 83 岁。老人是族中之长，有点儿"权威人士"派头，一生勤劳，70 多岁还在生产队赚工分，做些看场赶鸡扫谷捆草之类的活。二公公生于 1892 年，殁于 1966 年，享年 74 岁，终生没出过新喻县，却是对付田地的高手，70 岁能够领犁铧牵牛下田。

我公公生于 1904 年。除了吃饭睡觉，他无时无刻不在干活，骨架大，力气也大。60 岁时，他过"大河"（赣江）去新干七琴的深山老林里买红心杉木，一根一根扛，来回一趟 90 里，湿木每根超百斤。这木头是给他自己和婆婆做棺材用的，两副棺材得用九根原木。用公公扛回的木头做成的一对棺木，在我家楼上庄严神圣地并排安放了十几年，平时盖得严严实实，隔三年移下楼刷一次大漆。70 岁时，公公的底分还能打到 8 分；80 岁时分田到户了，我和二弟在外地工作，家里的田土全靠公公和三弟耕种。晒干的稻谷，公公能满箩筐满箩筐扛到楼上去囤放，独自上肩，一手扶谷箩，一手抓长梯，直上直下，稳稳当当。

夏天，公公的青布衫子总是一片黑一片白，黑是本色，白是汗霜；冬天，公公的手和脚总是裂着一道道血口子，用包电线的黑胶布粘了又粘，缠了又缠。因为长年在泥水里挣扎，他的脚趾是扇子那样张得开开的，中脚趾突出一大截。生产队的记工簿上，他的出勤率跟队长差不多——不是因为积极，而是看重工分。

公公有几样本事别人难比。第一是酿酒。乡下说："搞酒做豆腐，充不得好师傅，搞了三缸酒，两缸坏了事，一缸作得泡汩汩，拿把猪婆猪仔吃，吃了七只猪崽坏了八只。"公公酿甜酒、老酒和南风酒却从不失手。我和兄弟们这点酒量，全是自小喝公公酿的酒训练出来的。第二是筑腌菜。下半年栽种芥菜，菜叶粗粝，鲜炒和水煮都不好吃，公公便采下来洗净晾干，切成细细的丝，一层菜一层盐码在大坛子里，用木槌层层筑紧，然后用揉过的细泥封口，待来年开春启封，菜色金黄，酸香扑鼻。这种腌菜，拿到泗溪街上，有时能卖出猪肉价钱，净炒、做汤、拌饭无一不宜，最妙是烧肉，不但鲜香适口，而且存放一个月也不坏。我在荒山上读过四年"五七中学"，清汤寡水苦不堪言，幸好能从家里带几罐公公婆婆做的腌菜肉才得以坚持。第三样是罾鱼。我家有一张大大的罾网，平时收拢了挂在后屋的墙上，占着半面墙的位置。发桃花春水或涨小水时，公公扛了它去庙前水沟"扳"上水鱼，我和弟弟们提鱼篓跟在后面，没有空手回来过；冬天，公公用酒糟拌稻米，炒得香香的做饵料，夜里扛网出去，放到深水塘里"候鱼"，第二日天不亮起网，总有欢蹦乱跳的鲫鱼鲤鱼鲩鱼提回家来。

我父亲字写得好账算得精，干农活却差劲，从洪江回乡后，在高级社、大队、乡、公社做统计会计，一直穿"半脚鞋"；我母亲会裁缝，每日走村串户，早出晚归，无比辛苦。我是家中长子长孙，底下有四个弟弟两个妹妹，"五男二女七枝花"。生我们的是父母，喂养我们苦了公公婆婆。我家的自留地里，茄子辣椒萝卜青菜从不比别人家的差，那是我公公一锄头一锄头挖出来，一瓢水一瓢尿浇出来的；前屋养猪，猪婆产仔时，公公必定通宵守候，那粉红嫩滑的小东西，在他眼里就是灶上的油盐、身上的衣裤、孙子们的课本；

后屋养牛，母牛可耕田，牛犊能卖钱。人口灶口，无多只少，家里多时十来口人张嘴要吃要喝，老虎灶天天要烧，"柴"是最犯难的事。有一阵，乡里风行挖柴蔸子，公公便起早贪黑去那周公山的角角落落寻柴蔸，松柴枫柴黄荆柴地练柴豆子柴和各种不知名的柴蔸，被他挖来不知多少，大的劈开，小的削齐，一一码在院外篱笆下晾晒，形成一道壮观的"蔸子"墙。这是过去的事，现在不行。

四公公比我公公大三岁。队里的好多农活，他是不沾边的，他只参加那些男女老少聚在一块，不费力气也不耽误动嘴皮子的劳动，如有风有月不冷不热的晚上集体扯旱秧，又如聚在橙树荫下剥花生种子。每年除夕，村中男女老少围着"众厅"的树蔸火"守岁"、算账分红，暖烘烘地叙说一年积攒下来的话，夜深了煮一锅肥肉面吃——这场合不会少了四公公。

还有一项活计四公公干得多，就是放"大伴"牛。春种、双抢农忙时节，犁田耙地的事干完了，人和牛都乏了、瘦了，人不得闲，牛要将养。生产队把各家各户领养的黄牛水牛集中起来，分派老人小孩赶到周公山上，让牛自由自在吃那沟沟垄垄里的草，早上吆喝出去，傍晚吆喝回来。这件事不弯腰不流汗，拢得住牛就行，牛上山了，人可以在树底下谈天说地。每次放"大伴"，队里会派一个有经验的人带头，别人跟着走。

天气晴朗的日子，牛在山窝里吃草，人在荫凉的地方坐，四公公便开始"讲古"。有大男人在场，四公公就讲些荤的。他讲托口的婊子个个身怀绝技，碰上心思不好的男人，以为花几块现洋便可以胡来，进门之前先吃金枪不倒药。婊子吃不消，也有厉害角色，在手上戴一种戒指，趁嫖客不留神，在他小肚子一划，男人就撑不住，跑马放气。又讲鸦片烟，说那东西托口最多，云南、贵州的"膏子"都是经这条路进出，早先不叫鸦片，叫福寿膏，看上去像糖鸡屎，不会的人抽一口会作呕，上了瘾就离不开，抽上几口腾云驾雾，不抽要死要活。听的人故意问："四伯伯你抽过么？"四公公便说："抽过么？还有我冇抽过的膏子？！"别人又问："那你咋不上瘾？"四公公又说："我百毒不侵，上瘾早死了！"

光有小孩子在跟前，四公公就讲些素的，如说沅江的船工排工，冬天春天都在河里走，走到哪儿都要带上几挂腊肉，停下船定了排，就在两旁的山上挖冬笋春笋。新鲜笋子挖来，架上锅子用腊肉炒，香得很，饭么，就砍那新竹子，打个洞灌水灌米进去，丢火堆里烧，烧得哗哗响，熟了用刀一劈两半，捡两根竹枝做筷子，挑出来吃……讲到这段，听的人多半会流口水。四公公还讲洪江有个财主的儿子不争气，吃喝嫖赌抽，染上了杨梅疮，鸦片瘾也戒不了。财主气不过，叫人把败家的儿子关在黑屋里，说"由他去嫖去赌去等死！"后来却没有死，不但人活着病也好了瘾也戒了。原来那屋角落里存放了一缸陈年好酒，酒里掉进过一条尖头大乌蛇，年轻人渴得难受，总喝那缸里的酒，就是那缸乌蛇酒治了他的病救了他的命。后来年轻人学好了，专门做这种酒卖，成了大财主。

四公公也给我们讲点沾荤带素的，如张老九的故事。说财主张老九小气，三个儿子娶的老婆都不喜欢他。才立春，水还是冰凉的，媳妇们早上起来烧水洗脸，张老九看见了就骂："蠢！当春一日水暖三分，洗个面还要烧热水，柴不要钱么？会遭雷打！"媳妇们不服气，忍过两天，打一盆凉水给爹洗面，张老九伸手一摸，冷得缩回来，又骂："破鳖烂箐箕！死绝良心！要冰死老子啊！"媳妇们就争辩："当春一日，水暖三分；当春三日，水暖九分，猪都烫得了毛，还不能洗面啊？"张老九噎住了。媳妇们没事喜欢凑一堆，卷起裤管比腿白腿黑，忘形了索性扯开裤裆比别的，说大嫂的像燕子窝，二嫂的像马脚迹，老三老婆的像油罐子嘴，说完笑个不停闹个不停。又有挑干鱼和麻糖的人到村里零卖，儿媳妇们嘴馋，瞒着阿公爹，从家里撮了谷去换那鱼和糖吃。张老九探得一清二楚，牙齿咬得咯咯响："败家、败家！不骂不打，上墙揭瓦，要反天！"隔日开饭，张老九坐在太师椅上，媳妇们照例来服侍，准备给他盛饭夹菜。张老九说："不忙！我来问问，鱼干子麻糖好吃么？"大儿媳见势头不对，想开溜，被喝住："燕子窝，哪里躲！"二媳妇也想溜，张老九说："马脚迹，舀得饭来吃！"张老九慢条斯理吃喝，完了碗往桌上一礅："油罐子嘴，捡了去洗！"三个儿媳晓得露了马脚，又羞又怕，都哭。张老九跺脚："哭？哭什么哭？丢了我一个大担谷！"

20世纪80年代看电视剧《乌龙山剿匪记》，里头有个土匪叫田大榜，我一听耳熟，马上想起小时候听四公公讲过的姚大榜。在四公公的讲述中，湘西土匪有十几万，姚大榜家世代为匪，传到他已是20好几代了。这人自小就打家劫舍、杀人越货。进过贵州讲武堂，练得一身好武艺。他有好几房压寨夫人，只要看上长得俊的女人，一定千方百计搞到山上去。姚大榜为人多疑，睡觉不过"一线香"。也讲信用，说话算数。

在湖南待得时间长，四公公说话时不时会冒出一些洪江或晃县的方言，如"么子"是"什么"的意思，"才脚"是"刚才"的意思，"霸蛮"是吃得苦耐得劳的意思，"冇得"是"没有"的意思。碰上讨厌的人，他喜欢说"烂罾皮好上气""三分颜料开染缸"。

讲到湘西一带的妇女，四公公常笼统地称"苗婆子"。他唯一的女儿，我那自小"把"到垅上陈家的堂姑，小名也叫"苗婆"。

在新喻农村，"苗婆子"和"湖南婆子"另有一解：她们是三年困难时期为了吃一口饱饭而跑到江西的一个女性群体，是被侮辱被损害的对象。泗溪好些个村有这种女人，盖岗上有，栎湖有，垅上有，城头有，珠坑有，厚溪有，稍棱有。她们或高或矮或妍或蚩，所嫁的人大都是在本地讨不到老婆的"落脚货"，或者是傻子，或者是残疾，或者是懒汉，或者是穷光蛋，或者是"地富反坏右"。

这些女人中可能有苗族侗族，但绝大多数是汉人，江西人听她们说话一个味道罢了。

邻村枥湖有过两个"苗婆子"，一个嫁与懒汉塌鼻子，一个嫁与穷汉二痢痢。

九、船儿摇啊摇

我们村真小。

在家务农、出外谋生的全算上，初解放时，15 户 75 人、168 亩土地；我出生的那年，21 户 93 人、193 亩土地；我大学毕业的1982 年，84 户 294 人、420 亩土地；我祖父去世的 1998 年，107户 349 人、470 亩土地。去年冬至日，参加本族"填冬"活动，众人在祖山上扳着指头约略一算，全村现有 142 户 450 多口人、500余亩土地。现在长住村里的不过百来号人，多是老人和小孩。

保甲制度时，村里设甲；合作化时，设互助组、初级社；人民公社时，设生产队；现在设一个村民小组。土改划阶级，全村没有地主、富农，有贫农，无雇农。曾祖父名下各家都是中农。我家和四公公家是上中农。

四公公嘴里乾坤大手上功夫小，那时农村靠出身做人凭力气吃饭，他要得到每个人的敬重是比较难的。

村里常批评四公公的干部有两个：一个毛仔伯伯一个云仔公公。

毛仔伯伯叫财平，绰号聋子，是大队书记，瘦得像把禾草，说话有气无力，却有威严。他常开会，不开会时也到生产队里干些剥花生、打豆子之类的活。他和四公公有机会在劳动场合不期而遇。

四公公的嘴没有被线缝住，总是要说话的。四公公讲："姚大榜好枪法，人在屋檐下坐，鹞子在天上飞，鹞子爪子上抓了鸡，那婊子崽抽盒子炮抬手一枪，叭，鹞子和鸡都落到地上，鹞子死了，鸡还是活的！"又讲："绍兴班来了一个范思思，吹拉弹唱样样会，肉比豆腐嫩，眼睛带钩子，洪江人抢着要包夜。价钱越叫越高，这个说一夜一百，那个说一夜三百，又一个说一夜五百，还有一个说一夜一千。保安团长走来，掏出勃朗宁往台子上一拍，喊'老子银子有得，卵子有两粒，打得一枪么？'"四公公神采飞扬，毛仔伯伯幽幽地来一句："老四，你包过一夜，打过一枪么？"——平字辈的人，只有他这么叫四公公。

云仔公公叫云庆，和四公公同辈分，是生产队长，做事一把好手，人也吃苦耐劳。四公公讲什么别人听什么他不管，但是有一条，不能误了手上的活，误了就急。他说话比毛仔伯伯来得直："四哥，都听你讲古，花生剥不完你开夜班！"

有人写文章，说"文化大革命"时期的农村"一等人，书记官，办公室里抽香烟；二等人，是党员，半天开会半天闲；三等人，老贫农，新旧社会都受穷；四等人，地富反，夹着尾巴搞生产"。这和我们村的情况有差异。从土改到"文化大革命"，村里的四个党员，全是我善良勤劳的长辈，全是好人，没有一个是好吃懒做的人。毛仔伯伯和云仔公公之外，还有两个党员：一个煽子伯伯，大名桂平，狗狗的爸爸；一个九女公公，大名瑞庆，我的本家"公公"，曾祖父唯一的侄子，就是那个抛家别雏杳无音讯之人的独生儿子。这几个人都是土改当民兵成长起来的。毛仔伯伯身体单薄，珍惜当干部的机会，当得越久越珍惜；煽子伯伯也当过大队书记，是乡村能人，没有什么不会做，没有什么做不好，当不当干部无所谓，因为小事跟上面的干部言语不合，就撂挑子不干了；云仔公公的队长一直当到生产队解散；九女公公耿直，公道正派工作卖力，只因和我家靠得太近，大队长没当好久就免了。

村里有一支唢呐锣鼓队，四个党员都是乐手：煽子伯伯吹唢呐，高音，公认全乡第一；九女公公也吹唢呐，低音，有人说呱呱叫，有人说嗦啦西；毛仔伯伯打小锣和铛铛，有一下没一下能敲到点子上；云仔公公会几下鼓。村里人做红白好事总要请唢呐锣鼓闹场，别的村也会请他们。

时如白驹过隙，村里这四个好人好党员先后都成了古人。走得最早的是九女公公，因为出血热，63岁撒手人寰；走得最晚的是毛仔伯伯，前两年才过世，活到了86岁。我高中毕业"回乡"参加劳动，"双抢"割禾，万里无云，没有一丝风，不小心镰刀把左手的二拇指拉开了一道口子，肉翻开来，血往外涌，顿时天旋地转，晕了过去。睁开眼睛时，在一个人汗湿的怀里，那人就是煽子伯伯，正撕火柴盒子上的火纸给我止血。

本家也有和四公公抬杠子的人。

除夕"守岁"，大公公会去坐几个时辰，吃了那碗肥肉面才离开。四公公讲托口如何如何，大公公听得不耐烦就插一嘴："托口好是好，老四你就是坐不稳庄。"

二公公也"守岁"。他一辈子跟泥土打交道，耳朵不灵，脾气也犟，开口就像和人吵架。他不爱听生意场上吃喝玩乐的事，也不爱听四公公话里话外表功劳，听到了当面就作颜作色："老四，你是不生崽不晓得鳖痛！放你到乡下作田，一家人要饿死！"

子侄辈中，惠平伯伯会和四公公拌嘴。

二公公有三个儿子，惠平伯是老大。他跟四公公在龙溪口混事时很年轻，人也机灵。四公公讲偏了讲漏了，他就打断、纠正。譬如讲到"油案"，四公公说："我约姚大榜到洪江吃酒……姚帮主带四个卫兵，门口两个，身边左一个右一个，快慢机不离手。"惠平伯便说："姚大榜是黑道上人，见不得光，还敢到洪江街上吃酒？你怕是跟人家魂吃酒！"四公公瞪他一眼。四公公说晃县有一座凉亭，石柱子上写有一副对联："好汉哥歇些气去；无酒客吃筒烟玩。"惠平伯说："不是'好汉哥'，是'好风哥'；不是'吃筒烟'，是'吃袋烟'。"四公公又瞪他一眼。四公公又讲晃县山洞里有一种看得清骨头和肚肠的鲇鱼，这鱼每年清明游出洞，秋分游进洞，游出游进时一条咬一条的尾巴。这鱼不但好看，还好吃，鲜甜鲜甜，煎炸烧煮都不用放油，它自己会出油。惠平伯又说："瞎嚼，那不是鲇鱼，是油鱼！"四公公很不高兴："麻子你醒么？烂甑皮好上气，三分颜料就开染缸！"

惠平伯也嘴多，却不怎么提晃县，喜欢讲洪江的事。他说洪江余家冲最高级的婊子堂就是绍兴班，年年有武汉、南京、上海的挂牌小姐去跑场子，那个漂亮啊，奶子大，屁股圆，嘴巴甜，又会吹箫又会扯面，搞得一夜，当得过年。又说绍兴班里有包厢，暗道进出，写得有对联："问生意如何，打得开收得拢；看世情怎样，醉得多醒得少"，横批是"春意盎然"；婊子也有会馆，叫三皇宫……说到这些，惠平伯很陶醉。四公公便杵他："麻子你有几个铜钱，还绍兴班绍兴班？你那点屑屑银子，能去木栗冲'招手阁'就不错！绍兴班姐儿吹拉弹唱本事是好，要论相貌，比托口'商盛楼'的差远了！"惠平伯恼怒，便不知轻重地说："你有钱！你都去过！商盛楼姐儿这么好那么好，那你还搞别人老婆？"

叔侄拌嘴，别人呵呵笑。

和四公公四婆婆处得最好的，肯定是我的公公和婆婆。

我家和四公公家楼上楼下都开了"横门"，几十年畅通无阻。冬天里放牛绳，我坐在后厅的西墙下过草，弟妹们拿"转柱子"边扭边退，穿过"横门"，一直扭到四公公房子的东墙根，再一折两折三折来回绞。我家里做了好吃的菜，请四公公过来喝几盅酒，四公公家的豆角酥如意糕冰糖橘饼等等，我们兄弟也能吃到一些。端午节姑姑编彩蛋络子，有我和弟妹的，也有四公公家孙子大阔口二阔口的；过年蒸米团子，第一笼要端到四公公四婆婆屋里去，请二老蘸白糖豆面先尝。

那年头常涨水。不倒河堤涨小水，倒了河堤涨大水。涨小水时只淹"江子"以南，涨大水时一片汪洋，唯有后排大公公的正屋和二公公的厨房地势高，怎么涨水也不淹。

要涨大水了，四婆婆、我婆婆，两家幼小的孩童和母牛、母猪、猪崽子要先送到沙洲子上慰平伯家去，那儿淹不着。我有多次"上楼"的经历。风那个吹，雨那个狂，浑黄的水在巷筒里砰砰作响，我们就窝在楼上的草铺上。达皮叔在他家厨房烧了饭菜，用竹篮子盛了，坐猪腰子脚盆由巷道划到我家楼下，抬头高喊"五叔四叔，吃饭喽！"公公便用长绳把篮子扯上楼，两家人一起吃。达皮叔是二公公的三儿子，大名恩平，做农事比二公公还厉害，话却不多。

涨小水时公公会带我坐小船，划过禾担丘、沙坝里、长湖、镜湖，四处探看。水击船帮啪啪响，船过禾梢沙沙响。露出水面的土丘上，有成群的青蛙和成堆的蚯蚓，乌桕树的枝杈上盘了蛇。若是早禾扬花时节，退水时在稻田出水口拦个网，一丘田里可以捉到好多草鱼和鲤鱼。

吃食堂饭那些年，很多地方饿死了人，我们村好像没有。人虽没饿死，饿急了吃糠饼子，吃多了拉不出屎，胀得嗷嗷叫，让人帮忙用勺子抠的事是有的。

食堂要办，钢铁要炼，人也不能等死。鸡有鸡路，鸭有鸭路。正是父亲母亲奔波劳碌"打食"，公公会做腌菜、酱鱼等，才使我们全家安全渡过了灾年。四公公则有四公公的办法，夜深人静时，他们家灶房总能飘出香香的味道。

兄弟好不如叔伯母好。四婆婆是1910年生人，我婆婆是1907年生人，弟媳比兄嫂大了三岁，婆婆还是口口声声喊"四嫂嫂四嫂嫂"。

婆婆是童养媳，她娘家是大姓大户，却是破落地主。叔叔"发达"以后，舅公家的西竹江村有个传言，说我婆婆是弃婴，生出来家里不要，丢到"江子"里，顺水漂到我们村，被我曾祖母发善心捞起来养了，后来配给我公公。意思是说她命大福大。不用考证，这是胡扯。破落户人家丢弃女婴的事不稀奇，但顺水漂到我们村就太荒诞了！

众多侄子中，四公公关心帮助最大的是我爸爸和叔叔。

我叔叔小名二伢子，上大学时交了个女朋友，是邻村拣家坊的芸姑，在赣北的九江城学医。芸姑端庄有礼，嘴甜手勤，深得我公公和婆婆喜爱。芸姑家也是破落户，赚钱的少吃饭的多，供不起她的盘缠和学费。我家并不宽裕，公公常为两个大学生的开支着愁。四公公常开导："老五，家有两斗米，送儿学《论语》；家有两斗糠，送儿上学堂。二伢仔天分高，是成大材的苗子，你要看远些，下蛮赡他们的书啊！有难处你就开口！"

我们村和芸姑家的村庄之间隔着一个大湖，叫力湖。力湖最窄处有一座拱形老桥，桥这头是棵乌桕树，桥那头是个砖亭，桥的石缝和亭的砖墙上爬满老藤，每年都会结出成双成对的"顶棒子"。叔叔和芸姑常在那桥上约会，白天有喜鹊在他们身旁飞来飞去，夜晚有鱼在水中喋喋不休。

像关心叔叔一样，四公公还关心着另外几个年轻人，是同在泗溪小学当老师的"三老表"。一个是长兰敖家楫姑的儿子航舫表伯；一个是垓上陈家老女姑婆的儿子邦杰表伯；一个就是小毛叔。

航舫伯和邦杰伯先后毕业于高安师范，有旧学功底，得新学熏陶，都是响当当的好老师。小毛叔大名思平，毕业于萍乡师范，他不光上课精彩，还特别善于讲述电影情节和人物，如讲《寒夜》《柳堡的故事》《大李老李和小李》，十分传神。

每年春节，航舫伯和邦杰伯都要来我们村拜两次年。头一次是大年初二，例行公事，大舅二舅四舅五舅各家逐一走到，每家作个揖，说一番吉利话，喝几口酒，吃两筷子油面；另一次是小学校开学了，时间尚在正月，三老表结伴再来，饱啖一通四母舅家的血鸭粑和细舅母做的油煎鸡，放开喝细母舅酿的南风酒，有七八分醉意，歪七倒八回学校。

十、老井、湖塘、爱婆

我家老屋在村子前排，大门正对周公山。东隔壁四公公家，西隔壁禾场，禾场北面狗狗家，狗狗家西面是众厅。

祖父在屋前加盖了两个舍仔。左边舍仔做厨房，安了两盘老虎灶，一口大水缸，一个碗柜；右边舍仔养猪养鸡放杂物，堆了禾草、劈柴，放着锄头、土箕、犁耙等。

舍仔一建，大门外便成了院子，正中间是短短的走道，一头连屋门，一头连院门，上不封顶，下铺卵石，屋门厚重，院门轻薄。走道两边檐下，祖父绑了无数吊钩，用来挂蓑衣斗笠、竹篮谷篓、腊肉干鱼、萝卜辣椒等等。春天到了，南风拂拂，吊钩碰撞，叮当作响，老燕子随风进屋，在梁上做窝孵小燕子；冬天到了，日光从天窗射进来，风挡在屋外，祖母放竹椅在屋门与院门间小坐，金的光线罩着银的发丝，一派柔和。

院前有树。近处两棵小树，一棵毛桃子，一棵酸李子；稍远两棵大树，一棵橙，一棵橘。桃花开李花开，粉红一团雪白一团；橙花开橘花开，叶如碧玉花似雪，浓香缕缕醉全村。

橙树以西，相隔二三丈远，便是湖里。树与湖之间一口老井，井圈边沿布满凹槽。井台用麻石铺成，四四方方，有两块晒垫大小。每日天蒙蒙亮，男人趿着鞋担着桶到井上打水，铁钩与木桶擦出吱嘎吱嘎的声音，吊桶入水出水，扑通哗啦乱响。勤快的女人端了物件到井台淘洗，男人咳嗽女人调笑，惊起树上鸟雀，喳喳闹成一团。

少年不知愁滋味，眼里尽是欢喜事。

湖里是不规则的圆形，水是从西竹江村方向顺江子流过来的，西进东出。进水处有一个小码头，砌的是青砖，供女人洗涮用；正对众厅的湖岸有一个大码头，砌的是粗石，供男人磨刀斧垫屁股抽黄烟打野话用。

小码头活水长流，女人洗饭罾箪箕，略有响动，细如柳叶的白条鱼就结队而来，在嫩滑的腿间游来游去，吮那肉上的香，抢那漂在水中的饭粒，搅起细碎浪花。眼疾手快的女人，将箪箕往水里一插、一捞，便有好些小鱼儿在竹丝上跳跃。鱼不惧人，人不伤鱼，她捞它们出来，看过几眼，笑笑又倒回水里。

大码头的一侧，紧贴湖底有一个四方形涵管出口。这涵管直通众厅的天井，有百十来米长。每到秋天，棉花白稻子黄，大田里不用灌水，江子连接袁惠渠的闸门被人关小，流到村里和湖里的水也少了，涵管口在水上露出一条黑而湿漉的边。这时，狗狗、疤脑和矮矮就找来厚实的木板，把湖的进水口拦死，待涵管口全露了出来，又在湖的出水口筑一道泥堨，再用大大的戽斗，赤膊短裤轮流上阵，把湖戽得底朝天。水干了，鲫鱼鲶鱼黄鳝刺鳅都在稀泥中打滚，一次能捉几扁篓。涵管里的积水流尽了，有八须虱婆鲶和秤星鱼极不情愿地溜出来。这时，狗狗找来长长的竹竿，探入涵管，一进一出用力捅。四公公背手弯腰站在湖岸闲看，晃着脑袋说："婊子崽，这样子捅不出来，得用热水赶！"矮矮便飞跑回家，烧一桶水，拎到众厅的天井，往涵管里慢慢倒。果然，鱼像吃了败仗的士兵，一队一队从洞里"滚"出来，少时十几斤，多时几十斤。

湖是老湖，长年的活水却是大跃进的产物。江西省集中人力物力，新喻举全县之力，在袁河中游的江口村位置筑了一道拦河大坝。原本放浪无拘的河有了管束，大坝之上，成了一个8万亩的人工湖，就是如今美丽诱人，号称情山爱水的仙女湖；大坝之下，水不再嚣张。河的南北两侧分别修了深达数米、宽可行船的袁惠渠，将袁河水引流其中。袁惠渠干渠百余公里，分别通达新余、樟树和新干的十几个乡镇场，干支斗农毛渠系深入三十多万亩田地，直接造福几十万百姓，是书写在天地间的浩然文章，也是镌刻在黎民心中的高功大德。我家门前的江子就是一条小农渠。袁惠渠和龙尾洲的电排站一修好，泗溪乡遭大旱涨大水的机会就少了。有一位叫胡金根的土改干部，在泗溪乡和后来的泗溪公社当了二三十年乡长、社长、书记，官衔变来变去，修渠筑堤治水的事一刻也不松懈，百姓念念不忘。

现在很多人把"人民公社好，幸福万年长""人有多大胆，地有多高产""敢想敢说又敢干，甘薯亩产五十万"当笑话来讲。我家房子南墙上石灰水刷的大标语是"鼓足干劲，力争上游，多快好省建设社会主义"，西墙上刷的大标语是"总路线，大跃进，人民公社，三面红旗万岁"，现在还有印迹。叔叔的书里有这样的话："兴修水利运动，在我国水利建设史上应写下浓墨重彩的一笔。但'大炼钢铁'这样的群众运动，对生态破坏太大，树木砍掉了，植被破坏了，人与自然相处也不和谐了。"

关于"吃食堂饭"，叔叔也用了一段顺口溜："一进食堂门，两眼泪汪汪，大人饿得苦，小孩饿得慌。"

民以食为天，饿了就要找东西填肚子。姑姑比我大 10 岁，是采菱高手，常背家里那口圆脚盆跑来跑去，划遍每一口菱塘，采来各样的菱角。鲜菱的脆甜和熟菱的粉香时常在我梦里。长塘是铁角菱，老菱煮熟，用刀剁开来挖肉吃，十几只能饱一个小肚子；刘家湖是荷包菱，两角翘翘，形如元宝；梢湖是糯米菱，四只尖角，个小皮薄，里面包一粒白而软糯的肉。周公山四季有可吃的东西，姑姑带我们春天拔竹笋掐鼠曲菜，夏天摘栀子花捡松毛菇，秋天采糖罐子地茄子，冬天挖葛根。

天上的鸪，地上的兔。漆黑的夜里，三毛叔带我们用手电筒照树上的鸪鸪鸟，用弹弓打。鸪鸪肉炒米粉，天下无匹。这种事现在不能干。

周公山上放牛，没人讲故事时，我就站到高处，侧起耳朵听远方传来的嚓嚓声和呜呜声，那是火车在铁路上跑。我想：要是能长出长长的腿，跟着火车跑，火车跑多快我跑多快，火车跑多远我跑多远多好！村头立了电线杆装了大喇叭，人站在山头，听田坝里喇叭的声音格外嘹亮。喇叭里唱"公社是棵常青藤，社员都是藤上的瓜……藤儿越肥瓜越甜，藤儿越壮瓜越大"；唱"稻浪滚滚闪金光，机器隆隆打谷忙，人心欢畅地增产，丰收粮食堆满仓"；唱"日落西山红霞飞，战士打靶把营归"；唱"九九那个艳阳天"……我幻想自己也有一副好嗓子，能像喇叭里那样，唱出动听的歌曲，引来鸟儿欢叫。

村里的碾房紧靠祠堂北墙。大概六岁那年，我独自坐碾。碾的是稻谷，拉碾的是家里的老黄牛。我坐在碾架子上，手持赶牛的竹棍，眼睛空荡荡四处张望，见牛屁股那儿有长长的毛还黏着黑黑的屎，就用竹棍戳那毛屁股拨那黑牛屎。牛不高兴了，拖着碾架奔跑。我从架子上掉下来，肚子嵌在横木和断墙之间不足两寸的空隙里，挤出了一泡臭屎和热血。乡下小子命贱，痛过一阵，哭过几声也就算了，米接着碾，碾接着坐，见了大人也不吱声。大学毕业参加工作之后，每年都莫名其妙地闹一次肠梗阻，痛得在床上翻滚，上医院左查右查查不出究竟。50岁后一年要闹几回。55岁那年的冬天，肚子又痛，肠子又堵，索性到江医一附院住下，找了经验丰富态度和蔼的吕副院长，CT超声波胃镜肠镜一股脑全上，肠子的问题仍然没搞明白，却看到了胃里的一处异样，切片检查，是印戒细胞癌。跑到北京做手术，一刀割去大半个胃，顺带把大肠小肠捞出来捋了一遍，终于发现一个疤痕。那疤痕把本应分离的两根肠子粘在了一起，构成一个直角。大夫说，那就是我每年闹肚子痛的罪魁祸首，胃的病变也可能跟它有关系。查询得知：胃印戒细胞癌属于黏液细胞癌，癌细胞的形状像戒指，是凶险的恶性肿瘤之一，对药物不敏感。如果不是那次住院筛查，我可能根本没有机会写这篇冗长的文字。真不能怪牛！

村里与我年岁相仿的男孩有一群，狗狗、疤脑、矮矮、柏云之外，还有根牛、橙橙、蠢子等。狗狗是煽子的大崽，和他爸爸一样，精明能干。狗狗有弟弟二狗、三狗、四狗。狗狗还有一个衣着干净说话和气的外婆。狗狗的外婆一年有半年时间住在我们村，洗衣做饭，带三狗四狗。

四婆婆戴手镯，狗狗外婆也戴手镯。四婆婆串耳环，狗狗外婆镶金牙。

我也有外婆。我外婆在本乡上堡傅家，两村相距不过三四里。外婆极少来我家，我们也极少去外婆家。外公外婆是地主。别人说我外婆曾是乡里数一数二的美人，可在我们眼里就是一个嘴瘪背驼耳聋的乡下老太婆；别人说我外公曾经风度翩翩，可我觉得他像电影里的韩老六。那是什么年月啊！

好些地方管外婆叫"姥姥"，我们那儿叫"爱婆"。狗狗唤他外婆"爱婆"，我们也唤狗狗外婆"爱婆"。

村东老庙场有成堆的瓦砾，不长菜光长草。那地方我们害怕去，因为有人挖地伤了脚得破伤风死了。每年割过早禾栽下迟禾，那里会开出大片大片"姥姥花"（后来才知道叫彼岸花，又叫曼珠沙华），红艳艳的。挡不过诱惑，我和狗狗会结伴去掐那花玩。见我们采了"姥姥花"，爱婆就幽幽地唱："姥姥花，通通红，送你嫁个好老公；姥姥花，闪闪黄，送你读书好儿郎；姥姥花，纠纠弯，送你长大当大官；姥姥花，斤四两，送你铜钱满箩筐。"我们不学好，背过身这样唱："姥姥花，斤四两，送把你娘去扯痒。"

大公公和二公公家的房子在村后，他们的屋后也有树，有一棵枣树，一棵柿树，两棵橘子树。枣树是我家的，柿树是柏云家的，橘子树是根牛家的。根牛是大公公的孙子、志平伯伯的儿子，柏云是二公公的孙子、惠平伯伯的儿子。"爱婆"领我们看叶看花看果子、捉蝶捉蝉捉蚱蜢，告诫我们："枣树心红，可以爬，跌不死人；柿树心黑，爬不得，会跌死！"我家的枣树在我上大学时被祖父砍了，锯成板子做了床沿和条凳，看不出有"红心"，但确实坚硬光滑；柏云家的柿树后来也枯了、倒了，却没有"黑心"，只是里面烂成了洞，积了不少乌七抹黑的木屑和虫屎；根牛家的橘树结的果子不红不酸也不甜。枣子熟，秋风起，要来风暴了，爱婆抱三狗四狗坐到大公公家老屋后门的石沿上，看狗狗二狗和我们在树下仰首张望。风来了、风大了，树拼命摇晃，枣子纷纷落到地上。我们叫着跳着，满地捡枣子。爱婆又唱："风来了，雨来了，蛤蟆子扛得鼓来了，婆婆点得火来了"，她的头发在风中零乱地飘舞。爱婆还教我们唱："奸雀仔，尾巴长，娶了老婆不要娘，把娘抛到高山上，把老婆贴到额脑上。娘要钱，手叉叉，老婆要钱，满手抓，娘要米，哪里有，老婆要米，缸里有……"

洪明老者是泗溪街上做冻粉的高手，常挑担子到村子里叫卖，他的老太太跟着。担子一头是浸冻粉的水桶，一头是装碗碟、调料、砧板和菜刀的箩筐与木盒。他家的冻粉5分钱一小碗，姜末蒜末辣椒末、酱油香醋小麻油样样有，冻粉切成细细的条，拌入各种作料，吃一口想两口吃两口想三口。小孩子围着担子转圈圈，眼睛瞪得溜溜圆。四公公看到了，会买一碗两碗三碗分给我们吃。

公鸡仔起雄了，黄柏塘腊根师傅会骑线车来村里阉。鸡捉来，脚缚住，夹在腿间，拔去几根毛，用豆叶弯刀顺食指往下一刺，肚皮上割出一道口子，将串了长线的钩子伸进去，七拉八扯，扯出两粒带血的鸡卵子。

鸡卵子多了，四公公会收了去，用辣椒、大蒜炒了吃。

十一、飞来飞去朵朵云

美好时光总是那么短暂。

敬一丹曾经说13岁目睹自己的家被"抄"，之后便少了安全感，不管到哪儿，不管干什么，心里总有抹不去的阴影。

庸常如我，不该攀比名人。可心里也有阴影，堆积了几十年。

熟络的人或许察觉得到：与人同行我总爱走中间或后头；发言不争先；惯于谛听而怯于表达；见了有权有势的人会忐忑；即便独坐长椅，也要蜷在一个角落……不好，改变不了。

怀疑跟某些事有联系。

把瓶子打碎了，说要造一个更好的瓶子，却落下一地碴子。

庄严抑或滑稽？真实抑或荒诞？

乡下人未必晓得邓拓、吴晗、廖沫沙，老舍、傅雷、严凤英。纷纷扰扰的人和事如走马灯一样在眼前转，谁都看得见，谁也说不清。

宅子老了，阳光依旧

兴"红卫兵"了。小学校凡三年级以上的学生，弄半截红布套在粘了鼻涕的袖子上，是红卫兵；街上的闲汉们，弄半截红布套在油渍麻花的袖子上，也是红卫兵。恰如《阿Q正传》。

破"四旧"了。"牛鬼蛇神"，扫！庙宇，捣！祖坟，挖！菩萨，砸！古书，烧！……统统去他娘！革命无罪，造反有理！扫除一切害人虫，全无敌！

"抄家"。抄"地富反坏右"、"牛鬼蛇神"的黑窝！抄金银财宝、变天账，挖地三尺！土改抄过了？抄过了再抄！乡下没有"走资派""反动学术权威"？有公社干部、老师、地主富农吧？揪！抄！斗！宜将剩勇追穷寇，不可沽名学霸王！

"大字报"好！痛快淋漓骂那帮鳖崽子，操他八辈祖宗！文斗不过瘾就武斗！革命不是请客吃饭，不是做文章，不是绘画绣花，不能那样雅致，那样从容不迫，文质彬彬，那样温良恭俭让。剃阴阳头、戴高帽、扇耳光、踢、坐"飞机"！

党委是狗屁，踢开闹革命！胡金根是走资派，让这家伙靠边站！把苦大仇深根正苗红的朱某牛某推上来，让他们当委员、主任！他们说了算，说绑谁就绑谁、关谁就关谁、斗谁就斗谁、揍谁就揍谁、放谁就放谁！

"大串联"好！接待站设在小学校，大甑蒸米饭，大锅炖萝卜，放几片猪肉，让猪屎街的婆娘们口水流三尺长！

城里打派仗，血染袁河水。有铁丝串了脖颈的死人顺水漂下来，胀鼓鼓的，停在上堡洲头的洄水湾，鳗鱼钻进肚子里，心肝肺和屎尿一块吃。让刮牛皮的烂脚老张去捞，捞起来沙洲上挖个坑埋了，补他三毛钱！

欢迎军代表！6011部队的山东人老常，嗓门高个子大，背管枪走到哪儿都威风。这家伙让男人害怕，讨女人喜爱。搞了黄花闺女？搞了就搞了，拔出萝卜还是一个坑，种过花生可以种豆子！

....

你方唱罢我登台。

死了张屠户，不吃混毛猪。

小学校是全公社的最高学府，氛围最浓。

语文老师黄士彬，龙尾洲人，有本家叔叔逃到台湾去了。第一个打倒他！大字报小字报糊满房门，留不到一尺高的口子让他进出，写"国民党走狗，吃屎去！"这人自诩懂医，有伤风感冒者，拔些草根摘些树叶让人煎水喝，自己生了病也不上卫生院，捣鼓汤药末药。贴他大字报："黄士彬，铁脑壳，半夜起来熬毒药！"批斗！"脑壳"再铁，也要敲出几个鹅公包来！

艾老师，姚圩人，教语文也教算术。喜欢卷起舌头讲普通话，常去县城烫"鸡窝头"。第一个丈夫死了，改嫁本校小她几岁的易老师。易老师戴眼镜蓄分头，昂着脑袋走路。有人说："小资产阶级作风！骚！"又说"一对新夫妇，两个旧东西！"红卫兵义愤填膺，先贴大字报，再往他们炒菜的锅子里撒尿。

徐老师，清江县人，长相标致，声音甜美，能歌善舞。嫁了人生了崽，大儿子不足三岁，小儿子才断奶，家在外地。有人馋这朵花，左撩右撩上不得手。于是煽风："什么玩意？公共汽车！"红卫兵决定剃她阴阳头，挂破鞋游街。女人刚烈，喝下半瓶"敌敌畏"，一死表清白。

"三老表"无一幸免。表伯敖航舫自恃才高，平日说话不绕弯，遭人检举"傲慢、历史不清白、摆公子哥儿谱"，造反派将他绑入暗室，关灯审讯，当夜死翘翘——梁上有根绳子，说是"上吊自杀"；表伯陈邦杰是"摘帽右派"，重新扔火上烤，他经验丰富，一个劲认错，少吃了些拳脚，被"专政"的时间却格外长，在"牛棚"待了六七年，老汉骨头硬，现在还活着；小毛叔二十郎当岁，原本无事，后来家里出了事，他便有了事。

人跟人不一样。有的一吓就死，有的一打就死，有的却是"打不死的张金彪，割不尽的韭菜蔸"，如刘三根。

不是那卖狗肉烧酒的刘三根，是老地主刘照明的第三个儿子。"照明恶霸"土改时就枪毙了，他的儿子们还住在泗溪街上。这刘三根三十多岁，单身。革委会把他列为"专政"重点，从生产队、粮管所和供销社找来最会打人的，将他反手反脚捆牢，蒙住双眼，合力同心，放开手脚打——不是皮带抽、拳打脚踢，是用撬棍和板砖砸，砸手骨、脚骨和肋骨，砸得咔吧咔吧响，把人砸成煮熟的面条。这人就是不死。他学了武功，有真传秘方，哪怕筋骨寸断，只要剩得一口气，能把药汁渗到喉管里，一定死不了。碎了骨头也不要紧，自己捏捏便能接上。传说他的药是早就配好藏牢了的，偷偷带药进去的是为他送饭的人，那是他家从前的佃户。刘家兄弟好几个，为何别人只往死里整他？两个原因：一是有人供出他参加了反共救国军，是参谋长，后来证实子虚乌有；二是猪屎街的女人们私下流传一句话："老三操一夜，生生死死要改嫁！"

毛仔伯伯很积极，和土改时一样积极——他没办法，不积极不行。破"四旧"了，村里最大的"四旧"就是"众厅"神龛上的菩萨，他带人拎到井台上，高高举起，狠狠砸下，吧嗒一响，粉身碎骨。上了年纪的女人们站在家门口偷看，嘴里念叨："阿弥陀佛，阿弥陀佛，会遭炮子打！"摔菩萨的事出在秋天，冬天毛仔伯伯的大儿子在床底下翻东西玩，摸出一个油纸包，轰隆一响，削去三根指头——那是一个"炮子"（雷管）。

龚家庙村两百多号人，居然没有"五类分子"。公社革委会、大队贫协都认为这不符合阶级斗争规律。更有干部觉得，别的村子有男人可以随口骂、任意打，让他干啥就干啥，有女人想逗就逗，想撩就撩，酒可以随意舀来喝、鸡可以随意抓来吃，就这个村没有，不好玩；也有群众觉得，土改又要来了，热闹有得看了，说不定又能分到好用好吃的东西了。

1967 年冬天很冷，1968 年正月很凄清。春节刚过，四公公家和我家同时被"抄"。由头是"漏网地主"。

"造反派"里应外合，齐心协力完成这一革命任务，用的是长长的木棍和锋利的凿子。

依稀记得：人轰出来，门紧关上，乒乒乓乓一通乱响。完事之后进去看，窗格子上刘备关公张飞的头都铲了，香几和饭桌抽屉板上的鸟全割了翅膀挖了眼珠，过年吃剩的腊肉、米糖和老酒全没了，油坛子破了洞满地流油，棺材盖板掀翻在一边，敞开的棺材像号哭的大嘴。让我特别伤心的是，通红崭新的红宝书袋子也扯断了背带，扔在乱七八糟的地上，那是母亲费尽心机找鲜红的塑料布给我们缝制的。

出这事时，父亲在公社默不作声地抄账表，母亲在邻村替人缝寿衣。公公双手抄在袖筒里，佝偻在南墙根下，鼻涕流了三寸长；婆婆悬着小脚，坐在没有半个火星的烘笼上，浑身瑟缩；我和弟弟偎在婆婆身边；瘦猫蜷缩在光秃秃的桃树枝杈上。本是一个晴天，阳光却比水还冰凉；南墙下没有风，飕飕的劲儿却一股一股地四处窜。

我上五年级。第二日放学，才走出校门，"叭"，被人抽了一记耳巴，眼冒金星。打人的是六年级的肖大个。他怒不可遏："地主孙子，打死你个狗鳖崽！"

如梦！

四公公不再闲逛，也很少上街。他学四婆婆，窝在屋里烤烘笼。

十二、狗屎运

匪夷所思的事层出不穷。

有小学生拉屎，在茅坑土墙上写打倒谁谁谁，又在后边写另外的名字，本想再写些万岁健康等等，但屎拉完了，匆匆擦屁股提裤子走人。事情很快便查清了，这学生被开除，从此再没书读。挖他家五代，全是贫农，亲戚六眷也没有一个"黑五类"。罚他爷爷和爸爸跟地主富农修河堤一个月，不记工分。

粮管所俩职工新婚宴尔。夜里休息，男的兴致勃勃，女的累了，不想动。男的拿"天生一个仙人洞，无限风光在险峰"之类的话撩拨，上下其手。女的撑不住，和男的翻江倒海。男的兴奋，奋不顾身。女的不堪其痛，掀男的下来，骂"你疯了！"男的茫然："你还反抗？"女的正色："哪里有压迫，哪里就有反抗！"男的训导："要发扬勇敢战斗、不怕牺牲、不怕疲劳和连续作战的作风！"女的痛斥："去你妈的，你是一条臊狗！"终于没有达成革命团结，动起手来，鼻青脸肿。第二天，双双找主任评理。主任好脾气，听完了也不怒也不笑，淡淡地对男的说："我们都是来自五湖四海，为了一个共同的革命目标，走到一起来了。我们需要热烈而镇定的情绪，紧张而有秩序的工作。你方法简单态度粗暴，是不对的，要作自我批评。"转脸又对女的说："一事当前，不能总是先替自己打算，也要替别人打算。要谦虚谨慎，戒骄戒躁。为有牺牲多壮志，敢教日月换新天。"然后拍拍两人的肩膀说："回去吧，待到山花烂漫时，她在丛中笑。"

各村建有公共厕所，就是遮风挡雨的粪坑。经常有人装作解大便，眼睛探照灯一样搜寻地面上擦过屁股的报纸，看上面有没有重要的人像，有就报告，报告了就会查，查出来就能揪出现行"反革命"，揪出了"反革命"就立功劳。

1968年开始，农村兴"餐敬"。或简单或复杂。简单的面对画像肃立一会儿，鞠个躬，喊一声"万岁"；复杂的要整衣净手，列队而立，手握宝书，正对画像，高声说"敬祝万寿无疆""敬祝永远健康"，还要念一段语录才端起碗来吃喝。开初只是早餐晚餐搞一下，叫早敬晚敬，后来餐餐搞。我爸妈在家吃饭时，就搞复杂的；

光是公公婆婆和我们兄妹吃饭就搞简单的。不搞不行，隔窗有眼隔墙有耳。后来看外国人吃东西之前都在胸口画十字，念"阿门"，两相对照，未必有中国的"餐敬"考究。

"敬"得再虔诚，也改变不了狗屎运。

"漏网地主"只是怀疑，实在够不上条件，但家"抄"了，霉也就倒上了。我家的"社会关系"实在糟糕：舅公家是地主、舅舅家是地主、三个姑婆家是地主，叔叔的女朋友家也是地主。在没有"外部阶级"的村子里，上中农就是"内部阶级，外部掌握"。我虽然小，也知道好事与我们无缘了。

叔叔大走背字。

1967丁未羊年，他已从省委党校毕业分配在银行学校当教师。老家过春节，年后回南昌，我随公公和爸爸送他到袁河渡口。眼看叔叔登船而去，我竟毫无先兆地放声大哭起来。这可能是个异象。当年"双抢"，省城打打杀杀，叔叔回家躲了一阵。8月，银校的造反派责令他"立即回校闹革命"。父亲陪同他到南昌，不敢露面，找了一家小旅馆住下。叔叔趁夜溜回第四交通路（如今叫北京西路）校园一看，宿舍被人翻得一塌糊涂。正想收拾，10多个戴红袖标的学生汹汹而来，怒吼："臭老保你终于回来了！走，去交代问题！"不由分说，给他戴上手铐，蒙住双眼，拖到开阔处，喝令"跪下"，一边审问，一边用皮带抽、尖头皮鞋踢。折磨了一个多钟头，有人说："又臭又硬，别审了，枪毙算了！"将他按在窗台上，"叭"地在头顶上放一枪。那是真家伙，"五四"军用手枪。那帮人后来开玩笑："老周，假枪毙哟，警告警告你！"惊魂未定满身伤痛的叔叔摸黑到父亲的住地，兄弟俩抱头痛哭，又偷偷到街上买来"三花"酒，边擦边推边流泪，一直到鸡叫。这天是1967年8月13日，星期天。

叔叔伤势沉重，灰溜溜地躲回老家治疗。离我家最近而骨伤科著名的是樟树中医院，"打师"周文金是看伤、治伤的高手。公公和爸爸托人好不容易找到周"打师"。自此，家里天天是煎中药的味道，我和弟弟们每日早起留"童子尿"给叔叔做药引子。

四公公常在晚上经"横门"过我家探看。四婆婆拿出了珍藏的三七、海龙、海马和云南白药。

此后，叔叔开始发胖。

四公公的灾难也降临了。

1968 年夏天，早禾刚收上来，他家第二次被"抄"。和头一次不一样，这回有人用石灰水在他家照壁上大书"打倒国民党员周泰庆"；进屋的人挖开了每个房间的地面，敲遍了四面的砖墙；干完之后搬走了所有像样的东西；捆走了四公公。

四公公被单独关押在枥湖村的众厅里，由塌鼻子、二癞痢、吊眉等轮流监守。有本村贫农带话给四婆婆："老四在里面都讲了，你屋里还有金子银子，都是你老婆子管。要破财消灾啊！"四婆婆嘴巴铁紧："金子银子早让老头子败光了，哪还有？你们打他他乱讲。他讲有？让他自己回来拿啊！"三毛叔十八岁，兄弟中最小，代表家里人去看"耶耶"。四公公眼圈青黑，十个手指全松脱，腿脚浮肿。他对三毛叔说："要你娘娘搞点东西拿把我吃啰！"

读到过有关林昭的文字，那女子在监牢里也曾向家里要吃的，写过请求母亲"斋斋我"的长信。

四公公在枥湖关了七天，死了。他是投水而死。投的不是袁河，而是我们村后的长塘。长塘离大公公家后门不过 200 米；长塘的西面是路，东面是高地柱柱上；柱柱上有好几户人家的自留地，种着豆角辣椒红薯苦瓜。四公公是从苦瓜地边下水的，地头放着他的布鞋，杂草有坐过的痕迹，黄泥巴上有模糊的字迹。

四公公是偷跑出来的还是别人放出来的？投水前是否进过家门？若进了家门和家里人说了些什么？大公公、二公公、我公公当年都在世，兄弟们见过面吗？地上写的是什么……迷雾团团。那夜狗叫得凶。

四公公走南闯北，经历了许多事，不应该轻易把自己托付给一潭水。

有人说，四公公"关"进去之后，没有饭吃、不准睡觉，还用浸过水的麻绳拴住手指把他吊起来，一个手指一个手指轮着拴，吊得人悬空、脚离地。"办案"的人还对四公公讲："老四，你这回混不过去，要财要命你得想好！有东西赶快交出来，不交出来死路一条！"

泗溪乡里有传言：四公公在湖南赚了大钱，是"金包身"的人。

四公公人未入土，小毛叔便被逮了去，吊在关押四公公的老地方，而且让四婆婆现场观看。四婆婆慌了神，央求"别打了别打了，求求你们了！那点东西我都给你们！"她的戒指耳环手镯和半根金条藏在灶房的柴火堆里，让二毛叔翻了出来，一手交东西，一手解麻绳。

数年后，大队派人去洪江"外调"，找到了刘松修。"松老板"问："老四在新喻入过国民党？"去的人答："没有。""松老板"说："那你们肯定搞错了。周泰庆那个人，送礼跑脚呷酒吹牛皮可以，不懂政治。他在湖南什么党也没有参加！"

在好多双尖利的眼睛监视下，三毛叔钻进长塘，将他"耶耶"扛出水面，放到地头。家里有棺木，当权的说："畏罪自杀，不能用！"篾席也不能用，只能用稻草将湿漉漉的四公公胡乱地裹了，扔进梢瓜塘边龚家园浅浅的土坑里埋了。那是一处野坟。

当日，四婆婆一家被押解到枥湖村监视居住、劳动改造。他们的房子随即瓜分。

1970年8月11日，四婆婆病逝，时年60岁。她娘家是"内部阶级"，有兄弟来恳求，要将姐姐归葬祖坟铜坑山。当权的又说："想翻案啊？不行！"

喜欢抽烟的四婆婆还躺在枥湖村的泥土里。

十三、积善成庆

小毛叔、二毛叔、三毛叔是四年以后才从枥湖搬回村里的。

死得不明不白，挂根绳子在梁上，就是"上吊自杀"？受不住煎熬，走投无路跳塘，就是"畏罪自杀"？全都扑朔迷离。

很多事情既复杂又简单。世上有几个真的疯子和傻子？各有各想各有各图而已，揣着明白装糊涂而已。说可恶也可恶，说可怜也可怜，说可笑也可笑。无论如何，鸡犬不宁的年代总不是好年代，你欺我压的年代总不是好年代，巧言令色的年代总不是好年代，视人如猪狗的年代总不是好年代。

"有些动物主要是皮值钱，譬如狐狸；有些动物主要是肉值钱，譬如牛；有些动物主要是骨头值钱，譬如人。"生不逢年，人完全可能变成牛或狐狸。所谓"转化"，常在一闪念一任性之间耳。

航舫表伯后来得到了"平反"，他的大儿子"顶替"当了工人；

爷爷与孙媳妇

四公公后来也得到了"平反"，房屋家什一一发还。他们的家人都曾希望进一步"澄清"，希望"恶有恶报"。可是"澄清"得了吗？逝者已矣生者如斯，"澄清"了又如何？一场"革命"，一段曲折，一幕荒诞剧，却是翻天覆地，一个四公公、一个航舫伯，算得了什么？

要紧的是，好了疮疤忘不得疼。

⋯⋯

曾祖母瘫痪在床经年有余，侍奉她的主要是我的公公和婆婆。因为有"老崽老媳妇"日复一日不厌其烦地喂水喂饭、接尿接屎、洗脸捏手、翻身擦背，曾祖母没有生过褥疮，房间里也从无异味。那年除夕，老太太拉稀，公公一直在床前守候，拉了换、换了洗、洗了烘，拉了又拉、换了又换、洗了又洗、烘了又烘，直到开门爆竹响起。这样的事既平凡又不平凡，感动人，也感动菩萨。几十年后叔叔出人头地，村里人都说是公公婆婆的福报。

婆婆生了好多胎，养成的只有我父亲、叔叔和姑姑。父亲生于1934年，叫懋平；叔叔生于1938年，叫憼平。"懋"和"憼"两个字笔画多，难读难写，别人经常误写为"茂"和"憨"，他们自己也这样"简化"了。姑姑叫春秀，生于1946年，深得两个哥哥疼爱，嫁给了能干的姑夫，儿孙满堂阖家幸福，定居在深圳。

父亲做了一辈子乡村土会计，世事洞明、小心翼翼，持一颗规规矩矩的心，建一本清清爽爽的账，做一世本本分分的人。母亲读完了小学，有智慧也有胆识，年轻时端庄美丽，大半生忍辱负重。勤劳、善良，安分守己、乐天知命是他们的人生标签；风雨同舟、相濡以沫，执子之手、与子偕老，是他们无言的承诺。二老现定居在新余市一个拥挤的小区里，屋子在五楼，没有电梯。他们每日里想跟着走走路，自己买菜烧饭，自己做卫生，母亲在屋后的角落上悄悄种葱蒜和青菜萝卜，父亲清明冬至率儿孙回乡祭祖。他们没入过什么党也没当上什么干部，但从不因此懊恼；他们赚不上大钱也没有多少积蓄，但从不因此纠结。他们认为这样很好、很幸福，感恩于人、感恩于神。这也是修为和福报！

家里为公公办过九十寿诞，置酒挂匾。匾上四个字"德淳年永"；对联写"茹清为英熙熙乐南陔；积善成庆济济颂九如"。文句是我请一同工作的谢苍霖先生拟的，字是叔叔请朋友骆凤田先生写的，制作是余江张果喜先生帮过忙的。谢先生对所撰内容给了释文："德淳年永"，指的是道德高尚的人会长寿。"茹清为英熙熙乐南陔"，典出《诗·小雅·南陔序》"孝子相戒以养也"；《文选·束皙》"循彼南陔，言采其兰眷恋庭闱，心不遑安"，后人李善注"循陔以采香草者，将以供养父母"，唐杨炯《幽兰赋》"丛兰正滋，美庭闱之孝子，循南陔而采之"——都是讲子孙能尽孝道的意思。"积善成庆济济颂九如"，典出《诗·小雅》"如山如阜，如冈如陵，如川之方至……如月之恒，如日之升，如南山之寿，不骞不崩，如松柏之茂，如不尔或承。"——都是济济一堂、其乐融融的意思。谢先生乃饱学之士，可惜英年早逝。

按乡下的算法，我父亲已过85岁。老人精瘦健朗，耳聪目明。小兄弟问："也要为老爷子准备九十大寿么？"并提议到时候也要撰几个字，也要做一块匾，也要请村里人吃喝一番。我琢磨，花自家积蓄尽儿女孝道，不违背公序良俗。别的且不担心，作难的只有一点：匾和对联往哪儿挂呢？

公公过世整整二十年了，我常常想起他。想起他伟岸的身躯、汗湿的衣衫、匆匆的脚步、粗重的呼吸。尤其不能忘怀的是他的眼神。

每日天刚蒙蒙亮，公公就将我们从梦乡唤醒："起来啊起来啊，日牯（太阳）晒到槛脚（门槛）哩啊！老大去斫柴，老二打猪草，老三捡牛屎。"动作稍慢，他就掀被窝；再慢，就瞪眼睛："懒精，冇有饭把到你吃！"那眼里有不屑和气恼。

云重如铅，狂风陡起，暴雨倾盆，天凉人寒。我正在五七中学漏风的教室里听《农业基础知识》,肚瘪衣单,瑟瑟发抖。忽见窗外有人,是公公!他站在廊檐下,一手绒衣,一手菜筒,蓑衣和斗笠上的水直往地上流。他冒雨走八九里山路,专程为我送寒衣和腌菜。他的眼神里满是慈爱,我的眼睛里沁出泪水。

家被"抄"时,公公眼皮耷拉,眼圈暗红,浑浊的眼里充满无奈与悲戚。

我娶老婆生儿子了,洋洋自得地回家过年。午间,别人忙事,我和女人孩子在后厢房睡觉。小子如懒猫在身边卧着,柔柔的光从窗格子里漏进来,洒在粉嫩的脸蛋和一张一合的小鼻孔上……感觉光线有了些变化,转头一看,窗外有一双老眼,是公公,在偷觑他的重孙子。这是他的第一个重孙啊!那眼神里有藏不住的喜悦。

公公什么病也没有,按说活过一百岁没有问题。94岁那年冬天,他在老家的堂屋里烤火,用的是铸铁圆炉,烧的是木炭。侄媳妇和侄孙媳妇六七个人团团围坐在身边,纳鞋底的纳鞋底,锁衣扣的锁衣扣,讲笑话的讲笑话。盆中的火小了,老人起身夹木炭。谁都注意到他的动作,谁都没有在意,因为炉子总是他生,木炭总是他添。但是扑通一声,公公跌倒了。等到七手八脚抬他上床,再也没有下得地来。医师检查的结果:股骨颈粉碎性骨折。

碎了股骨的公公说什么也不肯去城里就医。他在床上磨了五个多月,是我父母和达皮叔、三毛叔等人一起照拂,喂他饭喂他药,陪他说话解闷,帮他接屎尿擦身体,就像他和婆婆当年照拂曾祖母一样。

小年、春节,清明、谷雨,桃花开、橙花开。当橙子长到豆子大小,乡里人家翻出老曾蒸南风酒的时候,公公不吃药不吃饭,谁劝也没有用。那时我在分宜县,星期天没有会议或接待上级来人,总要跑百多里路去探看。天气日渐炎热,父亲打来电话:"老大,你公公想吃冰棒,几时回来带几根。"星期天,我借一个能装三公升水的大号保温杯，到新余康美乐制冰厂，挑那最好的冰棒冰糕冰淇淋塞满一杯，飞快地往家里赶。这时的祖父，完全是皮包骨头了，水也不喝了，但筋骨暴突的手依然有劲，接过绿豆冰棒，吮了好几口。从他深似酒盅的眼窝里，我看到满足和松弛。公公这眼神，烙在我心底。

不到一星期，老人仙逝，享年九十有五。

四公公横遭厄运黯然离世是 1968 年，我公公寿终正寝是 1998 年。世事如转轮，倏忽三十载。

十四、门庭之光

四公公有眼力，我叔叔有出息。

叔叔"文化大革命"前大学毕业，官至副省，在村里可能是"前无古人"，在乡里也是"一代人杰"。放到吉水盘谷，那就不算一回事了。那地方曾经"一门三进士，百步两尚书，十里九布政"，拉泡尿的工夫会走过好几个"副省"或"正省"的家门。

乡里修马路，不知谁出的主意，在路口搭建过一个木架子牌楼，上书毛笔大字"恕平故里"。叔叔听到后坐卧不宁，一路打电话："赶紧拆，赶紧拆！"

由于一些人无法无天，现在只要提到"当官的"，就有人满脸不屑、嗤之以鼻，以为"天下乌鸦一般黑"。其实，是"一撮老鼠屎坏了一锅羹"。和许多起于泥土进得庙堂的人一样，叔叔是普通的，也是优秀的。他的"发达"有偶然性，也有必然性。

他聪慧过人。儿时闲看别人吹唢呐，竟然学会了，"上上尺工尺工、五六五六工"，可以有模有样地吹起来，《百鸟朝凤》《一枝花》《抬花轿》《哭长城》等吹得烂熟，而且走高音。他还会做哨子，到龙溪河采芦根，剪成一小段一小段，煮了蒸，蒸了晒，晒了又蒸，用铜丝中间扎紧，一头圆圆，一头扁扁，放嘴里吧唧吧唧咬成扇形，能发出尖利的声响，装在唢呐嘴上，能吹出各样的曲调。每逢有人请村里的唢呐锣鼓队，叔叔就跟了去，看煽子伯吹累了坐下喝水抽烟，接过来吹。煽子伯脾气大，别人动他的唢呐会挨骂，唯有叔叔，他不仅不骂，还笑眯眯地看着，用手在桌子角上点拍子。叔叔10来岁小孩，长相俊秀，浑身透着机灵，很讨主客喜欢。他不要赏钱，只混饭吃，东家会将油汪汪的鸡腿留给他，离开时还串两筷子棋子肉让他带回家。年轻媳妇和老娘们窃窃私语："这伢子秀气，谁家有妹子嫁把他就好！"人堆中有那豆蔻初开的小姑娘，不免脸红起来。

生逢其时，叔叔受的是完整的教育。他在栎湖村读私塾，泗溪街读小学，新喻读初中，丰城读高中。学习成绩好，思想也进步。抗美援朝那会儿，他还是小学生，便动员我婆婆捐耳环支援国家买飞机；初中当团支部书记，事事带头；高中当学生会主席，评为全省优秀团干；高中毕业时，作为"尖子生"，保送上江西省委党校。

叔叔表现积极却入不了党。大学班主任不止一次找他谈话："你家本来社会关系复杂，你又找了个出身不好的女朋友。你要什么？要前途就得放弃爱情，要爱情就会牺牲前途！"大学毕业前夕，叔叔与芸姑洒泪分手。这肯定是他一生所作最痛苦的决定。多少年啊，叔叔和芸姑一同坐方头渡船过袁河，洲上的草是那样绿花是那样红，河滩上的石子是那样光亮，他们在草地上追逐嬉闹，捡石子往河心扔，看溅起的水花在阳光下闪闪亮，嘻哈笑个不停；多少次，他们在昌傅车站等候绿皮火车，时间宽松就沿铁道来回走，数夹竹桃上的花朵，数过往货车的车厢，饿了便到站上饮食店吃一碗清汤包面。他们憧憬着毕业以后一个当干部或者当老师，一个当医生或者当护士；他们憧憬着做天上比翼飞翔的鸟、河里成双成对的鱼。假期，他们常邀同学到我家做客，男生个个英俊潇洒，女生个个笑靥如花。年轻人聚在一起便唱歌，唱《让我们荡起双桨》，唱《喀秋莎》《红莓花儿开》。这样的日子，公公忙杀鸡，婆婆忙煮面，一个灶下烧火，

会吹唢呐的人

一个锅上炒菜，笑在脸上，乐在心间。

　　省关心下一代工作委员会主任叔叔做了10年（前三年是第一副主任），他感到无比光荣和自豪。得到国家关工委和文明办发的"特别贡献奖"，他高兴得彻夜难眠。我逗他："一份闲职，摆摆样子便可以了，何必如此认真？"他正颜厉色："说哪里话？什么叫'闲职'？党和国家的工作，样样都重要，件件有意义，让你干就是对你的信任，努力干好是你的本分！你以为你才是'正职'、干'正事'？你以为咋咋呼呼一年拿几十万年薪就有好大本事？！"如此严厉的"表达"，在叔叔是罕见的。这些话时常在我耳边轰响。他说的不是大话，唱的也不是高调。他常说："我能成长为党的高级干部，是党和人民培养教育的结果，是父母双亲养育厚爱的结果，唯有尽心竭力，才能回报万一。"他的副省长是卧在病床上选出来的，总说："不好好工作对不起投票的人！对不起良心！"

叔叔性格爽朗，声音洪亮，很有亲和力，走到哪里都是一团暖心的火，一股宜人的风。不论念书还是工作，不管当普通干部还是当"大官"，只要他回到村里，我家屋里就围满了人，板凳竹椅门槛全坐满，坐不下就站，都来听他讲"新闻"和"古闻"，也把乡里的事和家长里短讲给他听，人语喧哗，其乐融融。改革开放初年，叔叔在省商业储运公司汽车队当过支书，队里有一百多台十六轮"日野"大货车，开车和修车的个个如野马，他成天泡在这群人中间，队伍带得服服帖帖，烂摊子搞成了模范单位，不少人成了"哥们"。从前公路不发达，叔叔回老家探亲都是走国道，在新干县城乘轮渡过赣江，每次他都买些香烟糖果，亲手分发给船工们。船老大姓潘，新干三湖人，和叔叔混得很熟，开口闭口"老周老周"，勾肩搭背亲热无比。

江西省政府领导中曾同时出过两个"胖子省长"，都是让人见了亲切欢喜的弥勒佛。也同时出过两个籍贯新余的副省长，一个是我叔叔，一个是孙用和。孙省长高大魁梧，办事雷厉风行，说话妙语连珠。叔叔骨伤住院期间，正打海湾战争，医生给他上了牵引，一条腿高高地吊在架子上，孙省长每来探看，进门就嚷嚷："老周你厉害，还架'飞毛腿导弹'！"叔叔回敬："砰！'萨达姆'当心！"——有人戏称孙省长为"萨达姆"。早些年领导干部闲暇时也打两盘"争上游"，有的格外认真，赢了笑眯眯，输了气嘟嘟，如果搭档是秘书或司机，更是数落个没完。每有这种情况，叔叔就故意探头探脑看上家和下家手上的牌，惹得别人不高兴，说"你怎么偷看呢！"他扑哧一笑："无非一乐，无非一乐！"他左耳听力稍差，常说"我是半个聋子"，其实是选择性"聋"，凡有人在面前搬弄是非，他一概"听不见"，而他自己也从不"背后乱说"。退休之后，每与老朋友见面，爱开玩笑："老不死的，怎么又看到你啊？"这是因为社会上流传过一段关于"老干部"的顺口溜："在位是老领导，退休是老同志，以后是老东西，再以后是老不死。"

"文化大革命"期间叔叔之所以当"老保"，挨打吃亏，主要是因为他不相信杨尚奎、方志纯、白栋材、刘俊秀、侯野峰（曾任省委党校校长）那样的人会走资本主义。他对老革命有特别的崇敬。在领导班子中，他从不争权夺利，甘作绿叶扶红花。蒋祝平、舒圣佑曾经与他同事，二人先后任过常务副省长，后来又分别在湖北和江西当省长，关系处得非常好。叔叔生重病期间，蒋省长每星期打电话询问，还和家属专程从北京到南昌探望；舒省长像对待自己的亲弟弟一样，为我叔叔寻医问药，给予的是无微不至的关心和无私的帮助。

叔叔不沾酒，爱喝茶，喜欢嗑炒得燥燥的瓜子和牛皮豆；吃辣椒不吃茄子；吃饭速度极快，三下五除二解决问题。出国出境或开会坐主席台时西装革履，回到家就换上旧衣服干活，冬天常穿那种带四个口袋的服装，夏天常穿背心和老头汗衫，或者干脆赤膊短裤，几十年不变。

祖父祖母在世时，叔叔工作再忙，每年也要回去探望几回，尽可能在老家过春节，实在不行则除夕前一定抽空回家拜年；退休后每年都回老家"挂清明"和"填冬"，直到卧病不起。每次到新余，无论公、私事，叔叔总要登门拜望忠平伯和下坊人伯母，因为他五十年前在那儿读初中，得到过哥嫂的照顾，常到他们家吃"瓜菜代"。叔叔说："我能够读书出来，除了感谢父母和兄嫂，还要感谢四伯伯和忠平哥哥。"小学同学傅执根，初中同学晏浩志、姚振国，高中同学吴德培、曾险峰、罗慕生，银干校同事李登山、李广荣等，是叔叔念念不忘的人。我和弟妹们，无一不得到叔叔的关心、教诲和帮助。1978年我在乡下准备高考，叔叔千方百计为我找资料。那些印制简陋但发挥过重要作用的语文、历史、地理、政治复习提纲等，早已发黄掉页，但一直在我的旧书箱里放着。

2010年底我查出了胃的毛病，决定去北京做手术，行前向叔叔报告，故作轻松："没什么了不得！就是酒不能再喝了，生活质量要下降了。"叔叔说："喝酒生活质量就高？"他自己生病住院的那一年半里，省里有多名领导干部因为贪腐而被查处，其中有他的老熟人和老部下。他常在病房给我们讲那些人的成长过程、奋斗历史，细数他们点点滴滴的长处，又无比痛心地说："不值得啊不值得，真可惜啊真可惜！"那位忏悔把家变成"权钱交易所"的"大人物"，曾是叔叔中央党校的同学，省人民代表大会推选全国人大代表时得反对票最多，叔叔在病榻上感叹："群众的眼睛真是雪亮的！人再有能力，用的不是地方，迟早要出事！"

2013年春，虑及身体和能力难以胜任现职，我想向省委辞去"一把手"，请求安排到别的工作岗位，干"副职"或"赋闲"。向叔叔汇报，征求他的意见。他沉思良久，问："几千人的集团，前呼后拥，名利双收，离开了就跟你没关系了。你想好了么？"我说"想好了！"叔叔说"这是重大决定，你想好了我就赞成！不但赞成而且赞赏！一是高处不胜寒，知其所止；二是身体为要，有舍有得；三是急流勇退，举贤荐能，有自知之明。你这个决心下得有意义！"同时告诫："这是很严肃的事，一言既出驷马难追，你要是正式提了，就不能反悔！"

叔叔摔过两次跤。一次是浴室洗澡时脚下打滑，一屁股下去，碎了股骨，在江医一附院住了小半年；一次是出访泰国，下楼梯时踩空，伤了腰，在北京住了两个多月。这都与他的胖有关系，他1米7的个子，体重最高时接近190斤。很多年，我们替叔叔的身体担心，主要是担心他的肥胖。最后要他命的是血液问题，2011年底体检，发现老年急性白血病，江西和上海的专家一致判断只能生存三个月到半年，结果他活到了2013年7月。

病中的叔叔得到组织、领导和多方面人士的关怀与帮助。对他的治疗采用的是有效而且稳妥的方案。逝世之后，他享有哀荣。九泉有知，叔叔必定感念。

叔叔非常坚强，六次进"仓"化疗，强忍彻骨之痛，始终展现积极乐观与幽默风趣。他留恋人世，钟爱家人，寄情朋友，牵挂工作。江西人民医院血液科设在住院部十二楼，做化疗的"仓"外是"休闲驿站"——一个直上直下的椭圆形天井。我不止一次注意到叔叔伸长脖子，通过网了钢丝的高高的窗户，探看天井之上的蓝天白云和天井之下的石桌石椅、雪松棕竹龙爪槐一串红和往来行人。他对自己的病况是清楚的，也对自己的意志寄予了厚望。他的抉择是："和病魔斗一斗，努力战胜它！"决定第6次做化疗，我知道凶多吉少，夜里陪他聊了很长时间，希望他有所表达。结果，他小心翼翼地避开"假如"，坚定地表示："'进仓'！10%的希望作100%的努力！"也许他想过应当留下什么话，也许他认为还有时间说，但命运是那样无情，死神没有再给他机会。

叔叔最后一次进"仓"前，我带了全家人去看望。小孙子呱呱尚未出生，大孙子顶顶已经一岁半，能奶声奶气地叫"太公"。叔叔很高兴，作势要抱这个重孙，甚至有把孩子举起来转圈圈的念头。但他手上插着针管，身旁放着氧气，只能在别人帮助下让孩子在胸前贴一小会儿。他是多么渴望亲亲那粉团似的脸蛋，却又腼腆地看一眼我的儿子和儿媳妇，尴尬地笑笑，放弃了。

叔叔泽被子孙，佑启后人！

人情似水分高下，世事如云任卷舒。人生哪能多如意，万事只求半称心。

老家有人提议，将叔叔的骨灰迎回祖坟安葬。我是反对者之一。那样既不符合规定，也不符合叔叔的意愿——他乐意尽自己所能为家乡办些好事实事，决不愿意挤占半分乡土！

送别叔叔的日子，惊雷滚滚，大雨滂沱。

如今，叔叔安卧在翡翠园。那是南昌市郊新祺周怀恩寺公园内的一座公墓。周边安睡的都是普通人，前排有他的儿女亲家李宗匠老人。我不揣浅陋，撰了文字请人镌刻在他墓碑的背面，写的是："秉钟溪之灵秀兮，逐赣水之苍茫。怀桑梓之赤诚兮，慕济世之荣光。惟勤、惟谨、惟善、惟真，尚德、尚能、尚廉、尚明。业之彰彰兮，人叹其清，山入高秋兮，人赞其坚。馨香氤氲在，英名千古芳；怀恩声自远，翡翠泽被长。"

怀恩寺公园的山门处有仿古牌楼，正面对联"慈悲喜舍，广渡樊笼迷津；信解行证，共入华藏玄门"，背面对联"事在人为，休言万般皆是命；境由心造，退后一步自然宽"。古寺在公园深处，紧靠墓园，依山而建，外观不起眼，进门堂庑深。傍路的是一座弥勒殿，门口有怀善大和尚手书联语："大肚能涵断劫许多烦恼事；笑容可掬结成无量欢喜缘。"

墓地一侧是漂亮的翡翠湖，清清水，翠翠草，艳艳花，欢欢鸟。

那地方适合叔叔。

十五、花作锦绣水如歌

絮絮叨叨，讲的全是随风飘远了的故事。

和丰富绚丽或光怪陆离的现实相比，文字永远是苍白干瘪的。

远处是风景，近处是人生。

有多少人在乎"前世"呢？

蓦然想起女儿原子念初中时学说过的一个段子，说他们学校有男生跟爸妈饶舌："作业讨厌，布置了我不一定会，会了不一定写，写了不一定交，交了不一定改，改了不一定对，对了不一定考，考了不一定过，过了不一定毕业，毕业了不一定找到工作，找到工作不一定保得住饭碗，保住饭碗不一定讨得到老婆，讨了老婆不一定生崽，生了崽不一定养活，养活了不一定有出息……我为什么要写这作业？"联想其他，哑然失笑。

太公逝去 79 年了，太婆逝去 74 年了，四公公逝去 50 年了，四婆婆逝去 48 年了，婆婆逝去 36 年了，公公逝去 20 年了，芸姑逝去 19 年了，叔叔逝去 5 年了……多少曾经鲜活的生命，已是地下骨殖、天外微尘。

然而，曾祖父名下，现有两百多号人灿烂地生活着，演绎着美丽的人生新故事。四公公有孙子在深圳开了酒店，当了老板，赚了不少的钱，买了好房好车。我公公婆婆的直系后裔，现有 38 人工作和生活在新余、南昌、深圳、上海等地，异彩纷呈。

桥背和楼下雄壮的窨子屋早已荡然无存，枥湖的也只剩一个空壳，摇摇欲坠，但一幢幢漂亮的小楼拔地而起，矗立前后左右。

我是粗线条的人。那年在洪江，看群山莽莽、江水茫茫，强烈感受到浓浓的亲切与温馨，也感受到莫可名状的怅惘与苍凉。有些情愫，让人不能不泪湿衣襟。

一切是那么远，一切又是那么近；一切是那么虚，一切又是那么实。

红雨随心翻作浪，青山着意化为桥，改革开放宏图起，神州面貌处处新。如今，从江西新余去湖南怀化非常便利，无论飞机、高铁还是动车，一日可达。高速公路就在泗溪老家的土地上穿过，一桥飞架袁河；矮寨大桥离洪江不远，举世为之惊艳。湘江和赣江的客运班船早停摆了，沅水依然长流，袁河依然欢腾；运"洪油"的"巨无霸"难觅踪影了，国产航母昂首驶向深蓝。

今日怀化，风景独好。它是"大西南的桥头堡，原生态的植物园，古建筑的博物馆，多民族的文化村，杂交稻的发源地，抗战胜利受降坊"。人到那地方，会醉于山，醉于水，醉于情。清水湖底下的托口，更多的秘密将逐渐浮出水面；游人如织的洪江，"松老板"的窨子屋未必由他的后人长住，但油香、酒香、烟味和关不住抹不去的沧桑，会吸引越来越多的人；晃县老街的青石板仍在，还哐哐作响。

新余因钢设市、因钢撤市、因钢复市，写下了曲折的辉煌，也升腾起新的希望。美丽的地方，可爱的故乡，人们正在"工小美"道路上意气风发、阔步前行。一切皆有可能，一切值得期待。

袁河所有的险工险段都做了固化，河堤上也打了钢筋铺了水泥，可以跑汽车了。我驾着自家的"VOLVO S40"，顺弯弯曲曲的河堤，过城头刘家、埂上陈家、上堡傅家，泗溪街、新屋下、楼下、龙尾洲，缓缓行进，看一边的水色与洲景，另一边的村舍与禾稻，心旷神怡。

最近几年，因为一枝花，新溪乡闻名遐迩，令我惊讶不已。

明媚的阳光下，红男绿女在大片大片金黄的油菜花地里行走，摆各样 pose，不远处是清澈的河流，河中间有洲，河对岸是粉墙红瓦的村庄……这美丽的图片印在 2016 年 2 月 28 日的《人民日报》头版，配上了这样的文字："近日，随着气温的回升，江西新余龙尾洲区域油菜花竞相开放。"

这就是我老家的龙尾洲，今天的龙尾洲！

地方上借势发力，点石成金。2017 年 3 月，新余市最小的人民代表、新溪乡便民服务中心的陈梦汀，为油菜花宣传短片《新溪好想你》代言。她在花地里弹琴唱歌，婀娜多姿，青春逼人。《人民日报》微信号、中新网等等又作了报道，一时成为热点。一组新溪特色风情照也在各大网站发布，观者如云，好评如潮。惹眼的是一幅航拍"特色图案造型"：一块几百亩连片土地，花团锦簇，气势恢宏。底色金黄，全是油菜花；镶嵌着碧绿的小麦构成的"新溪"字样，龙飞凤舞的大字中暗含了"鹅""溪""南风酒""古民居""白鹭""河流"等等。

市、区的文人墨客集体采风，写了一组组以描绘和歌颂油菜花为主，穿插介绍历史、文化、人文景观、民俗风情和地域特产的散文和诗歌，结成一本热情洋溢、图文并茂的《花开新溪梦》出版。友人刘献忠作《江城子·新溪赏油菜花》，古意悠悠："阳春三月访花乡。絮飞扬，菜花香。阡陌纵横，泗水远流长。遥望花间西径处，人约伴，蝶成双。 拂堤杨柳草芬芳。沐晴阳，享春光。万里长空，鸿雁尽翱翔。但愿新溪如倩女，开绮户，秀轻妆。"而且谱了曲子，广为传唱。书中收的另一曲词和一首诗，更是扣响我的心弦。词是《满庭芳·新溪油菜花开时》："袁水三弯，河洲千顷，三月风暖天晴。燕来桃谢，情引菜花兴。小径通幽多转，花梢际，堤接桥平。煦日里，堆金叠蕊，红瓦一村明。 寻声。欢笑处，轻履便服，家小亲朋。茅岸边，人弈憩沙汀。不舍蜂鸣蝶舞，但带得，满袖香盈。斜阳外，车流十里，灯火照归程。"诗是《村居》："下堤花海没，踮脚意悠悠。桥路金梢傍，人家红瓦羞。阳光梳锦软，风暖蕴香稠。别后几回梦，情牵上堡洲。"这词与诗的作者叫傅松林，是我四十年前的同事，一位饶有才华的乡村退休教师；"情牵上堡洲"的"上堡洲"，就是我外婆家河堤外的那个大沙洲啊！

油菜花是我童年记忆中的一团暖色，想不到在故乡开得如此灿烂！

"人要饭撑，屋要人撑。"因为长期无人居住，四公公家的灶房倒塌了，正屋也朽烂不堪。因父亲请了人通风透气，我家的老屋状况要好些，但梁上也布满了蛛网，抽屉成了蜂巢。整治空心村，建设秀美新家园，乡里拆"三房"（危房、违建房、长期无人房）。这两栋旧屋可能因其内部构件的精美和所蕴含的文化信息而得以保存，也可能因其衰朽残破而夷为平地。不管拆与留，都是它们的命运。

青壮打工去，娃儿上学堂，村里多是"空巢老人"。新余市将人性关怀注入实际工作，在各村倡建"颐养之家"，办了老人食堂，场地干净，环境优美，菜品丰富，专人料理。凡年满65或70岁的人，象征性交点钱，可以在"颐养之家"吃饭聊天。钟溪村的"颐养之家"办得早，也办得好，羡煞"出门人"。

"湖里"早没有了，盖了洋房子；老井早没有了，各家各户用压水井，乡里正搞自来水惠民工程；巷道里的石板早没有了，铺上了水泥；村前村后的杂树与篱笆早没有了，修了通畅的马路；我家和四公公家的老屋早不在前排了，新房子层出不穷。樟树没有了、枫树没有了、祠堂边的残垣断壁没有了、碾坊没有了……村前，流淌袁惠渠水的江子还在；村后，刘家圳和长塘还在，都淤得很浅了。村里请人画图纸，建成了小小格局的湿地公园。长塘和刘家圳种满了莲藕，且以人行步道、风雨长廊相连接，建了漂亮的湖心凉亭。夏秋时节，荷叶荷花碧绿粉红，香气沁人，在湖心亭凭栏观鱼，清风徐来，逸兴遄飞。

年轻人平日里天南地北，过年时纷纷回村，也会在篮球场上拔河，也会在众厅前猜谜语做游戏，也会为"颐养之家"捐钱捐物。也有那青春男女，月上树梢头，人约亭子中，搂腰亲嘴说悄悄话。

时间是滚滚向前的轮子，人是轮子上的沙子。

地球在不停地转动，生活在不断地更迭。江山代有新人出，日月永远照九州。

长塘碧绿的荷叶底下，或许有一双老人的眼睛。

依照四公公的性格，早就没了悲愤和怨恨，有的只是庆幸和祝福，甚至喜出望外、兴高采烈、津津乐道。

行健自强

　　说来也怪，我老家在赣中农村，处地偏远，丁门小户，祖上稀松平常，却有挂匾的习惯。我的天祖挂"养隆三豆"，高祖挂"龄週甲箓"，曾祖挂"偕老堪传"。这几块匾在家谱上都有记载，但都一笔带过，实物现在全无，意思也是茫然。祖父的匾是我操办的，在单篇《河远近，水深浅》中已有记载。那篇文章中我也提到，小弟老五的注意力转向了父亲，问："也要给老爷子准备九十大寿么？"并提议："也要撰几个字，也要做一块匾，也要请村里人吃喝一番。"其时我父亲满打满算 85 岁。五弟是老崽，父母疼爱他，他也洞察父母的心思。

　　老的健康，小的忙碌，两载无动静。

　　庚子之年，情势非常。新冠肺炎肆虐，封城封村，闭门禁足，别来无恙。说好了回去陪老人吃团年饭的没去成，大年初一热热闹闹拜年没搞成，元宵节二老更是昏灯残照，凉气为伴。之后风声日紧，老人"封"在危楼斗室，一连两个多月不能出门、接地，买菜扔垃圾等杂事也是居委会的人帮忙解决。往年清明节父亲总要亲自率领我们一众子孙回乡下给祖先"挂清"，今年也弄不成，只派二弟和三弟代表。那些日子，我们不但不能与老人见面，连他们所住

爷娘

小区的门都进不去。在频繁的电话交谈中，明显感觉到了老人的无奈、焦虑，还有恐惧。

等到"五一"长假，舒缓了，松动了，可以自由走往了。接上父母，兄弟姊妹齐聚到二妹的山间别业，开了一个"孝亲会"，也作了一个决定：国庆和中秋"双节"时，给老父亲办九十大寿、挂匾！那日，艳阳高照，栗子花香得浓郁，室内儿孙绕膝前，室外喜鹊叫喳喳。

父亲的眼睛眯成了一道缝，皱纹里漾满了欢喜。

可谁也没想到，第二天陡然又起了变化。回到市区的父亲着急忙慌地给我打电话，说头天一晚没睡，想来想去，改了主意，九十岁生日不办了。我愕然地问："什么情况？怎么回事？"他也不细说，只是一反常态地坚定表示："不搞不搞，什么都不搞，寿也不做，匾也不挂，酒也不办，一定不要搞！"还说："对不起，对不起，对不起你们兄弟姐妹，请你们原谅！"我听出了话中的急切和颤抖。二妹二妹夫的住地离老人近，平日走得勤，感情也深，尤其二妹夫耐心细致，二老对他信任和依赖有加。我委托他探究竟。妹夫很快报告，说爸爸变卦完全是他个人意愿，真心实意的，没有别的缘由。主要是因为看电视里报道外国的疫情还很严重，走了不少老年人，中国的形势也还紧张，摆开桌子请人吃饭喝酒，出点什么事不得了。妹夫分析并且建议："爸爸被新冠肺炎吓怕了，担心给我们添麻烦。他是最敏感的人，心里有事就睡不好。如果坚持给他做寿，可能几个月睡不安稳，说不定身体反而出大问题……不如算了，就听他的！"我追问一句："说到太公挂匾的事吗？"妹夫答："没说。"妹夫讲得有道理。我则想到另一层：我的曾祖父挂匾那年是出过状况的，匾制作好了，寿星公一病不起，终于没有等到"挂匾"的那个好日子。这段故事父亲最清楚，他有隐忧，我不能点破。

兄弟姊妹中我最大。我与大家沟通，达成了共识：做寿挂匾的目的就是让老人开心，既然他不乐意，态度又如此坚决，拗着办肯定生气，那就是没事找事，弄巧成拙。老人不糊涂，尊敬他，莫过于依了他。

老三和两个妹妹住在新余，我和另外三个弟弟都在南昌。心里总不踏实，"五一"之后我又分别征求大家的意见。果然，老二和老三改了主意，他们认为老爷子心理矛盾，实际上是想做寿想热闹一番的。他俩倾向于"先斩后奏"，按照"五一"商定的计划进行，但要讲究策略，背着老人悄悄准备起来，到时候再给他一个惊喜。其他弟弟妹妹则模棱两可，只说："听老大的，老大说了算！"

事涉父母，"老大"也不能随便说。

我没有急着表态，而是先自行动。

我找到大学同学王德保。他是北大博士，做过南昌大学文学院长，资深教授、博导，省内屈指可数的学问家。我请他撰匾和对联。德保同学很给面子也很给力，很快就拟好了发给我。我一看眼睛发亮。他撰的四字匾是"行健自强"，联语是"三乐尽欢盈宝树；期颐可待诵生民"。用了不少典故："行健自强"语出《易·乾》（相传为周文王姬昌所作），取的是"依天行道，身体强健，生生不息，蓬勃向上"的意思。联语中的"三乐"，语出《孟子·尽心上》，是孟子看重的君子的三种快乐，即父母俱在、兄弟无故，仰不愧于天、俯不怍于人，得天下英才而教之；"宝树"语出《世说新语·言语》，芝兰宝树，指的是晋代世族大家谢家子弟谢安、谢玄那样优秀高雅有出息的人，王勃《滕王阁序》中的"非谢家之宝树，接孟氏之芳邻"也用了这个典故；"期颐"古称百岁，"诵"通"颂"；"生民"语出《诗经·大雅·生民》，是歌颂周氏始祖后稷的篇章。联系现实，我理解其基本的意思就是：诸事顺遂、合家欢乐、兴旺发达，老人安康、福寿绵绵，感谢祖宗护佑、感激国泰民安等等。这很好。

匾的内容有了，请谁写呢？我还是毫不犹豫地找同学。大学同窗中擅长书法的不少，写的字我无不喜爱。身在深圳从事电视新闻工作的韩世骏是铅山才子，"余事为书"，功底深厚，他的字既端庄又秀逸，我觉得尤为合适。电话联系世骏，他刚办退休，正筹划着给自己放假，作一次长时间的外出旅行，却十分爽快地答应下来。很快，他的书法作品也寄到。我打开来，对联是行书，清清爽爽潇潇洒洒，看上去格外舒服。"行健自强"匾中的"行"和"强"两个字却"草"得厉害，我担心挂出来别人看不懂乱猜。向书法界的朋友请教，自己又反复查对，发现这两个字的写法竟然本自写《砥柱铭》的黄庭坚等大书法家。不光这两个字，韩老弟的行草虽独成风格，却幅幅有讲究，字字有来历，全是墨宝。我惭愧，更敬佩。

匾和联都写好了，制作怎么办？好些朋友热心帮忙介绍，我选定了洗木坊。老板是小个子的东北汉子孙海波，他和儿子租了滕王阁边榕门路511号一个店堂，办成了"二十年老店"，在业界有很好的声誉。孙老板还是"江西省根艺美术大师"。6月29日，农历五月初九，我与老孙谈定，嘱其开料刻制。8月13日，农历六月廿四，我和二弟、五弟去看效果，发现匾很雄壮，联却存在两个问题：一是"期颐可待"误刻成"期可颐待"，不行，要返工；二是感觉"128×21＝2"的对联小气了，商定增做一对"166×26＝2"的。有一点花絮：孙老板自信满满，本想得到赞誉，结果有点扫兴。但东北人就是东北人，很快转了话头，谈得十分热烈投机。

8月22日，农历七月初四，南昌的几兄弟一同到洗木坊"请匾"，用的是二弟的车，一路护送到老家，放妥，然后转往新余市区看望父母。老人精明机警，这时想瞒也瞒不住了。老人也开通，听了详情报告，父亲眉眼里还是溢出了发自内心的笑。他说："做了就做了吧……老是吃别人家的面，也该还还礼了。"原来，乡风民俗，村里的男丁几乎都要做寿，主要是做六十大寿，请族人村人吃饭喝酒，燃放烟花庆贺，还要按门户、灶火、年龄等设置的，不知沿袭了多少年的标准分送寿面，连我们这些长期出门在外的也不例外，送实物不方便的就折合成现金。我们所得的"面钱"，大都收在父母那儿。

令我们分外欣慰的是，二老身体都好。妹夫带他们作了检查，医生说我父亲的身体机能相当于六七十岁的人。

盼啊盼，终于盼到了"双节"。

父母名下的全家人齐聚钟溪村，前后五天，将挂匾、祝寿、请酒、送面一揽子事圆满地办了。天公作美，要清凉有清凉，不要雨则无雨。诸事顺遂，过程既热烈喧腾又井然有序。用古历列举出来：八月十五中秋与国庆"双节"，人员陆续回到老家；八月十七日上午"挂匾"，请了本乡能人曾木匠和敖铁匠帮忙，接着照全家福，除初到北京念大学的侄女玲玲缺席，其余老少37口到齐，济济一堂；八月十七日晚餐和八月十八日早餐请全村人吃酒饭，设席于众厅，开出十来桌；八月十八日下午分送寿面，共送出500余斤，按例由两个妹妹负担，晚上放烟花；八月十九日，老人回新余，小的们各奔东西。乡下的事按乡下要求办，循老礼，也讲文明。

我是退了休的人，但不能忘记"讲规矩"。作为"老大"，我不厌其烦地叮嘱众兄弟姊妹"该报告要报告，该请示要请示"；反复提醒并坚决主张："不收礼、不搞封建迷信、不违背公序良俗！"

除了闻讯赶来的几个至亲，没有惊动任何"外人"。吃饭的本村人中也有"官员"，我郑重其事地请他们带话给地方上（乡和区）的领导，且拟了微信报告："这次是借给老人做生日的机会，向全村的父老乡亲表示感谢。感谢对我父母的帮助，对我们全家的关心！疫情尚未消失，相关规定也很明确。原计划是不请亲朋好友的（我婶婶和姑姑姑夫也没来），个别亲戚听到消息自己来了。我们坚持了几条：一是不收一分钱礼金；二是不收任何礼物（有个别带了爆竹来，不便退）；三是简约办事，不搞跪跪拜拜那一套；四是食物务必干净卫生安全。"主理酒席的是本村的专业公司人员，也是族中子弟。物料唯求质量上乘，采购则立足于内兼取于外，用了三毛叔养的土鸡土鹅和土蔬菜，请狗仔老弟买到了土猪肉。

有关"盛况"，我选了两幅照片、拟了一段话用微信分别发给王德保、韩世骏和孙海波，告诉他们："效果很好，蓬荜生辉！谨代表家父并全家向您致以衷心的感谢！"德保同学回："七字楹联正合适，老韩书法一级棒！"在铅山老家的韩世骏同学回："瑞呈华堂多喜色,吉临桂殿焕春光。"孙老板回:"对联再挂低一点效果更好。"世骏同学之后又在朋友圈发了一条短消息,晒了图,说:"遥祝周老爷子福如东海,寿比南山!"我跟了一条评论:"趁国庆假日,从乡俗,循规矩,在新余市渝水区新溪乡老家、祖宅为家父操办了九十寿辰。承蒙二位大学同窗不忌不弃,王德保教授赐典雅吉祥之匾、联,韩世骏总编赐一级棒之书法,珠联璧合,使蓬荜生辉,也为本家、本族、本村庄积累了优秀的传统文化。"的确,因为他们的厚爱,这件事办出了意义,不仅我家有光,整个村子都增添了文化!

祖父的匾挂在祖父亲手参与建设的老房子里,那屋有近百年的历史,我家称为上厅;父亲的匾挂在父亲主持修造的砖木结构房子里,这屋有40多年的历史,我家称为下厅。两栋屋上下正对着,仅隔一条巷道。匾都煌煌然挂在"宝壁"上,喜气盈盈。我从上厅走到下厅,又从下厅走到上厅,反复端详,感觉不错。

我祖父九十寿辰的匾是"德淳年永",联是"茹清为英熙熙乐南陔;积善成庆济济颂九如"。典出《诗·小雅·南陔序》《文选·束皙》《幽兰赋》等,意思是道德高尚的人会长寿,子孙绵绵济济一堂、幸福多多其乐融融。撰稿的人是我在江西教育学院的同事谢苍霖老师,书写的是我叔叔的好友骆凤田,制作的是张果喜的余江木雕厂。匾用的是东北硬木,红漆打底,贴预制的字,加祥瑞纹边框;联也有边框,但字是刻制的。都贴金箔或填金箔,典雅庄重古朴。父亲的匾、联则既庄重又美观大方,且有点现代味,都是用的仿红木板,匾的周边饰回字纹,联则是光亮的直板,底色都是木质原色,盖了清漆,字一律刻制,填金箔。

这两副匾、联的内容,回到南昌后我请在诗和楹联方面有造诣的朋友作了分析,得到高度评价,认为:"都是佳联,相当工整,涵义深刻,用典恰当,文采隽永。"艺术上,第一副为全仄对全平,是刻意安排的、有规律的拗，很具特色；第二副"对仗得很工整，也很高明，'三乐'对'期颐'，非常巧"。

颇有意思的是，为我祖父撰匾、联的谢苍霖老师和为我父亲撰匾、联的王德保同学的硕士研究生都是在我的母校、母系——江西师大中文系（现称文学院）读的，他们的导师也是我的老师，如鼎鼎大名的胡守仁先生等。

写作此文并收录书中，我是怀着深深感激的。感激为我的祖父、父亲九十寿辰匾联拟稿、书写和制作的所有的人，他们有恩于周家；感激祖父、父亲，他们用健康长寿和善与德，给了我们办这等好事和盛事的机会。我把这中间的故事讲出来，用文字写下来，也是为了使其不易"与时消没"，便于后人温习传颂，吸取蕴含其中的养分，没文化的沾点文化，有文化的长点文化。

欣逢盛世，乐享太平。"乡愁"不可忘记，好的传统应当发扬光大、世代赓续。国泰民安，欣欣向荣；德淳年永，行健自强。

（2020年10月写于南昌）

第五辑

古老的庐山、高挺的汉阳峰所昭示给我们的古老文明，不断地给我们以滋养和启示。既往、当下，无数事实清楚明白地告诉我们：没有任何力量能够阻挡中国人民实现梦想的步伐；建设人类命运共同体，中华民族应当也能够承担起重要的历史责任。"不管风吹浪打，胜似闲庭信步。"

　　汉阳峰、五老峰足够高，庐山的沟谷和瀑布溪流足够多，足可承受、涵纳、淘澄、净化那些对她的赞誉或毁谤，足可展现刚劲与葱茏、高大与从容。

别来无恙

——百丈峰宅记

庚子这"年"过的！人"宅"着心堵着，就想记点什么说点什么。做不了宏大叙事，只好拾点零碎。

隔离之痒

正月初八，刚端起碗来吃早饭，手机响了。是父亲，吞吞吐吐，问我能不能借个口罩戴上，到他那儿去一趟，他要把存折和银行卡给我。我以为他或者我妈发烧了，一问不是，他们都没病，也不缺吃的用的，只是所住小区有人染上了肺炎，拉到医院去治，家人一个都不准跟去，还要隔离。父母害怕出了什么事慌了手脚来不及，所以让我去，要把一些贵重物品交给我这个"老大"。我断然表示："爸，你记住四条：第一，病毒厉害，但厉害不过人，要相信政府，没那么可怕。第二，我们没来拜年，没有陪你二老，不为别的，只是想减少你们感染的风险。第三，你和我妈这段时间要特别注意，不能着凉，不要生病，在屋里活动活动，千万别出门，有事打电话。第四，莫胡思乱想，那几个可怜的钱你自己保管自己用！"

略微交代一下：我父亲87岁，还算耳聪目明；母亲85岁，背弯成了弓，耳朵听不见打雷放炮。他们住在新余市一个叫丽景新村的老旧小区里。父亲退休时是乡政府的办事员，时下每月可领3000来元养老金；母亲是家庭妇女，早些年什么收入也没有，近年可按月支取百十来块钱。我家四世同堂，父母名下的子子孙孙加起来有30多口，分布在市内市外、省内省外。儿女辈中，我是长子，底下有四个弟弟、两个妹妹。

电话中我把话说得很硬，底气却不足。所罗列的四条，条条有问题。病毒没什么可怕？其实可怕得很！风声鹤唳，黑云压城。谁都知道这病人传人，传得很快，也会死人——会死普通人，也会死医生，会死老弱病残的，也会死年轻力壮的。正月初八是公历2月1号，这天全国报告的新增病例是2590，累计确诊14380，新增死亡45人，累计死亡304人，治愈出院的总共才328人。同日江西省新增47例，累计333例。新余市新增3例，累计43例。按人口平均计算，新余的发病率在全省排第一，按绝对数则排第二。市区出现了1人传15人的情况，包括传给某医院十几名医护人员。不登门拜年是为老人着想？也对也不对。对是因为大年初一就"一级响应"了，"不拜年不聚会，你我平安最宝贵"既是号召也是规定；不对则是年初的几天，大部分人还不以为然一如往常，该吃吃，该喝喝，该聚聚，我们却作古正经，真不回去给老人拜年了。上海的没回，南昌的没回，同住市区离得很近的，初一点个卯也不见了人影。我腊月二十八给老人送年时表示"初一全家来拜年"，除夕便变了卦，窝在百丈峰不肯出山。二老成了笼里的鸡，和他们关在一起的只有凉气。"千万别出门"他们会努力，"不生病"怎么保证？老母驼且聋但结实，老父耳聪目明却有病根，年年过完春节没到元宵就要闹一次咳喘，轻则弄一批药吃，重则发烧住院输液。今年他能扛得住？网上多有报道，各地的医院全力以赴对付新冠肺炎，其他的病人住不进，进去了也得不到重视。好多人生病不敢上医院，甚至有重病者耽误救治丢了性命。存折和银行卡就更敏感，老人让我去拿这种东西，意思明白得很。父母一辈子穷惯了也穷怕了，他们看钱看得很重，虽然全部积蓄拿出来不一定买得上30平方米新房子，但那薄薄的纸页和卡片就是他们的老命，如何取得？

百丈峰距市区30来公里，往返只是几脚油门的事。赋闲之初，我在这儿租屋小住，已经带家小们连续在山里过第四个春节了。当时做这种安排，寄情山水之外，也是考虑父母年迈，可以城乡兼顾。突如其来的灾祸，把一切搞得乱七八糟。

终究放心不下，当日便想冲到市里去。联系上早年的同事、如今还在一线组织抗疫的朋友，又进一步联系上直接管理那个小区的人，请示："我能进去看一眼吗？看一眼就走，不久待！"回答很礼貌也很干脆："建议不要去，去了就得住在里面。有什么事交给我们来办！"他们很负责，要去了我父母的详细信息。

之后的事大家都清楚：除了不得不冒死在外面忙的，全国人民都"宅"在家里。确诊、死亡病例与日俱增，"拐点"遥遥无期。立春无春。年轻的李文亮医生殉职，护士、医师、教授一个接一个倒下去。导演常凯一门，17天里逝去四人。湖北和武汉"换帅"。西方情人节，中国的不少人在疫区向死而生……我的父母严守社区的规定，果然足不出户。其间，我们常打电话给老人。父亲也打过几个电话出来，都是诉说小区的干部怎么怎么好，怎么怎么关心他们，尤其感激姓文的女书记亲自送肉和蔬菜上门，价值100多元，怎么也不肯收钱。每次我问："我们想办法进来看看？"老人坚决阻止："莫来莫来，千万莫来！来了也有用！"但也没再提存折和银行卡的事。

全国形势向好，本省也不例外。农历二月初三，江西决定自当日零时起，全省100个县（市、区）中40个低风险的地方由一级响应下调为二级或三级，但没有新余的份。正月过后是二月，雨水过后是惊蛰，快 50 天了，老父老母还是闭门难出，我们也进去不得。

我问管事的人："这种情况，也算隔离吗？"得到的回答是："可以这么理解。"我问得天真！自己原本计划在山里住一个礼拜，结果一个半月了，尚不知归期何期，难道不是隔离？哪儿不在隔离？谁不要隔离？

有人说："在武汉，一粒灰落到个人头上，可能就是一座山；而在外地，半粒灰落到老人和病人头上，也是山。"疾风知劲草，我由衷感激父亲母亲，紧要关头，他们居然如此硬朗；患难见真情，我由衷感激那些给我父母（以及类似我父母的人）以关心和帮助的人，他们真是好人！我不敢想象，家里的老人染上了这病会出什么状况。我更不敢想象，武汉晚十天半个月封城，全国不果断地打人民战争、总体战、阻击战，又会是什么局面。我猜测，到总结经验和寻找教训的时候，"隔离"的果决或犹豫、科学或谬误、及时或拖沓、扎实或飘浮，会是重要的标尺。

加缪的《鼠疫》中有如此名句："一个正派的人，就是不把疫病传染给别人的人。"钟南山说得好：在病因病源没有完全搞清楚、特效药品没有出现之前，"最原始最有效的方法是'早发现、早隔离'"。池莉说得也好："人类尽可以忽视流行病，但是流行病不会忽视人类，我们欺骗自己是需要付出代价的。""隔离就是战争！战争必须让愚蠢无知和廉价的爱与情走开！"可是，人之所以为人，很大程度上是归因于相互之间的畅通交流和亲密无间的。"隔断的是疫情，隔不断的是亲情"，这话好说，但"隔"的次数多了、时间长了，最终是人隔人、人嫌人、人防人、人怕人、人坑人，岂有别来无恙？

还在封着的武汉城、几百万武汉人，和 540 余年前英格兰德比郡的亚姆小村以及那 350 余村民是一样的，遭受的是隔离之殇、锥心之痛，作出的是圣徒般的牺牲。虽说无可奈何，实属感天动地。

与之相比，我、我的家人，包括我风烛残年的父母，所经受的只是隔离之痒。

杂花生树看椽木

百丈峰大年初一就封山了。本该欢闹的山里山外顿然一片空寂、一派凝重。没有炮仗硝烟，但处处刀光剑影，天地间弥漫着肃杀之气。

山里不缺风景，也有稚子的笑声。屋内挂着"闲弄诗书觅新句，乐引松竹味旧醅"。哪有心情"弄诗书"？哪能邀人喝老酒？国家有难，不可添乱，待在家里，就是贡献。不串门，不聚餐，不走亲戚不拜年。我心焦灼，难有欢喜可言。犹记当年闹"非典"，我还是一线战士，能够跃马挥刀，如今偏居一隅，宛如看客。有失落，更多的是惭愧。忍着披挂上阵、挺身而出的冲动和莽撞，借了山的高度，我总是遥望市区、遥望省城、遥望武汉。

我恨自己无能。我敬佩并且羡慕每一位走出家门，奔忙在抗疫前线的同胞。他们是志愿者、是抢建医院的工人、是送菜的农民、是乡村和社区干部、是警察、是运筹帷幄决胜千里率先垂范指挥若定的将帅……最让我注目和敬仰的，还是那些白衣为甲，在一线救死扶伤的医务人员，特别是置身湖北的医务人员。我时常被他们感动，情不自禁地流下热泪。

山野的环境相对宽松。我和家人是除夕前住进来的，测量过体温，报告过行止。在空旷的山道上，戴上口罩，我们可以自由走动，看松动竹摇、菜绿花黄，听鸡鸣狗吠、鸟噪风吟。晴朗日子的清晨，我从"三棵松"的枝杈间遥看日出东山，夜晚看月缺月圆。我登了几次山，走穿了百丈峰的山脊梁，实测了每一个山头的海拔高度，也有些新的发现。院子里的作物日生夜长，我看着它们抽条、着花、结荚。

这是近于奢侈的安逸啊。在我们避风而宅的时候，多少人逆风前行。在我们闲得发慌的时候，多少人日夜奔忙。在我们小心翼翼避免触碰小区门框和电梯按钮的时候，多少人穿梭在冠毒肆虐的疫区与病房。在我们为自身和家人担惊受怕的时候，多少人出离了恐惧，与死神直面角力。

行走山间，山与树与草与花的点点变化，看在眼里记在心里。去年缺雨水，山色显苍黄。枫树叶子所剩无几，香樟罕见地泛黄，毛竹的枝梢也打蔫。春节时，有寒梅数枝，捧出鲜红，彰显凌霜斗雪的品性。春节过后是立春，立春过后是元宵。一到元宵，阳气升腾，花便多了起来。最先开出的是迎春花，路旁山侧，寥寥数丛，尚不成气候；野生蜡梅次第开，色如蜂蜡，送出温暖和甜蜜，到底显得单薄，难称壮观；山鸡椒又叫木姜子，枝条上的花苞一串串，绽放出来很像北方小米秀出的穗，不太起眼，难得的是早，可与蜡梅相辉映。让我惊讶的是檫木，最为抢眼。"池塘荷残立，檫木花正黄"，恰好是元宵过后不久，立春和雨水之间。

檫木又名南树、梓木、黄楸，属落叶乔木，高可达三四十米，叶片大如掌，花通黄，果实球形，木质坚韧，可盖房子可造船，籽可榨油做油漆，皮及根可入药。在蜡梅初放的时候，檫树枝头也缀上了花苞，元宵节前只是零星开放，元宵后一雨一晴，哗然开至极盛。这树高大，花苞也坚硕，每一个张开来都是鲜黄的一簇，簇簇相聚，便成了壮丽的一枝、辉煌的一树。檫树迎风怒放时，周边的枫、桐、栗子树、鸡爪树、檵木等还动静不大，伏地而生的簏箕、芭茅还是残绿或枯黄。苍黄或灰褐的山坡上、山洼里、山尖尖，缀满金黄花朵又高大挺拔的檫树，恰如一柄柄撑开的大金伞，格外明亮。一棵树，能够点染一片林，一群树，可以激活一座山。百丈峰下的一条峡谷，两面坡上长出了成片的檫树，规模宏大，金色耀天。这树还有一个特异之处——看它就如看油画，隔着一定的距离欣赏，最黄最鲜最明艳，走到树底下张望，反倒平常。百丈峰主峰如一口金钟，浑厚持重，为各种树木花草的附生提供着强大的根基。我是木讷之人，不擅长想象。但古人说得好啊，"感时花溅泪，恨别鸟惊心"，这山、这树、这花、这草，总是让我一次又一次想到神州大地上正在进行的抗疫壮举，想到那些义无反顾、舍生忘死的人，想到我们这个多难而伟大的民族。尤其是这檫木，如此高拔，如此昂扬，如此灿烂，如此奔放，如此平常而杰出。"神鲤潭边金玉响，仙人脚下鲥鲋惊。顶天檫木凌云气，立地枫林醉酒情"（戴恩嵩《舞星情泪》）。我所能联想到的便是伟岸、坚劲，便是砥柱、支撑，便是牺牲、奉献，便是明亮、闪耀，便是大音希声、大爱无疆，便是"可远观而不可亵玩"。

　　没有一个冬天不可逾越，没有一个春天不会到来。不管阴霾有多浓，太阳总会出来，花儿总会开放。"千红万紫安排著，只待新雷第一声。"檫木花开之后，箣泡子花开了、深山含笑花开了，各种各样的花陆陆续续开了，枯黄的草也从根上着绿了。虽然还会有寒潮，春的脚步无可阻挡。要不了多少时日，柳枝飘摇杨花吐絮，李花串雪桃花灼红，杜鹃花漫山开遍。到那时，檫树会将花色隐去，只伸展出阔大的绿叶。

檫木花正黄

山道旁植有樱花树，它们的枝条还裸着，但一天比一天光洁，一天比一天润泽，一天比一天饱满。要不了太多时日，这些枝条上会挺出花苞，张开花瓣，吐出花蕊，和千里之外珞珈山上的万株樱花一样，展现出重新焕发的勃勃生机，为美丽的世界添上新的美丽。

儿童上学在厅堂

儿子、儿媳妇回城复工，他们的两个儿子走不了，得留在山里，交与爷爷、奶奶和不能复工也不能复学的姑姑照管。

我已"然并卵"，困在山中，更不指望"老有所为"。所谓"披挂上阵、挺身而出的冲动"，无非一闪即逝，因为很清楚：真要披挂起来闯将出去，只会多出一傻帽。

孙子们给了我发挥余热的机会。

大孙子顶顶 8 岁，念二年级；小孙子呱呱 5 岁，坐幼儿园中班。头年腊月廿八日，小哥俩随我先行进山，想不到一来就绊住了。

老伴儿分派给我的任务是："照拂孙子！"

如何"照拂"？基本任务是负责小哥俩的安全、卫生、开水供应，特殊任务是抓好顶顶的线上学习。

呱呱的事比较好办，盯住他别瞎跑，别掉屋后鱼塘里就行。这家伙人小鬼大，难得安静。摆脱了阿姨的指挥和申斥，不用排排坐、吃果果，不用杂在一帮女孩子中别别扭扭跳舞，他就是出笼的鸟、入江的鱼。出城时他带了一袋子玩的，里面有威震天、擎天柱、迈克飞弹、探长、板牙，进山后又在屋角落翻出了上年藏的大黄蜂、魔幻陀螺。水泥栏杆围出的小小院落中，有柚子树、柑橘树、桂花树，有萝卜、大蒜、黄芽白，有飞来飞去的蜜蜂、黄蜂和麻雀，还有东隔壁的端午、西隔壁的星星和辰辰，还有二舅公门前几口大而黑的陶缸，缸里灌满了水，水里游着杂色的小鱼。端午是大舅公的孙子，比呱呱小半岁，早慧聪颖；星星和辰辰是桂生爷爷的双胞胎孙子，比呱呱小一岁，虎头虎脑惹人爱。呱呱有玩具，会表演，如鱼得水，左右逢源。他和端午最投缘，早上睁开眼睛就跟奶奶说"我要和端午玩"，有好吃的必定提醒奶奶"叫端午来吃"，每餐放下饭碗一溜烟准往端午家跑。端午也喜欢跟呱呱黏在一起，吃着吃着饭，见窗外飘过呱呱的身影，就吵："呱哥来了，我不吃，我去跟他玩！"哭着哭着，一听"呱呱来了"，立即破涕为笑。呱呱想玩端午那心爱的小枪，作势要走，说"我回家"，端午忙将枪递给他，说"你玩吧、你玩吧"。呱呱想吃端午的巧克力，只用眼神一盯一瞥，端午笃定分给他一半。端午小，有时赖床，谁叫也不听，谁抱也不行，端午的阿婆便来请呱呱，呱呱一出马，端午翻身便起。

顶顶不喜欢掺和呱呱、端午及双胞胎们的游戏，大凡出手，多半是因为舅婆、阿婆等出面，敦请他去作示范，教拼各种模型，教发动陀螺，教调试电视机的儿童频道。

顶顶这小子有点儿特立独行，对院里的草啊、树啊、菜啊、鸟啊、虫啊的兴趣浓厚，常独自蹲在一角研究。奶奶带他挖过一次野藠头，他便念念不忘，一个人溜出去拔了好几次，鞋子上粘满黄泥。他读书的能力和自觉性都没有问题，课本上那点东西难他不住。可毕竟是上了套的马驹啊，得靠老师驾驭。网上通知元宵节过后要开展线上教育，对着电视机上课，儿子、儿媳妇离山时频频回头，最不放心的就是这个。我也担心，自己稀松平常算了，孙子的学习总不能耽搁。悠悠万事，唯此为大，元宵节前我便找出一张旧折叠桌，稳稳地摆在厅堂电视机前，大义凛然地宣布："顶顶不用时，爷爷看新闻；顶顶上课时，爷爷靠边站！"这时候的我，责任感和使命感油然而生。

线上的课是"赣教云"推送的。上午9点开始11点55分结束，下午两点半开始4点结束。课间要跟着老师的示范做操，还会插播一些宣传抗疫的小知识。难得的是配了背景音乐，二年级是一组童声小合唱，所选内容是唐代王维的《相思》，明代高启的《寻胡隐君》和清代魏源的《晓窗》。打开电视机，调到84频道，轮番响起的便是"红豆生南国，春来发几枝，愿君多采撷，此物最相思。""渡水复渡水，看花还看花。春风江上路，不觉到君家。""少闻鸡声眠，老听鸡声起。千古万代人，消磨数声里。"唱得好听极了。这是预备铃，歌声一起，顶顶就乖乖地坐到折叠桌前去了。这也是"闹台"，锣鼓一响，观众凝神。我听这音乐也会陶醉，直觉春风扑面，回到童年。

确实是不错的教学形式。当然也有缺憾，主要是师生不能互动，作业无法批改。家长可以勉力代劳，但我缺乏能力和信心。好在他们的姑姑担起了责任，循循善诱，耐心细致。

让我意外的是，顶顶虽然不怎么看电视新闻，但是大人关心的事他也了然。他在纸上工工整整地写"中国加油，武汉加油"，写得大大的。我和他奶奶、姑姑议论并且感叹武汉又死了多少多少人，又有某某医生、某某院长不幸逝去，他冷不丁插话："你们快捐款啊！"鸡蛋吃完了，我出门去买，他郑重提醒："爷爷，要戴口罩啊！"某国有人染病，打砸华人的商店撒气，他义愤填膺，说："病毒又不是我们造出来的，岂有此理！"

孙子是我阴郁日子里的灿烂阳光。窝在屋角，眯缝着老眼看顶顶竖起耳朵听课，一笔一画写字，听他奶声奶气念："草长莺飞二月天，拂堤杨柳醉春烟。儿童散学归来早，忙趁东风放纸鸢。"不由得想起自己读小学的情形，也想起童年跟祖母到周公山的亲戚家躲大水，睡土砖和门板搭起的床，蚊子、虱子咬得全身起包，吃老腌菜、霉豆腐，喝稀粥，拉痢疾。

二年级"语文园地"选了《笋芽儿》，有这样的段落："笋芽儿终于钻出了地面。她睁开眼睛一看，啊，多么明亮、多么美丽的世界啊！桃花笑红了脸，柳树摇着绿色的长辫子，小燕子叽叽喳喳地叫着……笋芽儿看看这儿，看看那儿，怎么也看不够。她高兴地说：'多美好的春光啊！我要快快长大！'"少年不识愁滋味，顶顶呱呱在这山里吸纳地气，释放童真，享受自然之美，多识草木虫鱼，也算是意外的收获。但我很明白：这不是长久之计，这日子应当早些结束，因为最适合小鸟的是林子，最适合孩子的是学堂。

不知道三十年或五十年之后，小哥俩还会不会记起这段生活，又会怎样讲给他们的儿孙听。

清者自清浊者浊

大疫真是一面镜子，能够照见众生万相。

是的，事事如意、岁岁平安不现实，但一个小小病毒，猖獗到这步田地，封户、封村、封城、封省、封国，封这么久，害得这么多人家破人亡，造成这么大的损失，纵有一千个理由一万种解释，怕也回避不了这样的事实：可能有麻痹大意、敷衍塞责的。本世纪才过 20 年，冠状病毒作恶三次，两番播乱中华，全都惊天动地，这不公平！举头三尺有神明，各种真相自当一一大白于天下，尘归尘土归土，水是水泥是泥，清者自清浊者浊。

云遮雾罩的东西看不清，眼前的垃圾让人生气。我特别厌恶那种往电梯按键上吐口水的人，特别厌恶那种明知自己带了病毒还四处瞎跑的人，特别厌恶那些睁着眼睛说瞎话、造谣惑众唯恐天下不乱的人，特别厌恶那些只看天不看地或胁肩谄笑或横眉竖目的人，特别厌恶那些营私舞弊的人。我也不喜欢为博取眼球而放言不拘，也不喜欢为"山川异域，风月同天""岂曰无衣，与子同裳"或"中国加油""武汉加油"有无文化而争得面红耳赤。

更多的是赞叹与感动。和很多人一样，冲天而起的运-20飞机让我感动；逆风而行的白衣天使让我感动；N95口罩勒出的印痕让我感动；裤裆里夹尿不湿的成人让我感动。钟南山让我感动；"渐冻人"张定宇让我感动；90岁的老妈妈一连四天守护64岁患病的儿子让我感动;河南沈丘"武汉老兵"王国辉送5吨菜到汉口让我感动；

火神山、雷神山工地上倒在土坑里枕砖块睡觉的工人让我感动。

感动是因为钦佩、敬仰外加伤心，感动也是因为羞愧、内疚外加无能为力。不知道如何表达层出不穷的感动，于是哭。老了的人、粗线条的人，居然还会哭，还有这么多眼泪。

闭门禁足的时光，我最爱看中央和地方各级的电视新闻，也常常感动。春节联欢晚会上的情景报告《爱是桥梁》，素面朝天但让我感动。元宵晚会观众席空无一人让我感动。新歌《你的样子》《你有多美》《中国阻击战》，老歌《真心英雄》《让世界充满爱》无不让我感动。我听着听着就想起《义勇军进行曲》《黄河大合唱》。扣人心弦的东西未必要涂脂抹粉。

我不善于赏析条条框框太多的诗词，更不会写。近日读两位大学同学的新作，是严格讲究平仄调性的那种，居然也让我泪眼模糊。涂同学与夫人宅在南昌的大学校园里，他填《江城子·庚子年正月悲怀》，说："孤亭老树雀偷声。乱云横。野烟凝。一束茶花，暗自落红缨。帘卷西风人复醒，忧此疫，几时停。 已然经月未携行，若笼莺，竟难凭。街旷人稀，依旧是心惊。枉误谁怜千万户，残阳下，恨归茔。"王同学与夫君避居三亚，她的《博弈》写："朗朗太空晴，瘟妖兀自横。隐形烽火烈，博弈死生惊。天使沙场战，军旗举国擎。风云多诡异，铁甲卫长城。"又填《鹧鸪天·清明泪》："草翠莺飞柳絮狂，春风不解世苍凉。神州抗疫惊千古，恸祭新坟泪漫江。天渺渺，水泱泱。白衣壮士国之殇。风魂雨魄今安在？极乐堂前享羽裳。"此二君多才，他们昂首拈须或低眉托腮吟出这等句子的时候，极可能泪满衣襟。

空城、空巷、空阡陌的日子里，人的感觉和行为会有不小的变化。我发现自己既是手机控，又是手机恐。过年本该乐乐呵呵、欢喜一片，武汉三镇一封，各地应急响应一启动，朋友圈立马沉寂下来，隐在文字和图片后面的脸全都蒙上了铅灰。小清新没有了，小情调不兴了，谈学论道、显摆文化、晒美抒情之类的东西罕见了，偶尔出现，也得不到关注，一如在沙漠里唱歌跳舞。人人玩深沉，发帖、转帖、点赞、评论十分谨慎，表情包基本不用。我傻，我腊月廿九和大年初五各晒过一组百丈峰景物和山居生活的图片，本意是提前拜年、报告行踪，结果反应冷淡，自己也觉得无趣。形势越严峻，人越谨慎，生怕一不小心表错了态说错了话，给别人以没心没肺、消费痛苦、吃人血馒头的印象。心里有阴影，阳光格外刺眼。

这一个多月我也习惯了晚上看新闻，早上看武汉某作家的日记。我读了所能读到的她的全部日记。我并不赞同她的某些表达，但也曾理解她的创作行为。她是专业作家，她有个性。在这特别的日子里，她的封城日记似乎是从特别的视角、以特别的体验发出特别的声音。她自己说不是宏大叙事，我则看她用的是小大之法。她并非新锐，无所谓蹿红爆红。她的日记能够吸引百万千万人的眼球，牵动百万千万人的神经，吊足百万千万人的胃口，却是值得玩味的现象。文字的力量什么时候都不可低估，互联网、自媒体果然厉害！

猪油炒菜，各有所爱。这位作家写的日记，不同的读者有不同的解读、不同的反应。这很正常，倘若只剩喝彩之声，作家本人也未必有趣。举国抗大疫，痛点在武汉。如此长久的挣扎，如此惨烈的牺牲，谁的心头没有几口闷气，谁不想吼几声？当然，雪崩之时，没有一片雪花是无辜的。华夏大地，哪里不蒙着病毒的阴影，哪里的人不在受难、吃劲？愤懑如干柴，堆积复堆积，是划了火去烧它个痛快，还是让柴化成热，增添这世界的光明？国人的智商都不低，国人的情感也都神圣。战事犹酣，硝烟未散，何妨让子弹飞一会儿？

四海之内，盘马弯弓者大有人在。虽然"眼前有事道不得，某人日记在先头"，未必"百万作家齐无语，更无一人是某人"。这位作家依然保持着"怒放的兴奋"，她的日记还在写着发着。她可能更红，可能紫，也可能灰，还可能黑。

"穿山甲会打喷嚏"

这话是石坑老肖说的。

老肖是残疾人，小儿麻痹落下的残疾。附近的人都叫他"拐子"，他也自称"拐子"。拐子下半身可以忽略不计，上半身像一截冬瓜，脑袋非圆非扁像老芋头，两手细瘦弯曲如丝瓜，手掌似鸡爪。头顶光秃，嘴阔大，牙齿全无舌头还在，眼睛贼亮。

这个奇形怪状的人是百丈峰的原住民。他住的石坑村很小，就在我们住所的左前方，相隔不过200米。我租用的是林场职工的安置房，和他打邻居。老肖1955年出生，比我大一岁。我们原本不认识，我虽幼年在这一带打柴拔笋捡毛栗子，但真正的老家还在10公里开外，袁河边上，多水少木的地方。这几年到山里过年，无事瞎逛逛，才得以和这人相熟。他爸曾是生产队长，山里能人，十几年前过世了。他娘我认识，起初的印象是个干瘦阴郁的老太婆，面无表情、不吭声，砍柴、种菜、捡板栗、喂鸡忙个不停，稍熟之后一搭话，快嘴快舌，风趣幽默。老太太去年患肠梗阻，丢下拐子撒手人世，享年八十好几。拐子是真正的孤家寡人，独自住在一爿旧房子里。房子在他爸栽种的老林子里，日夜作伴的是鸡、鸟和老鼠。他有多个弟弟妹妹，日子也都混得可以，但都在城里。别人替拐子着急，说这人这样子怎么活，拐子却无所谓。他是文盲，认不了几个字，却喜欢与所能见到的每一个人攀谈，也爱看电视。他住的小屋里有残破的锅灶、低塌的床铺、邋遢的被褥，还有一台旧电视机。也有一个手机，是几年前做生意的小老弟花60元买给他用的二手货，能打能接听。这人肢体缺损脑子却管用，信息占有量非常大，储存也讲究，分门别类，信手可拈，张口便来。周边有人叫他"飞天拐子"，说他天上的事晓得一半，地上的事全知。他也确实擅长表达，什么事到嘴里，讲得一笔流水，绘声绘色。尤其笑起来生动，颜面如佛。

他用不了拐杖，也没有轮椅，只有一个约三寸高的小木凳，人在哪儿凳就在哪儿，移动的时候是他的脚他的车，在地上拖着走，发出嚓嚓的声响，停下的时候是他的椅他的床，冬瓜样的身躯完整地盘在上面，稳稳当当。

老肖的故事、老肖讲的故事，假如有人记录下来整理出来，或可以弄成一本很好读的书。

无雨的日子，我爱踅到老肖那儿去，相对着坐在他家大橙树下聊天。新冠病毒很诡异，妖魔鬼怪是从那口井里出来的？是怎么窜来窜去害人的？人人一头雾水。我和他也探讨这类问题。

我天天看电视，手机不离身，自认为掌握的信息是比较多也比较前沿的，没想到常被老肖找出破绽，加以纠正或质疑。譬如说到武汉人现在饱受磨难，但生活保障是没有问题的，物资丰富，价钱也不贵。老肖说："买不到什么好东西，也贵。"他应当有发言权，因为他的一个妹妹正是嫁在武汉，就住在火神山边上，做小本生意的人。老肖说他妹妹一家关在楼上快两个月，坐吃山空，小孩子不懂事，大人天天心里煮锅巴粥，吃什么东西都是药味。又譬如说到蝙蝠是冠状病毒源头、"毒王"，带有140多种毒。老肖说："100多种也好，500多种也罢，人不撩老虎，老虎不吃人。翼老鼠还会厉害过老虎？"他叫蝙蝠为翼老鼠，用枯焦的手指向一处行将倒塌的旧屋说："那屋里就有，过一阵你来就看得到，日间一只脚倒挂在梁上困觉，夜间飞出来吃蚊虫。我就是在那里生的，长到二十几岁。翼老鼠常在我面颊上扇。我得了小儿麻痹，怎么不得肺炎？"我点开手机上人吃蝙蝠的视频给他看，他说："这是造孽，翼老鼠不灭，天老爷也会灭他。"他还指着别人帮他倒贴在门上的"福"字说："这不是'蝠'？"又问："翼老鼠翼老鼠，不是'益老鼠'么？"

说到蝙蝠把病毒传给穿山甲，穿山甲传给人，人对穿山甲恨之入骨。老肖愤愤不平，说"穿山甲会打喷嚏！""打喷嚏"是土话，指被人背后说坏话、遭冤枉。老肖坚持认为穿山甲是麒麟、良兽，专吃白蚁，凡有穿山甲的地方树就长得茂盛。穿山甲胆小，碰上人就蜷起来，尾巴粘到脑壳，捉住它用棍子往中间挑起走，它不逃跑也不咬人。穿山甲的鳞煮水喝，能治好多种病。他说这山里从前穿山甲很多，村子旁的竹蔸下、柴篷中、水沟边到处有，热天人在树下乘凉，穿山甲在边上弄得沙沙响，还会发出吼吼的声音，从没听说会传病给人。山里人也有一个说法：走路碰上穿山甲不是好事，剥它的鳞或杀了吃则一定会遭报应。他给我举了好几个例子：力上村某人捉了一只吃，当年女儿跟公社蹲点干部偷情，搞大了肚子，上吊死了；岭背村某人从自家菜地里捉了一只卖钱，不到三个月，小崽被豺狗叼走了；开饭馆某人的叔公夜里走路遇上一只，踢了一脚，砍树压断了腰，在床上躺了半年；林站某人捉到一只剥鳞卖钱，儿子玩雷管爆炸，瞎了一只眼，焦了半边面……什么年月的事、当事人叫什么、还在世或已故、谁可旁证等等，老肖都说得有鼻子有眼。

这肖拐子有个结论性的意见："拉屎不出不要怪茅坑。千怪万怪，要怪世界上人太多，怪人人都想吃好的穿好的住好的，不得满足。野物比人投胎到世上更早，鸡有鸡路蛇有蛇路，人要断了野物的路，野物也会断人的路。"我说他迷信，他不认账。他还比较相信今年这毒是有人故意搞出来的，我赶紧制止："别瞎说！这是谣言，乱讲要受处罚的！"他也不反驳，只咧着没牙的嘴嘿嘿笑。说到国家要立法禁止吃野生动物，老肖说："这个好！"眨巴眨巴眼又问："人人不吃野物，野物就会多起来么？翼老鼠、穿山甲也会多起来？又多又有毒，不是更会传染给人么？"我被他问得哑口无言。

说不过拐子。他的话却让我想起网上看过的一则东西。是一位自称70多岁的老人所写，说他老家在河南省南阳市西峡县五里桥镇白鹤村，村边上有个大大的蝙蝠洞，洞里生活着十几万只蝙蝠。村子有上千年的历史，村民世世代代进出蝙蝠洞，到洞中玩耍，扫蝙蝠屎（夜明沙）卖，喝洞里流出有蝙蝠尿的泉水。他们村从来没有人因蝙蝠得病。相反，这个村现有 1000 多人，出过好几位将军，出了 100 多位高才生，平均寿命超过邻村，闹 SARS 时无一人感染，本次闹新冠肺炎也没一人得病。蝙蝠洞还是远近闻名的旅游景点，每年有数以万计的人进洞游玩，也从无一人受蝙蝠之害。

各种说法姑妄听之。我也联想起自己在分宜县工作时，多次到过的洪阳洞。那个洞又叫严嵩洞、狐仙洞，就在风景名胜仙女湖的上端。那洞里的蝙蝠多时也是数以万计，人进去有尿臊味扑鼻而来。因为工作关系，想利用那洞把旅游文章做大，我和同事们不知进去过多少回，探遍了洞里的每一个角落。洞在半山腰，山脚下东面是一个大村，叫池塘，人口过千；西面是一家火电厂，职工数百。工人和村民夏天最喜欢相邀去洞内或洞口打牌，确实没听说过有人因为蝙蝠得病。

我动手写这篇东西的时候，媒体报道，世界卫生组织的官员表示："关于任何病毒的来源，任何地方都有可能……我们需要了解病毒的来源以便于控制它，避免其再度来袭，而不是去责怪谁，或是哪种可怜的动物的过错，动物没有错。我们要小心自己的语言，不幸的是，污名化的语言及指责成为全球描述（用语）的一部分，这没有益处。"

国家不该污名化，地区不该污名化，人不该污名化，动物也不该污名化。

环球同此凉热

资讯应接不暇，且截取一些片段：

3 月 2 日，欧盟将新冠病毒风险级别由"中"提升至"高"；世卫组织警告，欧洲或将出现第二个像意大利一样的疫情暴发国。世卫组织还通报，截至欧洲中部时间 3 月 2 日上午 10 时（北京时间

17时），中国境外共64个国家确诊新冠肺炎8774例，共计死亡128人。世卫组织总干事谭德塞表示：中国新增病例数持续下降，而过去24小时内中国境外新增病例数几乎是中国境内新增病例数的9倍。

3月8日，中国报告当日新增确诊40例，新增死亡22例，新增治愈出院1535例；累计确诊80735例，累计死亡3119例，累计治愈出院58600例，现有确诊19016例。据丁香园网上发布的消息：截至北京时间3月8日24时，除中国外，全球100个以上国家和地区累计确诊新冠肺炎25000余例，累计死亡500余人，现存确诊22000余例。情况最严重的国家是韩国、意大利和伊朗，日、德、法、美、英无一幸免。不少国家的不少地区实施紧急状态，或开始"封城"。

国际社会纷纷赞扬中国政府采取的正确措施富有成效。

…………

事情起了重大变化。中国没有宣布出现"拐点"，但"向好"的势头毋庸置疑；中国之外的形势急转直下，瞬息万变。

3月2日，习近平总书记在北京考察新冠肺炎防控科研攻关工作时指出："公共卫生安全是人类面临的共同挑战，需要各国携手应对。当前，新冠肺炎疫情在多个国家出现，要加强同世界卫生组织沟通交流，同有关国家特别是疫情高发国家在溯源、药物、疫苗、检测等方面的科研合作，共享科研数据和信息，共同研究提出应对策略，为推动构建人类命运共同体贡献智慧和力量。"黄钟大吕！

心有千千结：

这个病毒究竟从哪里来？往哪里去？会折腾到什么程度？海啸的浪到底有多高？风暴会刮到几级？

外国已然飞速蔓延，现存确诊病例已经多于中国了，新的确诊病人日增数千，是否还会飙升？伊朗的副总统等一众高官感染，有部长、议员、大使之类的人物亡故；意大利单日新增患者1000多、新增死亡100多；伦巴第等地"封城"。还会爆出哪些骇人听闻的消息？

如意大利那样暴发的下一个欧洲国家会是谁？

日本今年承办的奥运会真能如期举行吗？

世界那么大，国家那么多，如何凝聚力量、共克时艰？

…………

覆巢之下，岂有完卵？如果将思维和考量局限于政治团体、种族、国家、此联盟彼联盟，肯定会非常麻烦。

抗疫不可能一劳永逸。杀灭了冠状病毒可能还会来鞋状病毒，赶跑了张牙的瘟神还会来舞爪的厉鬼，躲是躲不过去的。今非昔比，道高一尺，魔高一丈，兵来将挡，水来土掩。以邻为壑是不行的、落井下石是不行的、愚昧蛮横是不行的、粗枝大叶是不行的、离心离德是不行的。在大自然面前，人与人如果不能守望相助，会变得很渺小很渺小。

有朋友曾在微信中说，在家宅久了，偶尔下楼来，见平日熙熙攘攘的院子里空无一人，静得能听见一根针掉落地上的声音，霎时间泪水盈眶，不由感叹："人类，似乎无比强大，可以移山填海，但实际上十分脆弱，在看不见的病毒面前，是多么无奈。"我有同感。

牛羊养得太多了，草场会退化；鱼养得太多了，会缺氧翻塘。地球只有这么大，如何满足生物的无限需求？它的载人量应该是有限的。人的繁育、人的发展、人的生活方式，确实到了要认真反思和下决心节制、取舍、剪裁的时候了。人不谴天谴，人不制天制，人不裁天裁。这可能也是人类命运共同体题中应有之义。

读过某位著名作家《悠着点，慢着点》的演讲，有些话是意味深长的："人类正在疯狂地向地球索取。我们把地球钻得千疮百孔，我们污染了河流、海洋和空气，我们拥挤在一起；用钢筋和水泥筑起稀奇古怪的建筑，将这样的场所美其名曰城市，我们在这样的城市里放纵着自己的欲望，制造着永难消解的垃圾。""交通的便捷使人们失去了旅游的快乐，通信的快捷使人们失去了通信的幸福，食物的过剩使人们失去了吃的滋味，性的易得使人们失去了恋爱的能力……悠着点，慢着点，十分聪明用五分，留下五分给子孙。维持人类生命的最基本的物质是空气、阳光、食物和水，其他的都是奢侈品。"

有文章探讨基因战争，认为生物技术和生物工程的有机嫁接，在造福人类的同时，可能会催生出新的生物武器即基因武器，人类战争将面临洗牌式的变革。超级原子弹、超级氢弹施放出来能够灭城灭国，超级生物炸弹放出来也能灭城灭国。

衣分三色，人分九等，世界上的事情复杂极了。我完全不信荒诞的"阴谋论"。但是也要看到，制造足可灭城灭国的超级病毒弹，对于聪明的人类，早已没有了大的技术障碍。现在还有这样那样的约定，也都信誓旦旦，可谁能保证世界上永远不会再出现希特勒那样的超级疯子、超级恶霸呢？一旦出现了又怎么办？生死攸关，岂能天真！

在网上看到过据说是美国学校写给学生家长的信，其中有这样的表述："每个人都会生病，不要因此而孤立中国人和任何你认为与中国有联系的人，更不要歧视生病的人，因为这样会让生病的人为自己生病而羞耻，从而隐瞒病情，不保护他人。我们防的是病毒，而不是中国人。越是危难之时，越需要冷静，理智，人性，团结。"不管真的假的，这样的话让人温暖。

收束这组文字之日，正是"三八"妇女节，中国农历二月十五。本该是丽人相邀看花去，皓月如盘照山川的日子，因为云深雨狂，泡汤了。

"宅"在百丈峰的时间太长了！

想回城。想摘去口罩。想和久别的朋友握手、拥抱。

（除《清者自清浊者浊》外，原载2020年第2期《百花洲》）

鸽子飞啊飞

鸽子比人起得早。我到阳台上甩手转腰扭脖子的时候，它们已经飞了很长时间了。天气难得的好。大清早，空中有个太阳，水中有个太阳。鸽子裹满金属的色泽，飞啊飞，飞到哪儿闪烁到哪儿，传递的全是生动、欢快、活泼、温馨和美丽。

这群鸽子有二三十只。多少年了，它们一直在飞啊飞。在楼宇间飞，兜兜转转。往东飞，到水清沙白的地方掉头，水是赣江水，江对面是滕王高阁；往西飞，越过几片屋顶、几条街道，速速转回，城市那么大，远处是梅岭。这是些家鸽，飞不出鹰隼那样的凌厉、海燕那样的勇猛、大雁那样的齐整。它们边飞着边咕咕叫着，像人一样絮语，呼唤或者低吟浅唱。它们是城市的一种精灵、一道风景。灿烂的日子，是流动的色；阴晦的日子，是暖心的光；燠热的时候，会搅起清凉；寒凉的时候，能传递温热。"鸽子清盈的叫唤，擦亮我沉重的眼睛。扇动纤细的翅膀，扬起那枚光辉的太阳。"

鸽子倦了累了，会散开来，找熟悉的地方歇息一会儿。三只五只落在我家阳台的外沿，七只八只落在稍远处楼顶的花圃、菜地。阳台这边的鸽子蹲着、紧靠着，梳理羽毛、摩擦脖颈、触碰小嘴儿。花圃和菜地里的鸽子闻其声不见其形，它们在长了青草藏了虫子的土里翻找食物，老鸽子吃了，或许要叼些回去喂小鸽子。

我的两个孙子也在吃早餐。小哥俩端着饭碗到阳台，透过玻璃和窗纱，痴痴地看鸽子。鸽子回头，与孩子对视。灰鸽子灰，白鸽子白。白鸽子的眼仁红红的、圆圆的，如红玛瑙；孩子的眼睛乌黑乌黑，滴溜溜转，像黑珍珠。小学、幼儿园还是不能去，孙子和爷爷、奶奶日夜相守，厅堂是课堂，阳台是操场。戴上口罩，我和老伴偶尔带他们到江边，守候他们在沙滩上开挖渠道、构筑城堡。孩子开心，老人高兴，但大大的口罩蒙着嫩嫩的小脸小嘴小鼻子，看着让人心酸，让人提心吊胆。娃儿绕膝在堂前，老人喜爱得紧，可日复一日、周复一周、月复一月，行吗、好吗？和屋外的鸽子比，屋里的孩子有些可怜。

鸽子无不精致，白鸽最为美丽。它们白得纯粹，白得洁净，白得耀眼。多么的优雅，多么的矫健。这让人想起那些逆风而行、白衣为甲、救死扶伤、屡立奇功的医生和护士。勇士们有的还在前线，有的已经凯旋。窗外飞过白鸽、空中响起鸽哨，他们会作何感想？

网上有野猪在马路上跑、轿车顶上长草、黄鼠狼乞讨的视频，难辨真伪。武汉的樱花今年肯定郁闷。年年岁岁花相似，岁岁年年人不同，樱花灿烂如往，却少了人的欣赏与赞美，花瓣撒落，层层叠叠，殷红如血，无可如何。武汉也有鸽子，"封城"的日子里，它们是什么情状？

早年跑业务，到过一些国家，路过一些因鸽子而闻名的场所。梵蒂冈的圣彼得广场、威尼斯的圣马可广场，每日里聚了多少万只鸽子、吸引着多少万人啊！当地居民说："广场上没有鸽子，就像树没有叶子。"印象之中，这两处，总以慈祥的眼光看鸽子，总以轻柔的动作喂鸽子的，多是老翁与老妪。今日，这些广场还开放吗？鸽子还有那样多吗？老人们还在专心致志地给鸽子喂食吗？有蔡姓朋友长住伦敦，最近连发几十篇英伦抗疫系列文章，影响很大。她说继伦敦兴建南丁格尔医院之后，格拉斯哥等地也在建，格市计划搞出 300 个床位，必要时可以扩充到 1000 个。那城市我去过，非常不错，也有一个鸽子广场，叫乔治广场，规整而宏大，雕像多，鸽子更多。鸽子们其乐无穷地在广场上飞，肆无忌惮地在罗伯特·彭斯、詹姆斯·瓦特等人的头顶或肩脖上拉撒。那次我闹了笑话，正聚精会神看司各特，琢磨着这人何以能够写出《撒克逊劫后英雄略》（《艾凡赫》）《湖上夫人》时，脑门上一热，被飞过的鸽子拉了一泡。同行者打趣："恭喜恭喜，你中彩了，可以在这里树碑立像了！"其情其景，历历在目啊。我很担心，那个广场上出现的，可能是史无前例的死寂。2001 年我去美国，到过纽约，仰着头傻傻地看女神像，围着她转圈圈，那儿鸽子不算多，海鸥特别多，成群结队，在哈得逊河的水天之间蹁飞，嘎嘎嘎嘎叫个不停，连巡逻的直升机也被它们抢了风头。眼下，女神公园一定是门可罗雀，张狂的海鸥呢？

覆巢之下无完卵，环球同此凉热！旷世大疫，让世界上无数的人经受着磨难。只有守望相助、同舟共济，方能安渡劫波、共达彼岸，别无选择。在病因病源没有完全搞清楚、特效药品没有出现之前，"最原始最有效的办法就是'早发现、早隔离'。"东方西方，白人黑人黄种人，都在经受锥骨之痛、隔离之殇。可是，人的全部精彩和生动、杰出和伟大，很大程度上正是因为自由自在和亲密无间啊，"隔"的次数多了、时间长了，人会不会麻木、松软、迟钝、冷漠呢？人隔人、人嫌人、人防人、人坑人的事情会不会越来越多呢？疫情瞬息万变，明日复明日，明日将如何？

"鸽子洞穿白云，也就洞穿了一切哀怨悲幽"（刘跃松《怀念一只流浪的鸽子》）。"它们很安宁！我看着它们，心里也很安宁"（屠格涅夫《鸽子》）。我们早"解封"了，武汉也"解封"了，大家都不必"闭门禁足"了。可是，黑色的翅膀还在呼呼地扇动，子弹还在嗖嗖地飞，岂可天真烂漫？岂可忘乎所以？

久"封"之人不如鸟，我很羡慕鸽子。我羡慕窗外的家鸽，真想和它们一样尽享群居之趣、飞行之乐，真想跟着小鸽子四处观风景，真想为小鸽子打点食。我羡慕岩鸽，真想和它们一样振翅而飞，飞向山巅，看纵横的沟壑，飞向大海，看汹涌的波涛。我羡慕信鸽，真想飞往黄鹤楼，给武汉带去感激与祝福，飞往五大洲四大洋的城市与乡村，捎去我们这边的春消息，带回他们那边的平安书。

（原载2020年4月22日《江西晨报》）

西北望，银川舰

银川是座好玩的城市。近几年，那儿又添了一个好玩的去处——黄河军事文化博览园。景是新造的，招牌也不抢眼，但去过的人纷纷说好玩。去年冬天我匆匆一过，果然也被深深打动，思念绵绵。

我思念那城、那舰、那人。

黄河军博园位于银川市东侧黄河金岸，紧临"西北第一桥"——滨河黄河大桥，距市区30余公里，属银川东部游线。占地很大，规划总面积数千亩。有坚实的河滩地，落叶乔木高耸入云，枝杈间的鸟巢形态各异。宽阔的人工湖里泊着一艘导弹驱逐舰、一艘潜水艇。地面建筑错落有致，有"银川舰"纪念馆、三军武器装备展示厅、和平广场等等，空阔处、蓝天下，停放着各种系列和不同型号的退役飞机，披挂齐全，银光闪闪。大西北的冬天，阳光灿灿风细细，并不刺骨；湖畔的芦苇泛黄，却张扬着无限生机；候鸟还没有从南方飞回，留鸟却不少，空中不时掠过鹳、雕、鹭、鹰。游客络绎不绝。最多的是学生，有的排着整齐的队伍参观，有的在广场上列成方队，肃立静听身着迷彩服的老师讲军事知识，齐唱雄壮的歌曲，齐诵梁启超的《少年中国说》。"红日初升，其道大光……纵有千古，横有八荒，前途似海，来日方长。美哉，我少年中国，与天

贺兰山岩羊

不老；壮哉，我中国少年，与国无疆！"引得大人们驻足观看、侧耳倾听，听着听着便热血奔涌热泪盈眶，生出挤入其中去听去唱去诵读的冲动。这是寒冬、普通的双休日。若是风和气暖繁花似锦的季节，若是"五一""国庆""六一""八一"，若是暑假，人肯定更多，孩子们肯定非常非常多。

这个园区是 2012 年开建的，2015 年拿到了国家 4A 级，2018年入围"神奇西北 100 景"。设定的目标是：建成集国防教育、军事博览、主题纪念、拓展训练、观光游览、互动体验于一体的，"西北独有、国内一流"的 5A 级军事文化主题乐园。打造银川文化旅游的新品牌、新亮点和展示地方形象的新窗口。开园短短数年，尚在扩建之中，入园人次已经超过 300 万了。

当地人告诉我们："银川舰"是这个园的"种子"——有了"银

川舰",才有"358"潜艇,才有飞机、坦克,才有这个场那个馆,"银川舰"是最大的亮点,也是大人和孩子们追逐的热点。这中间有故事:"银川舰"是我国自主研发的第一代导弹驱逐舰,舰号107。1972年1月在大连开工建造,1976年8月加入人民海军战斗序列,1986年"八一"节获得命名,2012年10月光荣退役。如今,新的"银川舰"已然以全新的吨位和装备在万里海疆劈波斩浪,守护祖国的蔚蓝。静静地泊在湖中的这艘"银川"老舰,退役不久便来到了"故乡"——银川。这在当年是一件很轰动的事,创下了人民海军舰艇退役安置史上的"四个第一":第一艘移交给命名城市的军舰;驻泊黄河之滨的"第一舰";第一艘在西北地区成为海洋观教育和国防教育、爱国主义教育标志性实物的战舰;第一艘以拆解运输、异地组装方式复建起来的战舰。

　　我是去年底随同本省几位有名望的文化旅游专家去银川的,游了这个园,上了这艘舰。特别欣喜的是,认识了一个名叫索德胜的人。这人中等身材,看容貌听谈吐是白面书生,论气质和作派是标准军人。他领着我们参观,战舰、战机、高炮、炸弹,军事、政治、海洋、山川,克劳塞维茨、科洛姆、马汉、文圣常、徐芑南,大连、青岛、银川……娓娓道来,有条不紊。他的眉宇间流露出的是睿智和英气,话语里洋溢着对大海、军营、战舰的敬畏、自豪和眷恋。特别是在"银川舰"上,他几乎不用眼睛看,精确而熟练地告诉我们哪里是轮机,哪里是战位,哪些是最精要的零部件,哪里放导弹,哪里装鱼雷,哪里住水兵,哪里做饭菜。他还邀请我们到那个狭小而洁净的舰上会议室落座,为我们讲这条战舰的光荣历史、性格特征。开初,我以为他是园区的普通工作人员,惊叹于他对业务的熟练,被他充满磁性的表达感染。后来才弄明白,他是这条战舰的最后一任政委,他的家还在青岛,他和战舰一同落脚于银川。算下来,索政委也年过五十了,但岁月对他有格外的眷顾,仍是目光如炬,英气勃发。

一说到大海和战舰，他的笑容就像海面一样舒展，眼睛里就会迸发出浪花的光亮，话语就像潮水一样涌流不止。他的身上散发着一种气息，那是海水和钢铁凝结而成的气息。这人好可爱好可爱。他所呈现给我们的，活脱脱就是人舰合一的故事、一条船和一个水兵的故事、一艘战舰和一个海军上校的故事。这故事让我们感受到了潮涌的力量，感受到了深邃与博大，体悟了初心与豪情，也体悟了光荣与梦想。索德胜说了一句话："我的心一天也没有离开过银川舰，它走到哪儿，我就要跟到哪儿。"我猛然发觉："银川舰"是景区的亮点，索政委是"银川舰"的亮点。

之前，我们参观过镇北堡西部影城、贺兰山岩画风景、西夏王陵博物园等处，印象全都深刻美好。正是这些"四梁八柱"，撑起了银川文化旅游的大厦，使得银川好玩好玩真好玩。

这让我们感慨良多，有了一些共同的体会：其一，文化旅游的发展离不开资源，但发现资源要眼光，配置资源要胸怀，使用资源要策略和方法。在中国的省会城市里，银川的历史文化、山水、生态、军事、岩画、知青生活等资源不一定是"上乘"的，但却一一用得淋漓尽致，做出了令人赞叹的"亮点"，高下有别、值得深思。其二，人是最重要的资源。文化是旅游的灵魂，人是文化的灵魂，得人才者得天下。做文化旅游，找对了用好了有情怀有能力的人，才可能把所拥有的资源用得恰到好处，把文章做得异彩纷呈，没有资源也可以创造资源。不是张贤亮，哪来镇北堡影城？不引入韩美林，贺兰山岩画哪有今日气象？不用索德胜，黄河军博园能折腾得如此引人入胜？其三，做文化旅游要追求格局。没有大格局就没有大呈现，没有大呈现就没有大影响，没有大影响就不可能有大效益。大格局来自于大境界和大气度，鼠目寸光患得患失是成不了气候的。大产出来自于大投入，天上不掉馅饼，只想"得"而没有"舍"，必然一事无成。

从银川方面传来最新的消息：索德胜荣任黄河军博园的"政委"（党委书记）了。宁夏、银川还有多少我们尚未听到，想必更有味道的故事呢？他山之石，可以攻玉。别嫌宁夏小，莫道银川偏啊！

　　疫情转缓，经济社会亟待"满血复苏"，文化旅游业要担当重任，持续发力，步步登高。

　　于是生出一个念头：何不努力做些把江西和宁夏、南昌和银川、井冈山和六盘山、庐山和贺兰山、鄱阳湖和黄河、"南昌舰""九江舰"和"银川舰"、脐橙和枸杞更加紧密联系起来的事情呢？人多多走动，货多多交流，经验互相传授，利益共同分享，岂不你好我好大家好？

　　禁不住哇。西北望，银川舰！

（原载2020年6月5日《江西政协报》）

何不相约去庐山

朋友在伦敦，身处疫情当中，写下了《英伦抗疫系列》，我注意到他们关注"在病毒彻底消失之前，重获安然感、复归灵魂的平静"，主张"改变对时间的态度，不是等待疫情过去再重新开始生活，而是在疫情中就要筹划生活"。

我们这里比伦敦宽松，但是还有局促和憋闷，亟待在公共安全的前提下恢复正常的生活，筹划和创造新的、更加丰富美好的生活。"复工复产"重要而且紧迫，但我等退休的闲散之辈好像出不了太多的力。静久思动，我想出去玩，在宽阔美丽的地方痛痛快快地行走与呼吸，为自己的健康赋能，也为社会做贡献。

出国出境别指望了，跨省转悠也不合时宜。江西风景独好，美不胜收。谷雨已过，夏日将至，很想去庐山。

说起来羞涩。庐山去过好多回，每回都是蜻蜓点水、走马观花。事前不做功课，事中不愿吃苦，事后不动脑子，所得十分有限，印象总是模糊。石朦胧水朦胧，星朦胧月朦胧，雨朦胧雾朦胧，花朦胧鸟朦胧，事朦胧人朦胧。谈及庐山，也会说"苍润高逸，秀出东南"，也会用"雄、奇、险、秀"，也会讲"天下悠"，全是鹦鹉学舌，空洞复空洞。文化是庐山的灵魂，整个庐山就是书库，诸物皆书卷，处处有经典，我却游离于外，太陌生、茫然了。怨不得庐山的深邃和神奇，只能怪自己的浅薄和浮躁。

一山飞峙大江边，天赐匡庐于赣都。江西人如果不珍视、亲近庐山，是"入芝兰之室，久而不闻其香"，身在福中不惜福，终是遗憾。江西的读书人如果不以景仰之心，踏踏实实地行走庐山，恭恭敬敬地品读庐山，真真切切地感知庐山，是对精妙、瑰丽、博大与神圣的亵渎。

庐山是净土，可以放心地去。有一个说法：1895 年，英国传教士李德立牵头到牯岭租地造屋，躲避酷热之外，也是为了躲避瘟疫。似乎确有其事。当时欧洲还有鼠疫，中国的江南疟疾和霍乱大流行。今天的庐山，无疑比百年前更便利、洁净、安全。

旅游学界有翘楚人物说庐山是"人文圣山，中国酷岭"。这个"酷"，是将土语的"牯"和英文的"cool"结合而化用的，包含了清凉的意思，但所强调的是独特、美好、卓越和时尚。庐山风景融大山、大河、大湖之美于一体，独步天下，举世罕二，当然"酷"。陶渊明"采菊东篱下，悠然见南山"是"酷"，李白登高雄视，畅吟"黄云万里动风色，白波九道流雪山"也是"酷"；外国人在岭上开发高端房地产，建万国风情的别墅群，打造中国的"夏都"是"酷"，一部《庐山恋》放映场次和观影人数冲到世界之最，撩动春心无数也是"酷"；早晨在淡淡雾霭中的小广场上吹拉弹唱轻歌曼舞是"酷"，夜晚坐在街角洋楼前的凉椅上慢条斯理喝卡布奇诺也是"酷"……多么引人入胜！说到底，"酷"就是"悠"，就是"文化"。如此之诱惑，有什么理由抗拒呢？

实不相瞒，我很想去庐山，就是想去好好"酷"一把。用旅游的行话来表达，就是想做"深度文化游"。

我也受到了古人的启发。宋神宗元丰七年（1084），苏轼过九江。他游遍山南山北，有感于这座山的奇妙，写下《题西林壁》："横看

石门涧风景

成岭侧成峰，远近高低各不同。不识庐山真面目，只缘身在此山中。"当中蕴含着哲理，也是对"庐山面目"的慨叹。那次他也到了湖口，和儿子苏迈乘船下湖，借着月色细细地察看，发现石钟山的"窾坎镗鞳"之声，是因为山脚下的岩壁上有洞穴和裂缝，水在里面鼓荡撞击而发出来的，恍然大悟之后，写下《石钟山记》，"叹郦元之简""笑李渤之陋"，感喟："事不目见耳闻，而臆断其有无，可乎？"这一诗一文，思路应是相连的，意趣应是贯通的，有异曲同工之妙。东坡先生乃旷世文豪，脚步之所至，千古留胜迹，凡俗之人岂可比附？但他对事物的虔敬与执着，他不懈探索的科学精神，值得好好学习和仿效——不论你年幼或年长。

李白五游庐山，为什么对一座山如此衷情？他究竟去过哪些地方？真想顺着他的路子再走上几段，看看能否与诗仙发生一点心灵感应。白居易说"人间四月芳菲尽，山寺桃花始盛开"，或许还来得及，赶紧到花径去，看看桃花是不是还开着，能否有"人面桃花相映红"的艳遇。白鹿洞"无市井之喧，有泉石之胜"，朱熹在那里办书院事必躬亲，又是划学田又是招生员，又是立规制又是搞基建，亲自升堂讲学，大兴学术交流，那个神秘的山窝窝，那片洞天学地，要慢慢地走、细细地玩，每一块石碑上的字要读一读，每个磴子每根柱子要摸一摸，枕流石漱石要坐一坐，掬清水洗脸、洗眼、洗鼻子，不着急离开，在"洞"内或海会镇住一晚，移步换形，看五老峰的样子有无变化。慧远和尚到了石门涧就不肯走，扎根庐山开宗立派，"行不出山，迹不入俗""孜孜为道，务在弘法"；徐霞客说那里的瀑布"喷雪奔雷，腾空震荡，耳目为之狂喜"。这等好地方，不能省力省事绕过去算了，要从游步道上走一回，找点别样感觉。胡适先生1928年考察庐山，认为有三处最具标志性：东林寺代表佛教中国化的大趋势，白鹿洞代表宋代以来儒学发展的大趋势，牯岭镇代表西方文化浸润中国（西学东渐）的大趋势。凡游庐山者，这几处都会去，但对这几个"最"未必都有深刻体悟，应该再去、再看、再想想。联合国专家考察庐山，除白鹿洞、石钟山、石门涧、东林寺外，还细看了美庐、天主教堂、植物园、锦绣谷、禅师塔、大天池等不少地方，由衷折服，高度评价，使庐山成功申报世界遗产，成为"世界文化景观"。他们所走的，也许就是最具世界意义、最有文化价值的"游线"，值得步其后尘……

庐山太有趣也太深奥了，走通看透是不可能的，但循着上述"路数"，有计划有步骤地，坚决地走，认真地看，一定其味无穷，必有新发现、新收获、新欢喜。

单人独马不行，要邀些年龄相仿、趣味相投的人同往，心心相印，息息相通，"奇文共欣赏，疑义相与析"。也不搞什么自驾游，不入"大杂烩"。找有境界、有胸怀、有实力的旅行社，看他们能否满足"定制"要求。特别希望有人别开生面独辟蹊径，提供"最中国""最李白""最禅味""最徐霞客"之类的线路产品，一游一主题，一游一满足，一游一欢喜。

十分憧憬如此这般的体验：饱游三四天或五六天后，到温泉镇住上一两晚。听说那儿开出了很地道、很有品位，颇具古风又合于时尚的温泉宾馆，不妨试它一试。温泉泡一泡，好茶喝一壶，清音听一曲，美美睡一觉，心满意足回家。

自然要花钱。花就花呗！票子在口袋只是票子，掏些出来换取健康与快乐，增进知识和修养，益于自身，也益于他人，何乐而不为？若有身怀长技者，进了白鹿洞的门，喝过聪明泉的水，说不定灵感触发，弄出点《望庐山瀑布》《石钟山记》那样的文字来，岂不喜出望外？

没什么好犹豫的。约起么？去庐山！

（原载2020年5月8日《江西日报》）

高高的汉阳峰

缘于对"庐山天下悠"的神往与渴望，庚子闰四月初六，我攀上了庐山的最高峰——汉阳峰，平生第一回也。这不值得夸耀，此前一天，实测珠峰高程的八名攻顶队员登顶珠穆朗玛，无一失败，他们是真的勇士。我也确实收获了快意，有点儿成就感。

所循大抵是 400 年前徐霞客"谋尽汉阳之胜"的路径。绕过了石门涧及以下那一大段，乘车至仰天坪开步，经晒谷石、北风口、豆叶坪、筲箕洼、小汉阳峰而登上 1447 米的大汉阳峰，历 4 小时，行 2 万步。

事前探得汉阳峰"文化"的大略：一是晴朗天气的夜晚，在峰顶可以看到汉阳城的万家灯火。二是大禹王曾在峰上瞭望山川形势，谋划治理水患，有"禹王崖"遗迹。三是司马迁在《史记》中写了"余南登庐山，观禹疏九江"。四是徐霞客攀过汉阳峰，写了日记，有关于登顶的观感。其余者就晚了，如清乾隆朝举人、星子县名流曹龙树有《汉阳峰》诗："东南屏翰耸崔巍，一柄芙蓉顶上栽。四面水光随地绕，万层峰色倚天开。当头红日迟迟转，俯首青云得得来。到此乾坤无障碍，遥从瀛海看蓬莱。"清光绪年间，武陵（今常德）人王以慜（梦湘）知南康府，在峰上立了一块高约 4 尺的石质方碑，

高高的汉阳峰

遂为标志。

　　远观汉阳峰，高而不削，尖而不锐。登上去，竟是一个百余平方米的平顶，周遭长满蓊郁的大树。人在山顶，却看不到江，看不到湖，也看不到别的山。这就很难有"一览众山小"的感觉。但石碑赫然立在那里，四面刻的字也十分清晰：一面书"大汉阳峰"；一面写"庐山第一主峰"；一面有"峰从何处飞来，历历汉阳正是断魂迷楚雨"；一面是"我欲乘风归去，茫茫禹迹可能留命待桑田"。

　　以汉阳峰为基点定位：长江在北面，鄱阳湖在东南两面，汉阳在西北方向，南昌在正南方向，九江在正北方向，东林寺在西南面，五老峰在东北面。

　　《文心雕龙》说："登山则情满于山，观海则意溢于海。"我达不到。匡庐奇秀甲天下，汉阳峰上逸思飞，也想吟，也想唱，但不敢发声。我爬到山顶上的第一件事是坐下来歇息，喝润田矿泉水和青岛啤酒，啃洛川苹果，吃九江茶饼、酒糟鱼和蒸土豆。不渴不饿不喘粗气了，再玩一点儿浪漫。

　　我发现，和泰山极顶、峨眉之巅一样，汉阳峰的气场也很大。在那个平场上转几圈，早已淡忘的知识点会咕嘟咕嘟冒出一些来。

庐山真是"人文圣山"。庐山的"文化"会将人包裹、融化,令人陶醉、恍惚。朦胧看去,司马迁、慧远、陶渊明、李白、白居易、苏轼、徐霞客等宛然都在,或在山间行走,或在崖畔沉吟。这些人也是远近高低的山峰,他们和自然的山峰合为一体,构成了庐山特有的气质与神韵。

汉阳峰上好看山,好看江与湖,好看纷纷世界芸芸众生。能看到滕王阁、黄鹤楼,能看到葛洲坝、朝天门码头。能看到和听到"闲云潭影日悠悠,物换星移几度秋",能看到和听到"晴川历历汉阳树,芳草萋萋鹦鹉洲",也能看到和听到白衣为甲、壮士高歌……满山满眼的绿,则使我蓦然想起季羡林先生三四十年前写的《登庐山》,他说:"绿是庐山的精神,绿是庐山的灵魂,没有绿就没有庐山。"

朦胧过后是清晰,浪漫过后是沉静。站上汉阳峰顶就明白了:无论如何,汉阳是看不到的;大禹王登汉阳峰只是个传说,司马迁到汉阳峰可能是传说的传说;徐霞客的游记写得妙,但是否真到了汉阳峰的最高处,尚可存疑。

汉阳峰没有五老峰那种惊魂摄魄的奇岩怪石、峭壁危壑,没有石门涧中"喷雪奔雷"的飞瀑流泉,没有锦绣谷、花径的丰富绚烂,没有牯岭街的人气,没有古刹丛林的庄严。

人在汉阳峰,"汉阳"不在眼里,尽在心里。

"庐山天下悠"是极精妙的概括、极具创新意义的命题,也是亟待擦亮的品牌。已有众多机构和人士在深入研习,只要把功夫做足了,一定会有满满的收获。我之浅见:领会和解读这个"悠",不可迂阔,不要作茧自缚,除了悠长、悠远、悠然、悠扬、悠闲,深奥、深邃、精深、精妙等等而外,完全可以和优、幽、诱,和博大、卓越、高洁、雄强、宽厚、坚实等等结合起来。

"我见庐山山色空,庐山见我亦从容。"身在汉阳峰,我有了顿悟:从容。对,就是从容。我觉得从容是庐山之"悠"的题中应有之义,且分量很重。庐山是从容的山，汉阳峰是从容的峰。多少万年了，庐山依旧是庐山，鄱阳湖依旧是鄱阳湖，长江依旧是长江。山从容、水从容，佛从容、人从容，古从容、今从容，你从容、我从容……从容复从容！

汉阳峰高挺而不尖利，宏深而不张扬，雄伟而不骄矜。它像赣巨人，也像弥勒佛。它的位置一直在那里，它的形象也一直在那里。它总是那么安静、朴拙、欢喜，又总是那么蓬勃、优雅、持重。

高僧慧远扛起了佛教流布中国的使命，燃旺了庐山的千年香火。想当年，这个和尚只因路过，"见庐山闲旷，可以息心"，遂不复他往，始筑龙泉精舍，继建东林大寺，兴结"莲宗"，创净土一派，留下僧俗佳话无数。"妙同趣自均，一悟超三益。"庐山的从容吸引了本已从容的慧远，慧远则在庐山升华了从容，修成正果。

"采菊东篱下，悠然见南山"的"悠然"，"此中有真意，欲辩已忘言"的"真意"是什么？是从容！陶渊明"误落尘网中，一去三十年"，却在庐山得到了"复得返自然""不戚戚于贫贱，不汲汲于富贵"的从容。

李白多次上庐山，情有独钟。值得留意的是，他每次上山的心境和引发的结果不一样。"日照香炉生紫烟，遥看瀑布挂前川""登高壮阔天地间，大江茫茫去不还"，吟出这种诗句时，他是潇洒从容的。"但用东山谢安石，为君谈笑静胡沙""余将振衣去，羽化出嚣烦""石镜挂遥月，香炉灭彩虹"，吟出这种诗句时，他不那么从容。从《早发白帝城》，能读出欣喜若狂，也能读出失去从容的痛苦与懊悔。

苏轼之于庐山，是锦上添花；庐山之于苏轼，是拨云见日。他说"不识庐山真面目，只缘身在此山中"，实际上已经识得庐山真面目了。从某种意义上说，庐山是为苏东坡赋能的，使得他历经坎坷，却保住了高风亮节，没有被风陡浪急的官场和名利场吞没，得到比较圆满的终局，不应有恨。

毛泽东主席1959年写《七律·登庐山》，有"冷眼向洋看世界，热风吹雨洒江天"。1961年题庐山仙人洞照，有"暮色苍茫看劲松，乱云飞渡仍从容"。这都是能够彪炳千古的经典表达，洋溢其中喷薄欲出的是真旷达和真从容。

以总体而论，庐山始终给人以抚慰和护佑，而绝无伤害。多少事在这里得到积极向好的转折，多少人在这里由逆境趋向顺境，远离危险回归安全，摆脱失败走向成功。体悟了、接纳了，做到了从容，就吉祥安康。反之，可能迷乱仓皇。

任尔东西南北风，乱云飞渡仍从容。从容是极高的境界，也是极致的修为。不如意事常八九，凡事只求半称心。大有大的麻烦，小有小的纠结，国有国的难处，民有民的忧愁。从容出智慧，从容出机遇，从容出良策，从容出力量。世界难以太平，"异象"总会发生，难不成庐山会崩塌？鄱阳湖会消失？长江会倒流？

古老的庐山、高挺的汉阳峰所昭示给我们的古老文明，不断地给我们以滋养和启示。既往、当下，无数事实清楚明白地告诉我们：没有任何力量能够阻挡中国人民实现梦想的步伐；建设人类命运共同体，中华民族应当也能够承担起重要的历史责任。"不管风吹浪打，胜似闲庭信步。"

汉阳峰、五老峰足够高，庐山的沟谷和瀑布溪流足够多，足可承受、涵纳、淘澄、净化那些对她的赞誉或毁谤，足可展现刚劲与葱茏、高大与从容。

这趟值！登高高的汉阳峰，我付出了小小的辛劳，得到了大大的欢乐。

（原载2020年6月12日《江西日报》）

我把江报当镜子

山有高低，河有远近；人有雅俗，缘有深浅。让我说"我与江西日报"，那就好比说"我与父母""我与恩师""我与老伴"，话太长，纸太短。

说点原汁原味的吧——

50年前我12岁，念初中，除了课本，课外无书可读。所幸的是《江西日报》天天出，能够找到，上面常登些让人赏心悦目的文章。我曾傻乎乎地用练习簿子抄，抄了好几本。自己翻来覆去看，也传给同学们看。那些文字，真像甘甜的泉水，滋润过我们干涸的心田，直到现在还留有温润的印记。

40年前我22岁，念大学，因为知识、思想、蓬勃生活以及朦胧志向的激发，曾经写过一篇两页纸的文稿，悄悄寄给了江报。那两页纸记录的只是幼稚和浅薄，结果当然是了无动静。这件事引起过我的反思，让我悟到了一些厚与薄、长与短、急与缓的道理，减少了浮躁，增添了沉静。

20世纪90年代初开始，我辗转县、市，后来又调回到省城。做的事也杂，有时抓全面，有时搞宣传，有时忙出版……长长的岁月里，始终紧密联系、心向情牵的，就是《江西日报》。

她是主流、主旋律、精神高地，既澎湃又宁静，既冷峻又温软，总是"帮忙鼓劲不添乱"。

我接待过很多江报的记者，向他们介绍油茶低改、旋窑水泥、公路决战，陪他们看苎麻夏布、网箱养鱼以及歌舞《米粑娃》……为了"多出书、出好书、不出坏书"，江报关心我们，组织专题、专栏、专版。为了推动"全民阅读"，江报帮助我们，奉献"泰豪论坛"，打造专家纵论读书的品牌。江报朋友们的睿智、大气、热情、真诚、敬业、奉献，一点一滴全在我心头。

60岁那年，江报登载了我的一些习作，让我大受鼓舞。此后3年，《文化赣鄱》周刊先后发表了我15篇"作品"。有人好生奇怪，我则喜不自胜。

人生苦短，关上一面门，打开一扇窗，我想重温文学旧梦。我羡慕和敬佩高手们渊博的学识、锐利的目光、飞扬的激情、丰富的想象和华美的辞藻，那些我都没有，只有一把年纪和一点蛮劲。但我知道，恰如人生越丰富复杂越美妙生动一样，文学越多姿多彩才越有价值和味道。文学的广阔天地里，可以有参天的大树，也可以有伏地的小草；可以有瑰丽的牡丹，也可以有如米的苔花；可以有激响的黄钟大吕，也可以有咿呀小唱。我不用为稻粱谋，不想发少年狂，更羞于"用自己的业余爱好去挑战别人吃饭的本事"，但脚还走得动，眼睛还能看、耳朵还能听、脑子还能转，还会为眼前的青山绿水和身边的好人好事感动，也会偶尔冒出与人分享这些感动的冲动。感谢《江西日报》的体察和关爱，为我开了窗、遂了愿、圆了梦。

因为未曾忘却的记忆和越来越多的感动，我要说：江报是常出常新的大书，给了我良多的教诲；江报是坚强有力的后盾，给了我巨大的支持；江报是真诚的朋友，给了我温暖、希望和勇气；江报是我人生的重要阶梯，把我送到了喜出望外的境地。

我还想打一个比方，可能不符合逻辑，却很符合我的心境：江报是一面神奇、硕大而有记忆的镜子，她用 70 年的孜孜不倦，映照着时代风云，映照着共和国筚路蓝缕又辉煌壮丽、曲折坎坷又波澜壮阔的历史，她真实记录、全面见证了我们赖以生存的这片红土地上 70 年发生的传奇故事，其中也有她自己的故事。我把她当镜子，还因为她总能让我反躬自省，保持一份清醒和冷静。她教我明事理、识高低，知深浅、辨真伪，正品行、怡性情。

　　日月经天，江河行地，《江西日报》青春永驻，风华长存。不论技术如何发展，世道如何变迁，我相信她会挺立得长长久久，因为有旺盛的生命力和强大的创造力，因为人的社会永远不能缺少忠实的记录和精神的支撑。

　　（《江西日报》创办70周年纪念征文，原载2019年4月26日《江西日报》）

一篇"贯通"的好文章

——谈《万寿宫：江右商帮的精神殿堂》及其他

在去年的一次文学聚会上，我们畅谈"传统与创新——新时代道路上的江西散文"。其间，刘上洋先生对五位赣地青年散文作家的作品和文学活动进行了分析点评，并就如何促进和繁荣新时代江西散文讲了"五新""五写"的意见。"五新"是说定位要新、视角要新、内容要新、风格要新、观点要新；"五写"是写他人不曾写、不敢写、不想写、不能写、不善写。

依我的浅见，《万寿宫：江右商帮的精神殿堂》是"五新""五写"文学主张的实践，也是很好的示范。这是一篇有新突破的大散文。作品一经刊出，便在网络上热传，学界、商界和文学界同步关注。读长篇小说《老表之歌》时，我曾经说那是"一部'会呼吸'的好书"。今天谈《万寿宫：江右商帮的精神殿堂》，我想说：这是"一篇'贯通'的好文章"。

古人做学问，推崇"淹贯经史，博通群籍"，取的是"贯通"的本意。我们现在讲"贯通"，用到学术、思想，包括文学领域，就是系统、透彻、深刻、缜密的意思。引申扩展，则有连接、沟通、穿透、通达等意思。

比较而言，在"万寿宫与江右商帮"这个大题材上，《万寿宫：

江右商帮的精神殿堂》是把握得非常好的，也是写完整、写通透、写深刻、写新颖、写精彩了的，可谓笔饱墨酣、酣畅淋漓。这是我所读到的，用文学形式书写万寿宫和江右商帮文化最具系统性、思想性和艺术性的作品。把握精准，拿捏得当，深入浅出，铿锵作响。素材选取和思想表达上守正出奇，守正是稳健，出奇是出新。文字精妙迭出，出人意表，如第四节用"两张特殊的地图"对比分析，揭示江右商帮的历史局限以及万寿宫文化的复杂影响，独辟蹊径，发人深省。

　　这也是一篇具有一定学术意义的文化大散文。为文凡涉及学术，"贯通"就是高境界。说到底，"贯通"是厚积厚发或厚积薄发，是纵横捭阖、出神入化。上洋先生的很多文章，都达到了这种境界。《万寿宫：江右商帮的精神殿堂》则"贯通"了时间、空间，"贯通"了经济、文化、军事、政治，"贯通"了宗教、艺术、建筑，"贯通"了世相、人性……读者能够从中得到知识的滋养、思想的开悟和艺术的熏陶。因此，它才昂然地"立"了起来，形成又一座"漂亮的高峰"。它的传播之所以那么迅速而广泛，挑剔的读者之所以不吝啬对它的追捧，跟作者的身份、地位没有多少关系，主要还是因为作品本身的质量和魅力。这样的文章虽然没有大量使用耀眼、华美的辞藻，却很结实，经得起品味与推敲。这不容易做到。

　　上洋先生不弄急就章，总是慢工出细活，展现的是一种近乎苦写的状态，让人感慨系之。我留意到，"万寿宫"这篇，酝酿和构思准备的时间不可谓不长，且搜集阅读了大量的资料，进行过专门的考察。写出来之后还"隐"而不发，放了不短的时间。作者才识过人、资源丰富、"路子"宽广，完全可以写得快也发表得快，但那不是他的选项。由此，我想起李泽厚的观点："希望我们的作家气魄能更大一些，不必太着眼于发表，不要急功近利，不要迁就一时的政策，不要迁就各种气候。真正有价值的文学作品是不怕被埋没的。"我看上洋先生深得个中三昧。他写这篇东西，真的像打铁、钉钉子。灌注其中的是对江西这片热土的浓郁情愫和深刻体悟，是对万寿宫和江右商帮文化的深切关注和独到理解，也是对文学神圣性的坚守，体现了对社会、读者以及自己负责任的精神。这是一种难得的境界。

如果说文学是推石垒山的事业，上洋先生的每一篇"大散文"都是一块坚实的石子；如果说文学是植木成林的事业，上洋先生的每一篇"大散文"都是一棵亭亭如盖的树；如果说文学是一部永不停转的机器，上洋先生的每一篇"大散文"都是这机器上合格的螺丝钉。他这些"贯通"了的"大散文"，虽是单篇，但论其质量、价值和影响，可能胜过某些专著，因为它们可以唤醒重大的话题（或说课题）、催生有意义的学科。譬如，因为有《江西老表》，可能会逐渐形成"老表学"，而凡是治"老表学"的人，不能不读《江西老表》；因为有《万寿宫：江右商帮的精神殿堂》，可能会出现"万寿宫和江右商帮学"，而治学之人，也不能不读这篇散文。当下，真正上了层次的人，谈论起"江西老表"来，谁能忘记或忽略如下表述："没有鲜明的特点也许就是江西老表最大的特点。""博采众长的结果最终往往是失去了自己的所长。"江西的佼佼者"最合适的岗位就是宰辅、将军一类。他们统治不了江山，但他们可以很好地辅佐江山，成为杰出的名臣良将"。谁又会忘记或忽略"一个没有生存压力而又有着沉重包袱的群体，在充满激烈竞争的市场经济大潮中是难免要沉沦和被淘汰的。"同理，再过 10 年、20 年乃至更长的时间，人们谈论万寿宫与江右商帮问题时，肯定也会一而再、再而三地提及、引用这样的表述："江右商帮，让万寿宫成了江西在全国乃至海外的历史性地标。""万寿宫，为江右商帮高耸起了一座精神宫殿。""这两张图就像两个截然相反的箭头向万里长江的两头射去，一个向东，一个向西，深深地刺痛了我的心。"

《万寿宫：江右商帮的精神殿堂》这篇文章，在一定意义上填补了对万寿宫和江右商帮认识上、比较研究上、文学书写上的空白。它非同一般的意义还体现在：为深入进行万寿宫和江右商帮文化研究奠定了新的基石，为相关学科的建构支起了四梁八柱，为多门类、多形式的万寿宫和江右商帮题材文艺创作准备了精要的素材。

上洋先生在不遗余力地推动江西文学创作繁荣与发展的同时，也在不遗余力地推动江西文学评论的繁荣与发展。他一直呼吁努力形成健康、清朗的文学批评风气。他十分诚恳地想拿自己当"靶子"，希望听到关于《万寿宫：江右商帮的精神殿堂》以及对他创作活动最"原浆"的批评性意见。

我不揣浅陋，说两点意见：

其一，《万寿宫：江右商帮的精神殿堂》的文本还有提升和完善的空间。一是篇幅偏长，文字若能再精简些似乎更好。二是语言文字的质地偏硬，适当柔化一些可能收到更宜人的效果。三是用余秋雨来开头和结尾，不是太合适。

其二，建议上洋先生的散文创作适当扩展一点"文域"，在题材选择和手法运用上更具多样性。文学如音乐，要有命运交响曲，也要有小夜曲，要有《黄河大合唱》，也要有《小河淌水》《婚誓》。可以气吞万里如虎，也可以杨柳岸晓风残月；可以金戈铁马惊涛拍岸，也可以明月夜小松岗；可以长河落日圆，也可以清辉玉臂寒。

我时常温习上洋先生早期的一些散文，有些篇什虽然带着青涩，但读来正如嚼橄榄，品得到沁人心脾的清甜，我很享受那种味道。所以我期望上洋先生的散文创作在保持整体的宏大和凝重的同时，今后也能多创作一些轻松、清纯、欢快和诙谐的散文。我渴望读到新的、由现在的刘上洋写的，类似于《故乡的小路》《星星赋》《悠悠青菜情》那样的作品。

（2020年6月在一次文学沙龙上的发言）

后记

文怕结集,字怕上壁。书要印出来了,有点儿轻松,也有些忐忑。

再过几个月,我也年满65周岁了。依照本城规定,日子一到,可以办个证件,之后坐地铁和公交车都不用买票了。这是优待。出个集子,也算自我优待一回。

开始散漫度日的时候,我曾胡诌"闲弄诗句觅新句,乐引松竹味旧醅",请长于书法的友人写了,挂在家中墙上。不光是附庸风雅,也杂合了压抑的想望和不自量力的冲动。正如这冬日的风,吹着吹着,便有了些任性的意思。

收在本书中的,正是这些年"觅"出的"新句"。大部分公开发表过,文后各有标注。归集整理时,凡发现旧作有碍眼的地方,分别做了些改动。

全书共收文55篇,分为五辑:第一辑是沿赣江"绿色行走"期间所写,比较"原浆",但"文新"(文学+新闻+宣传)的味道浓了点;第二辑是"绿色行走"前后延伸的产物;第三辑叙人,主要描摹我眼中和心中的"井冈赤子,赣鄱人杰";第四辑忆旧,讲的大多是家事,做"抵抗遗忘的努力";第五辑与今年的"抗疫"有关,想记录点生活,但心有余而力不足。放在最后的两篇,一是应约为纪念江西日报社建社 70 周年写的短文，以表示我对这家媒体的格外在意；另一是"散文式评论"，以表示我对一件作品的格外赞赏和对一位作家的格外敬重，也包含了我对散文写作的一些粗浅理解。自认为全部内容的要义是歌颂——立足红土，痴迷赣地，歌颂好山好水、好人好事，歌颂真善美。唯望留下的无非是一些印记，如绿色印记、红色印记、橙色印记、紫色印记。

这些玩意儿算不算文学我不敢肯定，但所做的确实是文学的努力。文学终是有情物，不晓得有没有人愿意读几页这本书。假如有人读了，不晓得会不会有点儿感动。我自己倒是有感动的，写的时候感动，过后也感动。我为其中的物、事、人而感动。"彩云长在有新天"，"江草江花处处鲜"。我的心里总是洋溢着初读"我在母亲的怀里，母亲在小舟里，小舟在月明的大海里"那样的感动。

感动支撑着我的行与吟。

有人说文学是一种清静的欢喜，说"写的人欢喜，读的人也欢喜"。我体会：欢喜归欢喜，也有烦恼和苦涩。写作恰恰像儿时吃祖父捡来、祖母炮制的橙子酱，食时苦、辣、咸，过后香且甜。

我没有捧出珠玉的能耐和奢望，更害怕制造垃圾。所谓印记，痕迹也许是肤浅的，笔墨也许是干涩的，色泽也许是苍白的。所谓作品，很可能有文而无眼，有章而无华。这没有办法，闻道有先后，术业有专攻，才具有高下，不服不行。但我不能再犹豫和迟疑了，人一懒，劲一松，有些东西真可能与时消没了，那会辜负、亵渎我的感动。

弄文学我是野路子。友人们看重我的感动，而忽略我的笨拙，悉心呵护着我这风中火烛般的热情，又让我生出许许多多新的感动。刘上洋先生和朱虹先生给了我重要的启示、引导、关心和支持，我感动；若干同事赠送专著或美文，让我分享精妙，给我美丽的诱惑和尝试的胆气，我感动；刘世南先生学富五车、才高八斗，竟容忍我唠唠叨叨写了三篇关于他的文字，多有慰勉，少有责备，我特别感动。信马由缰，常有跑偏的时候，却没人跟我计较，我感动。文坛诸君，投给我的尽是温馨的笑，拂去我的尴尬，增添我的勇气和干劲，我感动。《江西日报》《百花洲》等报刊，于芜杂中撷取青葱，于灰暗中剔发亮色，步步引我抵近文学圣地，我感动。感动多多，难以列述。

我的老伴儿也有些意思：只要我摆个"写东西"的架势，她就不分派我拖地板、洗碗；身边有退休不退志、转场干大事、风光又实惠的榜样，她不用来鞭策我；若有稿费，她分文不取，出书赔钱，她慷慨兜底。

可爱的老一辈出版人、著名美术家徐夫耕先生为本书题写书名，我向他表示衷心的感谢！中国评论家协会副主席、江西省文联主席叶青先生拨冗为本书作序，我向他表示衷心的感谢！江西人民出版社的领导和编辑，既坚持原则，又满怀热情，在这件事情上花费了不少的时间和精力，我向他们表示衷心的感谢！

书中一定存在诸多毛病，我期待得到读者真诚而充分的批评！

作　者
2020 年冬